Mord unter den Linden

Tim Pieper, geboren 1970 in Stade, studierte nach einer Weltreise Neuere und Ältere deutsche Literatur und Recht. Seit 1998 lebt er in seiner Wahlheimat Berlin und nutzt jede Gelegenheit, um die spannende und abwechslungsreiche Geschichte der Stadt zu erkunden. Zuletzt veröffentlichte er einen Mittelalterroman. »Mord unter den Linden« ist sein erster historischer Krimi im Emons Verlag.
www.timpieper.net

Dieses Buch ist ein Roman. Die Handlung ist frei erfunden, wenngleich im historischen Umfeld eingebettet. Einige Personen, Ereignisse und Orte sind historisch, einige sind es nicht.
Auf Seite 270 finden Sie Übersetzungen der französischen Passagen und inhaltliche Erläuterungen zu Begriffen, die durch ein Sternchen gekennzeichnet sind.

TIM PIEPER

Mord unter den Linden

HISTORISCHER KRIMINALROMAN

emons:

Bibliografische Information der Deutschen Nationalbibliothek
Die Deutsche Nationalbibliothek verzeichnet diese Publikation in der Deutschen Nationalbibliografie; detaillierte bibliografische Daten sind im Internet über http://dnb.d-nb.de abrufbar.

MIX
Papier aus verantwortungsvollen Quellen
FSC® C083411
FSC
www.fsc.org

Umschlagfoto: akg-images/Berlin, Cafe Bauer/Photochrom
Umschlaggestaltung: Tobias Doetsch
Druck und Bindung: CPI – Clausen & Bosse, Leck
Printed in Germany 2012
ISBN 978-3-89705-914-6
Historischer Kriminalroman
Originalausgabe

Für Steffi

Prolog

Courcelles in Frankreich, 13. September 1870

Sie hatten ihn ausgezogen, Eisenringe um die Hand- und Fußgelenke geschlagen und nackt an die Mauern gekettet. Die Arme standen im rechten Winkel vom Körper ab, seine Beine waren leicht gespreizt. Ihm war fürchterlich kalt, und irgendwo klatschten Tropfen in eine Pfütze.

Als er das leise Tapsen von Pfoten vernahm, legte er den Kopf auf die Seite und kniff die Augen zusammen. Er wollte wissen, was sich da näherte, aber die Dunkelheit war undurchdringlich. Er konnte nichts erkennen. Einen Moment war alles still, dann berührte etwas Pelziges seine Ferse, wahrscheinlich eine Ratte.

»Verschwinde«, sagte er. »Hau bloß ab!« Er versuchte auszutreten, aber die Eisenringe bohrten sich nur noch tiefer in sein Fleisch.

Da quietschte über ihm eine Türangel.

Er hob den Kopf und lauschte in die Dunkelheit. Gleichzeitig wippte er mit den Füßen auf und ab, um das Tier zu verscheuchen. Es sollte nicht glauben, dass er wehrlos war. Zuerst hörte er nur seinen eigenen Atem, aber dann … Ja, jemand stieg eine Treppe hinab. Holzstufen knarrten unter dem Gewicht. Kamen sie, um mit ihm abzurechnen?

»Verdammt!«, rief er. »Ich will hier raus, ich will nicht sterben!«

Plötzlich waren die Schritte nicht mehr zu hören. Dann wurde ein Schlüssel in ein Schloss gesteckt und unter lautem Knarzen gedreht. Eine schwere Tür wurde aufgestemmt, und ein französischer Soldat trat ein. In seiner Hand trug er eine Fackel, die er in eine Wandhalterung steckte.

Die Flamme blendete ihn, aber endlich konnte er seine Umgebung erkennen. Die Mauern bestanden aus schwarzen Bruchsteinen, an denen glänzende Rinnsale hinunterliefen. Runde Säulen stützten die Decke ab. Überall standen marode Fässer, verrostete Ackergeräte und Obstkisten herum. Dazwischen spannten sich Spinnennetze, die so groß wie Segel waren. Das Gewölbe war offenbar seit Jahren nicht genutzt worden. Hier würden ihn seine Kameraden niemals finden.

Der französische Soldat griff nach einem Schemel und setzte sich. Obwohl er noch jung war, vielleicht Anfang zwanzig, lichtete sich sein Haar bereits. Auf seiner linken Wange klaffte ein Schnitt – wie von einem Bajonett –, der glasiges Wundsekret absonderte. Sein Hemd war bis zum Nabel aufgeknöpft und hing aus der Feldhose. »Wenn du meine Fragen beantwortest«, sagte er, »werde *ich* dir nichts tun. Ich heiße Marcel.«

Er sprach gut Deutsch, wahrscheinlich hatte Marcel eine höhere Schulbildung genossen. Vielleicht war er ein zivilisierter Mensch, mit dem man reden konnte. Aber warum hatte er das »ich« so betont? Wartete oben jemand anderes, der ihm etwas antun wollte? In seiner Lage wäre er ihm hilflos ausgeliefert. »Nimm mir bitte die Ketten ab!«, sagte er. »Die Eisenringe schmerzen, sie schneiden mir ins Fleisch.«

Unmerklich schüttelte Marcel den Kopf. »Bei welcher Einheit dienst du?«

»Was?«

Marcel zog einen Dolch. »Bei welcher Einheit dienst du?«

Er verstand die Drohung, aber vielleicht war das Verhör die einzige Chance, um hier lebend herauszukommen. »Lässt du mich gehen, wenn ich antworte?«

»Los jetzt, du verdammtes Schwein! Noch mal frag ich nicht.«

»Ist ja gut«, stieß er hervor. »Ich diene beim vierten Königlich Preußischen Garderegiment zu Fuß, erstes Bataillon, dritte Kompanie.«

»Wie heißen deine Führer?«

»Ich versteh nicht, warum … Mein Kompanieführer ist Secondeleutnant von Hellermann, sein Stellvertreter Secondeleutnant der Landwehr Ramslau. Mein Bataillonskommandeur ist Major von Sichart. Oberst von Neumann wurde bei Saint-Privat-la-Montagne verwundet, deshalb haben wir einen neuen Regimentsführer – Major von Tietzen und Hennig.«

»Hast du auch bei Saint-Privat gekämpft?«

Natürlich hatte er gekämpft. An der Erstürmung mehrerer Häuser und Straßenzüge war er beteiligt gewesen, aber er spürte instinktiv, dass die Frage gefährlich war. »Keinen Schuss hab ich abgefeuert«, log er. »Unsere Kompanie lag in Reservestellung. Bei starken Verlusten sollten wir die Linie auffüllen, aber wir sind nicht zum Einsatz gekommen.«

»Ich hab gekämpft«, sagte Marcel. »Mein Bruder auch, aber –«

»Marcel! Der Krieg zwischen Deutschland und Frankreich war nicht meine Idee. Wenn's nach mir ginge, wären wir nie hergekommen. Ich will dieses Gemetzel nicht, ich bin ein Menschenfreund, das musst du mir glauben.« Er leckte sich die spröden Lippen.

Da quietschte die Türangel erneut.

Er hob den Kopf und lauschte angestrengt. Die Stufen knarrten, aber nicht so laut wie beim ersten Mal. Das konnte nur bedeuten, dass weniger Gewicht auf dem Holz lastete, dass die Person also leichter war. Vielleicht stieg ein Kind oder – oh Gott! – eine Frau herab. Seine Mundwinkel zuckten. »Wer ist das?«

»Wir unterhalten uns später, du Menschenfreund«, erwiderte Marcel und steckte den Dolch weg.

»Ich kann Geld beschaffen! Viel Geld – hörst du? Wenn du mich gehen lässt, kannst du es haben.«

Plötzlich sah ihn der junge Franzose direkt an und sagte: »Ich hab versucht, es ihr auszureden. Eine ganze Stunde lang, aber sie wollte nicht auf mich hören.«

»Wovon zum Teufel sprichst du?«

»Ich sagte, dass sich eine große Seele nicht von niederen Gefühlen beherrschen lassen darf. Ich sagte, dass man im Krieg Regeln einhalten muss. Wenn es nach mir gegangen wäre, hätten wir ein Standgericht abgehalten und dich dann wie einen tollwütigen Hund abgeknallt, aber sie …«

In diesem Moment humpelte eine junge Frau herein. Unter einer Arbeitsschürze trug sie ein schlichtes blaues Wollkleid. Das blonde Haar reichte ihr bis zum Gesäß. Ihr Gesicht ließ eine stolze Schönheit erahnen, aber die Züge waren kaum noch zu erkennen. Ihre Augen waren zugeschwollen. Auf ihren Wangen prangten Blutergüsse. Die Lippen waren aufgeplatzt, und der Hals wies Würgemale auf.

Er kannte die Frau. Zum ersten Mal hatte er sie auf dem Gutshof von Monsieur Wegener gesehen, wo seine Kompanie nach

Waffen gesucht hatte. Als sie sich entfernt hatte, hatte sie sich von einem Stallburschen begleiten lassen, um sich vor den Zudringlichkeiten der deutschen Soldaten zu schützen. Majestätisch war sie die morastige Dorfstraße hinunterstolziert und am Ortsausgang in einen Feldweg abgebogen, wo sie aus seinem Blickfeld verschwunden war.

Den ganzen Tag hatte er versucht, ihren aufreizenden Anblick zu vergessen, aber es war ihm nicht gelungen. Wann immer er konnte, hatte er sich davongestohlen. Er hatte sich an Baumstämmen gerieben und sich vorgestellt, wie er sie unterwarf, wie er ihr den Hochmut austrieb. Er hatte wieder und wieder seine Hand in die Hose gesteckt, aber der Druck hatte nicht nachgelassen, er war nur noch stärker geworden.

Am Abend hatte er es nicht mehr ausgehalten und hatte sich unerlaubt von der Kompanie entfernt. Über den Feldweg war er zu einem Gutshof gelangt und hatte sich auf die Lauer gelegt. Als eine Gestalt nach draußen getreten war, hatte er sofort erkannt, dass sie es war. Wie ein wildes Tier hatte er sie angefallen und genommen. Vor Raserei war er blind und taub gewesen.

Auf einmal hatte ihn etwas hart am Kopf getroffen, und er hatte das Bewusstsein verloren. Erst in diesem Verlies war er wieder aufgewacht.

»Komm bloß nicht näher, du Hure«, sagte er jetzt und wandte sich an Marcel. »Sag ihr, dass sie verschwinden soll.«

»Das kann ich mir nicht ansehen«, murmelte der junge Franzose und verließ das Gewölbe.

Jetzt war er mit der Frau allein. Ihre Lippen verzogen sich zu einem Grinsen und entblößten die abgebrochenen Schneidezähne. In ihrer Hand hielt sie eine seltsam geformte Zange. Sie bestand aus zwei langen Eisenstangen, die sich in der Mitte kreuzten und in zwei Scheiben mündeten. Und plötzlich begriff er, was sie vorhatte. Sie wollte es ihm heimzahlen. Sie wollte ihm etwas antun, das so grausam war, dass es kaum mit Worten auszudrücken war. Kalter Schweiß rann zwischen seinen Schulterblättern hinab. In was für einen Alptraum war er da nur geraten?

»Marcel!«, schrie er. »Komm zurück! Das verstößt gegen jede … MARCEL!«

Zwanzig Jahre später

Nr. 83. 1890. **Berliner Gerichts-Zeitung.** 38. Jahrgang.

Das Gesetz unsre Waffe. Gerechtigkeit unser Ziel.

Zeitschrift für Kriminal-, Polizei- und Civil-Gerichtspflege des In- und Auslandes, verbunden mit politischer Rundschau u. einem Feuilleton.

Erscheint wöchentlich dreimal: Dienstag, Donnerstag, Sonnabend (morgens) je 2–3 Bogen Folio.

Verantwortlicher Redacteur: W. Quanter in Berlin.

Abonnement: Im Deutschen Reich und in Oesterreich vierteljährlich 2 Mark 50 Pf. In Berlin einschließl. Bringerlohn vierteljährl. 2 Mark 40 Pf, monatlich 80 Pf.

Inserate: die viergespaltene Petitzeile 40 Pf., die ganze Seite 210 Mark.

Verlag und Expedition: Gustav Behrend (Hermann Förstner) W. Charlottenstraße 27.

Dienstag, den 22. Juli.

Sämtliche Postanstalten des Deutschen Reiches nehmen für die Monate August und September zusammen Abonnements zum Preise von 1 Mk. 67 Pf. auf die „Berliner Gerichts-Zeitung" entgegen. Expedition der „Berliner Gerichts-Zeitung", W., 27. Charlottenstraße 27.

Vermischtes

Über die Kreuzigung im Friedrichshain vom 20. des Monats werden vom Polizeipräsidium folgende nähere Mitteilungen gemacht: Um vier Uhr in der Früh bemerkte der Bäcker Reinhardt, Palisadenstraße 12, einen Flammenschein und erstieg die Anhöhe in der Nähe des Kriegerdenkmals, wo sich ihm ein schrecklicher Anblick bot. Eine junge Frau war an ein Holzkreuz genagelt und in Brand gesteckt worden. Bei dem Opfer handelt es sich um die dreiundzwanzigjährige Elvira Krause, die bis zu ihrem grausamen Tod mit ihrer Mutter in der Weberstraße 25 wohnte. Die Handschuhnäherin war Mitglied der Apostolischen Gemeinde, die nach eigenen Angaben glaubt, dass am 31. Dezember 1899 zum Weltengericht geläutet wird. Die junge Frau hinterlässt keine Kinder. Die Bestattung findet am Donnerstag auf dem Petri-Kirchhof statt.

Im Club von Berlin

Das Dienstmädchen bat ihn, sich einen Moment zu gedulden, und verließ den kleinen Salon. Dr. Otto Sanftleben verschränkte die Hände auf dem Rücken und biss sich auf die Unterlippe. Seit über sechs Jahren hatte er keinen Vortrag mehr gehalten. Zwar hatte er sich mit Akribie vorbereitet, aber alle Übungen konnten die Praxis nicht ersetzen. Er wusste genau, wie viel vom Gelingen dieses Abends abhing, und er hoffte sehr, dass er sich schnell zurechtfinden würde.

Um sich etwas abzulenken, nahm er die Einrichtung in Augenschein. Von der Decke hingen große Kronleuchter, die ein helles, strahlendes Licht spendeten. Die Sofas waren mit den beliebten Ripsstoffen bezogen. Auf dem Parkettfußboden lagen großgeblümte Teppiche. Und an den Wänden hingen Ölgemälde in goldenen Barockrahmen.

Endlich öffnete sich die Tür. Auf langen O-Beinen näherte sich ein hagerer Mann. Er trug einen schwarzen Frack, eine weiße Weste und ein weißes Hemd. »Halb acht war ausgemacht«, sagte er streng. »Sie kommen zu spät.« Das aschblonde Haar war akkurat gescheitelt und klebte, mit Makassaröl getränkt, am Schädel. Die Stirn und die Schläfen glänzten und waren mit Aknenarben übersät.

»Sie belieben zu scherzen«, sagte Otto und brachte sogar ein Lächeln zustande. Er ergriff die knochige Hand und schüttelte sie ausgiebig. »Verehrter Herr …« Schnell überlegte er, mit welchem Titel er Karl Vitell anreden sollte, der nicht nur einer der zwanzig vermögendsten Männer des Kaiserreichs, sondern auch Kommerzienrat, Träger des Preußischen Königlichen Kronenordens und Vorsitzender des Clubs von Berlin war. »… Herr Kommerzienrat, ich schätze mich glücklich, Ihre Bekanntschaft zu machen.«

Vitell zog seine Hand aus der Umklammerung und sagte: »Ja, ja.« Er verharrte einen Moment, um Otto von Kopf bis Fuß zu mustern. »Ich habe Sie mir älter, vergeistigter und würdevoller vorgestellt, mehr wie einen Gelehrten.«

Das war eigentlich eine Respektlosigkeit, doch enthielten die Worte mehr als nur einen Funken Wahrheit. Weil er erst fünfunddreißig Jahre alt war, erkannten nur wenige den Wissenschaftler in Otto. Die meisten hielten ihn für einen Mann, der einer mehr körperlichen Beschäftigung nachging – etwa als Veterinärmediziner, Förster oder Kapitän zur See. Er schrieb es seinem gesunden Teint, den markanten Gesichtszügen und seiner kräftigen Statur zu. »Ich trainiere an der frischen Luft«, sagte er. »Das kann ich jedem nur empfehlen, gerade einem Mann in Ihrer Pos –«

»Jetzt kommen Sie endlich«, unterbrach ihn Vitell und griff nach seinem Arm. »Durch Ihre Verspätung haben wir schon mehr als genug Zeit verloren.«

Widerstrebend ließ Otto sich ein Stück mitziehen, dann befreite er seinen Ellenbogen mit einem Ruck. So allmählich reichte ihm das Gebaren dieses Mannes. Er musste sich schließlich nicht alles gefallen lassen. Um sich von seiner Pünktlichkeit zu überzeugen, zog er seine Uhr aus der Westentasche und ließ den Deckel aufspringen. Er guckte einmal auf das Ziffernblatt, dann ein zweites Mal. Plötzlich wurde ihm klar, dass sich die Zeiger seit ungefähr einer Stunde nicht bewegt hatten. Möglicherweise war die Uhr noch früher stehen geblieben, und das bedeutete, dass er sich tatsächlich verspätet hatte. Wie peinlich!

Otto schluckte hart und spürte ein Ziehen in der Magengegend. Das war ihm noch nie passiert! Und ganz bestimmt nicht an einem so entscheidenden Tag. Verunsichert folgte er dem Kommerzienrat in den Saal. Von der rückwärtigen Fensterfront bis zu einem kleinen Podest ganz vorn erstreckten sich fünfzehn voll besetzte Stuhlreihen. Es wurde lebhaft diskutiert, schwadroniert und gelacht. Niemand schien wegen der Verspätung verärgert zu sein. Die gelöste Atmosphäre beruhigte Otto etwas, sodass er sich selbst Mut machte: Eine geringfügige Verspätung war jedenfalls kein Grund, um grob zu werden. Er warf dem Kommerzienrat einen tadelnden Blick zu und reckte sein Kinn stolz in die Höhe. Soweit er aus dieser Perspektive erkennen konnte, war kein einziger Sitzplatz frei geblieben. Die gesamte Prominenz des »Millionenclubs«, wie der Club von Berlin im Volksmund genannt wurde, war gekommen, um seinen Vortrag zu hören. Sein Buch war in aller Munde, er war ein gefragter Mann. Was schadete da eine kleine Verzögerung?

Vitell hob die Arme und rief: »Meine Herren, der Dozent ist eingetroffen. Meine Herren, bitte! Wir wollen endlich anfangen.« Nach und nach wurde es etwas leiser, bis nur noch vereinzeltes Husten und Stühlerücken zu hören waren. Vitell betupfte seine Stirn mit einem Taschentuch und sagte: »Als auf der Mitgliederversammlung angeregt wurde, dass in unserer Vortragsreihe ein kriminalpsychologisches Thema behandelt werden sollte, telegrafierte ich der Koryphäe auf diesem Gebiet, dem Autor der ›Psychopathia Sexualis‹, Prof. Krafft-Ebing, nach Wien. Ich bat ihn, mir einen Wissenschaftler zu nennen, der aufgrund seiner Praxisnähe geeignet wäre, vor einem Laienpublikum zu sprechen. Noch am gleichen Tag erhielt ich Antwort. Der Professor berichtete mir, dass ihm ein Buch mit dem Titel ›Phänomenologisches. Ein Beitrag zur Kriminalpsychologie‹ in die Hände gefallen sei, das ihn sehr beeindruckt habe. So ließ ich Erkundigungen einholen und erfuhr, dass das umfangreiche Werk innerhalb eines halben Jahres viermal aufgelegt wurde und die Nachfrage unvermindert anhält. Wer das Buch noch nicht gelesen hat, der soll heute Gelegenheit bekommen, Einblicke in die Forschungen des Autors zu gewinnen. Wer das Buch bereits kennt, dem soll später die Möglichkeit gegeben werden, durch Fragen sein Wissen zu vertiefen. Meine Herren, bitte begrüßen Sie Herrn Dr. Sanftleben!«

Otto bestieg das Podium und blickte auf das begeistert applaudierende Publikum. Um seine Nervosität in den Griff zu bekommen, rief er sich ins Gedächtnis, dass nicht er, sondern seine fachliche Kompetenz im Mittelpunkt der Aufmerksamkeit stand. Als Experte sollte er zu einem wissenschaftlich interessierten Publikum sprechen. Er entnahm seiner Dokumententasche mehrere Bögen Papier und ordnete sie auf dem Pult. Dann hob er die Hände und dankte für die überaus herzliche Begrüßung. Nachdem Ruhe eingekehrt war, atmete er tief durch und begann den Vortrag mit einer Begriffserklärung:

»Unter der Verbrecherphänomenologie verstehen wir die Untersuchung kriminalistisch relevanter Erscheinungen, die uns Aufschluss über seelische Vorgänge des Täters geben und so die Hintergründe der Tat aufdecken können. Untersuchungsgegenstände sind unter anderem Körperhaltung, Mimik, Gestik und Kleidung ...«

Während Otto fortfuhr, fiel ihm ein älterer Herr in der ersten Reihe auf. Er trug einen altmodischen Gehrock, dessen grober schwarzer Stoff an die Soutane eines Dorfpriesters erinnerte. Sein ausrasierter Backenbart war buschig und von grauen Strähnen durchsetzt. Sein Blick war seltsam starr: leblos und zugleich von einem inneren Feuer erfüllt. Als das Publikum über einen Zwischenruf lachte, presste er seine Lippen aufeinander, seine Hände ballten sich zu Fäusten, und sein Blick schoss wahre Feuerbälle ab.

Otto konnte sich nicht erinnern, diesem Mann schon einmal begegnet zu sein. So beschloss er, den Blickkontakt zu meiden, um sich ganz auf seine Ausführungen konzentrieren zu können. Buchstaben wurden zu Worten, Worte zu Sätzen und Sätze zu einem Vortrag. Zu seiner eigenen Verwunderung gewann er schnell an Sicherheit, so als hätte er seine Vortragstätigkeit nie länger unterbrochen. Die Zeit verstrich wie im Flug, und ehe es sich Otto versah, machte Kommerzienrat Vitell durch ein Handzeichen auf sich aufmerksam und schwenkte seine Taschenuhr über dem Kopf.

Otto nickte ihm zu und sagte zum Publikum gewandt: »So leid es mir tut – gerade bekomme ich ein Zeichen, dass eine Stunde schon vorüber ist. Bevor ich zum Ende komme, möchte ich noch ein paar grundsätzliche Worte sagen. Die Verbrecherphänomenologie soll keine verbindliche Merkmalslehre aufstellen, die den Anspruch auf Unfehlbarkeit erhebt. Vielmehr soll sie als Hilfswissenschaft dienen, welche Denkanstöße geben und Verdachtsmomente modifizieren kann. Nur so gibt sie den ermittelnden Behörden ein Instrument an die Hand, das zur Überführung von Kriminellen beitragen kann.« Otto nahm die Papierbögen auf und klopfte sie auf dem Pult gerade. »Ich danke Ihnen für Ihre Aufmerksamkeit.«

Das Publikum erhob sich von den Plätzen und klatschte begeistert Beifall. Einige Herren riefen sogar: »Bravo« oder »Bravissimo«.

Otto machte eine beschwichtigende Geste. »Danke, danke! Das

ist zu viel der Ehre«, sagte er bescheiden, bekam aber vor lauter Stolz rote Flecken im Gesicht. Was kann mir jetzt noch passieren?, dachte er.

Nach dem Vortrag erschien das Dienstpersonal, um den Saal für das Festessen vorzubereiten. Während Stühle zur Seite gestellt und Tische hereingetragen wurden, verteilten sich die Zuhörer auf das Billardzimmer, die Bibliothek, das Spielzimmer und die beiden Salons.

Otto fand sich im Lesezimmer wieder, wo er sich sogleich von zahlreichen Clubmitgliedern umringt sah. Im Überschwang der Gefühle griff er nach einem Glas Clicquot und stürzte den Champagner in einem Zug hinunter. Das hat gutgetan, dachte er sich, stellte das leere Glas auf ein Tablett und nahm sogleich das nächste. Während er dieses Mal genussvoll trank, beantwortete er die Fragen, die nun von allen Seiten auf ihn einprasselten.

Aus dem Augenwinkel sah er, wie Kommerzienrat Vitell in die Tür trat, sich suchend nach ihm umschaute und sich auf seinen langen Säbelbeinen näherte. »Das haben Sie famos hingekriegt«, sagte er. »Bitte entschuldigen Sie den schroffen Empfang von vorhin. Wir haben heute wichtige Gäste, und ich wollte sie nur ungern noch länger warten lassen.«

»Herr Kommerzienrat«, erwiderte Otto. »Ich bitte Sie. Sie hatten ja vollkommen recht. Ich war wirklich zu spät. Meine Uhr ist offensichtlich stehen geblieben. Das tut mir außerordentlich leid.«

»Entschuldigung angenommen«, sagte Vitell sofort. »Und jetzt: Schwamm drüber. Dann können wir uns anderen Dingen zuwenden. Ich möchte Ihnen nämlich jemanden vorstellen.«

Otto blickte auf einen hoch aufgeschossenen älteren Mann, der dem Kommerzienrat gefolgt war. Seine stark gewölbten Augenbrauenbögen beschatteten metallisch glänzende und seltsam starr blickende Augen. Die Stirnfalten waren tief wie Ackerfurchen, und die aufeinandergepressten Lippen bildeten zwei messerscharfe Linien. Es war der Mann, der Otto während des Vortrags so feindselig angestarrt hatte.

»Das ist Kriminaldirigent von Grabow«, sagte Vitell. »Er ist der Leiter der Abteilung IV des Polizeipräsidiums von Berlin.«

Der Kriminaldirigent?, dachte Otto überrascht. Er konnte sich nicht erklären, wieso der Leiter der Kriminalpolizei etwas gegen ihn haben sollte. Möglicherweise hatte er die Blicke falsch gedeutet, oder es lag eine Verwechslung vor. Mit Sicherheit würde sich alles schnell aufklären. »Ich hoffe«, sagte Otto, »dass mein Vortrag Ihr Interesse wecken –«

»Mich können Sie nicht täuschen«, unterbrach ihn von Grabow. Seine außergewöhnlich hohe und schrille Stimme passte nicht zu seiner gravitätischen Erscheinung. »Ich weiß sehr wohl, wer Sie sind, und vor allem weiß ich, was Sie sind.«

Kommerzienrat Vitell fuhr sich irritiert über die Haare, so als könnte er mit einer geordneten Frisur die Situation besser kontrollieren. »Die Abteilung des Kriminaldirigenten bearbeitet den Kreuzigungsfall«, sagte er, offenbar in der Hoffnung, von Grabows seltsamen Einwurf überspielen zu können. »Wie Sie vielleicht mitbekommen haben, Herr Doktor, nimmt die Bevölkerung großen Anteil an dem Schicksal der gekreuzigten Handschuhnäherin. Um Unruhe und Angst bei den Menschen zu vermeiden, ist es nötig, schnelle Ergebnisse zu präsentieren. Dabei soll Ihre Methode zur Aufklärung beitragen.«

Otto schaffte es endlich, seinen Blick von Kriminaldirigent von Grabow zu lösen, und räusperte sich. »Ihr Angebot schmeichelt mir natürlich, Herr Kommerzienrat, aber leider muss ich Sie enttäuschen. In punkto Polizeiarbeit habe ich keinerlei Erfahrung.«

»Vitell«, sagte von Grabow nun, »haben Sie überhaupt keine Ahnung, mit wem Sie es da zu tun haben? Wissen Sie, wie dieser Schurke von den Wachtmeistern und Droschkenkutschern am Opernplatz genannt wird? Nein? Dann will ich es Ihnen sagen. Man nennt ihn ›Don Quichotto‹.«

»Dr. Sanftleben soll ein Schurke sein?«, fragte Vitell ungläubig.

Endlich begriff Otto, was von Grabow so aufbrachte, aber er verspürte nicht die geringste Lust, eine Grundsatzdiskussion zu führen. Der Vortrag war zu gut gelaufen. Er hatte lange auf ihn hingearbeitet und wollte sich den Erfolg nun nicht verderben lassen. »Das ist eine Sache zwischen mir und dem Kommissariat für Fuhrwesen und geht Sie –«

»Das sehe ich völlig anders«, sagte von Grabow. »Ich sorge nämlich immer und überall dafür, dass man radikalen Elementen wie Ihnen das Handwerk legt.«

»Meine Herren«, sagte Vitell und glättete nun mit beiden Händen seine Haare. »Ich bitte Sie! Lassen Sie uns vernünftig sein und über den Kreuzigungsfall reden.«

»Mit diesem Subjekt nicht«, sagte von Grabow. »Dieser Mann ist trotz polizeilichen Verbots achtundzwanzigmal – ich wiederhole: achtundzwanzigmal – von Wachtmeistern aufgegriffen worden, als er Unter den Linden Fahrrad fuhr. Wobei Fahrrad fahren nicht der richtige Ausdruck ist. Man sollte besser sagen: die Straße hinunterraste, um sich dem Zugriff der Staatsmacht zu entziehen.«

»Ist das richtig?«, fragte Vitell.

Otto unterdrückte die in ihm aufsteigende Wut und machte sich bewusst, dass er nicht als Einzelperson, sondern stellvertretend für alle Radsportler hier stand. Und eigentlich sollte er nun besser einlenken, das wusste er. Trotzdem konnte er sich eine kleine Provokation nicht verkneifen. »Um genau zu sein«, sagte er und besah sich seinen Daumennagel, »waren es nicht achtundzwanzigmal, sondern neunundzwanzigmal.«

Von Grabow riss die Augen auf. »Umso schlimmer! Denn jedes Mal wurde ihm ein Bußgeld auferlegt, jedes Mal beglich er den Betrag sofort, jedes Mal wurde er ermahnt, nie wieder Unter den Linden Fahrrad zu fahren, und jedes Mal brach er die Vorschrift aufs Neue. Dieser Mann verspottet die Gesetzeshüter, er erhebt sich über Recht und Ordnung, er ist ein Querulant ohnegleichen.«

Otto kannte Menschen wie von Grabow. Ständig mischten sie sich in Angelegenheiten, die sie nichts angingen. Ständig verurteilten sie andere, um von den eigenen Fehlern abzulenken. Auf keinen Fall wollte er klein beigeben, aber er wollte sich auch nicht zu einer unbedachten Bemerkung hinreißen lassen, die er im Nachhinein bereuen würde. Deshalb atmete er tief durch und sagte ruhig: »Ich weiß gar nicht, warum Sie sich so aufregen. Ihnen muss doch klar sein, dass schon bald alle Straßen von Berlin mit Fahrradfahrern bevölkert sein werden. Niemand – auch Sie nicht – kann den Fortschritt aufhalten.«

»Sie sind nicht nur ein Querulant, sondern Ihnen und Ihresgleichen ist nichts heilig«, platzte von Grabow heraus. »Die Radfahrer stören das sittliche Empfinden jedes anständigen Christenmenschen. Die Betonung der Körperlichkeit geziemt sich nicht. Und stellen Sie sich nur vor, Vitell, unsere Ehefrauen kämen auf die Idee, auf diesen Vehikeln zu fahren. Mit ihren intimsten Stellen würden sie auf dem Sattel hin- und herrutschen und lustvolle Empfindungen verspüren, die sie in einen Zustand der –«

»Herr Kriminaldirigent«, unterbrach ihn Vitell, »Sie vergessen sich ja!«

»Keineswegs«, erwiderte von Grabow. »Ich bin vielmehr der Einzige, der die Gefahr erkennt. Diese Fahrräder sind Ungetüme aus Stahl und Blech, die die Sittlichkeit untergraben. Wir dürfen nicht zulassen, dass sie unsere Straßen bevölkern. Wir müssen diese Bewegung bekämpfen, und zwar mit allen Mitteln.« Von Grabow holte tief Luft und bohrte seinen Zeigefinger in Ottos Schulter. »Damit Sie es wissen: In meiner Abteilung haben Leute wie Sie keinen Platz. Und wenn Sie noch einmal Unter den Linden aufgegriffen werden, hilft kein Gerede mehr. Dann landen Sie im Gefängnis. Dafür sorge ich höchstpersönlich.«

In der Arztpraxis, zwanzig Jahre nach Courcelles

Am nächsten Morgen krabbelten Kakerlaken über seine Haut und drängten sich in seinen Anus, um ihn von innen zu zerfleischen. Er konnte die Spannung kaum noch ertragen, aber wenn er sich hier, vor der Stadtvilla in der Kurfürstenstraße, die Kleider vom Leib riss, um das Ungeziefer zu zerquetschen, würden ihn alle für wahnsinnig halten. Das ist nur Einbildung, dachte er. Das existiert nur in meinem Kopf. Sobald ich meine Medizin habe, beruhigt sich alles. Ungeduldig läutete er, bis sich vor ihm die Tür öffnete.

»Ist Dr. Saretzki da?«, fragte er hastig.

»Er ist im Behandlungsraum«, erwiderte das Dienstmädchen und trat schnell zur Seite.

Er stürmte über die weichen Teppiche. Jeder Schritt schmerzte in den Kniegelenken, die schon seit Jahren von der Knochenerweichung befallen waren. Wehe, er hat die Medizin nicht besorgt!, dachte er. Wehe, er hält mich wieder hin! Durch die riesigen Buntglasfenster fiel das Morgenlicht. Auf einer Vitrine stand ein Samowar, der auf Hochglanz poliert war. Russische Ikonen und Bilder der Zarenfamilie zierten die Wände, doch für all das hatte er keinen Blick. Ohne anzuklopfen, riss er die Tür auf und betrat den Behandlungsraum.

Dr. Fjodor Saretzki saß in Hemd und Weste hinter seinem Schreibtisch. Er war von kleiner, bulliger Statur. Fast hatte es den Anschein, als würde sein quadratischer Schädel direkt auf den Schultern sitzen. Auf die eingedrückte Nase zwängte sich ein Kneifer, und als er nun sprach, sprang sein Mund wie das Maul einer Muräne vor. »Setzen Sie sich. Ich habe noch zu tun.«

Hasserfüllt blickte er den Arzt an, der so viel Macht über ihn besaß. Als einziger Mensch hier in Berlin wusste Dr. Saretzki, dass er in Courcelles kastriert worden war. Als einziger Mensch konnte er ihm seine Medizin beschaffen. Nur weil er ihn brauchte, ließ er sich diese Behandlung gefallen.

Endlos lang kratzte die Feder des Füllfederhalters über das Papier. Irgendwo tickte eine Standuhr. Plötzlich erhob sich Dr. Saretzki und ging zu einem Schrank, wo er die Akte verstaute. Er kam mit einer neuen zurück, setzte sich wieder hin, schlug den Deckel auf und vertiefte sich in die Aufzeichnungen. Dann blickte er auf. Seine grauen blanken Augen erinnerten an Murmeln. »Haben Sie Beschwerden?«

Er biss die Zähne zusammen und zuckte nur mit den Achseln. Was für eine Frage! Beschwerden!

»Wie sieht Ihr Harn aus?«

»Unverändert.«

»Ist Blut enthalten?«

Er nickte.

»Eiter?«

Erneutes Nicken.

»Fett und Eiweiß?«

Wieder ein Nicken.

»Gegen die Nierenentzündung schreibe ich Ihnen Sodapulver auf. Lösen Sie dreimal täglich einen Esslöffel in Wasser auf und trinken Sie die Mischung in kleinen Schlucken. Es dauert eine Weile, bis die Wirkung einsetzt. Machen Sie sich jetzt frei.«

»Sie wissen, weshalb ich hier bin«, sagte er, ohne sich zu erheben.

Dr. Saretzki griff nach einem eisernen Winkelmesser. »Nun machen Sie schon.«

Widerstrebend stand er auf, trat hinter den Paravent und legte den Frack, die Weste, den Binder und das Hemd ab. Große Überwindung kostete es ihn, den Kattun-Wickel abzurollen. Er war etwa zwanzig Zentimeter breit und zwei Meter lang und verbarg, fest um den Oberkörper geschnürt, seine Brüste, die inzwischen so fest und groß wie bei einem erblühenden Mädchen waren. Sogar die Warzenhöfe waren größer geworden. Mit hochrotem Kopf trat er hinter dem Paravent hervor und flüsterte: »Ich weiß, dass sie gewachsen sind.«

Dr. Saretzki musterte seinen Oberkörper, die Stellung der Schultern und die Haltung des Halses mit den kühlen Augen des Diagnostikers. »Drücken Sie den Rücken durch und stehen Sie gerade«, sagte er und trat hinter ihn. Mit geübten Händen legte er den Winkelmesser an die Wirbelsäule und bewegte den Schieber auf dem rechtwinklig abstehenden Lineal nach links. »Die Skoliose hat sich verschlimmert. Haben Sie Schmerzen?«

»Noch bin ich nicht tot«, murmelte er.

»Ich schreibe Ihnen ein Pulver auf Basis von erdigen Kalkbestandteilen auf. Mischen Sie einen Teelöffel unter jede Mahlzeit. Machen Sie noch die Übungen zur Stärkung der Rückenmuskulatur?«

Er nickte ergeben und trat hinter den Paravent. Längst wusste er, dass die Verkrümmung der Wirbelsäule, die Brightsche Nierenentzündung und diverse Knochenbrüche der vergangenen Jahre Folgen der Kastration waren. Eines Tages würden diese Leiden seinen Organismus zum Erliegen bringen. Die Arzneien gewährten ihm nur einen Aufschub, heilen würden sie ihn nicht.

Wieder angekleidet setzte er sich vor den Schreibtisch. Plötzlich erklang ein Singen in seinen Ohren, gleichzeitig bewegte sich etwas unter dem linken Ärmel. Der Kitzel ließ ihn erschauern und jagte ihm eine Gänsehaut über die ganze linke Seite. Mit der flachen Hand klopfte er auf seinen Unterarm und blickte auf. »Wo ist meine Medizin?«

Dr. Saretzki hatte ihn genau beobachtet und machte sich eine Notiz. »Hören Sie noch Stimmen?«

»Jeder hört Stimmen.«

»Hm, hm. Wie viel haben Sie zuletzt injiziert?«

»Ein halbes Gramm pro Dosis, zwischen drei und vier Gramm am Tag.«

»Neueste Forschungen belegen, dass Kokain zu Wahnvorstellungen führen kann.«

»Was wollen Sie damit sagen?«

»Ich habe Ihnen Kokain verschrieben, um Sie von Ihrer Morphiumsucht zu heilen. Mittlerweile bin ich davon überzeugt, dass wir uns nach Alternativen umsehen sollten.«

»So langsam habe ich genug von Ihren Ausflüchten, Saretzki. Entweder Sie rücken meine Medizin heraus, oder ich marschiere geradewegs zu Ihrer Frau und berichte ihr, was Sie dem armen Mädchen angetan haben.«

Dr. Saretzki musterte ihn kalt. Dann zog er eine Schublade auf, griff hinein und warf eine braune Papiertüte auf den Schreibtisch. »Das ist das letzte Mal. Danach bekommen Sie von mir nichts mehr.«

Er nahm die Tüte und kontrollierte mit zitternden Fingern den Inhalt. »Ich bestimme, wann das letzte Mal ist. In vier Wochen komme ich wieder. Und wehe, Sie liefern nicht. Einen schönen Gruß an die Frau Gemahlin«, sagte er und eilte hinaus. Zu Hause bewahrte er ein ganzes Arsenal an Ingredienzien und Gerätschaften auf, um die wirksamste aller Lösungen herzustellen. Diese Medizin würde ihm die nötige Energie schenken, um den großen Plan zu vollenden.

In »Klein-Sanssouci«

Vor sechs Jahren war Otto auf dem Wasserweg nach Deutsch-Südwestafrika gereist, um sich von einer herben Enttäuschung zu erholen. Lange war er durch die Steppen gezogen und hatte vergeblich nach Antworten gesucht. Irgendwann hatte er entschieden, dass das Leben weitergehen musste, und war nach Deutschland zurückgekehrt. Im Januar 1888 hatte er sich in dem leer stehenden Sommerhaus seiner Eltern eingerichtet, um ein neues Buch zu verfassen. Die herrschaftliche, zweigeschossige Villa gehörte zur Colonie Alsen, die zwischen dem Großen und dem Kleinen Wannsee lag und von Wilhelm Conrad gegründet worden war. Obwohl die Gegend im Winter verlassen gewesen war, hatte sich Otto hier sofort heimisch gefühlt. So hatte er seinem Vater, dem neben der Manufakturwarenhandlung Sanftleben & Comp. zwei Eisenhüttenwerke in Schlesien gehörten, die vom Großvater geerbten Anteile am Familienunternehmen im Tausch gegen das Anwesen angeboten. Dieser hatte dem Handel nicht nur zugestimmt, sondern ihm außerdem eine großzügige Apanage bewilligt. Seitdem gehörte »Klein-Sanssouci«, wie Otto die Villa liebevoll nannte, ihm.

Der Garten, der erst vor Kurzem mit zahlreichen Blumenbeeten, Spazierwegen und einem Springbrunnen neu gestaltet worden war, fiel leicht zum westlichen Ufer des Großen Wannsees ab. An diesem Morgen blies ein frischer Wind aus nordwestlicher Richtung und raute die Wasseroberfläche auf.

Auf dem Bootsanleger hatte Otto seinen Rover-Trainier-Apparat aufbauen lassen. Dabei handelte es sich um ein stabiles Holzgestell, auf dem ein Rad stand, ohne mit den Reifen den Boden zu berühren. Otto hatte den stärksten Tretwiderstand eingestellt. Seine Beine pumpten wie Dampfkolben, sein Atem ging gleichmäßig. Er war so gut in Form wie nie zuvor in seinem Leben. Am 3. August würde er beim Meisterschaftsfahren von Deutschland antreten, um eine alte Rechnung zu begleichen. Er trainierte so verbissen, dass er nicht hörte, wie sich jemand von hinten näherte.

»Ein Bote hat das abgegeben«, sagte sein Leibdiener Moses und wedelte mit einem Umschlag.

Moses Katouje war siebzehn Jahre alt und in Deutsch-Südwestafrika geboren worden. Sein Vater war ein angesehener Viehzüchter vom Stamm der Hereros gewesen, der zusammen mit der restlichen Familie von Hottentotten massakriert worden war. Nur Moses hatte überlebt, durch schieren Zufall, weil er gerade am Fluss Wasser geschöpft hatte. Kinderlose Missionare aus Hamburg hatten ihn aufgenommen und die deutsche Sprache gelehrt. Als Otto auf seiner Afrikareise in der Mission Station gemacht hatte, hatte man ihn gebeten, den äußerst begabten Jungen mit nach Deutschland zu nehmen. Wenn Otto damals gewusst hätte, dass sich aus dem sanften, traurigen Jungen ein rebellischer Jüngling entwickeln würde, hätte er seine Entscheidung sicherlich noch einmal überdacht.

Otto drückte sich vom Lenker hoch und sagte: »Bevor man in medias res geht, begrüßt man einander. Das ist ein Zeichen von Höflichkeit.«

Moses verdrehte die Augen und streckte ungeduldig den Umschlag in seiner Hand vor. »Nun mach schon. Hier.«

Otto bereute wieder einmal, dass er dem Jungen das »Du« erlaubt hatte, als dieser beim Deutschlernen mit den Anredeformen Schwierigkeiten gehabt hatte. Eigentlich erwartete er keinen Brief und war neugierig, wer ihm eine Nachricht schickte. Trotzdem ließ er sich nicht hetzen – und schon gar nicht von seinem Leibdiener. In aller Seelenruhe stieg er vom Rover-Trainier-Apparat und trocknete sein verschwitztes Gesicht mit einem Handtuch ab. »Fangen wir noch einmal an. Guten Morgen, Moses.«

»Nie kann ich es dir recht machen.«

»Guten Morgen, Moses.«

»Also gut – wenn du dich dann besser fühlst. Guten Morgen, Otto.«

Otto nahm den Brief entgegen. »Wer hat ihn gebracht?«

»So ‘n Diener von so ‘nem Kommerzienrat.«

»Geht das auch in einem vollständigen Satz?«

»Ja-ha! Der Diener von einem Herrn Kommerzienrat hat den Brief abgegeben.«

Otto öffnete den Umschlag. Von Vitell? Was konnte er wollen? Nachdem Otto den Brief gelesen hatte, blickte er verwundert auf. Der Kommerzienrat bat ihn, an den Vernehmungen im Kreuzigungsfall teilzunehmen. Heute würde die erste Zeugin, eine gewisse Friederike Dürr, befragt werden. Der zuständige Beamte,

Commissarius Funke, sei unterrichtet worden. Und vonseiten des Kriminaldirigenten seien keine Einwände zu erwarten, das habe er geregelt, schrieb Vitell in einem PS am Ende des Briefs.

Otto legte sich das Handtuch um die Schultern und dachte: Irgendjemandem liegt wirklich viel daran, dass ich die Ermittlungen unterstütze.

Im Polizeipräsidium

Das neue Polizeipräsidium lag am Alexanderplatz. Nach dem königlichen Schloss und dem Reichstag war es das drittgrößte Gebäude Berlins. Eine Übersichtstafel im Eingangsbereich informierte den Besucher, dass die IV. Abteilung einen großen Teil des Erdgeschosses und des ersten sowie zweiten Stocks des Frontgebäudes einnahm.

Otto ging durch die Halle und bog in einen Korridor ab. Er war voll gespannter Erwartung. Möglicherweise würde ihm die Praxis der Zeugenbefragung neue Ansätze für seine Forschungen liefern. An den Wänden links und rechts standen Holzbänke, auf denen mehrere Personen warteten. Als er vorbeiging, wurde gerade mit strenger Stimme ein Herr Burfeindt aufgerufen. Otto kontrollierte die Nummern an den Türen, bis er das richtige Büro gefunden hatte. Kräftig klopfte er an und trat, nachdem jemand »Herein« gerufen hatte, ein.

Commissarius Funke erhob sich von seinem Schreibtischstuhl und kam ihm entgegen. Er war mittleren Alters, vielleicht fünfzig, und hatte auffallend dichte blauschwarze Haare. Vermutlich trug er eine Perücke. Seine Krawattennadel und die Manschettenknöpfe waren mit funkelnden violetten Edelsteinen besetzt. Eine Duftwasserwolke umgab ihn. Im obersten Knopfloch steckte ein Bändchen, das ihn als Veteran des Deutsch-Französischen Krieges von 1870/71 auswies.

Die Männer schüttelten einander die Hand und tauschten Höflichkeiten aus: Otto sagte, wie glücklich er sich schätze, an einem so bedeutenden Fall mitwirken zu dürfen, und der Commissarius entgegnete, die Freude sei ganz auf seiner Seite, denn noch nie hätte ihn eine so prominente Hilfskraft unterstützt.

Im Stehen stürzte Funke eine Tasse Kaffee hinunter, die verdächtig nach Cognac roch, und sagte dann: »Kommen Sie, mein Lieber. Es wird Zeit, dass wir anfangen.«

Auf dem Korridor gingen sie nach rechts und traten in das Verhörzimmer. Es war vollkommen kahl: Es gab keine Vorhänge, keine Bilder und keine Grünpflanzen, nur einen Tisch mit vier Stühlen.

Der Commissarius blieb an der Tür stehen und deutete auf eine Mappe, die auf dem Tisch lag. »Sie können schon mal meine Aufzeichnungen durchblättern. In der Zwischenzeit halte ich nach Fräulein Dürr Ausschau.«

Otto erkannte schnell, dass die Unterlagen von außerordentlicher Qualität waren. Als Erstes fiel ihm die Tatortskizze auf. Wenn sie von Funke stammte, war er ein wahrer Künstler. Die Zeichnung war nicht nur plastisch, sondern auch sehr realistisch. Sie gab jeden Fußstapfen und jedes auf dem Boden liegende Blatt wieder. Nur das Opfer war reichlich verklärt dargestellt. Funke hatte der Handschuhnäherin etwas Madonnenhaftes verliehen.

Rasch überflog Otto die übrigen Aufzeichnungen: eine Auflistung der Gegenstände, die man am Tatort gefunden hatte. Eine Erklärung des Arztes, dass die Frau bis zur Unkenntlichkeit verbrannt war und dass die Identifizierung nur wegen eines Knochenbruchs aus Kindertagen möglich gewesen war. Eine Aufzählung von Personen, die sich auf eine Zeitungsanzeige hin gemeldet hatten und die angeblich sachdienliche Hinweise machen konnten. Eine Erörterung der Frage, ob der Täter Ortskenntnis besessen hatte. Eine detaillierte Zeichnung zweier Fußabdrücke – der Schuh wies ein auffälliges Kreuzprofil auf – sowie den Vermerk, dass vor Ort Gipsabdrücke angefertigt worden waren.

Otto wusste, dass sich die meisten Kriminalbeamten nur Daten, Namen und Adressen notierten. Sie verließen sich auf ihren Instinkt. War ein Täter überführt, schrieben sie einen Schlussbericht, der die Staatsanwaltschaft über den Tatbestand informierte. Selten waren diese Berichte länger als ein oder zwei Seiten.

Otto verstand nun, warum man Funke mit dem schwierigen Fall betraut hatte. Obwohl er ein Exzentriker zu sein schien und möglicherweise zu viel Alkohol trank, offenbarten seine Aufzeichnungen einen klaren Geist. Jeder seiner Schritte war nachvollziehbar.

»Würden Sie bitte die Tür hinter sich schließen, meine Liebe?«, fragte Funke und ging durch den Raum. »Bitte.« Er deutete auf einen Stuhl.

Die Zeugin setzte sich und hob den Kopf.

Als Otto sie anschaute, traute er kaum seinen Augen. Ihre hellblonden Haare waren zurückgekämmt und im Nacken zu einem Dutt geknotet, der durch ein schwarzes Haarnetz gehalten wurde. Ihre Augen waren von einem strahlenden Saphirblau. Ihre dunkelroten Lippen standen in auffälligem Kontrast zu der hellen, sommersprossigen Haut. Sie trug eine schlichte schwarze Bluse und einen ebenso schlichten schwarzen Wollrock. Auf ihrer Brust ruhte ein kleines silbernes Kreuz. Sogar die Art, wie sie die Hände im Schoß faltete, kam ihm vertraut vor.

Die Ähnlichkeit war erschreckend.

»Das ist Herr Dr. Sanftleben«, sagte Funke und legte sich ein Blatt Papier zurecht. »Er unterstützt unsere Ermittlungen. So, dann fangen wir mal an! Zunächst stelle ich einige Fragen zu Ihrer Person.«

Die Frau tastete die spärliche Einrichtung furchtsam mit den Augen ab. Der rechte Ärmel war hochgerutscht und entblößte rötlich braune Narben über dem Handgelenk.

Funke schraubte einen Füllfederhalter auf. »Vorname?«

Schüchtern sah sie auf. »Dürr. Friederike Dürr.«

»Geburtsort und -datum?«

»Hier in Berlin. Am 3. Dezember 1867.«

»Familienstand?«

Sie warf Otto einen scheuen Blick zu, um gleich darauf zu erröten und den Kopf zu senken. »Den Richtigen hab ich noch nicht gefunden.«

»Wie bitte?«, fragte Funke. »Könnten Sie etwas lauter sprechen? Ich kann Sie kaum verstehen.«

»Entschuldigung. Ich sagte, dass ich unverheiratet bin.«

»Beruf?«

»Zurzeit habe ich ein Engagement am Belle-Alliance-Theater. Das Stück heißt ›Der Nautilus‹.«

»Also Schauspielerin. Namen der Eltern?«

»Meine Mutter ist eine geborene Ravenné und stammt aus einer kleinen Ortschaft bei Paris. Aber sie ist gestorben, schon vor langer Zeit – an Lungentuberkulose.«

»Und der Vater?«

»Dem geht's gut.«

»Den Namen meine ich.«

»Ach so. Entschuldigung. Ich bin so aufgeregt. Er heißt Dürr, Eberhard Dürr.«

»Was ist Ihr Vater von Beruf?«

»Kunstdrechsler.«

»Sie wohnen mit Ihrem Vater zusammen?«

»Ja, ich besorge ihm den Haushalt.«

Funke legte den Füllfederhalter beiseite, schlug seine Mappe auf und vertiefte sich in seine Aufzeichnungen. Plötzlich sah er auf und sagte: »Die alte Frau Krause erzählte uns, dass Sie Elvira Krause wenige Stunden vor ihrer Ermordung, am frühen Abend des 19. Juli, abgeholt haben, um einen Spaziergang zu unternehmen. Welchen Weg schlugen Sie ein?«

»Wir gingen auf dem kürzesten Weg zum Friedrichshain, dann am Denkmal von Friedrich II. vorbei, bis zum Städtischen Krankenhaus und schließlich durch den Birkenhain zurück. Elvira brachte mich noch bis zur Haustür und machte sich dann auf den Heimweg.«

»Wo sie nie angekommen ist«, ergänzte der Commissarius. »Ist Ihnen an Elvira Krause etwas aufgefallen? War sie anders als sonst, verwirrt vielleicht oder traurig?«

»Sie war noch nie ein fröhlicher Mensch, und auch an diesem Abend war sie recht still.«

»Ist Ihnen auf dem Spaziergang jemand begegnet? Oder wollte Elvira Krause später jemanden treffen? Hatte sie ein Verhältnis?«

Friederike Dürr hob den Kopf. »Mit einem Mann? Nein!«

»Sind Sie sicher?«

Die Zeugin blickte aus dem Fenster und nickte heftig.

Funke schrieb ein paar Worte und malte ein Ausrufezeichen dahinter. »Woher kannten Sie Elvira Krause?«

Doch statt einer Antwort brach es plötzlich aus Friederike Dürr heraus: »Haben Sie schon einen Verdacht? Wissen Sie, wer es war?«

»Bitte beantworten Sie nur die Frage, meine Liebe.«

»Wir waren Schulfreundinnen. Vor drei, vier Monaten haben wir uns zufällig wieder getroffen.«

»Das ist aber interessant. Elvira Krauses Mutter hat uns nämlich erzählt, dass Elvira in der Schulzeit Angst vor Ihnen hatte. Sie war sehr überrascht, dass Sie plötzlich vor ihrer Wohnungstür standen.«

»Sie wissen doch, wie das ist. Als Kind ist man grausam zueinander, und später merkt man, dass die andere doch ganz nett ist. Man verabredet sich, um über alte Zeiten zu sprechen und so was.« Als der Commissarius sie nur fragend anblickte, setzte sie hinzu: »Sie müssen doch wissen, wie es ist, wenn man alte Schulkameraden trifft?«

»Also habe ich Sie richtig verstanden, meine Liebe«, sagte Funke, »auf der Schule haben Sie Elvira gehänselt, dann haben Sie einander aus den Augen verloren, und wenige Wochen vor Elvira Krauses gewaltsamem Tod treffen Sie sich wieder und sind gute Freundinnen. Ist das so weit korrekt?«

»Könnte ich ein Glas Wasser bekommen?«, fragte Friederike Dürr und leckte sich die Lippen.

Otto tauchte aus dem dunklen Strom seiner Erinnerungen auf und gab das erste Lebenszeichen seit Beginn der Befragung von sich. Schwerfällig schob er den Stuhl nach hinten und kam auf die Füße. Erst blickte er nach links, dann nach rechts, er wollte schon losgehen, als ihm einfiel, dass er gar nicht wusste, wo er Wasser und ein Glas finden würde. Kopfschüttelnd setzte er sich wieder hin.

»Geht's Ihnen nicht gut, Herr Doktor?«, fragte Funke. »Soll ich ein Fenster öffnen?«

»Bemühen Sie sich nicht«, erwiderte Otto, tastete nach seinem Kragen und weitete ihn. »Es geht schon.«

»Wo war ich stehen geblieben?«, fragte Funke und kratzte sich am Hinterkopf. »Ach ja. Sie sollen Ihr Wasser bekommen, meine Liebe, aber lassen Sie uns zuerst fortfahren. Wissen Sie, dass Elvira Krause der Apostolischen Gemeinde angehörte?«

»Ich weiß, dass sie sich mit anderen Christen traf. Elvira wollte mehrmals, dass ich sie begleitete. Die Menschen wären so warmherzig, meinte sie. Ich habe gesagt, dass ich es mir überlege. Das ist alles, was ich über die, äh …«

»Apostolische Gemeinde«, half der Commissarius ihr weiter. »Das ist eine Weltuntergangssekte. Sind Sie sich absolut sicher, dass Elvira Krause kein Verhältnis mit einem Mann hatte?«

Friederike Dürr presste die Lippen aufeinander, sah aus dem Fenster und nickte heftig.

»Vorerst habe ich keine weiteren Fragen«, sagte Funke. »Sie können gehen, meine Liebe. Wenn Sie Durst haben, finden Sie in der Eingangshalle einen Trinkbrunnen. Auf Wiedersehen.«

Die Zeugin stand auf und knickste. »Auf Wiedersehen, Herr Kriminalrat.« Sie suchte Augenkontakt mit Otto. »Auf Wiedersehen, Herr Doktor.« Dann eilte sie hinaus.

Der Commissarius sah ihr nach und schraubte den Füllfederhalter zu. »Irgendetwas stimmt mit dem Mädchen nicht. Was glauben Sie, Herr Doktor? In dem Kapitel ›Somatisches allgemein‹ schreiben Sie, dass sich jede Geistesregung auf den Körper auswirkt. Allerdings geben Sie zu bedenken, dass die Ausprägung der Symptome und ihre Verifizierbarkeit von der individuellen Veranlagung der Person abhängen.«

»Das ist richtig«, sagte Otto und versuchte, sich endlich zusammenzureißen.

»Als ich Fräulein Dürr fragte, ob Elvira Krause ein Verhältnis hatte, spreizte sie den kleinen Finger ihrer rechten Hand ab. Haben Sie es bemerkt? Wenn ich mich recht erinnere, haben Sie dieses Phänomen beschrieben.«

»Viele Lügner können zwar ihre Mimik kontrollieren«, erwiderte Otto, »aber sie vergessen den übrigen Körper. Manche schlagen, wenn sie etwas verbergen, die Beine übereinander, andere spreizen den kleinen Finger ab, wenn sie von der Wahrheit abweichen. Ich nenne dieses Phänomen den verräterischen Nebeneffekt.«

»Genau. Und deshalb glaube ich, dass Fräulein Dürr uns ein wesentliches Detail verschweigt. Ich glaube sogar, dass sie ein Geheimnis hat.«

Auf dem Dachboden von »Klein-Sanssouci«

Gleich nach seiner Rückkehr vom Polizeipräsidium stieg Otto die Treppenstufen empor und blieb vor der Dachbodentür stehen. Sollte er die Vergangenheit wirklich heraufbeschwören? Sollte er eintauchen in eine Zeit, die ihm nichts als Kummer bereitet hatte? Oder sollte er die alten Geschichten ruhen lassen? Sollte er die Augen verschließen und bis zum Ende seiner Tage vergessen, was er gesehen hatte?

Während sich Otto den verspannten Nacken massierte, beschlich ihn das Gefühl, dass er vielleicht gar keine Wahl hatte. Früher oder später würde er wieder vor der gleichen Entscheidung stehen. Ja, plötzlich war er sich sicher, dass er erst Frieden finden würde, wenn er sich noch einmal der Vergangenheit stellte.

Er riss ein Zündholz an, hielt es an den Docht der Petroleumlampe und betrat den Dachboden. Im Schein der Lampe tauchten ausgemusterte Schränke, alte Gemälde, Koffer, zwei Bettgestelle, diverse technische Apparaturen seines Bruders, Bücher und Studienunterlagen auf.

Otto hatte sich nach Kräften bemüht zu vergessen, was hier oben lag. Trotzdem wusste er sofort, wohin er sich wenden musste. Um sich nicht zu stoßen, zog er den Kopf ein und ging den Mittelgang hinunter. Der Staub kitzelte in seiner Nase und ließ ihn herzhaft niesen.

Durch das Treppenhaus klang leise Musik herauf. Wie jeden Abend saß Moses am Flügel und stimmte ein Auswandererlied von Lizius an. »Lebt ewig wohl, ihr lieb geword'nen Räume, / Ihr grünen Täler und ihr blauen Höh'n! / Hinab mit euch ins Reich wehmüt'ger Träume! / Die Segel schwellen und die Winde weh'n …«

Normalerweise erstaunte es Otto, wie gefühlvoll der Junge singen konnte. Für ihn blieb es ein Rätsel, wie diese Stimme mit seiner rebellischen, beinahe feindseligen Haltung zusammenpasste. Doch heute fehlte Otto zu solchen Überlegungen die innere Ausgeglichenheit. Das Lied verstärkte nur seine eigene Melancholie, die ihn seit der Vernehmung im Polizeipräsidium nicht mehr losgelassen hatte.

Am Ende des Mittelganges bog Otto nach rechts ab, duckte sich unter einem niedrigen Balken hindurch und kniete sich in den Taubendreck. Die Spinnweben, die sich in seinem Haar verfingen, bemerkte er nicht. Er hatte nur Augen für die Seemannskiste.

Hastig öffnete er das Messingschloss und klappte den Deckel zurück. Mehrere Bündel Briefe, Muscheln, Schlittschuhe, Gedichtbände und bestickte Taschentücher kamen zum Vorschein. Otto nahm sie heraus und entdeckte schließlich auf dem Boden der Kiste, wonach er gesucht hatte. Er griff nach der Fotografie, setzte sich auf den Hosenboden und lehnte den Rücken an einen Holzbalken. Obwohl der Tag schon viele Jahre zurücklag, stieg die Erinnerung so klar in ihm auf, als wäre es erst gestern gewesen.

Seit Wochen hatte es geregnet. Hand in Hand waren sie über eine Pfütze gesprungen und hatten das Atelier erreicht. Keuchend und lachend hatten sie den Fotografen um ein Handtuch gebeten, um sich die Gesichter abzutrocknen. Sie war so anmutig gewesen, als sie ihre Haare mit den Händen geglättet und ihn gefragt hatte, ob mit ihrer Frisur alles in Ordnung sei.

Damals war er noch von jenem Gefühl durchdrungen gewesen, das nur junge Männer kennen, die noch keine Niederlage erlitten haben, die auf der Straße des Sieges voranschreiten und nicht für möglich halten, dass sich daran jemals etwas ändern könnte. Voller Stolz hatte er in die Kamera geblickt – der zukünftige Ehemann, der junge, talentierte Wissenschaftler. Er war davon überzeugt gewesen, dass die Welt nur auf ihn gewartet hatte. Wie sehr er sich doch getäuscht hatte.

Behutsam strich er über ihr Gesicht. Ihre Lippen bildeten eine weiche, geschwungene Linie, und ihre Augen blickten groß und fragend in die Kamera. Nein, er hatte sich nicht geirrt. Die Ähnlichkeit war frappierend. In der gleichen Haltung, mit fast identischer Kleidung und einem ähnlichen Gesichtsausdruck hatte die Zeugin Friederike Dürr heute im Polizeipräsidium vor ihm gesessen. Wollte eine höhere Macht prüfen, ob er einer Bewährungsprobe standhielt? Wollte sie testen, ob er das Leben trotz einer Begegnung wie dieser zu schätzen wusste? Eigentlich war Otto zu sehr Wissenschaftler, um an höhere Mächte zu glauben, aber ein letzter Funken Unsicherheit blieb.

Oder war die Ähnlichkeit lediglich Zufall? Waren beide Frauen einfach nur in einem streng protestantischen Haushalt aufgewachsen und teilten die Vorliebe für schwarze Kleidung, silberne Ketten und fromme Gebärden?

Otto spürte, wie seine Aufregung etwas nachließ. Ja, dachte er, ein Zufall, was sollte es sonst sein.

Im Haus von Eberhard Dürr

Nur einen Tag später begab sich Otto in den Osten der Stadt, der vor allem von Arbeitern bewohnt wurde. Er stellte sich vor das Dürr'sche Haus und betrachtete nervös die Fassade. Der Putz war von den Frösten der vergangenen Jahre so angegriffen, dass er an vielen Stellen abblätterte. Über der speckigen Holztür thronte das Drechslerwappen mit seinen zwei Meißeln, dem Außentaster und der Kugel, dem Symbol für die Perfektion.

Otto prüfte, ob sein Binder korrekt saß, und strich die Ärmel seines Jacketts glatt. Ich bin in einer amtlichen Angelegenheit hier, redete er sich dabei ein. Nun ja, zumindest in einer mehr oder weniger amtlichen Angelegenheit, denn abgesprochen hatte er sein Vorgehen nicht mit Funke.

Ein letztes Mal füllte Otto seine Lungen mit Luft, dann stieg er die ausgetretenen Steinstufen empor. Doch noch ehe er den Türklopfer betätigen konnte, steckte Friederike Dürr den Kopf hinaus und sagte verlegen: »Ich habe Sie durchs Fenster gesehen. Sicher haben Sie noch Fragen zum Tod von Elvira. Kommen Sie doch herein, Herr Doktor.«

»Zu gütig«, sagte Otto, setzte seinen Zylinder ab und klemmte ihn unter die Achsel. Er trat in den Flur und nahm seine Umgebung in Augenschein. Steinfliesen bedeckten den Fußboden. Eine wacklige Stiege führte zum Obergeschoss hinauf. Links von ihm befand sich die Werkstatt, wo mehrere Drehbänke standen. Rechts lag offenbar die Küche, aus der es nach Kohlsuppe roch. An der Wand neben der Eingangstür hing ein Öldruck, auf einem Holzschild darunter stand: »Lot mit seinen Töchtern«.

»Mein Vater isst gerade zu Mittag«, sagte Friederike Dürr. »Wir lassen ihn besser in Ruhe. Kommen Sie. Wir können uns im Hof unterhalten.«

Er folgte ihr und trat durch eine kleine Tür nach draußen. Der Hof war ungefähr zehn mal zwanzig Meter groß. Eine hohe Mauer, gekrönt mit Glasscherben, umschloss ihn und sollte wohl freche Diebe abschrecken, den Pflaumenbaum zu plündern. Hinter der Mauer ragten Fabrikschlote in den Himmel und spuckten Rauch aus. In einer Ecke des Hofs standen ein Kaninchenstall und einige verwitterte Holzbalken.

Erst jetzt erlaubte sich Otto, Friederike Dürr genauer zu betrachten. Wie schon beim Verhör hielt sie ihren Kopf leicht gesenkt, doch anders als am Tag zuvor hingen nun ihre Schultern nach unten. Sie trug einen schwarzen, weiten Rock und ein sackartiges Obergewand, das die Rundung ihrer Brüste vollständig verhüllte. Ihr Haar stand strähnig ab, und sie roch nach saurem Schweiß.

Wie hatte Otto dieser Begegnung entgegengefiebert! In allen Farben hatte er sich das Wiedersehen ausgemalt. Die Friederike Dürr in seiner Erinnerung war eine zwar schüchterne und fromme, aber zugleich hübsche und adrette Dame gewesen, die eine frappierende Ähnlichkeit mit seiner großen Liebe gehabt hatte. In der Wannseebahn und Unter den Linden hatte er geglaubt, ihren hellen Schopf zu sehen – und sein Herz hatte gerast, bis er seinen Irrtum erkannt hatte. Ja, allein der Gedanke an sie hatte seine Kopfhaut kribbeln lassen. Und jetzt? Sie schien vollkommen verändert. Welchem Hirngespinst war er da nur aufgesessen?

»Bitte gucken Sie nicht so«, sagte Friederike Dürr verlegen. »Mir blieb leider keine Zeit, um mich zurechtzumachen.«

Otto hoffte, dass seine Bestürzung nicht zu offenkundig gewesen war. Und ganz abgesehen davon: Er sollte endlich aufhören, sich zum Narren zu machen, und die ganze Sache professionell angehen. »Ich bin hier, um noch einmal den Tag anzusprechen, als Fräulein Krause verschwand. In der Vernehmung sagten Sie, dass Ihnen bei dem Spaziergang niemand begegnet sei.«

Friederike Dürr wich seinem Blick aus. »In der Vernehmung hab ich vieles gesagt.«

»Wie bitte?« Otto wollte schon nachhaken, als ihn das laute Knarren einer Türangel ablenkte. Ein Mann trat ins Freie. Er mochte um die fünfzig sein und war mit seinen etwa ein Meter neunzig ein wahrer Riese. Er trug eine schwarze Schirmmütze und eine blaue Schürze. Während er zu den verwitterten Holzbalken in der Ecke ging, hielt er den Unterkörper leicht vorgeschoben. Mit schwieligen Pranken griff er nach den Balken und stapelte sie. Friederike Dürr trat hinter Otto, als wolle sie sich verstecken.

»Das ist mein Vater«, flüsterte sie. »Er ist gekommen, um uns zu beobachten.«

In diesem Augenblick schielte der Mann über seine Schulter und blickte drohend zu seiner Tochter. Otto hatte keine Ahnung, was zwischen den beiden vorging. Er nahm nur die Furcht einer jungen Frau wahr und hielt es für seine Pflicht als Gentleman, ihr in dieser Situation beizustehen. Entschlossenen Schrittes ging er zu Eberhard Dürr hinüber. »Wenn ich mich kurz vorstellen darf. Mein Name ist Sanftleben. Dr. Sanftleben.«

Der Drechslermeister richtete sich auf. Sogleich fielen Otto die tiefen, senkrechten Stirnfalten ins Auge. Ein hoch geschätzter Kollege, der Geheime Sanitätsrat Baer, seines Zeichens Oberarzt im Strafgefängnis Plötzensee, hatte ihm erst kürzlich erklärt, dass vom Gehirn je nach Gemütsregung und Willensreiz bestimmte Muskelgruppen des mimischen Apparats in Bewegung gesetzt würden. Bei häufigen Wiederholungen bildeten sich so Furchen, Gesichtslinien und Lippenstellungen heraus, die zu charakteristischen Merkmalen werden konnten. So traten, wie Baer weiter ausgeführt hatte, senkrechte Stirnfalten besonders häufig bei Personen auf, die zu unterschwelligem Zorn und Verdrossenheit neigten. Doch der alte Dürr war nicht nur zornig, sein Blick wirkte kalt, wie bei einem Berufsverbrecher, dessen Gewissen abgestumpft war oder der nie eines besessen hatte.

»Das interessiert mich nicht«, sagte Dürr mit einem heiseren Timbre, das verriet, wie wütend er war. »Ich will nur wissen, was Sie von ihr wollen.«

»Das hab ich dir doch gesagt, Vater«, sagte Friederike Dürr. »Herr Dr. Sanftleben sucht den Mörder von Elvira.«

»Meine Tochter war schon auf dem Polizeipräsidium«, sagte Dürr barsch. »Eine ganze Stunde haben die verlausten Juden sie befragt.«

»Ihre Tochter ist eine wichtige Zeugin in einem Fall von öffentlichem Interesse«, sagte Otto um Sachlichkeit bemüht. »Es haben sich neue Fragen ergeben, die geklärt werden müssen. Außerdem möchte ich Sie bitten, uns allein zu lassen, damit wir ungestört sprechen können.«

»Ungestört! Ich hab genau beobachtet, wie Sie sie anstarren. Glauben Sie, dass ich blind bin? So guckt kein Beamter, so guckt ein …« Statt weiterzureden, krümmte der Drechslermeister seine Finger, was Otto an das Vorstrecken der Krallen im Tierreich erinnerte, an eine Maßnahme also, die dem Beuteschlag unmittelbar vorausgeht. Sogleich trat Otto einen Schritt zurück und rechnete seine Chancen aus, falls es zu einem Kampf käme. Der Mann war groß und durch die körperliche Arbeit stark, aber Otto war jünger und so gut trainiert wie nie zuvor. Er war sich sicher, dass er mit dem alten Dürr fertigwerden würde. Wachsam, jede Bewegung seines Gegners registrierend, sagte er: »Ich weiß nicht, was Sie mit Ihrer Rede bezwecken, aber ich kann Ihnen versichern, dass meine Motive ehrenwert sind. Deshalb bitte ich Sie nochmals, uns allein zu lassen, damit ich meine Befragung fortsetzen kann.«

Der Drechslermeister spuckte verächtlich aus.

Friederike Dürr trat aus Ottos Schatten. Sie sah blass und mitgenommen aus. Ängstlich berührte sie den Arm ihres Vaters. »Der Doktor macht nur seine Arbeit. Du willst doch auch, dass man Elviras Mörder fasst.«

»Eins sag ich Ihnen«, sagte Dürr rau, »wenn Sie meine Tochter anfassen, nur ein einziges Mal, dann …« Er ballte seine Fäuste, stieß ein Knurren aus und stapfte zurück ins Haus.

Der Mann wirkte völlig unkontrolliert, ja geradezu gewalttätig. Trotzdem ließ Otto der Zwischenfall kalt. Vielleicht, weil er die Intensität von Dürrs Wut nicht verstand. Woher rührte so viel Zorn?

Derweil kämpfte Friederike Dürr mit sich, um nicht in Tränen auszubrechen. »Sie müssen ihn entschuldigen, aber nach dem Tod meiner Mutter sorgt er ganz allein für mich. Er ist so sehr auf meine Tugend bedacht, dass er manchmal nicht weiß, was er sagt.«

»Ich verstehe.«

»Jetzt denken Sie bestimmt: Was ist das für eine Frau, die einen solchen Vater hat? Ist es nicht so?« Ängstlich sah sie ihn an. Ihre Lippen zitterten, dann rollten Tränen ihre Wangen hinab.

Otto schmolz dahin. Behutsam trat er einen Schritt näher, reichte ihr sein Taschentuch und sagte so mitfühlend, wie er nur konnte: »Weinen Sie nicht, Fräulein Dürr. Ich denke nicht schlecht von Ihnen. Das müssen Sie mir glauben.«

»Alles macht er kaputt. Mein Vater ist ein Scheusal. Ich wünschte, er wäre tot.«

»So etwas dürfen Sie nicht einmal denken. Vielleicht übertreibt Ihr Vater ein wenig, aber ich bin davon überzeugt, dass er nur das Beste für Sie will.«

»Sie sind ein so guter und anständiger Mensch, Herr Doktor. Ich wünschte, ich wäre auch so.«

Ihre Worte waren Balsam für Ottos Seele. »Ach, Sie übertreiben.«

Nachdem sie sich ausgiebig geschnäuzt hatte, sagte sie: »Wir sollten jetzt mit der Befragung weitermachen.«

»Aber natürlich«, pflichtete Otto ihr sofort bei. »Erinnern Sie sich also noch einmal an den Tag zurück, als Sie mit Elvira Krause spazieren gingen. Ist Ihnen wirklich nichts aufgefallen? Jeder noch so kleine Anhaltspunkt könnte uns helfen.« Otto bemerkte ein Flackern in ihren Augen. Hatte sie etwa Angst? »Wenn Sie jemanden gesehen haben und sich fürchten, kann ich Ihnen versichern, dass alle Informationen vertraulich behandelt werden. Sie können vollkommen beruhigt sein.«

»Sie würden nicht zulassen, dass mir etwas geschieht, nicht wahr?«

»Werden Sie etwa bedroht? Brauchen Sie Schutz? Ich kann das arrangieren.«

»Nein, nein. Ich muss mir die Ereignisse nur noch einmal in Ruhe durch den Kopf gehen lassen. Vielleicht fällt mir noch etwas ein. Was halten Sie davon, wenn wir uns in den nächsten Tagen treffen und das Gespräch dann fortsetzen?«

»Einverstanden.«

»Dann kommen Sie übermorgen ins Belle-Alliance-Theater. Ich lasse für Sie eine Karte hinterlegen, und hinterher reden wir.«

Otto sagte zu, ließ sich von Friederike Dürr zur Haustür bringen und verabschiedete sich dort mit einer vollendeten Verbeugung. Während er die Stufen der Eingangstreppe hinuntersprang, dachte er: Wie hat sie sich doch gleich ausgedrückt? Ein so guter und anständiger Mensch. Ein so schönes Kompliment hatte er schon lange nicht mehr gehört. Beschwingt marschierte er den Trottoir hinunter. Er war so in seine Gedanken vertieft, dass er nicht bemerkte, wie sich die Gardinen bewegten, als er das Fenster der Dürr'schen Küche passierte.

Am Schöneberger Nationaldenkmal

Mitten in der Nacht stapfte er über das Kopfsteinpflaster und lauschte gebannt, wie seine Schritte von den Häuserfassaden widerhallten. Das neue Kokain war von einer außerordentlich guten Qualität. Er hatte eine Lösung zubereiten können, die ihn nicht nur von seinen Knochenschmerzen befreite, sondern ihm eine geradezu kristallene Gedankenschärfe verlieh. Ohne einen Moment zu zögern, hatte er sich auf das Schöneberger Nationaldenkmal festgelegt. Es gedachte der Gründung des Kaiserreichs von 1871 und war ein Symbol für die Stärke Deutschlands. Erst vor zwei Monaten war es von Wilhelm II. mit einer großen Parade eingeweiht worden.

Er bog um eine Straßenecke und erreichte den neu angelegten Platz inmitten von gerade fertiggestellten Mietshäusern und einigen Baustellen.

Zwischen Büschen und noch jungen Bäumen, Parkbänken und Spazierwegen erhob sich das zehn Meter hohe Nationaldenkmal. Eine steinerne Germania auf einem runden Sockel reckte die Kaiserkrone in die Höhe. In der anderen Hand hielt sie ein Schwert. Auf ihrem Brustpanzer prangte der Reichsadler. Das Denkmal war geradezu ideal für seine Zwecke.

Bei einer Eiche blieb er stehen und musterte die umliegenden Fenster. Nirgends sah man Lampenschein, weder Stimmen noch Geräusche drangen in die Nacht. Bis auf das erste Morgengezwitscher einiger Vögel war es vollkommen still. Er machte ein Handzeichen in Richtung eines Fliederbusches, woraufhin sich eine Gestalt aus dem Dickicht zwängte und neben ihn trat.

»Irgendetwas Ungewöhnliches?«, fragte er.

»Vor einer Stunde hat sich ein Liebespaar hier herumgedrückt«, sagte sein Komplize. »Es hatte den Anschein, als wüssten sie nicht, wo sie hingehen sollten; dann sind sie weitergezogen. Ein paar Minuten später kam ein betrunkener Mann vorbei, der vermutlich von einem Zechgelage nach Hause schwankte.«

»Gendarmen?«, fragte er und zog seine Taschenuhr hervor.

»Ich hab keine gesehen.«

»In einer halben Stunde wird es hell. Am besten fangen wir gleich an. Wo ist die Leiter?«

»Dort drüben, am Baum.«

»Bring sie zum Denkmal. Hinterher kehrst du hierher zurück und behältst den Platz im Auge. Wenn sich jemand nähert, pfeifst du.«

»Verstanden.«

Beide bewegten sich zur Mitte des Platzes. Sie hatten Arbeitermützen aufgesetzt und sie tief ins Gesicht gezogen. Sollte sie jemand beobachten, so würde er sie später nicht wiedererkennen können. Der Himmel war wolkenfrei, und das Mondlicht tauchte die Szenerie in ein silbergraues Licht.

Kurz vor der hüfthohen Schutzwehr nahm er den Seesack von der Schulter, den er den ganzen Weg von zu Hause bis hierher geschleppt hatte. Er öffnete den Kordelzug. Zuerst zog er einen kleineren Beutel hervor, der einige ältere Ausgaben der verbotenen Zeitung »Der Sozialdemokrat« enthielt sowie einen Notizblock mit revolutionären Zitaten, Fotografien der Politiker Karl Liebknecht und August Bebel, eine leere Bierflasche und Brotreste. Den Beutel arrangierte er so, als wäre er bei einer überstürzten Flucht vergessen worden.

Dann entnahm er dem Seesack ein Steingefäß, das mit Dynamit gefüllt war, und führte eine wetterfeste Zündschnur durch eine runde Öffnung. Am Ende der Zündschnur befestigte er einen Feuerschwamm. Mit dieser Sprengladung stieg er über die Schutzwehr und kletterte die Leiter hinauf. Oben angekommen, platzierte er die Bombe in einem Hohlraum zwischen dem langen, faltenreichen Gewand, dem leicht abgespreizten Schwertarm und dem Umhang der Germania. Dann stieg er die Sprossen wieder hinab, entzündete ein Schwefelhölzchen und setzte den Feuerschwamm in Brand. Rasend schnell fraß sich die Glut die Zündschnur hoch, und er eilte davon. Unterwegs gesellte sich sein Komplize zu ihm. Gemeinsam erreichten sie die Straße und wandten sich in östliche Richtung. Sie waren noch keine fünfhundert Meter von dem Nationaldenkmal entfernt, als ein ohrenbetäubender Knall die nächtliche Stille zerriss.

Auf der Radrennbahn an der Brückenallee

Am frühen Nachmittag trainierte Otto zunächst den Antritt, der beim Radsprint über Sieg und Niederlage entscheiden konnte. Später fuhr er längere Distanzen. Er wollte erst aufhören, wenn er auf tausend Meter unter einer Minute fünfzig blieb, was allerdings mit der schwerfälligen Trainingsmaschine der Marke Nürnberger Veloziped beinahe unmöglich war.

Als Otto in die Zielgerade einbog, spürte er seine Beine kaum noch. Sein Atem ging zu schnell, sein Trikot klebte am Rücken, und die Innenseiten seiner Schenkel waren wund gescheuert.

Trotzdem schaffte er es irgendwie, noch an Tempo zuzulegen. Mit letzter Kraft trat er in die Pedale und schoss über die Ziellinie. »Wie viel?«, rief er keuchend.

Die Antwort blieb aus. Zuerst dachte Otto, dass er vor lauter Erschöpfung oder wegen des Fahrtwindes Moses nicht verstanden hatte. Also wendete er und fuhr in gemütlichem Tempo zurück. Zu seinem Erstaunen stellte er jedoch fest, dass von seinem Leibdiener jede Spur fehlte. Die Stoppuhr lag im Gras. Nur Ferdinand, sein zwei Jahre jüngerer Bruder, kniete am Boden und lockerte die Schrauben am Ersatzrad.

»Wo ist Moses?«, fragte Otto.

Ferdinand sah auf. Er war schlank, hatte lange Gliedmaßen und ein Vogelgesicht. Im Umgang mit Menschen war er eher scheu. Wohler fühlte er sich in der Gesellschaft von technischen Apparaten. Vor einigen Jahren hatte er aus Gewissensgründen eine hoch dotierte Stellung als Waffenkonstrukteur gekündigt. Seitdem arbeitete er als Erfinder. Mit kostspieligen Experimenten hatte er seinen Erbteil bereits komplett durchgebracht. Weil er von seiner Beratertätigkeit in der Physikalisch-Technischen Reichsanstalt und den bisherigen Patenten kaum leben konnte, half Otto ihm häufig aus.

»Moses?«, fragte Ferdinand zerstreut. »Ich hab gesagt, dass ich eine kleinere Übersetzung brauche. Und da ist er zur Werkstatt gelaufen.«

»Das hätte doch Zeit gehabt«, sagte Otto. Wie ärgerlich! Nun wusste er nicht, ob er unter eins fünfzig geblieben war. Er beschirmte seine Augen mit der rechten Hand und spähte in die Ferne. Die Luft flirrte über dem Tiergarten. Von Moses war keine Spur zu sehen.

»Herr Doktor! Hallo, hier drüben.«

Otto drehte sich um und erblickte Commissarius Funke, der hinter der Absperrung stand. Mit seiner Butterblume – einem steifen, runden Strohhut –, dem blassen Teint, dem taillierten Jackett und einer burgunderroten Hose wirkte Funke recht geckenhaft, ja fast ein wenig feminin. Otto schob sein Rad über die Fahrbahn, lehnte es gegen einen Holzpflock und kletterte über die Absperrung.

»*Vous permettez?*«, fragte der Commissarius mit weicher Stimme und stützte Ottos Arm ab.

»Danke«, erwiderte Otto.

»Hier geht es ja zu!«

»Am Sonntag findet das Meisterschaftsfahren von Deutschland statt. Viele Athleten drehen noch ihre letzten Runden, bevor sie in den Zug nach München steigen.«

»Nehmen Sie auch teil?«

»Und ob«, sagte Otto und schaute irritiert an seinen Beinen hinunter. Der Commissarius starrte sie regelrecht an. Hatte er einen Ölfleck auf der kurzen Hose? Doch er konnte nichts Ungewöhnliches feststellen. »Ist was?«

»Nein, nein«, sagte Funke schnell und schlug einen dienstlichen Ton an. »Ich bin gekommen, um Sie um Unterstützung zu bitten. Haben Sie schon von dem Anschlag auf das Schöneberger Nationaldenkmal gehört?«

»Natürlich! Auf der Rennbahn wurde heute von nichts anderem geredet.«

Der Commissarius zog die Mittagsausgabe einer großen Tageszeitung aus der Jacketttasche und schlug sie auf. »Der Täter hat einen Bekennerbrief geschrieben. Kennen Sie den Wortlaut?«

»Einen Bekennerbrief?«, fragte Otto erstaunt.

»Ganz recht«, erwiderte der Commissarius. »Er hat der Zeitung einen Brief geschickt, und die haben das Schreiben abgedruckt. Hören Sie, es heißt dort: ›Unsere Frauen lassen sie kreuzigen, aber uns bespitzeln sie nach wie vor. Die Zerstörung des Nationaldenkmals ist ein Symbol für den Kampf gegen die Tyrannei und ein Zeichen der Hoffnung für die Überwindung eines kranken Parlamentarismus. Friede den Hütten! Krieg den Palästen! Lang lebe der Sozialismus!‹«

Otto ließ die Worte einen Moment lang sacken und sagte dann: »Eine Sache verstehe ich nicht ganz. Warum sprengt er das Nationaldenkmal jetzt in die Luft? In wenigen Wochen wird das Sozialistengesetz* aufgehoben.«

»Nun ja, das mag schon sein, aber eines dürfte feststehen: Die politische Polizei wird verdächtige Subjekte auch weiterhin überwachen.«

»Und da ist noch ein Punkt, der mir seltsam vorkommt. Erst klingt alles ganz nach dem Anarchisten Johann Most oder einem seiner Gefolgsleute, aber am Ende des Briefes lässt der Täter den Sozialismus hochleben. Die deutsche Sozialdemokratie lehnt doch jedes ungesetzliche und gewalttätige Vorgehen kategorisch ab.«

»Das stimmt, aber die Kollegen haben am Tatort einen Beutel gefunden, dessen Inhalt ganz klar auf einen sozialdemokratischen Hintergrund des Täters schließen lässt. Momentan gehe ich davon aus, dass es sich um einen Anarchisten mit sozialdemokratischen Wurzeln handelt. Manchmal verwischen sich die Grenzen eben.«

»Da haben Sie natürlich recht.«

»Viel bedenklicher finde ich, dass die Kreuzigung erwähnt wird. Sie hat schon für mehr als genug Aufsehen gesorgt, und wir haben bei der Ermittlung noch immer keinen nennenswerten Fortschritt erzielt.«

»Ich verstehe«, sagte Otto. »Und was kann ich konkret für Sie tun?«

Der Commissarius berichtete, dass er Heribert Korittke, den Kopf der Apostolischen Gemeinde, vernommen hatte, aber zu keinem abschließenden Urteil gelangt war. Deshalb bat er Otto, einen Gottesdienst der Sekte zu besuchen. Dabei sollte er sich umhören und sich eine Meinung darüber bilden, ob Korittke fähig wäre, einen Mord zu begehen. »Es wäre für die Ermittlung förderlich, wenn Sie den Bericht noch vor Ihrer Abreise nach München im Präsidium abgeben könnten. Ist Ihnen sonst noch etwas eingefallen? In Bezug auf die Zeugin Dürr, meine ich.«

Otto spürte, wie sich sein schlechtes Gewissen regte. War jetzt der richtige Zeitpunkt, um den Commissarius über seinen eigenmächtigen Besuch zu informieren? Oder war dazu noch Gelegenheit, wenn Friederike Dürr ihm tatsächlich etwas Neues mitteilte?

»Nichts?«, hakte der Commissarius nach. »Dann will ich Sie nicht länger aufhalten. *Merci beaucoup pour vos efforts,* und bitte vergessen Sie den Bericht nicht.«

Bei der Apostolischen Gemeinde

Am Abend ließ Otto das Fahrrad auf einem Baugrundstück im Stralauer Viertel ausrollen, stieg ab und lehnte es gegen einen Holzschuppen. Mittlerweile hatte er herausgefunden, dass die Apostolische Gemeinde vor allem einfache Leute anzog. Weil er nicht auffallen wollte, trug er eine verschlissene Joppe, die er schon als Student besessen hatte. Um seine Maskerade perfekt zu machen, griff er in den Dreck und rieb die Hände aneinander; mit schmutzigen Fingern würde man ihn hoffentlich für einen Arbeiter halten. Dann ging er die Straße hinunter und erreichte schließlich eine flache, lang gezogene Baracke.

Im Inneren mussten sich seine Augen erst an das schummrige Licht gewöhnen. Zwar flackerten überall Kerzen, aber es gab keine Fenster. Auf der gegenüberliegenden Seite des Eingangs stand eine zusammengezimmerte Kanzel, dahinter ein Bretteraltar, links davon sah er ein altes Harmonium. Ungefähr fünfundzwanzig Menschen saßen in den Stuhlreihen vor ihm und unterhielten sich leise.

Da trat ein Mann aus einer Nische auf Otto zu und sagte: »Sommsai liebt dich.« Er trug Sandalen und ein weißes Gewand und lächelte so selig, als hätte er gerade die Nachricht von einer Millionenerbschaft erhalten.

Otto hielt die Worte für eine Begrüßungsformel, wusste aber nicht, was er antworten sollte.

Der Mann wiegte seinen Oberkörper vor und zurück und sagte: »Ich habe Sie noch nie bei uns gesehen. Möchten Sie sich unserer Gemeinde anschließen?«

»Ich habe schon viel von Sommsai gehört«, erwiderte Otto. »Und da bin ich neugierig geworden.«

»Uns ist jede Seele willkommen. Sicher haben Sie viele Fragen. Hier, nehmen Sie erst einmal dieses Heftchen. Es ist kostenlos, aber wir sind für jede Spende dankbar.«

»Gern«, sagte Otto und nahm die lose zusammengehefteten Blätter entgegen. Er gab dem Mann eine Münze und ging den Mittelgang hinunter. Vielen Gemeindemitgliedern schien das Leben bisher übel mitgespielt zu haben. Ein gelähmter Knabe hing über zwei Stühlen, Speichel sickerte aus seinem Mundwinkel. Vor ihm saß ein ausgemergelter Mann, er war ganz in sich gekehrt und nahm nichts von seiner Umgebung wahr. Seine groben, schwieligen Hände bearbeiteten eine Mütze, die er im Schoß hielt. Otto ließ seinen Blick zu den anderen Gemeindemitgliedern wandern und dachte: Diese Menschen sind keine Scharlatane, sondern Zukurzgekommene. Ihre ganze Sehnsucht konzentrierte sich auf das Jenseits, wo sie zu den Auserwählten zählen würden – das versprach ihnen zumindest die Apostolische Gemeinde, wie Otto wusste.

Er setzte sich neben eine rundliche, mütterlich wirkende Frau und sagte: »Sommsai liebt dich.«

»Dank dem Allmächtigen in der Höh«, erwiderte sie.

Das ist also die richtige Antwort, dachte Otto und widmete sich dem Heftchen. Auf der ersten Seite waren die Mitglieder der Apostolischen Gemeinde aufgeführt, die sich durch eine Spende von über hundert Mark bereits einen Platz im himmlischen Jerusalem gesichert hatten. Otto blätterte weiter und las mit Erstaunen die Geschichte der Sekte. Sie berief sich auf eine kleine Gruppe von Christen, die sich etwa dreihundert Jahre nach Jesu Geburt zusammengeschlossen hatten, um ein Leben in Einsamkeit zu führen, das durch Frömmigkeit und Nächstenliebe geprägt war. Gott war ihnen daher besonders wohlgesonnen. Im 13. Jahrhundert hatten sich die Gläubigen auf Pilgerreise begeben und waren allesamt von einer wilden Sarazenenschar niedergemetzelt worden. Kurz bevor ihr geistlicher Führer den Märtyrertod gestorben war, hatte er prophezeit, dass die Sekte im Jahre 1883 unter einem neuen Apostel auferstehen würde. Und dies war angeblich niemand anderes als Heribert Korittke, Gemischtwarenhändler aus Berlin-Kreuzberg, der sich selbst Sommsai nannte.

Und das glauben die armen Menschen hier!, dachte Otto und las kopfschüttelnd weiter, wie der Apostel Korittke von seinem Auftrag erfahren hatte. Als er sich in seinem Geschäft nach dem Registrierbuch gestreckt hatte, um die Inventur vorzunehmen, war ihm der schwere Lederband auf den Kopf gefallen, sodass er in eine tiefe Bewusstlosigkeit gesunken war. Während er zwischen Kartoffelsäcken, Knöpfen und Dr. Hagenbergs Lutschpastillen reglos dagelegen hatte, war ihm Jesus Christus in einem sanften Licht erschienen. Der Messias hatte ihm aufgetragen, die Weltbevölkerung zu einen und sie auf das Jüngste Gericht vorzubereiten. Auch war Jesus so freundlich gewesen, ihm den konkreten Termin für den nahenden Untergang zu nennen, den 31. Dezember 1899 nämlich.

Otto blickte von seiner Lektüre auf, als neben ihm eine verhärmte Frau Platz nahm, die ein streng geschnittenes schwarzes Kleid trug und deren magerer Körper über keinerlei weibliche Rundungen verfügte. Ihr roter Schopf war so dünn, dass man die wenigen Haare einzeln zählen konnte. »Sommsai liebt dich«, sagte sie streng.

»Dank dem Allmächtigen in der Höh«, erwiderte Otto und erhob sich von seinem Stuhl, denn vorn am Altar erschien nun der Mann, der ihm eben das Heftchen gegeben hatte, und machte ein entsprechendes Zeichen.

»Schlagt das Lied Nummer zehn im Gesangsbuch auf«, sagte der Mann und nickte einem Greis am Harmonium zu. Sogleich ertönte eine sakrale Melodie. Otto nahm ein Gesangsbuch aus einem Fach an der Rückenlehne am Stuhl vor ihm, blätterte durch die Seiten und stimmte in den Gesang ein: »Voller Unschuld ist er uns erschienen / Und nahm uns lächelnd an die Hand. / Mit unserem Vater wollen wir ziehen / Nun endlich ins verheißene Land.«

In diesem Moment ging neben dem Altar eine Tür auf, und Sommsai betrat den Raum. Zumindest glaubte Otto, dass es sich um den Apostel Korittke handelte, denn er trug ein weißes Gewand und eine Krone, die im Übrigen seine Segelohren recht unvorteilhaft betonte. Zwölf Jünger unterschiedlichen Alters folgten ihm. Die Gemeinde sang ergriffen: »Oh, unser Erlöser, wir sehen dich! / In des Apostels Fleisch zeigst du dich! / Halleluja! Halleluja!«

Nachdem der Mann am Altar ein paar einleitende Worte gesprochen hatte, stieg Sommsai auf die Kanzel und sagte salbungsvoll: »Liebe Brüder und Schwestern, von einer wahren Begebenheit will ich euch heute erzählen. Ihr wisst, dass ich viel durch die deutschen Lande reise, um das Wort Jesu zu verbreiten. Ihr wisst auch, dass der Kampf zwischen Gut und Böse erst entschieden sein wird, wenn wir in den Schoß unseres Heiligen Vaters heimgekehrt sind. Vergangenen Donnerstag ereignete sich nun etwas, das uns als Beweis dienen kann, dass wir den rechten Pfad eingeschlagen haben und diesen Weg weiter beschreiten sollen …«

Otto sah sich den angeblichen Apostel genauer an. Mit auffälliger Kleidung sollte meistens eine Botschaft ausgesandt werden. Warum musste Sommsai seinen heiligen Auftrag noch mit diesem Aufzug betonen? Verbarg er etwa unter dem weißen reinen Gewand eigensüchtige Gedanken, von denen niemand etwas wissen sollte?

Dann betrachtete Otto Sommsais Gesicht, seine lange, spitz zulaufende Nase. Sie wurde listigen Menschen zugeschrieben, nicht aber gewalttätigen oder aggressiven. Besondere Aufmerksamkeit widmete Otto Sommsais Augen und seinem Blick. Schließlich betonte sein hoch geschätzter Kollege, der Geheime Sanitätsrat Baer, immer wieder, dass das Auge jenes Organ sei, welches die wahren Gefühle am deutlichsten offenbare. Jede Bewegung des Auges, jede Veränderung der Blickrichtung verrate die innere Gemütsstimmung. So lasse ein steter Blick auf seelische Ruhe, ein flüchtiger hingegen auf geistige Erregtheit schließen. Natürlich war Vorsicht geboten. Vorschnelle Einschätzungen bargen, wie Otto wusste, immer die Gefahr, ein Fehlurteil zu fällen. Häufig ließ man sich vom Blick eines vermeintlichen Menschenfreundes täuschen, der Offenheit und Sympathie vorheuchelte, um sein Ziel zu erreichen. Und genauso oft interpretierte man abweisende Blicke falsch, denn statt um einen Grobian konnte es sich auch um einen Menschen handeln, dem lediglich die Gabe der Selbstdarstellung fehlte und der sich nach und nach als zuverlässiger Charakter entpuppte.

Sommsais Augen waren immer in Bewegung, rastlos glitten sie von einem Gemeindemitglied zum anderen. Auf Otto wirkte der Apostel deswegen eher wie ein Betrüger, Heiratsschwindler oder Dieb, nicht aber wie ein brutaler Mörder, der einen starren, gefühllosen Blick gehabt hätte. Nachdenklich hörte sich Otto weiter an, was der Apostel seiner Gemeinde zu sagen hatte.

»Nichts ahnend stieg ich in Dresden aus dem Zug und wurde

von unseren Brüdern und Schwestern auf das Herzlichste empfangen. Die treuen Seelen wollten mich zu meiner Unterkunft geleiten, wo ich etwas ruhen und mich auf den Gottesdienst am Abend vorbereiten sollte. Plötzlich stellte sich uns ein Bahnsteigschaffner in den Weg und behauptete, dass mein Fahrschein nicht gültig sei. Doch ich sah es, ich sah in seinen Augen das teuflische Feuer, das dort auf und ab tanzte. Sein Uniformrock roch nach Pest und Schwefel. Und da begriff ich, dass ich einer Prüfung unterzogen wurde. Mit Inbrunst sprach ich ein Vaterunser, streckte die Hand aus und schob den Teufelsdiener beiseite. Sogleich löste er sich in Luft auf. Ja, ihr habt richtig gehört: Er löste sich in Luft auf. Und da knieten unsere Brüder und Schwestern vor mir nieder und küssten meinen Ring.«

»Halleluja«, rief eine Frau in der ersten Reihe.

»Wenn das Ende aller Tage gekommen ist, braucht ihr keine Angst zu haben, denn Jesu wird bei euch sein, wie er auch in Dresden bei mir war.« Sommsai streckte die Arme gegen die Decke. »Und wenn ich zu euch spreche, dann nehme ich die Worte von ihm, und wenn ich euch auf den einzigen Pfad führe, dann sollt ihr mir folgen.«

»Halleluja«, rief die Frau wieder. Dann stimmte die Gemeinde erneut ein Lied an. »Voller Unschuld ist er uns erschienen / Und nahm uns lächelnd an die Hand. / Mit unserem Vater wollen wir ziehen / Nun endlich ins verheißene Land.«

Sommsai stieg von der Kanzel. Plötzlich zitterte sein Arm, dann sein Bein, und schließlich wurde sein ganzer Körper von wilden Zuckungen hin und her geschüttelt. Nach und nach verstummte der Gesang. Wortlos starrten die Menschen auf ihren Apostel. Und auch Otto begriff allmählich, dass eine Prophezeiung unmittelbar bevorstand.

Da riss Sommsai die Augen auf und verkündete mit dumpfer Stimme: »Tut auf eure Ohren und öffnet eure Herzen! Ich habe euch damals gekannt, und ich kenne euch heute. Ich weiß genau, wer ihr seid. So wie ihr zu mir kommen werdet, so werde ich euch empfangen. Habt nur Geduld und bereitet euch vor. Wenn der Tag gekommen ist, sollt ihr Abschied nehmen von den Zweiflern und den Ungläubigen, denn sie werdet ihr nicht wiedersehen.

Dann tauchet ein in das Licht, das ich euch zeigen werde. Und treffet auf all die Menschen, von denen ihr schon Abschied nehmen musstet; treffet auf unsere liebe Schwester Elvira Krause, die so brutal aus unserer Mitte gerissen wurde. Umarmet und küsset euch, feiert euer Wiedersehen. Und dann lasset euch betten und laben, lasset euch heilen und trösten, lasset euch –«

»Seht ihn«, schrie die Frau aus der ersten Reihe, und ihre Stimme überschlug sich beinahe, »nun seht ihn doch an! Er ist zu uns gekommen, er steht mitten unter uns und dürstet nach eurer Liebe. Gebt sie ihm und vertraut euch ihm an. Zögert nicht länger und wartet nicht bis morgen, denn jeder Tag kann der letzte sein, jede Stunde kann das Ende bedeuten. Wo werdet ihr sein, wenn die ewige Dunkelheit über uns kommt?«

Ein junger Mann sprang auf und rief: »Sommsai, bitte tauf mich noch heute. Nimm mich auf in deine Gemeinschaft, damit ich nicht länger allein bin.«

Die Rothaarige stieß Otto den Ellenbogen in die Rippen. Auch er sollte aufstehen, um sich taufen zu lassen. Zahllose Augenpaare richteten sich auf ihn. Die Gemeinde verharrte in angespannter Erwartung. Zwei unendlich lange Minuten verstrichen in absoluter Stille, aber Otto dachte nicht daran, auch nur einen Ton von sich zu geben. Schließlich versprach Sommsai, den jungen Mann am Ende des Gottesdienstes zu taufen, und ließ sich unter einem vielstimmigen »Dank dem Allmächtigen in der Höh!« zu einem Stuhl in der ersten Reihe führen, wo er erschöpft niedersank.

Otto hatte genug gesehen. Heribert Korittke mochte ein Betrüger sein, aber mit Sicherheit war er kein Mörder. Er würde die großzügigen Spenden und die Bewunderung seiner Gemeinde niemals aufs Spiel setzen. Dazu liebte er sein Leben hier viel zu sehr.

Eilig zwängte sich Otto zum Gang und verließ die Lagerhalle. Draußen sog er die frische Luft ein. Vor dem Holzschuppen, an dem sein Fahrrad lehnte, setzte er sich auf einen Stein. Er kramte einen Bleistift und ein kleines Notizbuch aus der Tasche und verfasste einen Bericht, den er noch heute Abend beim Wachhabenden im Polizeipräsidium abgeben würde.

Nachdem er die Schreibutensilien wieder eingesteckt hatte, stieg er aufs Fahrrad und trat kräftig in die Pedale. Der Fahrtwind strich sanft über seine Haut, und er musste an Friederike Dürr denken. Seit ihrem Treffen hatte er sich mehrfach gefragt, wieso ihr strenger und auf Tugend bedachter Vater ihr erlaubte, in einem Revuetheater aufzutreten, wo sie den Blicken von zahllosen Männern ausgesetzt war. Otto hatte keine plausible Erklärung, aber das musste er auch nicht. Schließlich interessierte er sich nicht für den Drechslermeister, sondern für dessen Tochter. Und sie würde er schon morgen Abend wiedersehen.

Im Polizeipräsidium

Am nächsten Tag tippte Funke nachdenklich mit dem Zeigefinger auf Ottos Bericht, den er in aller Frühe gelesen und der ihm einige nützliche Denkanstöße gegeben hatte. Als es an der Tür des Vernehmungszimmers klopfte, rief er laut: »Herein!«

Eine Frau in den mittleren Jahren steckte den Kopf durch den Türspalt und fragte: »Bin ich hier richtig – bei Commissarius Funke?« Sie war stark unterernährt. Unter der Gesichtshaut zeichneten sich die Schläfenmulden und die hohen, slawischen Wangenknochen deutlich sichtbar ab. Ihre kleinen hellgrauen Augen standen weit auseinander und hatten einen fiebrigen Glanz.

»Frau Mehring?«, fragte der Commissarius. »Bitte kommen Sie herein und nehmen Sie Platz.«

»Ist sonst nicht meine Art, zu spät zu kommen«, sagte die Frau und setzte sich auf den Stuhl. »Ich musste die ganze Strecke zu Fuß gehen. Für den Pferdeomnibus hatte ich kein Geld mehr.«

»Ist schon gut. Die Hauptsache ist, dass Sie jetzt da sind. Zuerst brauche ich einige Auskünfte zu Ihrer Person. Nennen Sie mir bitte Ihren vollen Namen, Ihre Adresse, Alter und Beruf.«

»Rosa Elisabeth Mehring, geborene Tomaschewski. Dach über dem Kopf in der Blumenstraße 17. Alter: fünfunddreißig. Und ackern tu ich in der Baumwollfärberei Charlon.«

Der Commissarius blickte auf ihre Hände. Die Haut war ausgetrocknet und an mehreren Stellen aufgeplatzt. Die Wunden sonderten ein milchiges Sekret ab. Wahrscheinlich kam die Entzündung von den scharfen Chemikalien, die in der Fabrik benutzt wurden. »Lassen Sie Ihre Hände nicht behandeln?«

»Wenn Sie mir das Geld geben: gern.«

»Hm, hm. Was ist Ihr Mann von Beruf?«

»Er ist vor zwei Jahren zu Gott gegangen.«

»Das tut mir leid. Haben Sie Kinder?«

»Ja, fünf. Die Anna ist dreizehn und passt auf die anderen vier auf. Wir müssen uns anstrengen, aber wir schaffen das schon. Wir kommen besser als die meisten zurecht. Das ist die Wahrheit.«

»Ich glaube Ihnen, meine Liebe. Trotzdem ist es sicherlich nicht immer einfach, allein fünf Kinder durchzubringen?«

»Eins der Mädchen hustet im Moment Blut. Manchmal ist sie so klapprig, dass sie sich kaum auf den Beinen halten kann. Wenn ich meine Glaubensbrüder und -schwestern nicht hätte, dann wüsste ich nicht weiter.«

»Wie lange sind Sie denn schon in der Apostolischen Gemeinde?«

»Seit Sommer 1888.«

»Dann fällt Ihr Beitritt mit dem Tod Ihres Mannes zusammen?«

»Die Pfaffen in der Kirche beten doch nur. Und von frommen Sprüchen kann ich mir nichts kaufen. Ich wusste einfach nicht, an wen ich mich wenden sollte. Für meine Brüder und Schwestern ist die Nächstenliebe etwas Praktisches, wenn Sie verstehen, was ich meine?«

»Hätten Sie sich auch für Elvira Krause eingesetzt, wenn sie Ihre Hilfe gebraucht hätte?«

Rosa Mehring schwieg. Man konnte förmlich sehen, wie sie sich hinter hohen Barrikaden verschanzte.

»Wollen Sie meine Frage nicht beantworten – oder können Sie nicht?«

»Schon.«

»Also?«

»Natürlich hätte ich ihr beigestanden. Was denken Sie denn? Wir alle hätten ihr geholfen.«

»Hatte sie denn Hilfe nötig? Wurde sie beispielsweise bedroht?«

»Wenn Sie glauben, dass ich mit der Kreuzigung etwas zu tun habe, sind Sie auf dem Holzweg.«

»Das war nicht meine Frage.«

»Elvira war ein gutes Mädchen. Sie hat häufig auf meine Kinder aufgepasst. Wenn ich irgendetwas für sie hätte tun können, dann hätte ich es getan.«

»Sie haben meine Frage immer noch nicht beantwortet. Wurde Elvira Krause bedroht?«

»Was bei uns geschieht, interessiert doch sowieso niemanden. Die halten doch zusammen wie Pech und Schwefel. Aber mit uns kann man es ja machen. Für die sind wir doch nichts weiter als Dreck, mit uns können sie umspringen, wie es ihnen beliebt.«

»Wen meinen Sie, meine Liebe? Wer sind ›die‹?«, fragte Funke. Als Rosa Mehring keine Antwort gab, seufzte er tief und sagte: »Mir ist nicht entgangen, dass Sommsai Ihre Brüder und Schwestern genau instruiert hat. Von allen höre ich die gleiche Litanei: Elvira Krause sei sehr beliebt und fromm gewesen, sie habe niemals Feinde gehabt. Und wenn ich frage, wer ihr das angetan haben könnte, gucke ich nur in leere Gesichter. Ich weiß einfach nicht, was ich davon halten soll.« Der Commissarius legte erneut die Hand auf Ottos Bericht, der ihn auf eine interessante Idee gebracht hatte. »Decken die Gemeindemitglieder eine bestimmte Person? Oder droht Ihnen Gefahr, wenn Sie preisgeben, was Sie wissen? Wenn Sie mir helfen können, bitte ich Sie inständig, Ihr Schweigen zu brechen. Nicht meinetwegen, sondern für Elvira Krause.«

»Elvira ist tot, und ich lebe.«

»Das ist natürlich richtig, aber Sie wollen doch auch, dass wir ihren Mörder fassen?«

»Sie haben wirklich keine Ahnung, oder?«

»Deshalb ist es ja so wichtig, dass Sie mir helfen. Was kann ich nur tun, um Ihnen Mut zu machen?«

Rosa Mehring erhob sich vom Stuhl und sagte: »Ich muss jetzt die Kinder abholen. Kann ich gehen?«

Der Commissarius sah die Frau schweigend an. Dann deutete er auf die Tür und sagte: »Bitte.« Als er wieder allein war, klappte er seinen Notizblock auf, griff nach einem Bleistift und schrieb: »Vor wem oder was haben die Mitglieder der Apostolischen Gemeinde Angst?«

Im Belle-Alliance-Theater

Obwohl »Der Nautilus« von Carl Pander schon zum einhundertzweiundfünfzigsten Mal aufgeführt wurde, war das Theater restlos ausverkauft. Friederike Dürr hatte Wort gehalten und eine Eintrittskarte an der Kasse hinterlegt. Otto hatte das Billett abgeholt und zeigte es nun beim Kontrolleur vor. Dann ging er in die Proszeniumsloge. Von seinem Platz aus hatte er einen hervorragenden Blick auf das Parkett, die Bühne und die Musiker.

Otto war den ganzen Tag über mit Vorbereitungen für die Fahrt nach München beschäftigt gewesen und freute sich jetzt auf einen unterhaltsamen Abend. An seiner gelösten Stimmung konnte auch der Mann nichts ändern, der direkt neben ihm Platz nahm und ein Schreibheft bereitlegte. Offenbar handelte es sich um einen Polizeispitzel, der das Stück mitschreiben würde und prüfen sollte, ob Kritik am Kaiserhaus geäußert wurde.

Als es still wurde, blickte Otto zur Bühne und sah, wie sich der Vorhang öffnete. Das Bühnenbild zeigte einen Marktplatz, auf dem sich Bürger und Matrosen versammelten, um ein Haus, die Brieftaubenpost, zu stürmen. Ein Polizist hielt die aufgebrachte Menge zurück. Im Hintergrund blähte sich ein Heißluftballon, der von zwei Männern bewacht wurde. Als Fritz, ein Schiffsjunge, auftrat, rief eine Zuschauerin: »Ich hab dir 'ne Stulle mitgebracht!« Das Publikum brach in lautes Gelächter aus.

Otto verstand den Witz zwar nicht, aber der Schiffsjunge kam ihm bekannt vor. Die schlanke Gestalt und die saphirblauen Augen waren ihm nur allzu vertraut. Auch klang seine Stimme zu hell für einen jungen Mann. Da begriff Otto: Fritz wurde von Friederike Dürr verkörpert.

Bei ihrer ersten Begegnung im Polizeipräsidium hatte sie einen schüchternen, beinahe keuschen Eindruck auf ihn gemacht. Zu Hause in Gegenwart ihres Vaters hatte sie ängstlich gewirkt. Und jetzt stand sie hier auf der Bühne und spielte einen aufgeweckten Knaben. Es hatte ganz den Anschein, als hätte er es mit einer sehr vielschichtigen Persönlichkeit zu tun.

Das Stück griff Motive aus Jules Vernes Roman »Zwanzigtausend Meilen unter dem Meer« auf. Die Handlung spielte zur Zeit des Sezessionskrieges. Der Ingenieur Edison floh zusammen mit Schrader, dem Steuermann eines hamburgischen Schoners, und Fritz, dem Schiffsjungen, mit Hilfe eines Heißluftballons aus Richmond. Mit von der Partie war auch ein amerikanischer Seemann namens Redland. Zufällig landete die Gruppe auf einer tropischen Vulkaninsel, wo der greise Kapitän Nemo mit seinem Unterseeboot Nautilus ankerte. Kapitän Nemo schloss den jungen Edison sofort ins Herz, vertraute ihm seine wunderschöne Tochter Alida an, setzte ihn als Erben ein und starb gleich darauf. Der hinterlistige Redland hatte jedoch alles belauscht und entführte Alida, um selbst an das Erbe zu gelangen. Damit begann eine wilde Verfolgungsjagd, die über die Polargegend nach Mexiko führte, wo der Schurke bei einem Zugbrand ums Leben kam. Edison und Alida fielen einander schließlich in die Arme und schworen sich ewige Treue.

Mit bunten Kostümen, phantasievollen Bühnenbildern und eingängigen Melodien entführte »Der Nautilus« die Zuschauer in eine fremde Welt. Vor allem der ewig hungrige Schiffsjunge Fritz – so erklärte sich auch der Zwischenruf am Anfang des Stücks – eroberte durch flotte Gesangseinlagen die Sympathien des Publikums, wenn er etwa keck schmetterte: »Vom Affen stammt die Menschheit ab, / Wird's öfters auch bestritten. / Die Ahnenschaft vom lieben Vieh / Möcht mancher sich verbitten.«

Otto war überrascht, wie gekonnt Friederike Dürr die Rolle ausfüllte. Als sie sich am Ende verbeugte, trampelten die Zuschauer mit den Füßen und klatschten begeistert in die Hände. Sieben-, acht-, ja neunmal musste sie sich ihrem Publikum zeigen, bis sie endlich entlassen wurde. Ohne Zweifel war sie der heimliche Star der Aufführung.

Als Otto die Proszeniumsloge verließ, kramte er den Zettel hervor, den er an der Kasse zusammen mit dem Billett erhalten hatte. In einer stark nach links geneigten Schrift stand darauf: »Lieber Herr Doktor, bitte begeben Sie sich nach der Vorstellung in den Biergarten und erwarten Sie mich bei der Sommerbühne. So schnell ich kann, komme ich zu Ihnen. Ihre Friederike Dürr.«

Angesichts des bevorstehenden Treffens spürte Otto ein nervöses Ziehen in der Magengegend. Rasch trat er in eine kleine Nische, zog den blauen Flakon, den er heute Morgen extra gekauft hatte, aus der Jackentasche und tupfte sich ein paar Tropfen Eau Imperiale hinter die Ohren. In den Herrenclubs und auf der Rennbahn wurde dem Männerparfüm eine durchschlagende Wirkung nachgesagt.

Jetzt war er für Friederike Dürr gerüstet.

Auf der Straße

Der nächste Schritt seines Plans stand an. Also drückte er sich in den schattigen Hauseingang und beobachtete das zweite Obergeschoss des Mietshauses auf der gegenüberliegenden Straßenseite. Die Bohnenkönigin hatte eine Astrallampe entzündet, die hell im Fenster brannte. Sie empfing also Freier. Allerdings waren die Samtgardinen vorgezogen, offenbar war bereits Kundschaft bei ihr. Wann war der Kerl endlich fertig?

Seit zwanzig Minuten wartete er nun schon und wurde langsam ungeduldig. Der letzte Schuss lag über drei Stunden zurück, und hier im Hauseingang wollte er das Besteck nicht auspacken. Für solche Notsituationen hatte er seinen Flachmann. Die zähflüssige, einprozentige Kokainlösung half, die Zeit zu überbrücken, aber die Wirkung war längst nicht so intensiv.

Mit zitternder Hand griff er in die Hosentasche, schraubte den Verschluss ab und nahm einen tiefen Schluck. Wegen des bitteren Geschmackes zog er die Nase kraus. Zuerst stellte sich ein pelziges Gefühl an den Lippen, auf der Zunge und im Gaumen ein, dann kribbelte sein ganzer Mund. Mit geschlossenen Augen spürte er, wie sich sein Atem verlangsamte und tiefer wurde. Dann endlich stellte sich die Schwerelosigkeit ein, die seine Knochenschmerzen dämpfte.

Ein Geräusch ließ ihn aufmerken.

Ein Herr in Frack schlüpfte auf der gegenüberliegenden Straßenseite aus der Haustür. Schnell blickte er nach links und rechts, offenbar um sich zu vergewissern, dass niemand ihn beobachtete. Dann zog er seinen Zylinder tief ins Gesicht und huschte über den Trottoir davon. Nur wenig später öffneten sich im zweiten Stock die Samtvorhänge, und die Bohnenkönigin zeigte sich mit entblößter Schulter am Fenster.

Er trat aus dem Schatten des Hauseingangs und hob den Arm, um auf sich aufmerksam zu machen. Die Bohnenkönigin blickte zu ihm herab. Als sie ihn erkannte, gefror ihr Lächeln. Geschwind wich sie zurück und zog die Vorhänge wieder zu.

Fassungslos starrte er nach oben. Sie wollte ihn nicht empfangen! Kalte Wut stieg in ihm auf und zerrte an seinen Eingeweiden. Nur einmal hatte er der Bohnenkönigin einen Besuch abgestattet, um herauszufinden, ob sie für seine Zwecke geeignet war und ob sie auch »Hausbesuche« machte. Beides hatte sich bestätigt. Um sie bei Laune zu halten, hatte er ihr eine beträchtliche Summe gezahlt, ohne ihre Dienste in Anspruch zu nehmen, und zum Dank wies sie ihn jetzt zurück. Was bildete sich diese Hure eigentlich ein?

Zornig flüchtete er sich in den Hauseingang. Welche Möglichkeiten blieben ihm? Er könnte mit Gewalt in ihre Wohnung eindringen, sie überwältigen und zur Kutsche schleppen. Allerdings würde das eine Menge Lärm machen, und er lief Gefahr, die Aufmerksamkeit der Nachbarn zu erregen. Dieses Risiko durfte er nicht eingehen. Nein, wenn er sein Vorhaben umsetzen wollte, musste er improvisieren. Dieses Luder hatte alles verdorben!

»Was?«, sagte er plötzlich und sah sich nach allen Seiten um. »Was hast du gesagt?« In seinen Ohren erklang ein schriller Ton, der allmählich zu einem Orgeln anschwoll und seinen Kopf zu zerreißen drohte. »Nein … ich war ganz brav … ich hab nicht an mir herumgespielt … bitte … hör auf! Lass mich in Ruhe!«

Mit der flachen Hand rieb er über seinen Schädel und summte

ein altes Kinderlied, bis die Frauenstimme in seinem Kopf immer leiser wurde. Mein Gott, dachte er, es geht schon wieder los. Wenn er die Nerven bewahren wollte, brauchte er einen Schuss. Jetzt sofort. Sollten die Leute ihn doch beobachten – es war ihm gleichgültig.

Mit fliegenden Fingern zog er ein kleines Lederetui und ein braunes Glasgefäß aus der Jackentasche. Dem Etui entnahm er eine Spritze, tauchte ihre Nadel in die Lösung im Glasgefäß und zog den Kolben hoch. Hastig löste er die Knöpfe seines Hosenträgers und ließ die Hose heruntergleiten, sodass sein rechter Oberschenkel entblößt wurde, der bereits mit schorfigen Einstichen und blauen Flecken übersät war. Er lehnte sich mit dem Rücken gegen die Mauer, rutschte in die Knie und suchte eine geeignete Stelle. Dann stieß er sich die Nadel in die Haut und drückte den Kolben herunter. Sobald die Wirkung eingesetzt hatte, würde er sich eine andere Frau suchen.

Wenig später ging er über den begrünten Opernplatz und überquerte die Paradestraße Unter den Linden. Das Kokain hatte seine Wirkung voll entfaltet. Es fühlte sich an, als liefe er über Watte. Seine Muskeln harmonierten perfekt, ja, manchmal meinte er sogar, dass Leitungen durch seinen Körper liefen, um seine Nerven mit kleinen Stromschlägen zu stimulieren.

Er überquerte die Schlossbrücke und bog in den Lustgarten ein, wo noch einige Nachtschwärmer unterwegs waren. Weil sich später niemand an sein Gesicht erinnern sollte, hielt er den Kopf gesenkt und vermied Augenkontakt. Er zweifelte nicht daran, dass er früher oder später finden würde, wonach er suchte.

Die Straßenprostitution war weitverbreitet in Berlin. Einige Huren verdingten sich tagsüber als Hehlerinnen, andere schufteten ehrlich in der Fabrik, arbeiteten als Dienstmädchen, Putzmacherinnen, Blumenmacherinnen, Näherinnen oder bei Angehörigen in einer Wirtschaft. Viele verkauften Schwefelhölzer, Obst, Bücklinge, Parfüm und Seifen. Nachts verdienten sie sich ein paar Groschen dazu.

Als er die beiden Brunnen passiert hatte und auf das Reiterdenkmal zusteuerte, blieb eine junge Frau in der Nähe stehen und fixierte ihn. Doch sie hatte sich bei ihrem Zuhälter eingehakt und schied deswegen von vornherein aus. Zeugen konnte er nicht gebrauchen.

Er ging weiter und hielt auf die Linden am Spreeufer zu. Am Geländer lehnte eine Gestalt und pfiff eine Melodie. Als er näher kam, erkannte er ein blasses, ungefähr sechzehnjähriges Mädchen in Dienstbotenkleidung. Wahrscheinlich hatte sie sich vom Hausdiener schwängern lassen und brauchte nun Geld, um zu einer Engelmacherin zu gehen. Von ihr würde er wohl besser die Finger lassen.

Nun wandte er sich Richtung Neues Museum. Irgendwo erklangen Hufschlag und das Poltern von Wagenrädern. Gerade wollte er die Brücke in Richtung Kastanienwäldchen nehmen, als ihm eine Frau entgegenkam. Unter ihrem Hut lugte helles Haar hervor. Sie klapperte mit einem Schlüsselbund, um ihm zu bedeuten, dass sie ein Zimmer hatte.

Er blieb stehen und musterte sie von Kopf bis Fuß. Sie war noch jung, vielleicht zwanzig, ein rötlich blonder Typ mit schmalen blassrosa Lippen und zahlreichen Sommersprossen. Ihre Taille war schmal, die Brust wölbte sich nur leicht. »Wo ist dein Louis?«, fragte er.

»Ich arbeite auf eigene Rechnung«, erwiderte sie, trat näher und griff ihm in den Schritt. »Es ist nicht weit.«

Brutal schlug er ihre Hand fort und sagte zornig: »Lass das!« Misstrauisch musterte er sie, aber sie hatte offenbar nicht bemerkt, dass ihm zwei wesentliche Dinge fehlten. Er beruhigte sich und drehte den Kopf in alle Richtungen. War sie wirklich allein oder log sie ihn an?

»Französisch mach ich es auch in einem Hauseingang«, sagte sie.

»Wie heißt du?«

»Die anderen Mädchen nennen mich Invaliden-Lotte.«

Er kramte in seinen Taschen und holte fünf Mark heraus. »Hier. Du kommst mit und stellst keine Fragen. Hinterher bekommst du noch mal fünf.«

»Was, zehn Piepen«, sagte die Invaliden-Lotte überrascht. So viel Geld verdiente sie sonst an drei Tagen. Doch dann wurde sie argwöhnisch. Irgendwo musste ein Haken sein. »Ich mach keine Schweinereien, und mehr als einen zur gleichen Zeit lass ich nicht ran. Und damit das klar ist – hinten rein ist tabu.« Dann zuckte ihr linkes Auge. »Oder hast du die Seuche? Wenn du die Seuche hast, dann –«

»Du kannst beruhigt sein. Ich bin vollkommen gesund.«

Sie beäugte ihn. »Zehn Piepen«, sagte sie schließlich, schüttelte ungläubig den Kopf und folgte ihm.

Im Biergarten

An diesem Abend war der Biergarten des Belle-Alliance-Theaters gut besucht. Vierzigtausend Gaslämpchen tauchten die Gäste in ein flackerndes Licht. Mächtige Bäume ragten in einen funkelnden Sternenhimmel.

Als Otto sich einen Weg zwischen Bänken und Tischen hindurch bahnte, knirschte der Kies unter seinen Füßen. Er kam an betrunkenen Veteranen vorbei, die »Heil dir im Siegerkranz« schmetterten. Als sich ein Mann beschwerte, weil er sich mit seiner Liebsten ungestört unterhalten wollte, wurde er sogleich als Vaterlandsverräter beschimpft.

Bei der Sommerbühne waren noch Plätze frei. Otto setzte sich und bestellte ein großes Glas Limonade und Landbrot mit Zwiebelwurst. Oben auf der Bühne trat das Duett Schwach und Schwächer auf, ein Tenor und ein Bass, die das Alltagsleben aufs Korn nahmen und dafür mäßigen Applaus ernteten.

Nach einer halben Stunde kam eine Frau, die eine auffällige Federboa, einen leuchtend gelben Hut und zahllose Ketten, Armreifen und Ohrringe trug, an Ottos Tisch. Sie hob keck ein Bein über die Bank, zog das andere nach und setzte sich. »Hallo, Herr Doktor«, sagte sie. »Ich hoffe, dass Sie nicht zu lange warten mussten?«

Erst jetzt erkannte Otto Friederike Dürr und musste lächeln. Wie viele Gesichter konnte ein Mensch eigentlich haben? »Das

Gesangsduo hat mir netterweise die Wartezeit verkürzt«, antwortete er.

Friederike Dürr bestellte bei einem Kellner zwei Gläser Kirschwasser. Dann wandte sie sich wieder an Otto. »Sie müssen entschuldigen, aber nach der Vorstellung bin ich immer so aufgekratzt. Ein bisschen Schnaps kann da wahre Wunder wirken. Ich habe übrigens Ihr Buch gelesen. Sie sind ja Arzt.«

»Sie haben mein Buch gelesen?«

»Aber natürlich. Ich wollte herausfinden, mit wem ich es zu tun habe.«

»Ich begegne nur selten Frauen, die sich für mein Fachgebiet interessieren. Und auch die Zuschriften, die ich erhalte, stammen meistens von Männern.«

»Wenn ich schon die Gelegenheit bekomme, einen richtigen Gelehrten kennenzulernen, dann möchte ich natürlich wissen, auf welchem Gebiet er forscht.«

Der Schnaps wurde serviert. Otto wollte zuerst ablehnen, schließlich trank er sonst keinen Tropfen Alkohol so kurz vor einem wichtigen Rennen, aber ein oder zwei Schlückchen würden wohl nichts schaden. Die beiden prosteten einander zu und leerten die Gläser. Nachdem Friederike Dürr dem Kellner ein Zeichen gegeben hatte, dass dieser zwei neue Gläser bringen sollte, sagte sie: »Und deswegen habe ich auch gleich eine Frage an Sie als Experten: Was sagt eigentlich die Kleidung über einen Menschen aus?«

Der Kellner brachte den Schnaps. Otto hob sein Glas, betrachtete nachdenklich die glitzernde Flüssigkeit und prostete Friederike Dürr erneut zu. Nachdem er das Glas in einem Zug geleert hatte, spürte er den starken Alkohol im Kopf und erwiderte leicht berauscht: »Verallgemeinerungen sind immer gefährlich, aber ich kann Ihnen einige Beispiele nennen, um Ihnen einen Einblick zu vermitteln.«

»Dann lassen Sie mal hören.«

»Nehmen wir den Mann dort drüben. Was sagt sein Anzug über ihn aus?«

»Sein Jackett und die Hose sind alt. Vermutlich hat er kein Geld, um sich einen neuen Anzug zu kaufen.«

»Das ist wahrscheinlich richtig. Ihre Schlussfolgerung gewährt uns allerdings noch keinen Einblick in den Charakter des Mannes. Insofern lohnt es sich immer, etwas genauer hinzuschauen. Am Ellenbogen können Sie zwei exakt zugeschnittene Flicken erkennen. Ansonsten ist das zwar abgetragene, aber keinesfalls dreckige Jackett nicht beschädigt. Vielmehr wurde es – wie auch die Hose – gründlich ausgebürstet. Und dann die Schuhe: Auch sie sind alt, aber das Oberleder ist ordentlich eingefettet und gewienert worden. Aus all diesen Beobachtungen können wir schließen, dass wir einen Mann vor uns haben, der um den Wert der Dinge weiß und verantwortungsvoll mit ihnen umgeht. Jetzt schauen Sie mal einen Tisch weiter.«

»Sie meinen den Modegeck mit seinem Monokel?«

»Ganz genau. Seine Kleiderwahl richtet sich, so wie Sie es sofort erkannt haben, nach dem aktuellen Geschmack. Vermutlich tauscht er seine Garderobe jede Saison aus, und vermutlich wechselt er seine Geisteshaltung ebenso rasch. Von einem solchen Mann dürfen wir keine große Lebensweisheit erwarten, um die er viele Jahre gerungen und die er aus eigenen Erfahrungen geschöpft hat. Gleichzeitig können wir ihm durchaus zutrauen, dass er über viele Neuigkeiten auf dem Laufenden ist. Was sagen Sie zu seiner Nachbarin?«

Friederike Dürr betrachtete die Frau, die ein leuchtend rotes Oberteil und einen Hut mit üppigem Blumenschmuck trug, und zuckte mit den Achseln.

»Sie passt eigentlich sehr gut zu unserem Modefreund, finden Sie nicht?«, sagte Otto. »Sie will um jeden Preis auffallen. Und bei wem wollen die Frauen Aufmerksamkeit erregen? Natürlich bei den Männern. Deshalb dürfen wir davon ausgehen, dass sie einem kleinen Flirt nicht abgeneigt ist.«

»Aber müssen, wenn man von der Kleidung auf einen Charakter schließt, nicht auch Stimmungen berücksichtigt werden?«

»Das ist richtig, aber wenn sich jemand von seinen Stimmungen so stark beeinflussen lässt, dass er von ihnen seine Kleiderwahl abhängig macht, charakterisiert ihn das schon genügend.«

»Ich verstehe«, sagte Friederike Dürr. »Ich habe mich nur gerade gefragt, was mein Kleidungsstil über mich verrät.«

»Aber Fräulein Dürr«, sagte Otto schnell. »Auf Sie treffen all diese Allgemeinplätze natürlich nicht zu. Für Sie müsste man eine gänzlich neue Kategorie eröffnen. Als Schauspielerin müssen Sie ja schon von Berufs wegen in zahllose Rollen schlüpfen. Und dass die Schauspielerei auch auf Ihr Privatleben abfärbt, erklärt sich doch von selbst.«

Friederike Dürr sah ihn erst skeptisch an, dann wurde ihr Blick nachsichtig. »Sie sind wirklich ein anständiger Mann, Herr Doktor.«

Otto verstand nicht, warum sie ihm schon wieder Komplimente machte, aber er forschte nicht weiter nach, sondern freute sich einfach darüber.

Angeregt unterhielten sie sich weiter. Ohne sich das »du« anzubieten, wurde ihr Umgangston vertraulicher, ihr Verhalten zwangloser. Sie lachten viel, erzählten von sich und nannten sich plötzlich beim Vornamen.

Als Otto von seinem Aufenthalt in Deutsch-Südwestafrika berichtete, lauschte Rieke aufmerksam. Sie hing förmlich an seinen Lippen und wollte immer mehr Details wissen. Otto berichtete von gerösteten Heuschrecken, blutroten Sonnenuntergängen und der abenteuerlichen Begegnung mit einem Löwen. Sein Gesicht glühte vor Freude, und er konnte sich nicht erinnern, wann er zuletzt einen so schönen Abend verbracht hatte.

Als sie den Biergarten verließen, standen auf dem Vorplatz mehrere Droschken erster Klasse bereit. Die Kutscher trugen blaue Röcke mit silberner Kragenborte, rauchten Pfeife und diskutierten über den Anschlag auf das Schöneberger Nationaldenkmal.

Otto bezahlte einen von ihnen, öffnete Rieke den Verschlag und reichte ihr die Hand, um ihr beim Einsteigen behilflich zu sein. Als sie ganz nah bei ihm stand, stieg ihm ihr süßer Duft in die Nase. Er war kurz davor, sich von seinen Gefühlen hinreißen zu lassen. Da entzog sie ihre Hand der seinen und kletterte schnell in die Kabine.

»Ich hoffe, dass wir uns bald wiedersehen«, sagte sie und schenkte ihm ein Lächeln, das ihn fast um den Verstand brachte. Dann gab sie dem Kutscher ein Zeichen loszufahren.

Otto sah ihr mit glänzenden Augen nach. Erst dann fiel ihm

siedend heiß ein, dass er sie überhaupt nicht mehr zum Tod von Elvira Krause befragt hatte.

Bei Commissarius Funke

Der Commissarius hatte in seiner Wohnung in der Potsdamer Straße gekocht und den Esstisch gedeckt. Jetzt nahm er sich Rindsrouladen, Kartoffeln, buntes Gemüse und reichlich Soße und breitete eine Serviette über seinen Schoß.

»Gesegnete Mahlzeit«, sagte er und griff nach dem Silberbesteck. Ihm gegenüber stand – neben einem ebenfalls gefüllten und dampfenden Teller – ein Porträt seiner Großmutter, das zu seinen besten Bleistiftzeichnungen zählte und ihren gütigen Gesichtsausdruck treffend eingefangen hatte. Als uneheliches Kind war er gleich nach der Geburt in ihre Obhut gegeben worden. Seine Mutter hatte er kaum gesehen, die Großmutter aber hatte ihn mit all der Nachsicht erzogen, die so charakteristisch ist für ältere Menschen. Hier in dieser Wohnung hatten sie bis vor fünf Jahren zusammengelebt. Obwohl seine Großmutter über neunzig geworden und ihr Tod absehbar gewesen war, hatte der Verlust Funke völlig aus der Bahn geworfen. Lange war er untröstlich gewesen und hatte die gemeinsamen Gespräche schmerzlich vermisst, bis er einen Weg gefunden hatte, weiterhin mit ihr in Kontakt zu treten.

»Du hast dir so viel Mühe gegeben«, hörte er sie nun im Geiste sagen, »und es riecht auch so gut, aber du vergisst manchmal, dass alte Leute nicht mehr so viel essen können.«

»Bisher hast du deinen Teller immer geleert und sogar einen Nachschlag verlangt.«

»Das stimmt wohl«, erwiderte sie lächelnd. »Also dann: gesegnete Mahlzeit!«

Seine Großmutter hatte ein arbeitsreiches Leben gehabt und war nur zur Volksschule gegangen, aber im Laufe der Jahre hatte sie ein tiefes Wissen um das Wesen der Dinge erworben, das ihm schon oft geholfen hatte.

»Ich komme bei meinem Fall nicht weiter«, sagte er und trank einen Schluck Rotwein.

»Was hast du denn bis jetzt herausgefunden?«, fragte seine Großmutter.

»Wir haben eine Kreuzigung, einen Schuhabdruck mit Kreuzprofil und ein Opfer, das Mitglied einer Sekte war. Die Apostolische Gemeinde glaubt, dass der Weltuntergang kurz bevorsteht. Alle Hinweise deuten also auf einen religiösen Hintergrund hin.«

»Aber irgendetwas kommt dir komisch vor?«

»Vor allem die Kreuzigung bereitet mir Kopfzerbrechen. Sie galt früher – anders als Köpfen und Steinigen – als besonders grausame Hinrichtungsart, die das Leiden der zum Tode Verurteilten verlängerte. Durch Jesus' Sühnetod hat die Kreuzigung natürlich eine viel tiefere Bedeutung bekommen.«

»Du meinst also, dass auch mit dem Tod der jungen Frau die Vergehen der Menschen gesühnt und sie vor einer Bestrafung durch Gott bewahrt werden sollen?«

»Die Sekte glaubt an den baldigen Weltuntergang, und da läge ein Sühnetod durchaus nahe. In diesem Fall stellt sich natürlich die Frage, ob die Kreuzigung mit oder ohne die Einwilligung der Frau erfolgte.«

»Dann war es gar kein Mord?«

»Weder die Presse noch die Öffentlichkeit haben eine solche Möglichkeit bisher in Betracht gezogen. Eine Kreuzigung erscheint den meisten Menschen wohl als zu qualvoll, um sie freiwillig auf sich zu nehmen. Zudem wissen wir nicht einmal, ob Elvira Krause noch am Leben war, als sie ans Kreuz geschlagen wurde, und wie lange sie am Kreuz hing, ehe das Feuer entzündet worden ist. Aber im Grunde bin ich davon überzeugt, dass es Mord war.«

»Also doch.«

»*Naturellement!* Nehmen wir einfach mal an, auch wenn das sehr unwahrscheinlich ist, dass sie tatsächlich ihr Einverständnis gegeben hat. Dann wäre sie geistig krank, ja von einer Art religiösem Wahnsinn besessen gewesen. Wenn nun eine andere Person von ihrem Zustand gewusst und ihn ausgenutzt hat, so hätte sie sich auch eines Tötungsdelikts strafbar gemacht. Aber ganz abgesehen davon: Alle konkreten Hinweise deuten darauf hin, dass Elvira Krause keineswegs mit ihrem Tod gerechnet hat.«

»Und warum?«, fragte seine Großmutter.

»In der Handschuhfabrik war sie erst kürzlich zur Vorarbeiterin befördert worden. Ihr Chef hat mir berichtet, dass sie – trotz ihres zurückhaltenden Wesens – mit viel Fleiß darauf hingearbeitet hat. Mit dem zusätzlichen Einkommen wollte sie ihrer Mutter, die schon lange an einem Beinleiden laboriert, eine aufwendige Operation bezahlen. Und am Tag vor ihrem Tod hat sie mit ihrem Chef noch einen Termin vereinbart, um über zwei Kolleginnen zu sprechen, die ihr Arbeitspensum nicht erreicht hatten.«

»Und jetzt glaubst du, dass ein Mensch, der noch so viele Pläne hatte, sich nicht von einem Tag auf den anderen entscheidet, sich an ein Kreuz nageln zu lassen?«

»Ganz genau. Und außerdem bin ich nach zahlreichen Verhören zu der Überzeugung gelangt, dass die meisten Mitglieder der Apostolischen Gemeinde nicht wegen des prophezeiten Weltuntergangs beigetreten sind, sondern weil sie materielle Hilfe, Trost oder einfach nur menschliche Nähe gesucht haben. Keiner von den Vernommenen macht auf mich den Eindruck, als sei er bereit, sich zu opfern. Abgesehen von ihrer Verehrung für den Apostel und einer tiefen Gläubigkeit kreist ihr Denken zu sehr um irdische Dinge.«

»Hast du dich der Kreuzigung schon mal von einer anderen Seite genähert?«

»Wie meinst du das?«

»Nun, du hast mir schon mehrmals erzählt, dass sich in den Taten von Gewaltverbrechern eigene Erlebnisse widerspiegeln. So sind beispielsweise Eltern, die ihre Kinder zu Tode prügeln, früher oft selbst schwer misshandelt worden.«

»Das stimmt wohl, aber wo siehst du den Zusammenhang?«

»Soweit ich dich verstanden habe, misst du der Kreuzigung eine religiöse Bedeutung bei und suchst dort nach einem Motiv. Vielleicht liegt die Lösung aber in umgekehrter Richtung, beim Täter nämlich. Du hast doch vorher gesagt, dass es bei dieser Hinrichtungsart sehr lange dauert, bis der Tod eintritt. Außerdem durchleben die ans Kreuz Geschlagenen furchtbare Qualen. Ihre Arme und Beine werden fixiert, und sie können sich nicht mehr bewegen. Früher waren sie dann schutzlos Angriffen, Beschimpfungen und den Blicken Schaulustiger ausgeliefert. Möglicherweise hat der Täter in seiner Vergangenheit eine ganz ähnliche Erfahrung gemacht, bei der er außerdem große Schmerzen erleiden musste.«

»Ich staune immer wieder über dich«, sagte der Commissarius, faltete seine Serviette zusammen und legte sie vor sich hin. Dann erhob er sich von seinem Stuhl und ging um den Tisch. »Du weißt gar nicht, wie inspirierend unsere Gespräche für mich sind.«

»Du übertreibst mal wieder schamlos.«

»Nein, keineswegs«, sagte der Commissarius und beugte sich hinab, um seine Großmutter zu umarmen. Zu seiner Verwunderung griff er ins Leere, und erst jetzt wurde ihm bewusst, dass das Gespräch nur in seinem Kopf stattgefunden hatte. Er richtete sich auf und blieb einen Moment stehen. Dann hob er den Blick gegen die Zimmerdecke und sagte: »Danke.«

Unter den Linden

Die Verabredung mit Rieke und vielleicht auch der Schnaps hatten Otto in eine solche Hochstimmung versetzt, dass er mit seinem Fahrrad auf direktem Weg zur Schlossbrücke fuhr. Er war sich ganz sicher, dass er der Ordnungsmacht heute ein Schnippchen schlagen würde. Heute würde er es bis zum Brandenburger Tor schaffen. Langsam verminderte er das Tempo, setzte schließlich den Fuß auf dem Bordstein ab und sah sich um. Ein einbeiniger Leierkastenmann spielte einen Marsch, ein paar Herren schwankten an ihm vorbei, und eine Semmelfrau rief laut ihre Sonderpreise aus. Nirgends war ein Gendarm zu sehen.

Was soll mir auch passieren?, dachte er. Der Kriminaldirigent hat doch nur geblufft. Selbst wenn sie mich wieder erwischen, wegen einer Ordnungswidrigkeit steckt man einen angesehenen Bürger wie mich nicht ins Gefängnis, jedenfalls nicht im deutschen Kaiserreich, wo alles streng nach Vorschriften abläuft. Man würde ihm, wie auch bisher, eine Geldstrafe aufbrummen – mehr nicht.

Was konnte er hingegen gewinnen? Unter den Linden war der ganze Stolz von Berlin. Um den herrschaftlichen Eindruck nicht zu untergraben, lehnten das Kommissariat für Fuhrwesen und das Straßen- und Verkehrsamt alle Anträge ab, die Straße für Radfahrer freizugeben. Für Otto und viele andere Radsportler war diese Entscheidung nicht nachvollziehbar. Eines war ihnen deswegen klar: Wer Änderungen bewirken wollte, musste mutig voranschreiten. Schon immer hatte es Männer gegeben, die die bestehenden Verhältnisse in Frage gestellt und zu notwendigen Umwälzungen beigetragen hatten. Und Otto wollte einer dieser Männer sein.

Energisch trat er in die Pedale, um Fahrt aufzunehmen. Die Droschkenkutscher vor dem Zeughaus hatten ihn erkannt und traten nun in kleinen Grüppchen auf die Straße. Don Quichotto oder der schnelle Otto, wie sie ihn nannten, war ihnen kein Unbekannter. Schon oft hatten sie beobachtet, wie er im Zickzack über die Straße gerast war. Und ebenso oft hatten sie seine Fahrt mit flotten Sprüchen begleitet.

Otto ließ den Verkehr nicht aus den Augen. Kurz nach dem Denkmal von Friedrich dem Großen schlängelte er sich zwischen einem offenen Landauer und einem Karren mit Gurkenfässern hindurch, legte an Fahrt zu und überholte einen Dragoneroffizier auf seinem Wallach. Die Menschen auf den Bürgersteigen flogen schier an ihm vorüber. Noch immer war kein Gendarm in Sichtweite.

Otto wich einem Schlagloch aus und ließ die Kavalleriekaserne hinter sich. Jetzt lagen nur noch achthundert Meter vor ihm. Wenn er es bis zur Ecke Schadowstraße schaffte, ohne entdeckt zu werden, hatte er gute Chancen. Denn dann blieb den Gendarmen nicht genügend Zeit, um sich zu formieren. Ottos Beine pumpten, aber sein Atem ging gleichmäßig und er fuhr noch schneller. Heute konnte er es schaffen.

Da schrillte eine Trillerpfeife.

Aus den Augenwinkeln sah Otto einen Gendarm. Er gestikulierte wild und rief »Fahrradf –«. Der Rest wurde vom Fahrtwind verschluckt. Ein zweiter Gendarm – Otto vermutete ihn auf der anderen Straßenseite – pfiff nun ebenfalls. Gerade hatte er die Kleine Kirchgasse passiert, jetzt waren es vielleicht noch fünfhundert Meter. So nahe war er dem Brandenburger Tor bisher nur dreimal gekommen. Scharf sog er die Luft ein und stellte sich auf. Heute wollte er es schaffen, heute oder nie wollte er durchs Brandenburger Tor rollen!

Auf Höhe der Neustädtischen Kirchstraße rannte ein Zeitungsjunge auf die Straße. Er kreuzte die Arme in der Luft und schrie: »Ni-hicht, andere Straßenseite! Sperr –«

Plötzlich sah Otto vor sich vier Gendarmen, die vor dem Ministerium des Inneren eilends aus Droschken und Karren eine Art Barrikade errichteten, um ihn zu stoppen. Mit unvermindertem Tempo hielt er darauf zu und wägte rasch seine Möglichkeiten ab. Er konnte auf den Mittelstreifen ausweichen, aber dort zwischen den Linden spazierten vereinzelt Leute. Zu gefährlich. Auf der anderen Straßenseite fuhr nur ein Fiaker. Aber wenn er jetzt wechselte, blieb den Gendarmen genügend Zeit, um selbst hinüberzulaufen und sich ihm in den Weg zu stellen. Er musste also möglichst lange warten.

Otto ließ sich nichts anmerken, raste weiter und riss erst auf Höhe der Schadowstraße den Lenker herum. In halsbrecherischem Tempo legte er sich erst nach links, dann nach rechts in die Kurve. Jetzt war er auf der Gegenfahrbahn. Aus den Augenwinkeln konnte er sehen, dass die Gendarmen lachten, ja sie lehnten sich sogar gegen eine Droschke, als wären sie unbeteiligte Zuschauer. Doch so wie Otto sie kannte, hatten sie noch eine Überraschung für ihn. Er trat noch fester in die Pedale. Nur noch zweihundert Meter!

Als plötzlich zwei Gendarmen, die sich offenbar hinter einer Linde versteckt hatten, auf die Straße sprangen, reagierte Otto blitzschnell und schoss links an ihnen vorbei. Einer bekam noch seinen Jackettzipfel zu fassen. Der Stoff riss, aber aufhalten konnte er ihn nicht.

Nun hatte er sein Ziel beinahe erreicht. In irrsinnigem Tempo näherte er sich einer Equipage, die vor dem Palais des Grafen von Redern am Bordsteig abgestellt war. Er sah sich um und rief triumphierend: »Wehe den Besiegten!«

Als Otto wieder nach vorn schaute, tauchte hinter der Equipage ein alter Hausdiener auf, der einen nervösen Windhund an der Leine führte. Der Hund tänzelte auf die Fahrbahn. Doch die Bremse an Ottos Fahrrad war für solche Vollbremsungen nicht geschaffen, und das kleine Bremsklötzchen brach, als Otto es von oben auf das Rad senkte, vom Gestänge.

Hektisch riss Otto den Lenker herum, schoss quer über die Fahrbahn und stieß mit voller Wucht gegen den Bordstein. Er wurde aus dem Sattel katapultiert, drehte sich in der Luft und prallte hart auf dem Boden auf.

Ihm blieb die Luft weg, und es dauerte einen Moment, bis er wieder zu Atem kam. Er war sich nicht sicher, ob er sich bei dem Sturz verletzt hatte und blieb vorerst liegen. Durch die Äste der Linden schaute er in den Sternenhimmel. Nach und nach fanden sich immer mehr Schaulustige ein. Ein Gendarm zwängte sich durch die Menge und stützte die Hände in die Hüften. »Wenn das nicht Don Quichotto ist«, sagte er. »Ich soll Ihnen schöne Grüße ausrichten – vom Kriminaldirigenten höchstpersönlich.«

Wie in Courcelles

Die schwere Eichentür war mit Eisen beschlagen. Die Mauern bestanden aus groben Bruchsteinen. In den Regalen setzten leere Flaschen Staub an. Überall standen marode Fässer, verrostete Ackergeräte und kaputte Kisten herum. Äußerst detailgetreu hatte er das Verlies von Courcelles nachgebaut.

Nackt kauerte er im schwachen Lichtschein und setzte sich einen Schuss. Nach wenigen Minuten stellte sich die Wirkung ein und steigerte seine Exaltation. Wie würde es sich anfühlen, wenn es tatsächlich geschah? Würde es sein wie damals bei dem zehnjährigen Jungen oder wie bei dem erwachsenen Mann? Oder würde es vollkommen anders sein, mehr geistiger Natur? Beim letzten Mal hatte er deutlich gespürt, wie kurz er vor der Schwelle gestanden hatte. Aber war es überhaupt möglich, dass er nach so vielen Jahren noch einmal einen sexuellen Höhepunkt erlebte?

Nach der Kastration hatte er sich mehrere Jahre lang selbst befriedigt. Anfangs hatte er den Höhepunkt ohne Probleme erreicht, allerdings war das Ejakulat ohne Samen gewesen und hatte anders als früher gerochen. Mit der Zeit hatte sich die Menge auf ein, zwei Tropfen reduziert, bis er schließlich gar nicht mehr ejakulieren konnte. Auch seine Erektionsfähigkeit hatte nachgelassen; trotz raffinierter Stimulation war sein Geschlecht immer wieder schon nach wenigen Sekunden erschlafft. Schließlich war seine Frustration so groß geworden, dass er nicht mehr versuchte, sexuelle Befriedigung zu finden.

Seit er Kokain spritzte, hatte sich jedoch etwas verändert. Die Injektionen ließen ihn nicht nur seine körperlichen Gebrechen vergessen, sondern gaben ihm pure Energie. Sie verliehen ihm Erhabenheit und wirkten wie ein Aphrodisiakum. Phantasien irrlichterten durch seinen Kopf, Erinnerungen stimulierten ihn, und in den Straßen hielt er wieder nach ihnen Ausschau.

Nur ein einziges Mal wollte er den Gipfel noch erklimmen, nur ein einziges Mal wollte er die Bürde seines gepeinigten Körpers abschütteln. Natürlich wusste er, dass ihn die Jagd nach dem Höhepunkt nie wieder beherrschen durfte, so wie früher. Wenn er jetzt die Kontrolle verlor, waren seine Tage in Freiheit gezählt. Deshalb hatte er sich geschworen, nach dieser Frau aufzuhören.

Jetzt, da sie sich in seiner Macht befand, schämte er sich nicht mehr. Er wollte sich ihr zeigen. Er griff nach dem Messer und erhob sich langsam vom Stuhl. Als sich ihr angstvoller Blick auf seinen Leib heftete, zuckte etwas lustvoll in ihm zusammen. In seinem Hinterkopf züngelte eine Flamme.

»Sieh nur, was du mir angetan hast«, sagte er und zerschnitt mit der Klinge, die wie ein Phallus emporstand, die Luft. Ob er die Invaliden-Lotte, die jetzt geknebelt an der Mauer hing, seine Mutter oder die Peinigerin aus Courcelles meinte, war ihm selbst nicht klar. Die drei Frauen verschwammen zu einem einzigen Objekt seiner Wut. Er leckte sich die spröden Lippen und befreite die Invaliden-Lotte von dem Knebel.

Sie warf den Kopf in den Nacken und flehte ihn an: »Bitte! Lassen Sie mich laufen! Sie können mich nehmen, sooft Sie wollen, aber lassen Sie mich dann laufen. Ich hab eine kleine Tochter. Ohne mich ist sie ganz allein auf der Welt. Ich verspreche auch, dass ich niemandem etwas erzähle.«

»Woher soll ich wissen, dass du die Wahrheit sagst?«

»Ich schwöre es«, sagte die Invaliden-Lotte und rüttelte an den Ketten. »Bitte lassen Sie mich gehen!«

Er beobachtete den Schlund, der sich zwischen ihren Schenkeln auftat. Er war dunkel und tief und übte einen unwiderstehlichen Sog auf ihn aus. Jetzt wusste er, wie er sein Werk beginnen musste. Sein Puls beschleunigte sich, und immer mehr Blut strömte in seine Lenden.

Im Polizeigefängnis am Alexanderplatz

Bis auf einen stinkenden Nachttopf und eine Holzpritsche war die Zelle leer. Mit großen Schritten durchmaß Otto den Raum und haderte mit seinem Schicksal. Wenn er hier nicht bald rauskam, würde er den Zug nach München verpassen. Und wenn er den Zug verpasste, würde er beim Meisterschaftsfahren von Deutschland nicht antreten können. Wie hatte er seine Teilnahme nur so leichtsinnig aufs Spiel setzen können?

Plötzlich hielt Otto inne und lauschte. In das Schnarchkonzert der anderen Häftlinge mischten sich Schritte und ein rhythmisches, dumpfes Klopfen. Ein Gefangener in einer Nachbarzelle wachte auf und beschwerte sich lautstark. »Nicht einmal schlafen kann man hier!«

Mit der Hand rieb sich Otto über die Schulter, die von seinem Sturz noch schmerzte. Er kannte nur einen Mann, der über die Macht verfügte, um ihn hier rauszuholen. Kommerzienrat Vitell. Schon als Otto gegen von Grabows Willen in die Ermittlungen eingeschaltet worden war, hatte er sich gegen den Kriminaldirigenten durchgesetzt. Vielleicht gab es eine Möglichkeit, Vitell eine Nachricht zukommen zu lassen?

Otto trat an die Gitterstäbe und sah hinaus. Auf der anderen Gangseite zog nur zwei Zellen von ihm entfernt ein Wärter langsam seinen Knüppel an den Gitterstäben entlang. Seine Augen funkelten bösartig. Offenbar machte es ihm Freude, die Häftlinge zu tyrannisieren, indem er sie nicht schlafen ließ. Was für ein gemeiner Kerl, dachte Otto. Aber vielleicht ist er ja auch korrupt? In dieser aussichtslosen Lage musste er jede Chance nutzen, auch wenn sie noch so klein war.

»Pst«, machte er.

Flink trat der Wärter heran, holte mit dem Knüppel aus und sagte: »Die Gitterstäbe loslassen, sofort! Sonst gibt es was auf die Flossen.«

»Wissen Sie, wer ich bin?«

»Und wenn du der König von Siam bist – ist mir egal.«

»Mein Name ist Dr. Sanftleben. Ich bin ein bekannter Schriftsteller und habe Geld.« In den Augen des Wärters glomm etwas auf. War es Gier oder Heimtücke? Eilig sprach Otto weiter. »Ich brauche jemanden, der eine Nachricht überbringt. Mein Diener Moses hält sich im Haus meiner Eltern auf. Die Adresse lautet Pariser Platz 7.«

»Feine Gegend.«

Der Mann schien zu begreifen, dass seine Familie vermögend war. Sehr gut, dachte Otto und fuhr fort: »Jemand muss zu ihm gehen und ihm ausrichten, dass ich hier gefangen bin. Er soll sich sofort mit Kommerzienrat Vitell in Verbindung setzen, damit dieser meine Freilassung erwirken kann. Ich lasse mir Ihre Mühen auch etwas kosten. Sagen wir hundert Mark?« Als der Wärter keine Miene verzog, setzte Otto hinzu: »Oder zweihundert? Ach, machen wir fünfhundert Mark! Das ist mein letztes Angebot. Geben Sie meinem Diener Ihren Namen und Ihre Anschrift, und ich schicke Ihnen das Geld, sobald ich hier raus bin.« Otto steckte seine Hand durch die Stäbe und hoffte sehnlichst, der andere würde einschlagen. »Sind wir uns einig?«

»Zum letzten Mal: Lass die Gitterstäbe los«, sagte der Wärter. Dann grinste er und setzte seine Runde fort. Während er den Knüppel an den Gitterstäben entlangzog, pfiff er ein Lied.

»Sechshundert Mark«, rief Otto ihm nach.

Die nächsten Stunden verrannen zäh. Otto lag auf der Pritsche und starrte an die Decke. Dann erklangen erneut Schritte. Kam jemand, um ihn zu holen? Er sprang auf die Füße, rannte zu den Gitterstäben, blickte aufgeregt hinaus und sah einen Mann vor seiner Zelle stehen. Obwohl er ihm nur einmal begegnet war, erkannte er ihn sofort. Es war Kriminaldirigent von Grabow. Er hatte seine Hände auf dem Rücken verschränkt und trug einen Gesichtsausdruck zur Schau, als sei er Mitglied der Heiligen Inquisition.

Otto befürchtete das Schlimmste. Hatte der Wärter den Bestechungsversuch etwa angezeigt? Möglicherweise wollte ihm der Kriminaldirigent nun mitteilen, dass er ein Ermittlungsverfahren eingeleitet hatte. Oder erschien er nur, um seinen Sieg auszukosten? Immerhin saß Don Quichotto, der Querulant, nun hinter Gittern. Hoffentlich hatte er keine Ahnung von dem Bestechungsversuch. Dann wäre es möglich, den Kriminaldirigenten davon zu überzeugen, ihn laufen zu lassen.

»Begreifen Sie jetzt«, sagte von Grabow mit seiner seltsam hohen Stimme, »wohin Ihr kindischer Aufstand Sie geführt hat?«

Kindischer Aufstand?, dachte Otto. Damit konnte nur die wilde Fahrradfahrt, nicht aber der Bestechungsversuch gemeint sein. »Sie haben ja recht«, sagte er. »Ich bin diesen Vehikeln verfallen. Es sind …«, er erinnerte sich an die Formulierung des Kriminaldirigenten im Club von Berlin, »… Ungetüme aus Stahl und Blech, die die Sittlichkeit untergraben. Erst jetzt begreife ich, wie gefährlich sie sind. Die Haft ist mir eine Lehre. Sie hat mir die Augen geöffnet.«

»Ich dachte mir, dass Sie etwas in dieser Richtung sagen würden«, erwiderte der Kriminaldirigent. Jetzt erst sah Otto, wie echauffiert von Grabow wirkte. An seinem Haaransatz glitzerten Schweißtropfen. Seine Augen glänzten fanatisch, der altmodische Gehrock war schief zugeknöpft. Und auf seinem Handrücken prangte eine lange, blutige Kratzspur.

»Dann lassen Sie mich gehen?«

»Die Haft scheint Sie ja zur Besinnung gebracht zu haben.«

»Ich weiß nicht, wie ich Ihnen danken soll.«

»Danken Sie lieber dem Allmächtigen. Knien Sie nieder und

beten Sie mit mir. Vater unser im Himmel, geheiligt werde dein Name, dein Reich …« Als er das Gebet zu Ende gesprochen hatte, sagte von Grabow: »Sie können jetzt aufstehen. Sobald Herr Piefke am Montag zurückkehrt, wird er Ihre Entlassungspapiere ausfüllen.«

»Am Montag?«

»Nutzen Sie die Zeit und halten Sie Zwiesprache mit dem Allmächtigen! Wer sich ihm anvertraut, wird auf den rechten Pfad geführt werden. Sogar für Leute von Ihrem Schlag stehen die Pforten offen.«

Otto klammerte sich an die Gitterstäbe. »Herr Kriminaldirigent, warten Sie! Montag ist zu spät. Ich muss den Zug nach München erreichen.«

Doch von Grabow marschierte schon den Gang entlang. Ohne sich umzudrehen, hob er die Hand und winkte.

Plötzlich begriff Otto, dass dieser Besuch eine reine Machtdemonstration gewesen war. Auch wenn die Formalitäten sofort erledigt werden könnten, würde ihn der Kriminaldirigent niemals so schnell laufen lassen. Ihm ging es darum, Otto einen Denkzettel zu verpassen.

In der Potsdamer Straße

Der Commissarius öffnete die Augen und starrte an die Decke. Er hatte ein Geräusch gehört, das laut genug gewesen war, um ihn aus einem tiefen Schlaf zu reißen. War der Krach von draußen oder aus seiner Wohnung gekommen? Hatte sich möglicherweise ein Einbrecher Zutritt verschafft? Stand er vielleicht schon hier bei ihm im Zimmer? Funke stellte sich schlafend, blieb bewegungslos liegen und vermied jedes Rascheln mit dem Bettzeug. Mit klopfendem Herzen lauschte er in die Dunkelheit, hörte aber nur das leise Summen eines Insekts.

Nach bangen Minuten war der Commissarius davon überzeugt, dass er allein war. Genauso sicher war er sich allerdings, dass er sich das Geräusch nicht eingebildet hatte. Also entschied er, nachzusehen, was ihn geweckt hatte. Er wartete, bis sich sein Puls wieder normalisiert hatte. Dann schlug er die Decke zurück und machte Licht. Er schlüpfte in seine weichen marokkanischen Babouchen und ging zu den Fenstern. Wegen der hohen Temperaturen standen sie zwar weit offen, aber die Flügel waren so arretiert, dass sie nicht vom Wind bewegt werden konnten. Von hier konnte das Geräusch nicht gekommen sein.

Der Commissarius begab sich auf einen Rundgang durch seine Wohnung, doch konnte er nirgends etwas Ungewöhnliches feststellen. Dann blickte er aus den Fenstern. Vielleicht hatte sich im Hinterhof oder auf der Straße ein übermütiger Trunkenbold einen Scherz erlaubt? Aber er konnte keine Menschenseele entdecken.

Als der Commissarius sich schon zurück ins Bett begeben wollte, fiel ihm ein, dass das Geräusch auch aus dem Treppenhaus hätte kommen können. Er öffnete die Haustür und spähte nach draußen. Da, an der Eingangstür der gegenüberliegenden Wohnung, wo ein hochrangiger Kollege, der Leiter der politischen Polizci, lebte, lehnte ein runder Gegenstand.

Stirnrunzelnd trat der Commissarius in den Flur und beugte sich hinunter. Es handelte sich um einen Trauerkranz, wie man ihn normalerweise auf ein Grab legt. Eine große rote Schleife zierte ihn. Auf dem linken Band stand: »Wir vergessen dich nicht!« und auf dem rechten: »Deine sozialistischen Freunde«. An einem Draht hing eine Grußkarte mit einer handschriftlichen Nachricht: »Wenn noch eine Frau gekreuzigt wird, bist du dran. Mach endlich anständige Polizeiarbeit und hör auf, uns nachzuspionieren.« Es folgten einige Noten und ein Notenschlüssel sowie ein bekanntes Trinklied: »Stiefel muss sterben, / Ist noch so jung, jung, jung, / Stiefel muss sterben, / Ist noch so jung!«

Der Commissarius richtete sich auf und setzte seine Nachtmütze ab, um sich den Schädel zu kratzen. Als er am Abend nach Hause gekommen war, war der Trauerkranz noch nicht hier gewesen. Er musste also erst später gebracht worden sein.

Die Botschaft war klar: Der Leiter der politischen Polizei wurde mit dem Tod bedroht. Dabei war die Farbe der Grabschleife offenbar mit Bedacht gewählt worden. Rot stand für die Arbeiterbewegung. Ebenso war das Trinklied ein aufschlussreiches Indiz. Es war allgemein bekannt, dass der berüchtigte Anarchist August Reinsdorf es kurz vor seiner Enthauptung gesungen hatte. Ein weiterer Anarchist, der zweiundzwanzigjährige Schuhmachergeselle Julius Adolf Lieske, hatte Reinsdorf rächen wollen und den Leiter der politischen Polizei in Frankfurt erstochen. Jener hatte die politischen Feinde des Kaiserreichs mit der gleichen Rigorosität verfolgt wie der Nachbar des Commissarius. Der Mann schwebte also in Lebensgefahr.

Trotzdem, etwas stimmte nicht, wie schon Dr. Sanftleben nach dem Anschlag auf das Schöneberger Nationaldenkmal aufgefallen war. Für die Anarchisten war Politik bürgerlich und führte die Arbeiterschaft in die Bevormundung durch eine Handvoll Abgeordneter. In ihren Augen war der Reichstag nur eine »Bedientenbude«, die sich selbst viel zu wichtig nahm. Um die Freiheit und Gleichheit aller Menschen zu erreichen, war es ihrer Meinung nach erforderlich, alle politischen Instanzen zu zerschlagen. Die Sozialistische Arbeiterpartei Deutschlands lehnte hingegen Gewalt strikt ab. Für sie war es undenkbar, dass eine Partei, welche die Verbrüderung aller Menschen anstrebte, ihr Ziel mit Hilfe eines Bürgerkrieges erreichen sollte, bei dem sich Verwandte und Nachbarn gegenseitig töteten. Die Feindschaft zwischen den beiden Lagern reichte so weit, dass sie sich jahrelang in den Zeitungen »Der Sozialdemokrat« und »Die Freiheit« gegenseitig denunziert hatten, was der politischen Polizei viele brauchbare Hinweise gegeben hatte. Vor diesem Hintergrund erschien es dem Commissarius beinahe ausgeschlossen, dass sich der Absender des Trauerkranzes einerseits durch die Taten bekannter Anarchisten inspirieren ließ und sich andererseits den »sozialistischen Freunden« zugehörig fühlte. Was also sollte das alles?

Noch während er über den ominösen Kranz nachdachte, hörte Funke Schritte auf der Treppe. Kam derjenige zurück, der den Kranz gebracht hatte? Einem ersten Impuls folgend, wollte der Commissarius in seine Wohnung rennen, um seinen Revolver zu holen, doch dann besann er sich. Es war nahezu ausgeschlossen, dass der Täter schon zurückkehrte. Schließlich hatte seine Drohung das potenzielle Opfer noch nicht einmal erreicht.

Da tauchte im Treppenhaus eine schlanke Gestalt auf, die keinen Kopf hatte. Vor Schreck riss der Commissarius die Augen weit auf, und es dauerte einige Augenblicke, ehe er seinen Irrtum erkannte. Natürlich hatte der junge Mann ein Gesicht, aber wegen seiner dunklen Hautfarbe und dem schwarzen, krausen Haar war es in der schummrigen Treppenhausbeleuchtung kaum zu erkennen gewesen. In seinem ganzen Leben hatte der Commissarius vielleicht fünf oder sechs Neger gesehen, die im Zirkus, auf dem Jahrmarkt, im Varieté oder in einer Völkerschau aufgetreten waren. Sie hatten als Attraktionen gegolten und waren von Schaulustigen begafft worden. Er hätte es niemals für möglich gehalten, eines Tages einem von ihnen plötzlich in seinem Treppenhaus gegenüberzustehen.

Der junge Mann war die Reaktion offenbar gewohnt, denn er stellte sich rasch vor: »Ich bin Moses, der Leibdiener von Dr. Otto Sanftleben, und suche einen Herrn Commissarius Funke. Sind Sie das?«

Der Commissarius wunderte sich sehr, dass der Mohr die deutsche Sprache besser beherrschte als die meisten Berliner. »Äh, ja«, sagte er unsicher.

»Mein Dienstherr hat mir von Ihnen berichtet. Sie sind der einzige Polizist, den ich kenne. Ich habe Ihre Adresse aus dem Bürgerverzeichnis. Übrigens, da unten stimmt etwas nicht. Die Haustür wurde aufgebrochen. Deshalb konnte ich einfach so reinkommen.«

Das erklärt den Krach, der mich aus dem Schlaf gerissen hat, dachte der Commissarius und sagte: »Das werde ich mir gleich näher ansehen. Aber was kann ich für dich tun?«

Moses berichtete, dass er gestern Abend mit dem Gepäck für die Reise zum Meisterschaftsfahren in München zum Haus von Ottos Eltern in der Innenstadt gefahren war. Anschließend hatte er Unter den Linden spazieren gehen wollen. Allerdings war er nicht weit gekommen, denn in der Nähe des Pariser Platzes war ihm ein Menschenauflauf aufgefallen. Er war hinübergegangen und hatte sich unter die Leute gemischt. So hatte er sehen können, wie seinem Herrn Handfesseln angelegt worden waren und er in eine Grüne Minna gestoßen worden war. Er vermutete, dass Otto auf der Paradestraße Fahrrad gefahren und deshalb inhaftiert worden war. Morgen allerdings musste, so endete Moses schließlich, sein Herr unbedingt den Zug nach München erreichen, um am Meisterschaftsfahren von Deutschland teilzunehmen.

»Und jetzt glaubst du«, sagte der Commissarius, als Moses geendet hatte, »dass ich meinen Einfluss geltend machen kann, um Dr. Sanftleben aus dem Gefängnis zu befreien.«

»So ist es«, erwiderte der Leibdiener.

»Freu dich nicht zu früh«, sagte Funke und dachte angestrengt nach. Nur sein unmittelbarer Vorgesetzter, Kriminaldirigent von Grabow, konnte den Gefangenen entlassen. Allerdings war es wohl seiner Einflussnahme zuzuschreiben, dass Dr. Sanftleben überhaupt im Gefängnis gelandet war. Nein, wenn jemand etwas für den Kriminalgelehrten tun konnte, dann war es Kommerzienrat Vitell. Schließlich hatte er mit dem Einverständnis seines persönlichen Freundes, des Polizeipräsidenten von Berlin, auch erreicht, dass Dr. Sanftleben zu den Ermittlungen in Sachen Kreuzigung herangezogen worden war.

»Vielleicht kenne ich jemanden, der uns helfen kann. Wir werden ihm noch heute Nacht einen Besuch abstatten, aber jetzt komm erst einmal herein«, sagte der Commissarius und wies auf seine Wohnungstür. Dabei fiel sein Blick auf seine linke Hand, in der er immer noch seine Nachtmütze hielt. Erschrocken fasste er sich an den Kopf. Natürlich hatte er seine Perücke nicht aufgesetzt. So hatte der schwarze Diener gesehen, was sonst niemand sehen durfte. Möglicherweise erzählte er seinem Dienstherrn von Funkes Glatze. Eilig huschte der Commissarius an Moses vorbei und murmelte dabei: »Warte in der Diele. Ich kleide mich rasch an.«

Auf dem Weg nach München

Am nächsten Morgen nahm Otto am Rande seines Bewusstseins eine Bewegung wahr und spürte, wie jemand an seinem Arm rüttelte. Verschlafen drehte er den Kopf auf die Seite und schlug die Augen auf. »Moses?«, fragte er.

»Wer sonst?«, erwiderte sein Leibdiener. »Nun komm schon! Wenn wir den Zug noch erreichen wollen, müssen wir uns beeilen.«

Otto setzte die Füße auf den kalten Steinboden und massierte sich den Nacken. Nach und nach erinnerte er sich, wo er war und wie er hierhergekommen war. Dann sprang er auf und folgte Moses auf den Zellengang. In wenigen Minuten hatte er alle Formalitäten erledigt und das Gefängnis verlassen. Draußen auf dem Alexanderplatz herrschte reger Verkehr, und ein Pferdeomnibus bimmelte laut. Moses lotste Otto zu einer bereitstehenden Galadroschke, und beide kletterten in die offene Kabine, wo bereits Kommerzienrat Vitell saß. Otto ergriff die Hand des Geschäftsmannes und schüttelte sie ausgiebig. »Ich danke Ihnen vielmals. Sie ahnen nicht, wie viel es mir bedeutet, am Meisterschaftsfahren teilzunehmen.«

Vitell trug einen leichten italienischen Anzug und einen Panamahut, der sein Gesicht vor der Sonne schützte. »Gern geschehen«, erwiderte er freundlich. »Und außerdem: Sie müssen wissen, dass im Club Wetten auf die Rennen abgeschlossen werden. Ich habe auf Sie gesetzt. Und wenn Sie nicht teilnehmen, verliere ich eine Menge Geld. Ich handele also aus vollkommen eigennützigen Motiven.« Er wandte sich an den Kutscher: »Zum Anhalter Bahnhof.«

Der Mann hat ein Herz aus Gold, dachte Otto. Als die Pferde lostrabten, lehnte er sich auf der gepolsterten Sitzbank zurück. Neugierig beäugte er seinen Leibdiener. »Nun erzähl schon! Was hat der Gefängniswärter gesagt?«

»Welcher Gefängniswärter?«, fragte Moses.

Dann berichtete der Leibdiener, was sich letzte Nacht zugetragen hatte. Gerührt erkannte Otto, dass er seine Freiheit keinem korrupten Staatsdiener verdankte, sondern einem simplen Zufall – und vor allem den Menschen in seiner Umgebung. Sie hatten nicht einmal eine Aufforderung gebraucht, um ihn aus dem Gefängnis zu befreien. Aus eigenem Antrieb hatten sie nach Wegen gesucht, um seine Teilnahme am Meisterschaftsrennen zu ermöglichen. Dankbar klopfte er Moses auf die Schulter und sagte zum Kommerzienrat: »Ich hoffe, dass ich mich eines Tages bei Ihnen und Commissarius Funke revanchieren kann.«

Vitell tupfte seinen Hals, seinen Nacken und sein Gesicht mit einem Taschentuch ab und sagte: »Da wüsste ich schon eine Möglichkeit. Der Commissarius hat mich nämlich gebeten, Sie nach Ihrer Meinung zu den neuesten Ereignissen zu fragen.«

»Was ist denn passiert?«

»Ein hochrangiger Beamter der politischen Polizei wird bedroht. Offenbar steckt das gleiche subversive Subjekt dahinter, das schon den Anschlag auf das Schöneberger Nationaldenkmal durchgeführt hat.«

»Was veranlasst Sie zu dieser Annahme?«

»Wieder hat er sich an eine bekannte Tageszeitung gewandt und so dafür gesorgt, dass sein Treiben einem großen Leserkreis bekannt wird. Und wieder hat er in seinem Bekennerschreiben auf die Kreuzigung im Friedrichshain angespielt.«

»Jetzt verstehe ich das Interesse des Commissarius. Und inwiefern kann ich behilflich sein?«

»Nun, Funke ist ganz angetan von den scharfsinnigen Überlegungen, die Sie spontan zum Anschlag auf das Nationaldenkmal angestellt haben. Er bittet Sie einfach, Ihren Gedanken freien Lauf zu lassen. Ich werde ihm dann bei der nächsten Gelegenheit Bericht erstatten.«

Otto ließ sich den genauen Wortlaut der Nachricht am Trauerkranz vorlesen und dachte einen Moment nach. »Als Erstes stellt sich mir die Frage, warum der Täter überhaupt die Kreuzigung erwähnt.«

»Weil sie in aller Munde ist«, sagte Vitell. »Wahrscheinlich erhofft er sich eine größere Aufmerksamkeit für seine Taten.«

»Das könnte natürlich sein«, erwiderte Otto, »aber ein anderer Grund scheint mir noch plausibler. Die Kreuzigung im Friedrichshain wurde von allen Berlinern aufs Schärfste verurteilt. Nun entlarvt der Täter zwar nicht den Mörder, aber er unterstellt, dass die Verantwortlichen nicht genug tun, um ihn zu überführen. Und er zeigt der breiten Masse sogar einen Weg, wie man die Verantwortlichen dafür zur Rechenschaft ziehen kann, nämlich mit einem Attentat auf den Leiter der politischen Polizei. Nach Jahren der Unterdrückung und Verfolgung gibt es nicht wenige Arbeiter, die nur auf eine solche Gelegenheit gewartet haben, um ihrer aufgestauten Wut freien Lauf zu lassen. Es könnte also der Versuch dahinterstecken, die Menschen in eine revolutionäre Stimmung zu versetzen oder – anders ausgedrückt – sie aufzuhetzen.«

»Interessante Schlussfolgerung«, sagte Vitell.

»Als Zweites frage ich mich«, fuhr Otto fort, »wem ein solches Attentat, wenn der Täter irgendwann wirklich zuschlägt, eigentlich schadet.«

»Dem Ansehen der Monarchie«, sagte Vitell, »und natürlich den Opfern und ihren Familien.«

»Ich stimme Ihnen vollkommen zu«, sagte Otto, »aber solche Gewalttaten haben immer auch politische Auswirkungen. Erinnern Sie sich an das Attentat auf Wilhelm I. im Mai 1878: Unmittelbar nachdem der Klempnergeselle Max Hödel Unter den Linden zwei Revolverschüsse auf den Kaiser abgegeben und ihn nur knapp verfehlt hatte, lief eine groß angelegte Kampagne an. Man beschuldigte die Sozialistische Arbeiterpartei Deutschlands, Hödel zu dem Anschlag angestiftet zu haben. Ob es Beweise für diese Anschuldigungen gab, interessierte die Bürger nicht. Und obwohl die Arbeiterpartei höchstwahrscheinlich nichts mit dem Attentat zu tun hatte, geriet sie in Erklärungsnot. Vergeblich versuchte sie, die Vorwürfe zu entkräften und sich von ihrem früheren Mitglied zu distanzieren, aber niemand schenkte der Partei Glauben. Als nur einen knappen Monat später Karl Nobiling mehr Treffsicherheit bewies und Wilhelm I. mit seiner Schrotflinte schwer verletzte, stand für die meisten Menschen von vornherein fest, dass seine Tat ebenfalls sozialistisch motiviert war, obwohl über seine wahren Absichten nie gesicherte Erkenntnisse gewonnen werden konnten.«

»Worauf wollen Sie hinaus?«, fragte Vitell.

»In bürgerlichen und adeligen Kreisen wird kaum ein Unterschied zwischen Anarchisten, Sozialisten und Gewerkschaftern gemacht. Für sie sind alle Proletarier potenzielle Unruhestifter und Revolutionäre. Allein die bloße Behauptung, dass die Arbeiterpartei in derartige Gewaltakte verstrickt sein könnte, reicht aus, um ihre mühsam erarbeitete Reputation zu untergraben. Auf der politischen Bühne schaden Attentate der Arbeiterpartei am meisten.«

»Da ist natürlich was dran«, sagte Vitell.

»Und noch etwas«, fuhr Otto fort. »Die Verlängerung des Sozialistengesetzes ist im Januar nicht etwa deshalb abgelehnt worden, weil die bürgerlichen Parteien die Arbeiterbewegung nun akzeptieren, nein, sie ist abgelehnt worden, weil die Reichstagsabgeordneten erkannt haben, dass das Verbot von sozialistischen Aktivitäten einen gegenteiligen Effekt erzielt. Beim Erlass des Sozialistengesetzes wählte nämlich nur knapp eine halbe Million Menschen die Arbeiterpartei, mittlerweile ist die Zahl auf mehr als das Dreifache angestiegen. Von der Aufhebung des Sozialistengesetzes erhoffen sich die bürgerlichen Parteien nun einen Rückgang der Wählerstimmen, frei nach dem Motto: Was erlaubt ist, ist nicht mehr so interessant.«

»Und inwiefern betrifft das die aktuellen Entwicklungen?«, fragte Vitell.

»Möglicherweise sollen die Gewaltakte das konservative und bürgerliche Lager aufrütteln und es zu einem erneuten Umdenken bewegen. Möglicherweise sollen die Abgeordneten glauben, dass die Gefahr durch die Arbeiter doch größer ist, als sie angenommen haben. Möglicherweise sollen sie zu dem Schluss kommen, dass die Repressalien unter dem Sozialistengesetz einfach nicht hart genug waren und dass in Zukunft noch entschiedener durchgegriffen werden muss, wie zum Beispiel durch die Expatriierung von sozialdemokratischen Arbeiterführern. In einer solchen Stimmung würden die Abgeordneten wahrscheinlich sogar Regelungen zustimmen, die das Sozialistengesetz an Schärfe weit überbieten würden.«

»Ich frage mich gerade«, sagte Vitell nachdenklich, »wem die Gewaltakte dann eigentlich nutzen. Wenn wir das wissen, haben wir vielleicht den Täter gefunden.«

»Da sind zuerst einmal die Anarchisten«, sagte Otto. »Sie wollen durch die Anwendung von Gewalt die Gesellschaft aufrütteln, auf die sozialen Missstände aufmerksam machen und so Unterstützung für ihre Ideen gewinnen. Ob dies durch Attentate zu erreichen ist, halte ich allerdings für äußerst fraglich. Ich neige eher zu der Ansicht, dass sich die meisten Menschen durch Gewalt abgestoßen fühlen, aber natürlich könnte es durch die geschickte Verknüpfung von politischen Forderungen mit der Kreuzigung zu einer Verbrüderung der Linken kommen. So gesehen könnte die anarchistische Bewegung profitieren, wenn sie tatsächlich hinter dem Ganzen steckt. Viel mehr aber nützt das angedrohte Attentat den politischen Gegnern der Sozialisten. Den bürgerlichen Parteien wird Munition geliefert, und die Arbeiterpartei gerät in Erklärungsnot. Ja, wenn ich es mir recht überlege, könnte ich mir sogar vorstellen, dass der Täter aus dem bürgerlichen Milieu stammt und nur so tut, als sei er Sozialist, um so die Arbeiterbewegung in Verruf zu bringen. Allerdings kann ich mir nicht vorstellen, inwieweit all diese Betrachtungen für den Commissarius bei der Aufklärung von Nutzen sein können.«

»Da machen Sie sich mal keine Gedanken«, erwiderte Vitell. »Manchmal gibt es Zusammenhänge, die man nie für möglich gehalten hätte.«

Auf dem Bahnhofsvorplatz verabschiedete sich Otto herzlich von Kommerzienrat Vitell, ging durch die Bahnhofshalle zu seinem Gleis und bestieg den Zug. Ferdinand war schon da und kümmerte sich um die Fahrräder. Otto setzte sich in dem von ihm reservierten Abteil ans Fenster. Die Polsterbank war mit rotem Samt bezogen und nach der Gefängnispritsche äußerst bequem. Der Zug würde über Leipzig und Hof fahren und nach siebzehn Stunden in München eintreffen. Da ertönte ein Pfiff, und stampfend setzte sich die Lokomotive in Bewegung. Auf dem Bahnsteig winkte ein Dienstmädchen mit einem Taschentuch, eine alte Frau wandte den Kopf ab, um ihre Tränen zu verbergen. Vielleicht steht eines Tages Rieke da und weint, wenn ich abfahre, dachte Otto.

Er öffnete sein Jackett und sank in das weiche Polster. Eine Weile grübelte er noch über seine Inhaftierung, die Kreuzigung, den Anschlag auf das Schöneberger Nationaldenkmal und die Morddrohung gegen den Leiter der politischen Polizei nach, aber je weiter sie sich von Berlin entfernten, desto mehr verblassten die Ereignisse der vergangenen Tage.

Moses wühlte im Proviantkorb und fragte: »Lauchpastete oder Hähnchenschenkel?«

Otto spürte, wie sein Magen knurrte. Im Gefängnis hatte es nur einen Kanten Brot und sauren Kaffee gegeben. »Beides – und einen Becher Apfelmost.«

Die Abteiltür öffnete sich, und Ferdinand trat ein. »Ich hab die Fahrräder festgebunden, damit ihnen nichts passiert.« Er setzte sich Otto gegenüber auf die Kante der Polsterbank, faltete die Hände über dem Schoß und sah seinen Bruder eindringlich an. »Du weißt doch, dass ich mit den Dunlop-Reifen experimentiere.«

»Nicht jetzt, Ferdi«, sagte Otto. »Iss erst was.«

»Lauchpastete oder Hähnchenschenkel?«, fragte Moses.

»Nur ein paar Radieschen«, erwiderte Ferdinand und wandte sich wieder Otto zu. »Gestern Nacht hab ich einen neuen Satz fertiggestellt und sie auf die Felgen gezogen. Heute früh bin ich zur Rennbahn gefahren und hab sie getestet. Du wirst es nicht glauben, aber mit den Dunlop-Reifen bist du auf tausend Meter mindestens drei Sekunden schneller. Du kannst der Konkurrenz davonfahren, wenn du willst.«

»Sind die Reifen sicher?«

»Ich hab mehrere Belastungstests durchgeführt. Wenn ich nur den geringsten Zweifel hätte, würde ich dir nicht raten, sie zu nehmen.«

»Was sind Dunlop-Reifen?«, fragte Moses.

»Sie wurden von einem Tierarzt aus England erfunden«, erklärte Ferdinand. »Er heißt John Boyd Dunlop. Weil sein Sohn Johnny schimpfte, wie schlecht er mit seinem Dreirad vorankam, klebte Dunlop dünne Gummiplatten zu Schläuchen zusammen, zog sie über die Metallräder und pumpte sie auf. Johnny war daraufhin viel schneller als seine Kameraden, und Dunlop wurde klar, welch ungeheuren Fortschritt seine Erfindung bedeutete. Ende 1888 ließ er sich dann den ersten Fahrradluftreifen patentieren. In Deutschland sind die Reifen noch nicht sehr bekannt, aber ich bin mir sicher, dass schon bald jedes Fahrrad damit ausgerüstet sein wird. Es ist einfach eine geniale Erfindung, auch weil die Reifen Erschütterungen abfedern.«

»Wie kommt es, dass man mit ihnen schneller fahren kann?«, fragte Moses neugierig.

»Kennst du dich mit Physik aus?«

Während Ferdinand und Moses in die Gesetzmäßigkeiten der Naturwissenschaften eintauchten, biss Otto in eine duftende Lauchpastete und schaute aus dem Fenster. Sie kamen durch eine kleine Ortschaft. Unweit der Gleise arbeitete eine Frau in einem Gemüsegarten. Sie trug eine weiße Schürze über einem grauen Kleid. Als der Zug vorbeifuhr, richtete sie sich auf, stemmte die Hände in die Hüften und streckte ihren Rücken durch.

Bald sah Otto nur noch Wiesen und Wälder. Am Himmel dräuten Wolken, wahrscheinlich würde es am Abend ein Gewitter geben. Morgen ist es also so weit, dachte Otto. Morgen werde ich sie wiedersehen. Über sechs Jahre waren seit ihrer letzten Begegnung vergangen. Trotzdem konnte sich Otto nur zu gut daran erinnern. Solange er lebte, würde er jenen Wintertag vor sechs Jahren nicht vergessen.

In der Friedrichstraße, im Januar 1884

Zerstreut ließ Otto seinen Blick über die Dinge schweifen, die sorgfältig aneinandergereiht auf seinem Bett lagen und die ihn auf die vierzehntägige Vortragsreise begleiten sollten: wollene Unterwäsche, Kniestrumpfhalter, ein Frack zum Wechseln, türkischer Honig als Reiseproviant, der »Baedeker« für München, das Herrenkorsett von Bowles & Sons, Reiseunterlagen, das Manuskript und diverse Bücher. Hatte er etwas vergessen?

Während er vor sich hin starrte, schweiften seine Gedanken ab. Heute Morgen hatte ihn ein Billett erreicht. Obwohl er mit seiner Verlobten vereinbart hatte, dass sie sich erst nach seiner Rückkehr wiedersehen würden, hatte Anna ihm geschrieben, dass sie ihm gegen Mittag in seinem *chambre garni* in der Friedrichstraße einen Besuch abstatten wolle. Otto konnte sich nicht vorstellen, was so dringend war, dass es keinen Aufschub duldete. Deshalb erwartete er Anna mit einem komischen Gefühl.

Die Taschenuhr, dachte er plötzlich. Ich hab die Taschenuhr vergessen. Zu Vorträgen nahm er sie immer mit und legte sie stets vor sich auf das Rednerpult, um den Zeitplan einzuhalten. Als Otto zum Kopfende des Bettes trat und die Nachttischschublade aufzog, schellte es an der Tür. Das muss sie sein, dachte er. Rasch legte er die Taschenuhr neben sein Manuskript und verließ das Zimmer. Mit federnden Schritten ging er durch das Entree und öffnete die Eingangstür. Als er Anna sah, strahlte er über das ganze Gesicht. Dann besann er sich und spähte ins Treppenhaus. »Hat dich jemand gesehen?«

Sie mussten sehr vorsichtig sein. Zum einen konnte ein Stelldichein Annas Ruf ruinieren, zum anderen verbot Ottos Vermieterin jeglichen Damenbesuch. Heute war sie jedoch bei einer Freundin, wahrscheinlich um den neuesten Klatsch auszutauschen, Bridge zu spielen und ein Gläschen Eierlikör zu trinken. Vor den frühen Abendstunden würde sie nicht heimkehren.

»Niemand«, sagte Anna.

»Dann komm schnell herein.« Otto zog Anna in die Wohnung und trat die Tür mit der Hacke zu. Erst jetzt traute er sich, seine Verlobte in die Arme zu schließen. Zart küsste er sie auf den Mund. Dann roch er ihren milden Duft, von dem er nicht genug bekommen konnte, und drückte sie fester an sich.

»Warte«, sagte Anna.

Otto trat einen Schritt zurück und schaute sie erwartungsvoll an. Unter ihrer Pelzmütze lugte rotblondes Haar hervor, und ihre Wangen waren von der Kälte gerötet. Sie sah noch schöner aus als sonst.

Anna schwenkte ihren Muff. »Vielleicht sollte ich das erst ablegen und meine Haare in Ordnung bringen. Kannst du mich bitte einen Moment allein lassen?«

»Natürlich«, sagte Otto. »Ich muss sowieso noch packen. Wenn du so weit bist, komm einfach in mein Zimmer.«

Otto ging zu seinen Sachen zurück, doch er blieb nachdenklich vor dem Bett stehen. Irgendetwas stimmte nicht mit ihr. Die Mimik, der Tonfall, sie hatte heute etwas Kummervolles an sich. Und was machte sie eigentlich so lange da draußen? Otto hatte noch gehört, wie sie einige Schritte auf dem Parkett gegangen war. Jetzt aber war alles still. Er hörte kein Klappern an der Garderobe, keine Schritte – nichts.

»Otto? Ich muss dir was sagen.«

Er hatte nicht gehört, wie sie ins Zimmer getreten war. Jetzt drehte er sich um und sah, dass sie in voller Montur im Raum stand. Sie hatte nur den Muff und die Pelzmütze abgelegt.

»Vielleicht setzen wir uns besser«, sagte sie.

»Natürlich«, sagte Otto und nahm in seinem Ohrensessel Platz. Was mochte nun kommen?

Anna setzte sich ihm gegenüber, griff nach seinen Händen und sah ihm in die Augen. Dann öffnete sie ihren Mund, aber noch ehe sie ein Wort gesagt hatte, schloss sie ihre schönen Lippen wieder. Ihr Kinn zitterte, und ihre Augen sahen ihn groß und rund an. Erneut setzte sie an, etwas zu sagen, und wieder gab sie auf.

Plötzlich stand sie auf und umarmte ihn. »Du bist so ein guter Mann«, flüsterte sie und strich ihm über die Haare. »Hörst du, so ein guter Mann! Ich habe dich vom ersten Moment an geliebt. Das musst du mir glauben – was immer auch geschieht. Vom ersten Moment an.« Zuerst waren ihre Küsse sanft, dann aber bedeckte sie seinen Hals und die Wangen mit immer intensiveren Küssen. Ihr Atem wurde schneller.

Eben noch hatte Otto mit einer Hiobsbotschaft gerechnet, jetzt spürte er, wie seine Erregung wuchs. Annas Lippen waren nun überall, ihre Arme klammerten sich um seine Taille. Er griff nach ihren Schultern, er wollte sie zu sich ziehen, aber Anna wehrte ab. Sie kniete sich zwischen seine Beine, ihre Brust drückte gegen seinen Unterleib, und mit fliegenden Fingern öffnete sie die Knöpfe seines Hosenträgers. Dann fasste sie mit beiden Händen nach dem Bund seiner Hose und zog sie mit einem Ruck herab. Sie senkte den Kopf über seinen Schoß und nahm die Spitze seines Glieds in den Mund.

Otto schloss die Augen. Bisher hatten sie sich nur geküsst oder höchstens einmal schüchtern gestreichelt. Zwar hatte Anna ihn mehrmals gedrängt weiter zu gehen, aber Otto hatte befürchtet, dass sie es nur seinetwillen wollte und dass der voreheliche Beischlaf sie in arge Gewissensnöte stürzen würde. Aus Respekt vor ihrem Glauben, der strengen Erziehung und dem protestantischen Elternhaus hatte er entschieden, dass sie bis nach der Heirat im kommenden August warten sollten.

Jetzt spürte Otto, dass sie ihre ganze Seele in die Zärtlichkeiten steckte, so als wolle sie ihm einen unvergesslichen Genuss verschaffen. Er hatte es nicht für möglich gehalten, dass seine Gefühle für sie noch stärker werden könnten, aber in diesem Moment liebte er sie ganz und gar.

Im Tiergarten, im Januar 1884

Nachdem Anna gegangen war, setzte sich Otto wieder in den Ohrensessel und starrte vor sich hin. Es war zweifellos wunderschön gewesen, trotzdem war Annas Besuch rätselhaft. Warum hatte er sie nicht berühren dürfen? Warum hatte sie nicht einmal den Mantel abgelegt? Warum hatte sie ihn beim Abschied nicht geküsst? Und was hatte sie ihm eigentlich sagen wollen? Ein Verdacht stieg in Otto auf. Fühlte sie sich vielleicht von ihm vernachlässigt?

Es stimmte, seit ihrer Verlobung vor knapp einem Jahr arbeitete Otto mit noch größerem Ehrgeiz, um ihnen ein sorgenfreies Leben zu ermöglichen. Die Beförderung zum Oberarzt in der Charité hatte nicht nur sein Gehalt, sondern auch seinen Verantwortungsbereich vergrößert. Sein viel beachtetes Lehrbuch »Grundlagen der Kriminalpsychologie« erschien gerade in der zweiten Auflage, für die er sein Werk grundlegend überarbeitet hatte. Zwei ausführliche Aufsätze – »Irrsinn beim Weibe« und »Die soziale Misere als kriminogener Faktor« – hatte er in renommierten Fachzeitschriften platziert. Das Echo auf seine Veröffentlichungen war so positiv, dass er sich entschieden hatte, eine Lesereise zu unternehmen. Sein Arbeitspensum betrug vierzehn bis fünfzehn Stunden am Tag, hinzu kam noch der Radsport, ein zeitintensives Hobby, das er als Ausgleich zur geistigen Tätigkeit dringend brauchte. Abends war er oft so müde, dass er sich kaum noch auf den Beinen halten konnte. Letzte Woche erst war er bei einem Treffen mit Anna im Café Bauer mitten im Satz eingeschlafen. War es das, was sie eigentlich mit ihm hatte besprechen wollen? Dass er so wenig Zeit für sie hatte?

Otto hatte ihr schon mehrmals erklärt, dass er von den Zuwendungen der Eltern unabhängig sein und ihr trotzdem alles bieten wollte. Ihr sollte es an nichts mangeln. Er hatte immer den Eindruck gehabt, dass sie auf seinen Erfolg stolz war, auch hatte sie sich nie beklagt. Trotzdem, dachte er jetzt, es besteht natürlich die Gefahr, dass unsere Liebe auf der Strecke bleibt.

Er erhob sich aus dem Ohrensessel und trat ans Fenster. Er schob den Vorhang zur Seite und sah zum Himmel empor. Die quellenden weißen Wolkenberge hingen so tief, dass sie beinahe die Dächer berührten. Die »Vossische Zeitung« hatte gemeldet, dass gegen Abend wieder starker Schneefall einsetzen würde. Am liebsten würde ich in Berlin bleiben, dachte Otto plötzlich. So könnte er diese herrlichen Wintertage mit Anna verbringen. Er würde einfach an die Veranstalter der Lesungen ein Telegramm schicken; eine dringende Angelegenheit halte ihn in Berlin, er könne leider nicht kommen. Ja, so würde er es machen, er wollte die nächsten Tage bei Anna sein. Und das sollte sie so rasch wie möglich erfahren. Beim Abschied hatte sie ihm erzählt, dass sie eine Verabredung im Tiergarten zum Eislaufen hatte. Dort wollte er sie abpassen und ihr von seinem Entschluss berichten. Das wird eine Überraschung, dachte er und rieb sich voller Vorfreude die Hände.

Geschwind kleidete er sich an, lief zum Haus seiner Eltern und fand seine alten Schlittschuhe auf dem Dachboden. Im Pferdeomnibus setzte er sich auf die harte Holzbank und rieb mit dem Handschuh ein Guckloch in die Eiskristalle auf der Fensterscheibe. Draußen lag der Tiergarten in winterlicher Pracht. Einst hatten hier, in einem umzäunten Wildpark, die Kurfürsten Hirsche geschossen. Unter König Friedrich II. hatte der Park seinen ursprünglichen Zweck als Jagdgrund jedoch verloren und stand seitdem der Bevölkerung offen. Besonderer Beliebtheit erfreute sich die Gegend um die Rousseau-Insel, wo sich zu dieser Jahreszeit die besten Eisbahnen befanden.

Otto stieg am Kleinen Stern aus, marschierte in südliche Richtung und kürzte den Weg über einen Schleichpfad ab. Mit seinen hohen Schaftstiefeln, dem dicken Pelzmantel und einer Bibermütze war er für das Eisabenteuer bestens ausgerüstet.

Der Schnee knirschte unter seinen Füßen, von den Ästen stürzten kleine Schneelawinen, und sein Atem hinterließ weiße Wolken in der kalten Luft. Als Otto das Seeufer erreicht hatte, hielt er nach Anna Ausschau. Die Temperaturen lagen weit unter null Grad. Bei seinem Marsch hatte er sich etwas aufgewärmt, doch jetzt kroch die Kälte wieder durch Mantel und Mütze. Sie müsste längst da sein, dachte er und suchte mit den Augen die Eisbahn nach ihr ab.

Dort herrschte ein buntes Treiben. Ein junger Dragoneroffizier und seine Begleiterin übten sich im Paarlauf. Mehrere Kinder spielten Fangen, was zuerst zu Jubel und wildem Gekreische und schließlich zu einem heillosen Durcheinander aus Armen und Beinen sowie bitteren Tränen führte. Ein älterer Herr fuhr seine Gattin auf einem Stuhlschlitten umher. Auf einer Bühne spielte eine Blechbläserkapelle und kämpfte hörbar mit vereisten Instrumenten. An einer Glühweinbude wurde schwadroniert, und von einem Maronenstand trieb ein verführerischer Geruch herüber.

Nur von Anna fehlte jede Spur.

Sie wird schon noch kommen, dachte Otto. Wenigstens konnte er so noch ein wenig üben. Schließlich hatte er zuletzt vor acht oder neun Jahren auf dem Eis gestanden.

Otto setzte sich auf einen Baumstumpf und schnallte sich die Schlittschuhe unter die Stiefel. Doch als er sich in die Höhe stemmte, stockte ihm vor Schreck der Atem. Denn auf dem leicht zum See abfallenden, mit rutschigem Schnee bedeckten Ufer glitten die Kufen von allein abwärts. Er griff hektisch nach einem Zweig, bekam ihn aber nicht mehr zu fassen und ruderte wild mit den Armen.

Ein Knirps kam ihm zur Hilfe und stoppte ihn, indem er ihm in den Arm griff. Kess sah er auf. »Wohl Anfänger, was?«

Otto rammte die Kufen quer zum Gefälle in den Schnee und sagte vollmundig: »Ich war noch nicht ganz bei der Sache. Aber pass mal auf, gleich wirst du Augen machen!« Jetzt war sein sportlicher Ehrgeiz geweckt. Mit einer Hand stützte er sich auf dem Knaben ab, tastete sich wackelig zum Eis vor und stieß sich vom Ufer ab.

Otto unternahm zwei holprige Gleitschritte und setzte zu einer

Drehung an, um dem Knirps in lässiger Rückwärtsfahrt zuzuwinken. Bei diesem Manöver verlor er jedoch die Kontrolle über die Kufen, die sich zuerst ineinander verhakten und dann in entgegengesetzter Richtung auseinanderdrifteten. Hart prallte Otto auf dem Eis auf.

Das Urteil des Knirpses war diesmal endgültig. »Anfänger«, sagte er und wandte sich desinteressiert ab.

Otto rappelte sich auf und rieb sich das schmerzende Steißbein. So schnell gab er nicht auf! Er konnte unmöglich alles verlernt haben. Schließlich war er früher mit Ferdinand jeden Winter auf den Seen gewesen. Mit zusammengebissenen Zähnen stieß er sich ab und glitt in langsamer Fahrt übers Eis, um wieder ein Gefühl für den Bewegungsablauf zu bekommen. Er war so auf sein Gleichgewicht konzentriert, dass er erst im letzten Moment bemerkte, dass eine junge Frau seinen Weg kreuzte.

»Anna«, sagte er freudig überrascht. »Da bist du ja endlich! Ich hab dich schon überall gesucht.«

»Du?«, erwiderte sie.

»Ich lass die Lesereise sausen. Ich will bei dir sein. Was ist los? Freust du dich gar nicht?«

»Hallo, Otto«, sagte ein Mann und glitt in Ottos Blickfeld. Er wirkte jungenhaft und hatte ein klar geschnittenes Gesicht, das einige Menschen als schön, andere als kühl bezeichneten. Seine stahlblauen Augen blitzten, und der schwefelholzdünne Schnurrbart war akkurat gezwirbelt. Er trug einen schwarzen eleganten Mantel mit aufgesetztem Nerzkragen und einen Zylinder.

»Jean-Paul.« Während Otto zwischen Erstaunen und Freude schwankte, blickte er zwischen den beiden hin und her. Anna hatte ihm gar nicht erzählt, dass sie mit seinem besten Freund Eislaufen gehen wollte.

Mit Jean-Paul Beyer hatte Otto in ihrer gemeinsamen Schulzeit auf dem Gymnasium zum Grauen Kloster nicht nur die zahlreichen Abenteuer, Ängste und Nöte Heranwachsender geteilt, sondern auch eine gemeinsame Leidenschaft: das Radfahren. Anfangs hatten sie sich auf die französischen Velozipede mit Tretkurbel gesetzt, in den siebziger Jahren hatten sie auf den englischen Hochrädern geübt, und 1881 hatten sie gemeinsam an dem ersten Berliner Saalrennen teilgenommen. Heute waren beide anerkannte Radsportgrößen und blickten auf eine Reihe von Erfolgen zurück. Sie trafen einander nicht mehr wie früher täglich, dazu ließ der Beruf ihnen keine Zeit, aber wann immer sie es einrichten konnten, trainierten sie zusammen.

Jean-Paul wandte sich an Anna. »Jetzt bleibt uns nichts anderes übrig.«

»Ich kann das nicht«, erwiderte sie und glitt davon.

»Warte«, rief Otto ihr nach. »Was geht hier eigentlich vor?«

»Es ist für alle Beteiligten das Beste, wenn ich es kurz mache«, sagte Jean-Paul. »Anna erwartet ein Kind. Morgen geben ihre Eltern die Lösung eurer Verlobung bekannt. Im März heiraten wir in aller Stille. Tut mir leid, Sportsfreund, dieses Mal fährst du als Zweiter über die Ziellinie.«

Im Zug nach München

Vor gut einer Stunde hatte der Schaffner ihr Schlafwagenabteil für sie fertig gemacht und die Betten bezogen. Otto und seine Begleiter hatten sich die Nachthemden übergestreift und sich mit Lektüre und Getränken eingerichtet. Jetzt lag Otto auf der oberen Pritsche, schob den roten Samtvorhang zur Seite und spähte in die Nacht. Erste Blitze erhellten tief hängende Wolken, die sich zu einer dichten silbrig schwarzen Masse zusammengeschoben hatten. Sturmböen rüttelten an Bäumen und kündigten ein heftiges Gewitter an.

Otto ließ den Vorhang zurückfallen und schaute zu Ferdinand hinüber, der auf der anderen Seite des Ganges lag und mit weit offen stehendem Mund schnarchte. Dann schob Otto den Kopf über den Pritschenrand und blickte nach unten, wo Moses das Kinn mit den Händen abstützte und versunken in einem Buch las. Die Fettgasbeleuchtung spendete ihm nur ein unruhiges gelbes Licht.

»Du verdirbst dir noch die Augen«, sagte Otto.

Moses brummte etwas.

»Was liest du denn?«

»Das interessiert dich doch sonst nicht, aber wenn du es unbedingt wissen willst: ›Der Bürgerkrieg in Frankreich‹ von Karl Marx.«

Otto hatte keine Ahnung, wie der Junge an ein solches Buch gelangt war, aber er enthielt sich eines Kommentars. Moses sympathisierte schon seit Längerem mit der Arbeiterbewegung und vertrat radikale politische Ansichten, über die sie manchmal diskutierten. Heute war Otto jedoch nicht nach einer intellektuellen Debatte zumute.

Moses klappte das Buch zu und sah zu seinem Dienstherrn hinauf. »Und?«, fragte er. »Wirst du die Dunlop-Reifen benutzen?«

»Die Verlockung ist natürlich groß«, sagte Otto, »aber ich habe sehr hart trainiert. Ich brauche keinen technischen Vorteil, um ihn zu schlagen.«

Moses' Lippen verzogen sich zu einem verwegenen Grinsen, und Otto erwiderte es. In diesem Moment waren alle Zankereien vergessen, in diesem Moment fühlten sie sich sehr verbunden. Gemeinsam fuhren sie durch die Nacht, um sich der Herausforderung zu stellen. Gemeinsam würden sie siegen oder untergehen.

Dann war der kurze Augenblick der Eintracht vorbei, und jeder hing wieder seinen eigenen Gedanken nach. Moses nahm sein Buch zur Hand, und Otto rollte sich auf den Rücken. Draußen war ein gewaltiges Donnergrollen zu hören. Regentropfen trommelten auf das Dach des Waggons. Otto starrte an die Decke und malte sich aus, wie er nach dem gewonnenen Rennen auf das Siegertreppchen klettern würde. Normalerweise entspannte ihn diese Vorstellung, sodass er schnell in einen tiefen Schlaf sank – aber nicht heute.

Seit jenem Wintertag hatte er Jean-Paul und Anna nicht mehr gesehen. Zwar wusste er, dass sie im Frühling 1884 geheiratet und mittlerweile drei Kinder hatten, doch wie würde es sein, ihnen von Angesicht zu Angesicht gegenüberzustehen? Er hatte sich die Begegnung schon häufig ausgemalt, aber er hatte nach wie vor Angst davor. Ob sie sich wohl über seine Naivität lustig machten? Oder spielte er einfach keine Rolle mehr für sie?

Im Friedrichshain in Berlin

Wolkenbänder, die im Mondlicht silbergrau glänzten, zogen am Nachthimmel dahin. Ein kühler Wind aus Nordost vertrieb den Geruch nach verbranntem Menschenfleisch. Commissarius Funke schraubte den Griff seines Spazierstockes ab und nahm einen großen Schluck Cognac aus der darin versteckten Röhre. Während er dem Brennen in seiner Kehle nachspürte, beobachtete er, wie der Gerichtsarzt und sein Assistent die verkohlten Überreste einer Frau von einem Holzkreuz schnitten. Sie war fast an derselben Stelle wie die Handschuhnäherin Elvira Krause gekreuzigt und verbrannt worden. Seufzend wandte sich der Commissarius ab und blickte über die schlafende Stadt. Die menschenleeren Straßen wirkten wie ein Labyrinth. Jede Abzweigung führte in die Ewigkeit.

Seit knapp drei Wochen ermittelte er nun schon im Kreuzigungsfall, mit Dr. Sanftleben hatten sie sogar einen Experten hinzugezogen, und trotzdem tappten sie noch immer im Dunklen. Anscheinend trieb ein Serientäter sein Unwesen. Niemand konnte sagen, wie viele Frauen noch sterben mussten, ehe sie ihn schnappen würden.

Und dann war da noch die Sache mit dem angedrohten Attentat. Keiner wusste, ob der Mann Ernst machen und dem Leiter der politischen Polizei etwas antun würde.

»Commissarius?«

»Ah, Monsieur Holle«, erwiderte Funke, *»comment allez-vous?«*

»Wir sind fündig geworden«, sagte Wachtmeister Holle, ein langer, rotgesichtiger Blondschopf, der offenbar kein Wort von dem verstanden hatte, was Funke zu ihm gesagt hatte. »Wenn Sie mir bitte folgen wollen.«

Der Commissarius griff nach einem kleinen Lederkoffer und ging den Hügel hinab. Das lange Gras federte seine Schritte ab. Nach wenigen Minuten umrundete er einen kleinen Birkenhain und blieb neben dem Wachtmeister vor einem Brombeerstrauch stehen. Zu seinen Füßen befand sich eine flache Mulde. Der Commissarius kniete sich hin, befühlte die sandige Erde und öffnete seinen Lederkoffer. Er griff nach einem Seil und reichte es dem

Wachtmeister. »Bitte sperren Sie die Mulde ab, mein Lieber. Niemand darf sie ohne meine ausdrückliche Erlaubnis betreten.«

»Jawohl.«

Funke nahm ein Maßband aus dem Koffer und entrollte es. Sorgfältig maß er die Wagenspuren im sandigen Untergrund aus. Die beiden Rillen waren je drei Zentimeter breit, der Abstand zwischen ihnen betrug sechzig Zentimeter. Offenbar hatte der Täter einen Bollerwagen, eine Schubkarre oder ein ähnliches Gefährt benutzt, um das Kreuz und das Opfer auf die Anhöhe zu transportieren. Der Commissarius machte sich eine Notiz auf seinem Schreibblock und wandte sich einem etwa dreißig Zentimeter langen Schuhabdruck zu. Das Kreuzprofil war ihm bereits vertraut. »Bitte fertigen Sie hiervon einen Gipsabdruck an. Gibt es noch weitere Spuren?«

»Ja, dort drüben«, erwiderte Wachtmeister Holle und deutete auf einige Büsche hinter einem Rasenstreifen. »Gehen Sie auf dem schmalen Pfad neben der Linde entlang, dann stoßen Sie auf die Kollegen.«

Der Commissarius überquerte die freie Fläche und schob sich durch das Dickicht. Zweige kratzten an seinen Händen, Blätter wischten ihm durchs Gesicht, mehrmals stolperte er über Wurzeln. Endlich erreichte er eine kleine Lichtung und sah, wie fünf oder sechs Schutzleute auf einem Felsen saßen und sich leise unterhielten. Ihre Fackeln hatten sie in den Boden gerammt und so einen Kreis mit einem Durchmesser von etwa sechs Metern abgesteckt. »Ist etwa jemand auf den Spuren herumgetrampelt?«, fragte Funke streng.

Ein Schutzmann erhob sich, legte den Unterarm formvollendet vor den Bauch und verbeugte sich. *»Le commissaire des fleurs! Quelle surprise.«* Die anderen Beamten prusteten los.

Der Commissarius hatte schon mehrfach erlebt, dass seine Erscheinung zu spöttischen Bemerkungen provozierte, und hatte sich inzwischen damit abgefunden. »Dann wollen wir mal«, sagte er, sah sich in dem erleuchteten Kreis um und entdeckte auch hier Wagenspuren. Er kniete sich zwischen sie und maß ihre Breite. Eins Komma zweiunddreißig Meter. Die gängige Breite also, die sich bei fast allen Arbeitsfuhrwerken, Droschken, Equipagen, Karren und fahrbaren Wassertonnen fand. Deshalb würden die Spuren die Ermittlung kaum voranbringen. Schade, er hatte auf ein außergewöhnliches Maß gehofft, das ihn zu einem bestimmten Kutschenbauer führte, und der wiederum zu einem speziellen Kunden.

Vor den Wagenspuren hatten sich die Hufabdrücke zweier Pferde in den Grund gedrückt. Etwa vier Meter weiter erkannte Funke auf einer lehmigen Fläche zudem mehrere Schuhabdrücke, die in unterschiedliche Richtungen wiesen. Spitz zulaufende Damenschuhe sowie klobige Herrenstiefel waren darunter. Sogar ein Kind war hier entlanggerannt. Und da war auch der Abdruck mit dem Kreuzprofil.

Während die Schutzleute miteinander tuschelten, stemmte sich der Commissarius in die Höhe. Die Abgeschiedenheit des Platzes und das dichte Blätterdach eigneten sich nicht nur für verliebte Pärchen und ein geheimes Stelldichein, sondern auch, um einen Pferdewagen vor neugierigen Blicken zu schützen. Jedenfalls wusste er nun immerhin, dass der Täter höchstwahrscheinlich einen Wagen benutzt hatte, um das Opfer, das Kreuz und das Werkzeug an den Tatort zu transportieren. Aus dieser Erkenntnis ergaben sich neue Fragen: Gehörte das Gefährt dem Mörder? Oder hatte er den Wagen geliehen? Und wenn ja, von wem?

Daneben beschäftigte ein anderer Aspekt den Commissarius. Wie schon beim Mord an Elvira Krause hatte der Täter auch diesmal, um das Kreuz aufzustellen, ein Loch gegraben und zwei Pflöcke in den Boden getrieben. Mitsamt Opfer hatte das Kreuz ein beträchtliches Gewicht und musste in die Höhe gestemmt werden. All das war unmöglich von einer Person allein zu bewältigen. Der Mörder musste also einen Komplizen haben.

Auf der Rennbahn in München

Der Wetterbericht hatte Regen angesagt, und eine dichte Wolkendecke hing über dem Stadion. Trotzdem hatten sich zahlreiche Zuschauer eingefunden. Auf der Tribüne rückten sie dicht zusammen, um sich gegen den Wind zu schützen. Überall wurden Picknickkörbe geöffnet, und die hungrigen Radsportfreunde verzehrten Butterbrote, kaltes Hähnchen oder Kuchen. Journalisten liefen vor der Tribüne auf und ab und schrieben eifrig in ihre Notizblöcke. Überall herrschte hektisches Treiben.

Otto fühlte sich seltsam gefasst, als er an die Absperrung trat und sich umschaute. Im Aufwärmbereich hielten sich viele alte Bekannte auf: Rennfahrer und Monteure aus ganz Deutschland.

»Siehst du Jean-Paul und Anna irgendwo?«, fragte er.

»Sie werden schon noch auftauchen«, erwiderte Ferdinand.

In diesem Moment fiel der Startschuss für die Dreirad-Meisterschaft über fünftausend Meter. Die Sportler fuhren sehr zögerlich, das Rennen war offenbar taktisch ausgerichtet. Die Führung wechselte mehrere Male, ohne dass ein Athlet einen Ausbruchsversuch unternahm. Noch beim Einläuten der letzten Runde war das Feld dicht beisammen. In der vorletzten Kurve erst legten die Fahrer an Tempo zu. Mit einem lauten Krachen kollidierten drei Männer und konnten das Rennen nicht beenden. Tobias Herbel vom Bicycle Club Mannheim setzte sich im Schlussspurt durch und siegte mit zehn Komma null eins Minuten.

Es folgte die Hochrad-Meisterschaft über zehntausend Meter, bei der das Publikum insbesondere auf August Lehr vom Bicycle Club Frankfurt am Main achtete, der im vergangenen Jahr beste Zeiten über diverse Distanzen gefahren war und es nicht nur in Fachkreisen zu einiger Berühmtheit gebracht hatte. Plötzlich wurde Otto bewusst, dass sein Rennen, die Niederrad-Meisterschaft über tausend Meter, das nächste war. Eilig begann er sich aufzuwärmen. Mit den Armen rudernd lief er auf und ab, dann machte er einige Kniebeugen und dehnte sich.

Ferdinand, der noch letzte Hand an Ottos Rad gelegt hatte, wischte sich das Öl von den Fingern. »Pass auf, dass du nicht wieder auskühlst. Kalte Muskeln neigen zu Zerrungen. Denk nur an das Malheur in Straßburg. Hier, nimm besser die Wolldecke.«

»Danke«, sagte Otto. Nur zu gut erinnerte er sich, wie er sich mitten im Rennen den Oberschenkel gezerrt hatte und aufgeben musste. Er wickelte sich in die Decke und setzte sich hin. Zum x-ten Mal ging er im Geiste seine Konkurrenten durch.

Dreizehn Nennungen lagen vor, allerdings war kurzfristig ein Name gestrichen worden. Theodor Jaide vom Radfahrer-Verein Rüsselsheim konnte nicht starten; er war vor drei Tagen schwer gestürzt. Der vorjährige Meister war eigentlich in Bestform gewesen und hatte Jean-Paul noch am letzten Sonntag in Köln geschlagen. Jaide waren die besten Chancen auf den Titel eingeräumt worden. Jetzt saß er mit einem Gipsbein auf der Tribüne und schimpfte wahrscheinlich wie ein Rohrspatz.

Nun galt Jean-Paul als Favorit. Mit Durchsetzungsvermögen beim Start, außerordentlichen Steherqualitäten und genügend Kraft für den Spurt in der Zielgeraden verfügte er über alle Fähigkeiten, die ein Rennfahrer zum Siegen brauchte. In den vergangenen Jahren war er immer auf einen Podestplatz gefahren. Bei ihm muss ich mit allem rechnen, dachte Otto, aber das weiß ich ja nur zu gut.

Auch auf Georg Söhnlein musste er achten. In der Rennstatistik belegte er nach Theodor Jaide und Jean-Paul den dritten Rang mit neun ersten und einem dritten Platz. Otto war noch nie gegen ihn angetreten, wusste aber, dass Söhnlein im Spurt manchmal einbrach, seine einzige wirkliche Schwäche. Daneben zählte Alwin Vater zum Kreis der Favoriten. Er war auf kurze Distanzen spezialisiert und hatte schon mehrere Rekorde gebrochen. Wenn er einen guten Tag erwischte, würde er kaum zu schlagen sein. Und schließlich räumte Otto Franz Urpani gute Chancen ein. Er galt als äußerst solide, fleißig und hartnäckig. Obwohl viele Beobachter den kleinen, schmächtigen Österreicher unterschätzten, durfte man ihn niemals abschreiben. Er fuhr mit großer Abgeklärtheit und nutzte jede noch so kleine Unachtsamkeit seiner Gegner gnadenlos, um am Ende auf dem Treppchen zu stehen. Die übrigen Teilnehmer, darunter der junge Carl Heß aus Mannheim, die Langstreckenspezialisten Leestemaker und Boie, die Neulinge Schmidt und Brinkmann und der alte Haudegen Opel, würden kaum auf einem der drei ersten Plätze landen.

Auch Otto war in den Augen der meisten Fachleute ein Außenseiter. Zwar vergaß kein Reporter, seine früheren Hochrad-Triumphe, sein Kämpferherz und die diesjährigen Siege in Leipzig, Breslau und Frankfurt zu erwähnen, aber im Allgemeinen war man der Meinung, dass er seine besten Jahre hinter sich hatte. Nur der Herausgeber der Fachzeitschrift »Deutscher Radfahrerbund«, ein Freund und Förderer, hatte ihn zum Favoriten ausgerufen, was jedoch weniger mit seinem Glauben an Otto zusammenhing, als vielmehr mit seiner angeborenen Zank- und Debattierlust. Die Wetten standen eins zu neun Komma sieben fünf gegen Otto.

Inzwischen neigte sich die Hochrad-Meisterschaft über zehntausend Meter dem Ende zu. August Lehr setzte sich mit scheinbarer Leichtigkeit von seinen Konkurrenten ab und siegte mit deutlichem Vorsprung in einer Zeit von achtzehn Minuten und sieben Sekunden. Die Zuschauer erhoben sich von den Plätzen und applaudierten, um diese eindrucksvolle Leistung zu würdigen.

Während des gesamten Rennens hatte Otto den Aufwärmbereich nicht aus den Augen gelassen. Jean-Paul war noch immer nicht erschienen. Würde der einstige Freund etwa kneifen? Das wäre fürchterlich. Dann wäre die ganze Schinderei umsonst gewesen!

Gedankenverloren griff Otto nach seinem Fahrrad, stieg in den Sattel und fuhr sich langsam ein. Dabei hielt er weiter nach seinem Intimfeind Ausschau. Als er beinahe mit einem anderen Fahrer kollidierte, ermahnte er sich, an das Rennen zu denken. Jean-Paul würde sich die Meisterschaft nicht entgehen lassen. Er würde schon noch auftauchen.

Die Aschenbahn war noch von den gestrigen Regenschauern feucht. Otto würde in den Kurven aufpassen müssen, um nicht wegzurutschen. In einem weiten Bogen fuhr er zurück zu Ferdinand und Moses. Dabei meinte er, beim Treten ein Knacken zu hören. Nervös sprang er vom Sattel und sagte: »Das Tretkurbellager ist voller Sand. Ihr müsst es reinigen!«

»Das kann nicht sein«, maulte Moses. »Ich habe es gerade eben –«

»Ich verbitte mir diesen Ton«, sagte Otto scharf. »Wenn ich eine Anweisung erteile, ist dieser Folge zu leisten.«

»In zehn Minuten fällt der Startschuss«, merkte Ferdinand vorsichtig an. »Wir werden es kaum schaffen, es bis dahin –«

»Reinigen, sage ich. Sofort! Ich will kein Risiko eingehen. Je länger wir diskutieren, desto mehr Zeit verlieren wir. Fangt endlich an.«

Ferdinand öffnete seufzend den Werkzeugkoffer und reichte Moses eine Stahlkanne. In dieser Saison hatten sie Otto zu neun Rennen begleitet. Mittlerweile wussten sie, dass jeder Appell an seine Vernunft so kurz vor dem Startschuss reine Zeitverschwendung war. Hatte er sich etwas in den Kopf gesetzt, klammerte er sich daran wie ein starrköpfiges Kind und tat so, als würden Sieg oder Niederlage davon abhängen.

Mit jeder Pore seines Körpers spürte Otto, wie der Moment der Wahrheit näher rückte. Er nahm einen Becher, füllte ihn mit Wasser und warf ein Stollwerk'sches Brausebonbon hinein. Mit starrem Blick beobachtete er, wie es sich zischend auflöste. Er war davon überzeugt, dass dieses Getränk eine stimulierende Wirkung auf sein Nervensystem hatte und ihm half, beim Startschuss schneller zu reagieren. Mit kleinen Schlucken trank er den Becher leer und wandte sich wieder Ferdinand und Moses zu. Gerade gossen sie Petroleum in die Schmierkapsel.

»Das Rad jetzt umdrehen«, ordnete Otto an.

Moses verdrehte die Augen. »Ja, danke, großer Meister. Wir reinigen das Tretkurbellager ja erst zum dreitausendsten Mal. Wir wissen, wann –«

»So langsam hab ich genug von deinen Frechheiten«, platzte Otto heraus. »Ständig motzt du rum, ständig widersprichst du mir. Weißt du eigentlich, wie gut es dir bei mir geht? Hast du eine Ahnung, wie viel Freiheiten ich dir lasse? Aber wenn es dir bei mir nicht passt, kannst du dir einen anderen Dienstherrn suchen. Komm – gib mir die Ölkanne. Ich kann deine Trödelei nicht mit ansehen. Ich mach das selbst.«

Moses wehrte ab. »Nein. Hör auf! Lass mich!«

»Na gut, aber dann leg gefälligst einen Zahn zu«, sagte Otto, richtete sich auf und erstarrte in der Bewegung. »Sie sind da.«

Wenige Meter von ihnen entfernt stellten Jean-Paul und ein Gehilfe den Sattel auf die richtige Höhe ein. Daneben standen Anna, eine junge, hübsche Gouvernante mit rotbraunem Haar und die Kinder. Die beiden kleinen Mädchen trugen weiße Kleidchen, die jüngere nuckelte am Daumen. Ein Junge im Matrosenanzug beobachtete die Bemühungen seines Vaters mit ernster Miene.

Als Anna herüberblickte, sah Otto ihr direkt in die Augen. War das der Moment, den er so viele Jahre gefürchtet und herbeigesehnt hatte? Seine frühere Verlobte sah verändert aus. Ihr Gesicht war schmaler geworden, die Wangenknochen zeichneten sich deutlich ab. Das Mädchenhafte war verschwunden, stattdessen wirkte sie erfahren und fraulich, aber auch etwas abgespannt. Ihre Augen hatten einen eigentümlichen Glanz, den Otto nicht zu deuten wusste.

Da klopfte Jean-Paul auf den Sattel, offenbar das Zeichen, dass er nun zur Startlinie gehen würde, und Anna senkte den Blick. Jean-Paul ließ sich von den Kindern umarmen und gab Anna einen flüchtigen Kuss.

Sofort wirbelte Otto herum und sagte: »Ich muss auch los.« Er griff nach dem Lenkrad, und sein Blick wanderte nervös von Ferdinand zu Moses und wieder zurück. »Danke … also dann … jetzt geht's los.«

»Das Fahrrad ist in einem perfekten Zustand«, sagte Ferdinand. »Alles ist gut geschmiert. Ich drücke dir fest die Daumen.«

Auch Moses wünschte Otto viel Glück und ermahnte ihn: »Verausgabe dich nicht. Warte auf den Schlussspurt.«

»Werd ich machen, mein Junge«, sagte Otto und legte ihm die Hand auf die Schulter. »Tut mir leid, wenn ich eben etwas grob war.«

Otto rollte das Rad auf die Fahrbahn, stieg auf den Sattel und trat in die Pedale. Obwohl das Publikum johlte, obwohl der Schiedsrichter die Fahrer mit seiner Flüstertüte vorstellte, obwohl Händler überall auf der Tribüne ihre Waren anpriesen, obwohl es Tausende Möglichkeiten gab, sich ablenken zu lassen, ballte sich sein Bewusstsein zusammen. Die nervöse Unruhe war mit einem Schlag verflogen. Er fühlte sich klar, federleicht, beinahe über den Dingen schwebend. Er konzentrierte sich ganz auf den einen Punkt – den Startschuss.

An der Startlinie nahm er neben Jean-Paul Aufstellung. Die Hände an der Lenkstange, das Oberrohr zwischen den Beinen, den rechten Fuß auf dem oben stehenden Pedal und den anderen auf dem Boden wartete er. Dann blickte er unauffällig zu seinem Jugendfreund und Kontrahenten hinüber. Um Jean-Pauls Mundwinkel bildeten sich bereits Fältchen, auch wirkte er etwas magerer als früher, aber ansonsten hatte er sich nicht verändert. Sein schönes Gesicht war kühl wie eh und je.

Otto wunderte sich, wie ruhig er blieb. In ihm war keine Feindschaft, in ihm war kein Hass, er wollte nur diese Kanaille in Grund und Boden fahren.

Plötzlich sah Jean-Paul ihn an. Sein Mund verzog sich zu einem Grinsen. »Damals«, sagte er. »Ich hab einen Fehler gemacht.«

»Das interessiert mich nicht mehr.«

»Du verstehst mich nicht.« Jean-Pauls Grinsen verschwand, seine Augen wurden starr und richteten sich auf die Aschenbahn vor ihnen. »Ich hätte dir Anna lassen sollen. Sie ist so unglaublich langweilig.«

In diesem Augenblick ertönte der Startschuss. Jean-Paul schoss los. Auch die anderen Rennfahrer traten in die Pedale. Panisch begriff Otto, dass er den Start verpasst hatte, und stieß sich hektisch mit dem Fuß ab.

Als Letzter überquerte er die Startlinie.

Wie konnte er nur so dumm sein? Er war auf Jean-Pauls ältesten Trick hereingefallen. Schon früher hatte er seine Konkurrenten mit spitzen Bemerkungen oder Beleidigungen abgelenkt. Jean-Paul arbeitete mit allen Mitteln, wenn es um Sieg und Niederlage ging, und am Ende triumphierte er meistens. Wahrscheinlich auch heute.

Nein, nicht heute, dachte Otto entschlossen und umklammerte die Lenkstange. Er biss die Zähne zusammen und trat stehend an, mit aller Kraft, ohne Rücksicht auf Zerrungen oder Verhärtungen in seinen Muskeln. Der Fahrtwind pfiff durch den dünnen Trikotstoff. Noch vor der ersten Kurve holte er die Nachzügler, darunter Brinkmann und Schmidt, ein und schloss zu Opel auf.

In seinen Schenkeln explodierten Energiequellen, von denen er bisher nichts geahnt hatte. Auf der Gegengeraden öffnete sich zwischen Opel und Heß ein Schlupfloch. Otto wusste, wie gefährlich es war, mitten hindurch zu stoßen. Bei einer winzigen Richtungsänderung, bei der kleinsten Unaufmerksamkeit eines der anderen Fahrer würden sich die Lenker verkeilen, und alle drei würden stürzen.

Otto presste die Lippen aufeinander. Nach diesem missratenen Start würden sich nicht viele Chancen bieten, um eine gute Ausgangsposition für den Schlussspurt zu erringen. Dazu war die Distanz zu kurz, dazu waren seine Konkurrenten zu ausgebufft. Er musste es riskieren.

Heß, der innen fuhr, drehte plötzlich den Kopf zur Seite, als hätte er das Überholmanöver geahnt. Leicht lenkte er nach außen, um die Lücke zu schließen, aber da war Otto schon zu dicht neben ihm. Wenn der junge Mannheimer sich selbst nicht gefährden wollte, musste er Otto gewähren lassen. Otto zog vorbei und setzte sich an die Spitze der Dreiergruppe.

Vorsichtig hob er den Kopf. Urpani führte das Feld an. In seinem Windschatten folgten Jean-Paul, Vater und Söhnlein. Aber das hieß nichts, die Spitzenfahrer testeten einander nur. Der erste Ausreißversuch würde erst später erfolgen.

Otto schloss zu Boie auf, der der Vierergruppe ganz vorn mit einigem Abstand folgte. In seinem Windschatten ließ er sich durch die Kurve ziehen. Aus den Augenwinkeln sah er hinter der Absperrung seinen Bruder, der winkte und hüpfte und mit den Händen ein Sprachrohr formte. »Du kannst … Spurt«, schrie er. Mehr konnte Otto nicht verstehen.

Bei der Einfahrt in die Gerade nahm er Schwung auf, fuhr bis auf ein oder zwei Zentimeter zum Hinterrad auf und scherte aus Boies Windschatten aus. Dieser blickte zur Seite und trat wie verrückt in die Pedale. Kopf an Kopf schossen sie an der Tribüne vorüber. Einige Zuschauer feuerten sie grölend an. Die Glocke läutete die letzte Runde ein, und Otto musste seine ganze Kraft aufbieten, um noch vor der Kurve vor Boie einzuscheren.

Dann hatte er es geschafft. Während des Zweikampfs hatten sich die beiden gegenseitig so hochgestachelt, dass sie in einem wahnwitzigen Tempo zur Spitzengruppe aufgeschlossen hatten. Allerdings spürte Otto nun die Grenzen seines Körpers. Sein Atem ging unregelmäßig. Er bekam Seitenstechen und meinte, ersticken zu müssen. Seine Waden fühlten sich an, als würden tausend Nadeln hineinstechen, und in seinen Oberschenkeln baute sich ein solcher Druck auf, als könnten sie jeden Moment platzen. Vor seinen Augen verschwamm alles, und sein Griff um die Lenkstange lockerte sich.

Das Hinterrad rutschte weg.

Blitzschnell erkannte Otto, dass er im Begriff war zu stürzen. Instinktiv verlagerte er das Gewicht und hatte sein Rad wieder in der Gewalt. Der Schreck brachte die Klarheit zurück. Aus den Augenwinkeln erkannte er Boie, der zum Gegenangriff ansetzte. Otto ignorierte den Schmerz, er ignorierte das Dröhnen in seinem Kopf. Vor seinem geistigen Auge sah er Jean-Paul an jenem Wintertag bei der Rousseau-Insel. Nun baute sich Hass in ihm auf, abgrundtiefer Hass, aus dem er neue Kraft schöpfte. So lange hast du trainiert, dachte Otto. Du kannst jetzt nicht aufgeben. Du musst die Kanaille besiegen!

Otto schnaufte wie eine Lokomotive und trat in die Pedale. Boie konnte nicht mithalten und fiel zurück. Nun fuhr Otto direkt hinter Söhnlein in die letzte Kurve. Vor ihm schoben sich die Fahrer nebeneinander, um beim Schlussspurt nicht behindert zu werden. Obwohl Vater ganz außen fuhr und deshalb eine längere Strecke zurücklegen musste, hielt er das Tempo.

Am Rande der Bahn erkannte Otto Moses und Ferdinand, die hinter der Absperrung ein kleines Stück mit ihm mitrannten. Beide hüpften und schrien: »Jetzt … Otto … Jetzt!«

Die Entscheidung würde knapp ausfallen. Im Bruchteil einer Sekunde wägte Otto seine Möglichkeiten ab. Auf der Innenbahn fuhr, wie zu erwarten gewesen war, Jean-Paul. Bei ihm durchzubrechen, war nahezu unmöglich. Er kannte tausend Tricks, um zu verhindern, dass ein Gegner ihn überholte. Auf ein Schlupfloch im Mittelfeld zu warten, war zu riskant. Vielleicht würde es keines geben, weil die Fahrer bis zur Ziellinie dicht nebeneinander blieben. Nein, er hatte nur eine Möglichkeit, er musste die einzig freie Bahn wählen.

Die Außenbahn.

Im Scheitelpunkt setzte er sich hinter Vater, bei dem keine Anzeichen von Erschöpfung auszumachen waren. Er trat ruhig und gleichmäßig in die Pedale. Kurz vor der Zielgeraden stellte Otto sich auf, schoss aus dem Windschatten und kämpfte sich auf der Außenbahn auf die gleiche Höhe wie das Spitzenfeld. Er konnte nur Vater erkennen. Was sich weiter links abspielte, konnte er nicht sehen. Er wagte nicht, den Kopf weiter zu drehen, weil nun Zehntelsekunden die Entscheidung brachten. Um den Luftwiderstand zu verringern, hielt Otto den Kopf geduckt und presste die Arme an den Körper. Auch Vater hatte sich aufgestellt und wurde nun noch etwas schneller. Der Kurzstreckenspezialist hatte zweifellos einen guten Tag erwischt.

Otto hörte, wie auf der Tribüne die Zuschauer schrien und jubelten. Sie spürten wohl, dass das taktische Geplänkel nun vorbei war. Jetzt näherten sich fünf Topfahrer Kopf an Kopf der Ziellinie und kämpften verbissen um jeden Zentimeter.

Obwohl seine Beine pumpten, obwohl seine Hände die Lenkstange fest umklammerten, spürte Otto seinen Körper kaum noch. Noch nie hatte er sich so erschöpft, so ausgebrannt gefühlt. Auch Vater war die Anstrengung jetzt deutlich anzusehen. Sein Gesicht war hochrot, dicke blaue Venenstränge zeichneten sich am Hals ab, sein Kopf drohte jeden Moment zu platzen.

Mit einer übermenschlichen Kraftanstrengung pumpte Otto die Pedale ein letztes Mal herunter und passierte die Ziellinie. Hatte er es geschafft? Als er den Kopf hob, sah er, wie die vier anderen, Jean-Paul, Georg Söhnlein, Alwin Vater und Franz Urpani, neben ihm ausrollten. Keiner von ihnen riss die Arme hoch, offenbar wussten auch sie nicht, wer gewonnen hatte.

Völlig entkräftet und schwindlig vor Atemnot stützte sich Otto auf das Fahrrad. Vereinzelt erklangen Rufe, aber die Entscheidung musste knapp gewesen sein, denn auch das Publikum wartete gespannt. Die Zeitnehmer steckten die Köpfe zusammen und berieten sich, dann ergriff der Schiedsrichter die Flüstertüte und rief: »Sieger ist der Fahrer mit der Startnummer fünf!«

Otto hatte gar nicht darauf geachtet, welche Nummer sein Bruder mit Sicherheitsnadeln an seinem Trikot befestigt hatte. Jetzt sah er sich nach Jean-Paul um, der nur wenige Schritte von ihm entfernt stand. Auf seinem Rücken war die Startnummer drei angebracht. Vater hatte die Eins. Konnte es sein, dass …? Otto griff nach hinten und riss sich seine Rückennummer herunter.

Eine schwarze Zahl sprang ihm in die Augen.

Es war die Fünf.

Otto konnte es kaum glauben.

Er hatte Jean-Paul geschlagen.

Er hatte gesiegt.

Fassungslos und mit weichen Knien stieg er vom Rad und sah sich um. Die Welt drehte sich um ihn. Auf den Rängen jubelten die Zuschauer.

Moses kam angerannt und fiel ihm um den Hals.

Ferdinand sprang um sie herum und erzählte dem Himmel, dass das Maschinenöl den entscheidenden Ausschlag gegeben hatte.

Alwin Vater, der mit nur einer Zehntelsekunde Rückstand Zweiter geworden war, wie der Schiedsrichter soeben bekanntgab, griff nach Ottos Hand und schüttelte sie anerkennend.

Jean-Paul trat heran und klopfte ihm auf die Schulter, so als wären sie nur Rivalen auf der Rennbahn. »Das war nicht schlecht«, sagte er gönnerhaft. »Aber morgen geht's über die zehntausend Meter. Da kannst du zeigen, ob du was gelernt hast.« Jean-Paul zwinkerte ihm zu und schob sein Rad davon.

Dann kam Anna: »Herzlichen Glückwunsch. Das war ein großartiges Rennen.«

Otto nickte.

»Wir haben uns lange nicht gesehen«, sagte Anna. »Ich habe mich oft gefragt, wie es dir wohl geht.«

»Hervorragend, das siehst du doch«, sagte Otto und drehte sich um. Journalisten liefen neben ihm her und stellten Fragen, aber er starrte nur auf die Aschenbahn. Über ein Jahr lang hatte er für diesen Tag trainiert. Er hatte Diät gehalten, sich auf dem Rover-Trainier-Apparat geschunden, er hatte im eiskalten Wannsee gebadet, um sich abzuhärten, er hatte viele Entbehrungen auf sich genommen, um hier und heute zu triumphieren. Jetzt hatte er tatsächlich gesiegt, sein großer Wunsch hatte sich erfüllt. Eigentlich sollte er jubeln, singen und tanzen. Warum fühlte er sich nur so leer?

Im Leichenschauhaus

Nachdem ihn die Nachricht erreicht hatte, begab sich der Commissarius unverzüglich zum neuen Leichenschauhaus. Es war hell und modern und in keiner Weise mit dem düsteren Leichenkeller im Königlichen Anatomiegebäude zu vergleichen. Trotzdem rief der Geruch nach karbolsäurehaltigen Reinigungsmitteln stets Assoziationen hervor, die schaurige Erinnerungen weckten. Und obwohl es hier weder nach Verwesung noch nach feuchtem Gemäuer roch, hielt sich der Commissarius ein parfümiertes Taschentuch vor die Nase.

Der Obduktionssaal befand sich im Erdgeschoss des Ostflügels. Im Sektionsraum hing eine Gaslampe über einem steinernen Tisch, um den sich der Gerichtsarzt und zwei Assistenten geschart hatten. Die Männer hatten die Köpfe zusammengesteckt und unterhielten sich leise, dann griff Dr. Gessken nach einer metallenen Schüssel und legte einige entnommene Organe wieder zurück in den geöffneten Bauchraum. Während er grobes schwarzes Garn in eine Nähnadel einfädelte, begaben sich seine Assistenten in den Nebenraum, offenbar um eine Bahre zu holen.

»Guten Tag«, sagte der Commissarius und blieb in sicherem Abstand von der Leiche stehen. »Sie haben eine interessante Entdeckung gemacht?«

»Ah, Herr Funke«, erwiderte der Gerichtsarzt. »Das ist richtig. Bitte gedulden Sie sich noch einen Moment, bis ich hier fertig bin.«

»Hm«, machte der Commissarius und versuchte, durch sein Taschentuch so flach wie möglich zu atmen. Trotzdem bildete sich ein metallisch schmeckender Belag auf seiner Zunge. Schnell griff er in seine Jacketttasche, steckte sich eine Pfefferminzpastille in den Mund und sah sich um. Neben ihm stand ein Putzeimer, der randvoll mit rötlichem Wasser gefüllt war. An der Wand waren lange weiße Regale angebracht, auf denen eine umfangreiche anatomische Sammlung ausgestellt war. Graue Gehirne, winzige Embryonen und einige Trinkerlebern schwebten in einer trüben Konservierungsflüssigkeit.

»Gut, dass Sie es so schnell einrichten konnten«, sagte Dr. Gessken und wischte seine Hände an der Schürze ab. Offenbar hatte er sein grausiges Werk vollendet.

»Was haben Sie denn nun herausgefunden, mein Lieber?«, fragte der Commissarius.

»Kommen Sie bitte mit«, sagte der Gerichtsarzt, trat an einen zweiten steinernen Sektionstisch und schlug ein weißes Laken zurück. »Das erste Kreuzigungsopfer war so stark verkohlt, dass wir keine eingehende Untersuchung vornehmen konnten. Bei dieser Frau hingegen ist ein großer Teil der linken Körperhälfte von den Verbrennungen verschont geblieben, sodass wir – nachdem wir den Ruß abgewaschen hatten – eine erstaunliche Entdeckung gemacht haben. Hier. Sehen Sie selbst.«

Die Neugierde siegte nun über den Ekel, und so beugte sich der Commissarius hinab und erkannte kleine Wunden auf der Hautoberfläche. An mehreren Stellen wirkte die Haut fast wie perforiert. »Was hat das zu bedeuten?«

»Das haben wir uns auch gefragt und die Verletzungen genauer untersucht. Allein am linken Oberschenkel weist die Frau über vierzig Stichverletzungen auf. Die Wundränder sind leicht nach innen gestülpt, die Kanäle kaum mehr als zwei Zentimeter tief und angefüllt mit geronnenem Blut. Daraus können wir mit Sicherheit schließen, dass die Frau gelebt hat, als der Täter ihr diese Verletzungen zugefügt hat.«

»So?«

»Es besteht kein Zweifel daran, dass der Mörder ihr zuerst kleine Stichverletzungen zufügte und sie später durch einen gezielten Stich ins Herz tötete.«

»Können Sie mir sagen, wie viel Zeit zwischen den Stichverletzungen und dem Todesstoß vergangen ist?«

»Ganz genau kann ich das natürlich nicht, aber es könnten durchaus mehrere Stunden, wenn nicht gar Tage gewesen sein.«

»Danke für diese wertvollen Informationen, mein Lieber. Es war richtig, dass Sie mich gleich haben kommen lassen.«

Nachdem sich die Männer verabschiedet hatten, begab sich der Commissarius auf dem schnellsten Weg nach draußen, wo er erst einmal tief durchatmete. Die Entdeckung des Gerichtsarztes war für ihn von größter Bedeutung. Nach dem Tod von Elvira Krause hatte die Befragung weder der Angehörigen noch der Sektenmitglieder nützliche Hinweise erbracht. Nach wie vor zerbrach er sich den Kopf, warum der Täter sein Opfer öffentlich gekreuzigt und verbrannt hatte. Jetzt nahm die Persönlichkeit des Mörders zum ersten Mal festere Konturen an. Vor der Kreuzigung hatte er mit dem zweiten Opfer viel Zeit verbracht. Wieder und wieder hatte er die Frau verletzt, war regelrecht mit einem Stichwerkzeug in ihren Körper eingedrungen. Die Frau musste starke Schmerzen gehabt haben. Doch was war der Grund für diese Vorgehensweise? Warum hatte der Mörder sie nicht gleich getötet?

In seiner langjährigen Berufspraxis hatte der Commissarius mehrere Folteropfer gesehen. Meistens hatten sie ein bestimmtes Geheimnis preisgeben, gefügig gemacht oder in irgendeiner Weise bestraft werden sollen. Ihre Verletzungen reichten von ausgerissenen Fingernägeln über massive Quetschungen bis hin zu Knochenbrüchen. Die Stichverletzungen des Kreuzigungsopfers waren von anderer Art, und der Commissarius zog nun zum ersten Mal in Betracht, dass er es mit einem Sadisten zu tun hatte, der seine Opfer aus purer Lust quälte.

Im Bürgerlichen Brauhaus in München

Die Radsportjünger hatten sich zahlreich eingefunden, sodass der Saal aus allen Nähten platzte. Die Leute löffelten Kräutlsuppe, aßen Leberkäse mit Semmeln, tranken Bier aus Maßkrügen, diskutierten die Zukunft der pneumatischen Gummireifen und gaben Prognosen für den morgigen Renntag ab.

Eigentlich war Otto auch für die zehntausend Meter gemeldet gewesen, aber er hatte die Nennung zurückgezogen. Die lange Strecke lag ihm nicht, dazu war er zu schwer und muskulös. Dort behaupteten sich schlanke, drahtige Rennfahrer – Männer wie Jean-Paul. Otto hatte ohnehin nur antreten wollen, wenn er über die tausend Meter gepatzt hätte. Jetzt aber konnte er im Brauhaus seinen Triumph mit reichlich bayerischem Bier begießen.

Otto trug die große goldene Bundesmedaille an einem farbigen Bändchen um den Hals. Auf dem Tisch lag die zusammengerollte Ehrenurkunde, die von einer Schleife in den Reichsfarben gehalten wurde. Er war in bester Stimmung, erhob seinen Bierkrug und rief fröhlich: »Prost!«

»Auf den Meisterfahrer von Deutschland«, erwiderten Ferdinand und Moses im Chor und lallten dabei leicht. Nach der dritten Maß waren sie schon recht betrunken. Beide waren Alkohol nicht gewohnt. Schwungvoll setzten sie nun die Krüge an die Lippen und tranken mit großen Schlucken. Moses lief das Bier aus den Mundwinkeln und tropfte auf das Hemd.

Otto lachte. Mittlerweile genoss er seinen Sieg in vollen Zügen. Zwar hatte er sich noch am Nachmittag gefragt, ob es anständig von ihm gewesen war, Anna einfach stehen zu lassen. Immerhin war sie nur höflich gewesen und hatte sich nach seinem Befinden erkundigt. Aber dann hatte er gedacht, dass sie ihn damals hintergangen hatte. Deshalb durfte sie nicht damit rechnen, dass er überschäumte vor Freude, wenn er sie sah.

Jetzt erinnerte er sich erneut an Anna und ihre kurze Begegnung, doch rasch schweiften seine Gedanken ab und landeten im Café Bauer. Endlich würde er wieder die Zuger Kirschtorte genießen können, ohne ein schlechtes Gewissen zu haben. Endlich war die strenge Diät vorbei. Er beschloss, der Konditorei noch am Tag seiner Rückkehr einen Besuch abzustatten. Wenn ihm Süßigkeiten wichtiger waren als Jean-Paul und Anna, so ging ihm plötzlich auf, musste sein Herz frei sein. Ja, auch in der dunkelsten Kammer seiner Seele wünschte er ihnen nicht mehr alles Schlechte der Welt. Jean-Paul und Anna waren ein abgeschlossenes Kapitel seiner Vergangenheit. Nicht mehr und nicht weniger.

Was mochte seine Einstellung so verändert haben? Nachdenklich sah Otto auf das schäumende Bier in seinem Maßkrug. Der Faktor Zeit spielte eine Rolle, sicher, aber vor allem fühlte er sich nicht mehr allein. In den vergangenen Tagen hatte er oft an Rieke denken müssen. An ihr Lächeln, an ihre Bemerkungen und Gesten. Zweifellos stand sie in der gesellschaftlichen Hierarchie weit unter ihm. Seine Eltern wären wohl schockiert, wenn sie von seiner Schwärmerei wüssten, aber seit der skandalträchtigen Auflösung seiner Verlobung mit Anna scherte Otto sich nicht mehr um Konventionen. Rieke faszinierte ihn, sie steckte voller Geheimnisse und Überraschungen. Wenn er mit ihr zusammen war, fühlte er sich leicht. Und er sehnte sich nach einem baldigen Wiedersehen.

Unter den Linden

Er hatte sich berichten lassen, welche Auswirkungen das Bekanntwerden der zweiten Kreuzigung auf die Berliner Arbeiterschaft hatte. Im Wedding waren drei junge Fabrikarbeiter losgezogen und hatten einen Wachtmeister verprügelt. Dabei beschimpften sie ihn, für »den ganzen Schlamassel« verantwortlich zu sein. Im Prenzlauer Berg waren bei einer geheimen Zusammenkunft junge Heißsporne und Sozialisten der alten Garde so heftig aneinandergeraten, dass es zu Handgreiflichkeiten gekommen war. Auch sonst entwickelten sich die Dinge ganz in seinem Sinne. Die politische Polizei war auf seine falsche Fährte hereingefallen und hatte drei Leibwächter zum Schutz ihres Leiters abgestellt. Aber natürlich konnten nicht alle führenden Köpfe so bewacht werden.

Schon vor Monaten war seine Wahl auf Graf Heinrich von Kentzin gefallen, der im März 1881 preußischer Innenminister geworden war und dieses Amt mehrere Jahre lang mit Feuereifer bekleidet hatte. Der Graf hatte damals gegen starke Widerstände erreicht, dass die Mittel für die politische Polizei erhöht worden waren. Auch war das Personal deutlich aufgestockt worden und hatte seitdem viel effektiver arbeiten können. Unter von Kentzins Führung waren mehr Spitzelberichte als je zuvor bei der Polizei eingegangen. In Zusammenarbeit mit Polizeipräsident von Madai hatte er bis November 1881 dafür gesorgt, dass hundertfünfundfünfzig Sozialisten aus der Stadt verwiesen worden waren. Trotz seines hohen Amtes war er sich nie zu fein gewesen, unzählige Hausdurchsuchungen, Observierungen und Inhaftierungen persönlich anzuordnen, ja er hatte sich sogar in der Öffentlichkeit damit gebrüstet, der »erste Mann an der Front gegen die rote Brut« zu sein. Auch wenn von Kentzin schon seit einiger Zeit nicht mehr im Amt war: In konservativen Kreisen sprach man nach wie vor bewundernd von ihm als scharfem Hund, und die Sozialisten hassten ihn leidenschaftlich.

Anders als der Anschlag auf das Schöneberger Nationaldenkmal musste der nächste Schritt vor möglichst vielen Zeugen erfolgen. Dass der ehemalige Politiker feste Gewohnheiten hatte, war bei der Planung sehr hilfreich gewesen. So stattete er jeden Montagmittag seiner jungen Geliebten, für die er eine eigene Wohnung angemietet hatte, einen Besuch ab. Zu diesem Zweck verließ er sein Haus in der Schadowstraße in der Regel kurz nach zwölf.

Er zückte seine Taschenuhr und kontrollierte die Zeit. Als hätte Graf von Kentzin nur auf dieses Zeichen gewartet, öffnete er in diesem Moment die Haustür seines Stadtdomizils, winkte seiner Ehefrau zum Abschied und machte sich auf den Weg zu seinem Stelldichein. Beschwingten Schrittes bog er von der Schadowstraße nach links ab und erreichte die Prachtstraße Unter den Linden. Hier waren zu dieser Uhrzeit viele Flaneure, Reiter und Kutschen unterwegs.

Eilig folgte er dem Grafen und hatte große Mühe, ihm auf den Fersen zu bleiben. Obwohl er die tägliche Kokaindosis erhöht hatte, verfehlten die Injektionen immer häufiger die gewünschte Wirkung. Heute fühlte er sich krank und gebrechlich. Kalter Schweiß drang ihm aus den Poren, und seine Beine waren so wackelig, als könnten sie jederzeit einknicken. Ein Stück hinter der Kleinen Kirchgasse blieb er stehen und stützte sich an einem Laternenpfahl ab. Von hier würde er einen guten Blick auf das Geschehen haben.

Er hatte sich entschieden, die Tat nicht selbst auszuführen. Zum einen fühlte er sich nicht in der Lage, eine Flucht über Straßen und Hinterhöfe, durch Gassen und Keller zu bewältigen. Zum anderen befürchtete er, dass jemand ihn erkennen könnte. Auch bei der Auswahl seiner Komplizen hatte er vorsichtig sein müssen; er wollte keinesfalls Männer aus Berlin mit der heiklen Aufgabe betrauen, die ihn dann vielleicht verraten würden. Glücklicherweise war es nicht sonderlich schwer gewesen, Leute von außerhalb anzuwerben. Im Hamburger Stadtteil Sankt Pauli liefen zahllose hartgesottene Seeleute und Zuhälter herum, die für eine entsprechende Summe noch ganz andere Dinge erledigt hätten.

Graf von Kentzin hatte in der Zwischenzeit die Straßenseite gewechselt und einige Früchte gekauft. Er wollte gerade in die Friedrichstraße abbiegen, als von hinten zwei Männer an ihn herantraten. Sie trugen Arbeitermützen und -kittel sowie auffällige leuchtend rote Halstücher, an die sich die Zeugen später mit Sicherheit erinnern würden. Einer der Männer hob einen Revolver und zielte auf den Hinterkopf des ehemaligen Innenministers. »Lang lebe der Sozialismus!«, brüllte er.

Dann drückte er ab.

Im Grunewald

Am frühen Nachmittag erreichte Ottos Zug den Anhalter Bahnhof. Als er die imposante Empfangshalle verließ, folgten ihm sein Bruder, Moses und ein Kofferträger. Draußen betrachtete er das bunte Treiben auf dem Askanischen Platz und atmete tief durch. Die Berliner Luft war zwar nicht für ihre Sauberkeit bekannt, aber sie hatte eine unverkennbar städtische Note, die ihm das Gefühl gab, wieder zu Hause zu sein.

Um die sommerlichen Temperaturen auszukosten, entschloss er sich, die letzte Reiseetappe in einer offenen Mietdroschke anzutreten. Er gab seinem Tross ein Zeichen und wollte sich gerade auf den Weg zum Halteplatz der Kutschen machen, als jemand rief: »Herr Doktor, da sind Sie ja. Gut, dass ich Sie noch erwische. Auf dem Bahnsteig habe ich vergebens nach Ihnen Ausschau gehalten.«

»Commissarius Funke«, erwiderte Otto. »Das ist ja eine Überraschung! Oder haben Sie mich aus einem bestimmten Grund gesucht?«

»Mir widerstrebt es wirklich, Sie nach einer so langen Fahrt zu behelligen, aber ich habe ein Schreiben von Graf zu Eulenburg und

Hertefeld erhalten, in dem er uns um eine Unterredung bittet. Wir sollen zum Jagdschloss Grunewald kommen.«

»Graf zu Eulenburg und Hertefeld?«, fragte Otto. Er kannte den Vertrauten des Kaisers nur vom Hörensagen. Der Adelige galt als *royaliste sans phrase*, als Anhänger des Königtums ohne Wenn und Aber. Und man munkelte, dass er im Frühjahr eine wichtige Rolle bei Bismarcks Rücktritt gespielt hatte. »Was will er? Hat er einen Grund für die Unterredung angegeben?«

»Er hat nur geschrieben, dass er uns wegen der neuerlichen Entwicklungen sprechen will. Es handelt sich, so betont er, um eine Angelegenheit von nationaler Bedeutung.«

»Dann bleibt uns wohl keine Wahl.«

Das Jagdschloss Grunewald lag glücklicherweise auf Ottos Heimweg, sodass er keinen großen Umweg machen musste. Schnell einigte man sich, mit drei Kutschen Richtung Südwesten aufzubrechen. Während Moses und Ferdinand mit dem Gepäck direkt zur Colonie Alsen fahren sollten, würde Otto ihnen in der zweiten Droschke nach der Unterredung folgen, der Commissarius hingegen würde mit dem dritten Wagen zurück in die Stadt fahren.

Eilig begaben sie sich zu den Droschken. Otto nahm neben Commissarius Funke auf der gepolsterten Bank Platz und gab dem Kutscher das Zeichen zum Aufbruch. Der Wagen rumpelte los, und die braven Klepper erreichten trotz der Hitze schnell ein rasches Tempo. Der Fahrtwind erfrischte Otto, und er lüpfte seinen Hut, um den Schweiß auf seiner Stirn trocknen zu lassen.

Derweil berichtete Commissarius Funke ihm von den Neuigkeiten. Otto war äußerst betroffen, als er von dem Attentat auf Graf von Kentzin hörte. Er hatte zwar eine andere politische Auffassung als der ehemalige Innenminister, doch kannte er ihn persönlich aus dem Haus seiner Eltern und war deswegen schockiert über seinen Tod. Funke erzählte Otto auch von der zweiten Kreuzigung und den Stichverletzungen am Leib der toten Frau, einer Prostituierten, die unter dem Namen Invaliden-Lotte bekannt war.

»Was ist nur mit den Menschen los?«, fragte Otto, der mit seinen Gedanken noch ganz bei Graf von Kentzin war. »Glauben sie wirklich, dass sie durch Attentate etwas bewirken können?«

»Ich habe einmal ein Sprichwort gelesen«, erwiderte der Commissarius. »An den Urheber kann ich mich nicht erinnern und auch nicht an den genauen Wortlaut. Es ging in etwa so: Der Mensch ist für das Gute so empfänglich wie ein nasses Stück Holz für das Feuer, aber für das Böse ist er bereit wie das trockene Stroh, das schon beim leichtesten Wind Funken fängt.«

»Da ist etwas Wahres dran«, sagte Otto. »Apropos gut: Bei dieser Gelegenheit möchte ich Ihnen danken, dass Sie vor einigen Tagen Vitell benachrichtigt und so meine Entlassung aus dem Gefängnis erwirkt haben.«

»Das ist nicht der Rede wert.«

»Doch, doch! Immerhin haben Sie wahrscheinlich sehr wohl gewusst, dass eine – nun, sagen wir mal – Meinungsverschiedenheit zwischen mir und Ihrem unmittelbaren Vorgesetzten der Grund für die Verhaftung war. Ich hoffe nur, dass Ihnen keine Nachteile entstanden sind.«

»Da können Sie ganz unbesorgt sein. Kriminaldirigent von Grabow und ich gehen uns nach Möglichkeit aus dem Weg. Er will lediglich Erfolge von mir sehen, und die liefere ich ihm in aller Regel auch. Übrigens hat er in den vergangenen Jahren viel von seinem Ruf eingebüßt. *Entre nous:* In unserer Behörde wird täglich damit gerechnet, dass er in den Ruhestand geschickt wird.«

»Wieso das?«

»Nun, er war schon immer etwas zu exaltiert für seine Position, aber mittlerweile ist er auch noch unzuverlässig. Er hat mehrmals eklatante Fehlentscheidungen getroffen, die die Aufklärung von Morden behinderten und Zweifel an seiner Kompetenz aufkommen ließen. Und auch im Kreuzigungsfall agiert er bisweilen mehr als unglücklich.«

»Warum?«

»Nun, erst gestern bestellte er mich in sein Büro, um mir mitzuteilen, dass er keine weiteren Ermittlungen bei der Apostolischen Gemeinde wünsche. Mir ist völlig schleierhaft, wie er eine solche Anweisung erteilen kann, denn eines dürfte ja wohl klar sein: Obwohl wir über das zweite Opfer noch fast nichts wissen und auch nicht, ob sie Mitglied der Sekte war, gibt es nach wie vor einige Hinweise in diese Richtung. Es ist mehr als fahrlässig, diese Spur außer Acht zu lassen – insbesondere, weil wir keinen anderen Ansatzpunkt für die Ermittlungen haben.«

»Was werden Sie nun tun?«

»Das muss natürlich unter uns bleiben, aber ich werde das tun, was ich für nötig erachte, um die Morde aufzuklären. Wenn ich eine weitere Befragung der Sektenmitglieder für sinnvoll halte, so werde ich sie trotzdem durchführen.«

Inzwischen hatten sie das Jagdschloss Grunewald erreicht. Der helle Renaissancebau mit dem roten Ziegeldach lag idyllisch an dem gleichnamigen See und war im Jahre 1542 für Kurfürst Joachim II. Hector erbaut worden.

Jedes Jahr am 3. November fand hier eine Parforcejagd auf Wildschweine statt. An der sogenannten Hubertusjagd hatten schon wichtige Staatsgäste wie Zar Alexander II. aus dem Hause Romanow teilgenommen, und so verwunderte es Otto nicht, dass auch heute im Grunewald gejagt wurde. Vor dem Eingangsbereich hielt sich eine ungefähr dreißigköpfige Gesellschaft in Jagdkleidung auf.

Als sie näher kamen, sah Otto, dass Wilhelm II. höchstpersönlich darunter war. Aufgeregt musterte er den Kaiser. Seine Majestät war mittelgroß und von kräftiger Statur. Er hatte helle, lebhafte Augen, und seine Schnurrbartspitzen waren sorgfältig aufgedreht. Wie üblich war er von schmucken, groß gewachsenen Flügeladjutanten und Ordonanzen umgeben. Offenbar machte gerade jemand einen Scherz, denn der Kaiser warf den Kopf in den Nacken, sperrte laut lachend den Mund auf und stampfte mehrmals vor Vergnügen mit dem Fuß auf den Boden.

Angesichts einer so illustren Ansammlung von hochgestellten Persönlichkeiten wussten Otto und der Commissarius nicht so recht, wie sie sich verhalten sollten. Zögernd kletterten sie aus dem Wagen, machten ein paar Schritte auf die Gesellschaft zu und verbeugten sich in einem angemessenen Abstand. Ein schlanker Mann löste sich aus der Gruppe, gesellte sich zu ihnen und stellte sich als Graf zu Eulenburg und Hertefeld vor.

»Sicher können Sie erahnen«, sagte er nach den üblichen Begrüßungsformeln mit einer melodiösen, einnehmenden Stimme, »wie besorgt Seine Majestät über die neuesten Entwicklungen sind.

Zu deutlich sind Seiner Majestät die Attentate auf seinen Großvater in Erinnerung. Solchen anarchistischen Umtrieben muss entschieden, aber auch mit dem nötigen Fingerspitzengefühl entgegengetreten werden.«

»Ich verstehe, was Euer Hochgeboren meinen«, erwiderte der Commissarius.

»Wenn ich richtig informiert bin«, sagte der Graf, »helfen Sie der politischen Polizei nicht nur, den heimtückischen Mord an Graf von Kentzin aufzuklären, sondern ermitteln auch in den beiden Kreuzigungsfällen?«

»Das ist richtig«, antwortete der Commissarius.

»Und Sie unterstützen Herrn Funke mit Ihrem Fachwissen?«, fragte der Graf an Otto gewandt.

»Soweit es in meiner Macht steht«, erwiderte Otto.

»Ich wollte Sie unbedingt wissen lassen, wie ungeheuer wichtig Ihre Aufgabe ist. Es ist kein Geheimnis, dass für Seine Majestät jeder Sozialdemokrat gleichbedeutend mit einem Volks- und Vaterlandsfeind ist. Schon bei dem großen Bergarbeiterstreik im vergangenen Frühjahr hatten Seine Majestät keinen Zweifel daran gelassen, dass er bereit gewesen wäre, mit unnachsichtiger Strenge einzuschreiten, wenn sozialdemokratische Tendenzen entdeckt worden wären. Wenn sich nun die Arbeiter angesichts der Kreuzigungen und der anarchistischen Umtriebe erneut zusammenrotten, kann es zu einem blutigen Bürgerkrieg kommen, bei dem am Ende niemand gewonnen haben würde.«

»Ich wusste nicht, dass es so ernst ist«, sagte der Commissarius betroffen.

»Im Moment scheint ja noch alles unter Kontrolle zu sein«, beruhigte ihn der Graf schnell, »aber Vorsicht ist bekanntlich besser als Nachsicht. Sie dürfen mich nicht falsch verstehen. Seine Majestät sind ein grundgütiger Mensch, dem das Wohl seiner Untertanen am Herzen liegt und der sich selbst als *roi des gueux*, als König der Bettler, versteht, aber Seine Majestät sind auch ein erklärter Feind der Sozialdemokratie, und ich möchte mir nicht vorstellen, was geschehen würde, wenn die Sozialdemokraten auf die Barrikaden gehen.«

»Bitte richten Sie Seiner Majestät aus, dass wir unser Bestes geben werden, um den Attentäter und den Mörder der beiden Frauen so schnell wie möglich dingfest zu machen«, sagte der Commissarius.

»Seine Majestät werden sich freuen, dies zu hören. Sollte Ihnen eine schnelle Aufklärung gelingen, wären Seine Majestät sogar geneigt, seine besondere Wertschätzung durch die Verleihung des Preußischen Königlichen Kronenordens zu bezeugen.«

»Das wäre eine große Ehre«, sagte der Commissarius ergriffen.

Otto erkannte hingegen, dass das hier eine einmalige Gelegenheit war. Soweit er wusste, war der Kaiser ein Freund von Leibesübungen und Körperertüchtigung. »Es gibt da etwas«, sagte er langsam, »was mir fast ebenso viel bedeuten würde wie ein Orden aus der Hand Seiner Majestät. Vielleicht könnten Seine Majestät sich diesem Anliegen annehmen, wenn wir die Aufgabe zu seiner Zufriedenheit erledigt haben.«

»Wovon sprechen Sie?«, fragte der Graf.

»Seine Majestät würden sich nicht nur meine, sondern die ewige Dankbarkeit aller Radsportler sichern, wenn er den Innenstadtbereich für den Zweiradverkehr freigeben würde.«

»Ich werde sehen, was sich machen lässt«, erwiderte der Graf und verabschiedete sich von Otto und Commissarius Funke. Die beiden begaben sich wieder zu den Droschken.

»Ich melde mich bei Ihnen«, sagte der Commissarius, »sobald sich etwas Neues ergibt. Und bitte geben Sie mir Bescheid, wenn Ihnen etwas einfällt.«

»Sehr gern«, erwiderte Otto und schüttelte die ihm dargebotene Hand. Nachdem er seine Kutsche bestiegen und sich gesetzt hatte, gab er dem Kutscher das Zeichen zum Aufbruch. Als der Wagen anfuhr und Otto einen letzten Blick auf das Jagdschloss warf, kamen ihm Zweifel. War er möglicherweise zu dreist mit seiner Forderung gewesen? Sein vorschnelles und unüberlegtes Handeln konnte durchaus einen gegenteiligen Effekt haben, und vielleicht hielt der Kaiser nun erst recht am Fahrverbot für Zweiräder fest. Andererseits wähnte Otto sich im Recht. Er empfand es als unfair, dass den Zweiradfahrern so viele Straßen verboten waren, während die Bestimmungen für die Dreirad- und Vierradfahrer lockerer gefasst waren. Und eine Gelegenheit, um an höchster Stelle auf diesen Missstand aufmerksam zu machen, würde wohl so schnell nicht wiederkommen.

Als Otto wenig später die Eingangshalle von »Klein-Sanssouci« betrat, versuchte er sich mit dem Gedanken zu trösten, dass man einmal Geschehenes nicht mehr rückgängig machen konnte. Manchmal blieb einem eben nichts anderes übrig, als alles auf eine Karte zu setzen. Mit einem Seufzer stellte er den kleinen Handreisekoffer ab und knöpfte sein Jackett auf.

»Herzlich willkommen«, sagte das Dienstmädchen knicksend und reichte ihm die Post. »Wir haben Ihnen ganz fest die Daumen gedrückt und uns sehr über Ihr Telegramm gefreut.«

»Danke«, erwiderte Otto lächelnd. »Und richte meinen Dank auch den anderen aus. Ich komme später in die Küche und erzähle euch genau, wie alles gelaufen ist. Jetzt könnte ich allerdings erst einmal einen kleinen Imbiss vertragen.«

»Sehr wohl«, sagte das Dienstmädchen und wandte sich Richtung Küche.

Rasch ging Otto die Briefe durch. Ein Kuvert enthielt die Billetts für Buffalo Bill's Wild West Show, mit denen er Moses überraschen wollte. Außerdem stieß er auf einen Brief von Ferdinands Vermieterin, die ihn um die Begleichung der Mietschulden für die letzten fünf Wochen bat. Zuletzt öffnete er einen lavendelfarbenen Umschlag, in dem eine nach Veilchen duftende Nachricht steckte: »Dampferstation, Jannowitzbrücke. ›MS Augusta‹. Mittwoch, kurz vor Mittag. Natürlich nur, wenn Du willst. R.«

Otto wusste sofort, wer sich hinter »R.« verbarg. Zwar wunderte er sich über ihre offensive Art – normalerweise ging die Initiative ja vom Mann aus –, aber schmälern konnte das seine Vorfreude nicht. Rieke und er mussten ähnlich empfinden.

Auf dem Dampfschiff »Augusta«

Am nächsten Tag betrat Otto den Schiffsanleger und hielt Ausschau nach Rieke. Ein buntes Völkchen hatte sich hier eingefunden. Naturliebhaber und Kinder, Dandys mit Monokeln und in Damenbegleitung sowie Korpsstudenten in ihren Farben spazierten umher und warteten auf die Abfahrt des Dampfers. Von Rieke fehlte jedoch jede Spur. Wird sie tatsächlich kommen?, fragte Otto sich.

Mit klopfendem Herzen trat er zu einem kleinen Pavillon, löste zwei Billetts bis Tabberts Waldschlösschen und stopfte sie in die Westentasche. Auf dem Weg zum Geländer spürte er, wie die Pfahlkonstruktion leicht unter ihm schwankte. Er lehnte sich an die Querstange und blickte versonnen über das Wasser. Auf der Spree glitt ein Ruderboot mit sechs hünenhaften Athleten vorüber. Der Steuermann, ein Zwerg mit riesigem Schnurrbart, gab Kommandos. Über die Jannowitzbrücke rumpelten Pferdeomnibusse und Droschken ihrem Ziel entgegen, und auf dem gegenüberliegenden Ufer ragten Fabrikschlote in den leicht bewölkten Himmel.

Wo steckt sie nur, dachte er und drehte sich um. Wenn Rieke in diesem Moment nicht gewunken hätte, hätte er sie wohl nicht erkannt. Sie hatte ihr Haar mit einer großen roten Schleife zurückgebunden. Ihr weißes Sommerkleid hatte Puffärmel und wurde von einem roten Stoffgürtel an der Taille zusammengehalten. Ein Weidenkorb hing an ihrem Unterarm. Rieke sah aus wie ein Mädchen aus gutem Haus, das sich für ein Familienpicknick herausgeputzt hatte.

»Was guckst du so?«, fragte sie und drehte sich keck. »Gefalle ich dir nicht?«

»Doch, doch«, erwiderte Otto schnell. »Hier, hab ich dir mitgebracht.«

»Oh, ein Geschenk!« Rieke setzte den Korb ab, nahm die Schachtel entgegen und drückte sie an ihre Brust. »Was ist es?«

»Pralinen.«

»Vielen Dank«, sagte Rieke lächelnd und griff nach seiner Hand. Otto ließ sich zur Gangway ziehen und sah nach oben. Auf dem Oberdeck der »MS Augusta« standen Bänke, über die am Heck ein Sonnendach gespannt war. Der Steuerstand befand sich mittschiffs. Insgesamt fasste, so hatte Otto auf einem Schild an der Kasse gelesen, das Dampfschiff bis zu zweihundertfünfzig Personen.

Es gehörte der sogenannten Vulcan-Klasse an und war wegen der vielen Spreebrücken von der Berliner Dampfschifffahrts-Gesellschaft mit einem Kippschornstein nachgerüstet worden.

Ein Matrose hakte das Absperrseil aus und entwertete die Billetts. Über eine schmale, wacklige Gangway balancierten die Passagiere an Bord. Otto folgte Rieke durchs Unterdeck zum Bug des Schiffes. Durch eine Tür traten sie ins Freie und kletterten über eine steile Treppe aufs Oberdeck. Weil sie zu den Ersten zählten, waren die meisten Plätze noch frei. Rieke entschied sich für eine sonnige Bank auf der Steuerbordseite. Ordentlich strich sie ihr Kleid glatt, bevor sie sich setzte. Rasch ließen sich Passagiere auf den Bänken um sie herum nieder, und bald ertönte überall munteres Geschwätz. Dann tutete das Schiffshorn, und die »MS Augusta« legte ab.

»Ich hab viel über Afrika nachgedacht«, sagte Rieke. »Hast du Lust, mir noch etwas mehr zu erzählen?«

»Was willst du denn wissen?«, fragte Otto.

»Alles! Aber erzähl erst einmal von deiner Reise. Wie viel Gepäck durftest du mitnehmen? Wo hat das Schiff abgelegt? Welche Route hast du genommen?«

»Ich bin mit der Englischen Dampfschifffahrts-Gesellschaft gereist«, sagte Otto und räusperte sich. »Die ›Victoria‹ legte in Hamburg ab und fuhr über Southampton nach Teneriffa, wo wir –«

»Das ist doch eine Insel vor der afrikanischen Küste. Wie ist es da?«

In Otto stiegen Bilder von Palmen im Wind, von zerklüfteten Felsen, von tosenden Wellen und schwarzen Stränden auf. »Wenn nicht die ganze Zeit Gassenjungen, Eselstreiber und Marktfrauen an meinen Rockschößen gezerrt hätten, wäre es sehr schön gewesen. Na ja, und es gab kaum Aussichtsbänke dort. Deshalb hab ich einen geflochtenen Lehnstuhl gekauft und ihn überallhin mitgenommen. Ans Meer und auf den Dorfplatz. Die Einheimischen nannten mich ›Der Ausländer mit dem Stuhl‹.«

Rieke lachte. »Was macht man den ganzen Tag an Bord? So eingepfercht muss einem doch langweilig werden.«

»Man gewöhnt sich an alles. Um halb acht bekamen wir eine schöne Tasse Tee ans Bett. Um halb neun ging es zum Frühstück.

Eigentlich ist die englische Küche nicht mein Geschmack, aber der Smutje verstand sein Handwerk. Wer Lust hatte, hielt hinterher ein Verdauungsschläfchen. Die anderen spielten Schach, promenierten an Deck, lasen, unterhielten sich oder faulenzten. Um ein Uhr läutete die Tischglocke zum Lunch. Danach nahmen wir ein geistiges Getränk zu uns und rauchten eine Zigarre. Um fünf wurden wir zu einem Nachmittagsimbiss gerufen, der sich meist aus geräuchertem Fisch, kalten Bratenscheiben und –«

»So viel Essen! Die Überfahrt muss ganz schön teuer sein.«

»Wie man's nimmt. Bis Kapstadt zahlt man, wenn ich mich recht erinnere, für eine Kajüte in der ersten Klasse sechshundertneunzig Mark und in der dritten Klasse zweihundertachtzig Mark. Darin enthalten sind die Verköstigung und zwanzig Kubikfuß Freigepäck.«

»Das ist sehr viel Geld.« Rieke schaute gedankenversunken aufs Wasser. Dann drehte sie den Kopf erneut zu Otto. »Und bist du seekrank geworden?«

»Mein Magen hält einiges aus, aber manche Passagiere mussten eine Morphiumlösung einnehmen, um die Reise irgendwie zu überstehen.«

»Apropos Magen.« Rieke beugte sich zu dem Weidenkorb hinab und schlug das Tuch zurück. »Ich hab uns was mitgebracht.«

Otto sah eine Mettwurst, geräucherten Aal, ein großes Stück Butterkäse, Landbrot, Weintrauben und zwei Flaschen Bier. Seitdem das Meisterschaftsfahren vorüber war und er nicht mehr Diät halten musste, holte er alles nach. Sein Appetit war unersättlich, und obwohl er üppig gefrühstückt hatte – es hatte Pfannkuchen mit Johannisbeermarmelade gegeben –, lief ihm das Wasser im Mund zusammen. Plötzlich ging ihm auf, mit wie viel Sorgfalt Rieke den Ausflug vorbereitet hatte. Wahrscheinlich hatte sie sich Gedanken gemacht, was ihm schmecken würde, und in Unkosten hatte sie sich auch gestürzt. Und das, obwohl sie doch so wenig Geld hatte. Eine Welle der Zärtlichkeit ergriff ihn, und am liebsten hätte er sie in den Arm genommen.

Rieke hatte bereits die Mettwurst aufgeschnitten und hielt ihm eine dicke Scheibe hin.

Otto nahm sie und sagte: »Am kommenden Samstag feiere ich

übrigens meinen Geburtstag. Ich würde mich sehr freuen, wenn du auch kommen könntest.«

»Vielen Dank für die Einladung«, sagte Rieke, »aber es geht leider nicht. Ich hab eine Aufführung.«

»Dann komm hinterher. Es reicht, wenn du bis Mitternacht da bist.«

»Meinst du wirklich?«

»Und ob! Wenn du willst, spreche ich noch heute mit deinem Vater.«

»Lieber nicht«, sagte Rieke. Ihr Blick verdüsterte sich. Sie wollte noch etwas hinzufügen, unterließ es dann aber und schaute zum Ufer. Lachend deutete sie auf einen Steg, und nun sah auch Otto, wie ein Junge, von seinen Freunden angefeuert, sich die Nase zuhielt, über den klapprigen Bootsanleger rannte und mit einem weiten Satz in die Spree sprang. Offenbar handelte es sich um eine Mutprobe, denn sein Sprung wurde mit lautem Jubel quittiert. Nachdem er wieder aufgetaucht war, ruderte er wild mit den Armen, um wieder an Land zu schwimmen, und Wasserfontänen spritzten in die Höhe.

»Weißt du was?«, sagte Rieke. »Ich komme einfach und meinem Vater sag ich nichts.«

»Wirklich?«, fragte Otto. »Das wäre großartig!«

Gegenseitig beteuerten sie sich ein Dutzend Mal, wie sehr sie sich freuten und wie gespannt sie auf den Abend waren. Nachdem sie Riekes Weidenkorb reichlich geplündert hatten, sank Otto satt, glücklich und erschöpft zurück. Rieke lehnte ihren Kopf an seine Schulter, als wäre es das Natürlichste auf der Welt. Otto blickte auf ihren Scheitel und konnte nicht anders, als sanft über ihr Haar zu streichen. Rieke ließ es sich gefallen und seufzte leise. Schon bei ihrem ersten Treffen im Polizeipräsidium hatte Otto gespürt, dass zwischen ihnen etwas Besonderes war. Sie empfanden offenbar das Gleiche füreinander, ein tiefes, starkes Gefühl, das man nicht mit Worten beschreiben konnte. Behutsam legte er einen Arm um ihre Schulter und drückte sie leicht an sich.

So glitten sie durch die Flusslandschaft und passierten Trauerweiden, Torfkähne und Angler. Vom Anlegemanöver beim Eierhäuschen, einem beliebten Ausflugslokal, und den ein- und aussteigenden Passagieren bekam Otto kaum etwas mit. Er kam sich vor wie in einem wunderbaren Traum. Vor nicht allzu langer Zeit war er verzweifelt gewesen, und jetzt meinte es das Leben so gut mit ihm. Er hatte nicht nur das Meisterschaftsfahren gewonnen, sondern auch eine Frau kennengelernt, die ihn wirklich mochte. Am liebsten hätte er die Zeit angehalten, damit ihm dieser Augenblick des Glücks für immer blieb.

»Oskar«, rief da jemand. »Oskar, wo steckst du?«

Otto drehte den Kopf zur Seite und sah eine Frau, die mit gerafftem Rock über das Oberdeck lief und hektisch in alle Richtungen spähte. »Wenn du jetzt nicht rauskommst, ziehe ich dir die Hammelbeine lang!«

Offenbar war ihr Filius ausgebüxt und versteckte sich irgendwo. Otto grinste. Da streifte ihn der Blick der Frau, wanderte weiter und kehrte plötzlich zurück. Unverhohlen starrte ihn die Frau an. Otto war irritiert. Er kannte sie nicht. Verwechselte sie ihn etwa? Dann erst begriff er, dass nicht er, sondern Rieke gemeint war, die den Kopf ebenfalls zur Seite gedreht hatte.

Mit wenigen Schritten trat die Frau heran und sagte: »Mensch, Rieke! Wir haben uns ja lange nicht mehr gesehen. Wie geht es dir denn?« Sie trug eine weiße Haube, die Stirn und Augen beschattete. Ein gestickter Kragen zierte ihre Bluse, und die schwarzen Schnürstiefel glänzten, als wären sie gerade gewienert worden. Ihre Kleidung war zwar einfach, aber sie machte einen ordentlichen und bodenständigen Eindruck.

Rieke setzte sich auf. Sie wirkte angespannt, ja fast verkrampft, und steile Falten bildeten sich um ihre Mundwinkel. Sie sagte kein Wort.

Obwohl die Frau sehr resolut wirkte, wurden ihre Augen plötzlich feucht. Sie streckte die Hand aus, zog sie aber wieder zurück, so als traue sie sich nicht, Rieke zu berühren. Hilflos blickte sie Otto an. »Ich bin für einen Monat in der Stadt, um bei meinem Vater auszuhelfen«, sagte sie. »Er hat jetzt ein Kolonialwarengeschäft in der Prenzlauer Allee. Da gibt's viel zu tun. Und er ist ja nicht mehr der Jüngste, nicht?« Sie wandte sich wieder an Rieke. »Komm doch mal vorbei. Ich steh von acht bis acht im Laden. Wir könnten über alte Zeiten reden und so was.«

In diesem Augenblick tauchte der Kopf eines Jungen hinter einer Tonne auf. Offenbar war das der ausgebüxte Sohn. Er zog die Arme eng an den schmalen Körper und flitzte hinter seiner Mutter vorbei. Die sah ihm kopfschüttelnd nach und sagte dann zu Otto: »Nix für ungut, aber ich muss los. Der Junge ist nicht zu bändigen, kommt ganz nach seinem Vater. Jedenfalls hat's mich gefreut. Auf Wiedersehen.«

»Ganz meinerseits«, rief Otto ihr nach.

Ohne ihr seltsames Verhalten zu erklären, lehnte Rieke wieder ihren Kopf an seine Schulter. Trotzdem hatte Otto den Eindruck, als ob sich etwas verändert hätte. Er beobachtete, wie sich in ihrem Schoß ihre Finger ineinander verkrampften, als fechte Rieke einen Kampf mit sich aus.

Plötzlich brach sie ihr Schweigen: »Otto?«

»Ja?«

»Ich muss dir etwas sagen.«

Otto leckte sich die Lippen. Hatte er es doch gewusst! Irgendwas stimmte nicht mit ihr. »Dann lass mal hören.«

»Ich wollte mit dir ins Grüne, um ein schönes Picknick zu veranstalten. Aber es gibt noch einen anderen Grund, weshalb ich dir die Nachricht geschickt habe und dich sehen wollte. Ich habe dir nämlich etwas verschwiegen. Vor ein paar Tagen hast du mich gefragt, ob ich auf dem Spaziergang mit Elvira jemanden gesehen hätte.«

»Das stimmt«, sagte Otto, auch wenn er Schwierigkeiten hatte, sich auf den Mordfall einzustellen und darauf, dass Rieke eine wichtige Zeugin war.

Jetzt, da sie ihr Schweigen einmal gebrochen hatte, sprudelten die Worte nur so aus Rieke heraus. Am Schluss ihrer Geschichte weinte sie bitterlich. Otto beruhigte sie, strich ihr zärtlich über das Haar und versicherte ihr, dass sie keine Angst zu haben brauche.

Dann fragte er: »Und du bist dir ganz sicher? Es gibt keinen Zweifel?«

»Er war es.«

»Dann sollte ich schnellstmöglich den Commissarius aufsuchen.«

»Kommen Sie erst einmal zu Atem, mein Lieber«, sagte der Commissarius. »Und dann erzählen Sie in aller Ruhe, was passiert ist.«

Otto nickte, zog ein Taschentuch hervor und tupfte sich den Schweiß von der Stirn.

»Désirez-vous un café – ou une liqueur de cerises?«

»Ein Glas Wasser reicht vollkommen.«

Während der Commissarius aus dem Büro ging, um das Wasser zu holen, versuchte Otto, sich zu ordnen. Er atmete tief durch und sah sich im Büro von Funke um. Auf der Fensterbank standen Töpfe mit gelben und violetten Stiefmütterchen, daneben befand sich eine bleierne Gießkanne. An der Wand hinter dem Schreibtisch hing ein Bild von einer Kompanie unter einer Reichsfahne, darüber stand in geschwungenen Lettern: »Zur Erinnerung an den deutschen Sieg 1870/71«. Auf dem Schreibtisch stand ein Tintenfass aus schwarzem Marmor, daneben lagen Griffel und Papier. Auch eine kleine Zeichnung sah Otto. Er beugte sich vor, um sie in Augenschein zu nehmen. Er sah Bäume und einen jungen Mann, der am Geländer einer Brücke lehnte und in einen Bach schaute. Der Jüngling wirkte, als hätte er die Welt ringsum vergessen.

Der Commissarius kehrte zurück. Er lächelte, als er bemerkte, dass Otto die Zeichnung betrachtete. Während er ein Glas und eine Karaffe abstellte, sagte er: »Früher hab ich Naturstudien betrieben. Vögel vor allem und Pflanzen. Heute schleichen sich immer öfter Menschen in meine Bilder. Ich weiß auch nicht, warum.«

Otto nickte nur. Er verstand nicht viel von Malerei und konnte nichts zum Thema beitragen. Er trank das Glas in einem Zug leer. Dann deutete er neugierig auf das Bild der Kompanie. »Sie waren bei den Dragonern?«

Der Commissarius drehte den Kopf und betrachtete das Bild, als sähe er es zum ersten Mal. »Das ist lange her.« Seine Stimme hatte eine andere Färbung. Sie klang jetzt weniger singend als sonst, sondern geradliniger und schärfer. »Nach dem Feldzug siebzig/einundsiebzig hab ich den Dienst quittiert und bei der Berliner Schutzmannschaft angefangen. Zwei Jahre später hab ich mich hierher versetzen lassen.«

»Waren Sie in der kämpfenden Truppe?«

»1864 gegen die Dänen, 1866 Königgrätz und zuletzt gegen die Franzosen. Insgesamt vier Verwundungen, einmal schwer durch ein Schrapnell.«

»Wie kann ein Mann mit so viel Kampferfahrung das Heer verlassen?«

»An mir lag es nicht, mein Lieber. Aber ich hege keinen Groll gegen das Militär. Mein Abschied geschah im gegenseitigen Einvernehmen nach einer … pikanten Angelegenheit.«

Nachdenklich betrachtete Otto den Commissarius. Sein Gehrock war nach der neuesten Sommermode geschneidert: leicht tailliert und aus einem changierenden Wollstoff. Farblich war alles perfekt auf seine blauschwarze Perücke abgestimmt. Dass ein Mann, der so viel Wert auf seine äußere Erscheinung legte, dreck- und blutbespritzt im Gefecht voranstürmte, war nur schwer vorstellbar. Andererseits war er nun Polizist. Tagtäglich beschäftigte er sich mit der Aufklärung von Gewaltverbrechen. Er hatte Umgang mit dem Abschaum der Menschheit. Häufig musste er verstümmelte Leichname begutachten und brutale Verbrecher dingfest machen. Das alles wollte ebenfalls nicht so recht zu einem feinsinnigen Maler passen. Offenbar war auch der Commissarius ein äußerst vielschichtiger Charakter. Aber eigentlich ging ihn das alles nichts an, und Otto war nicht hierhergekommen, um den Commissarius näher kennenzulernen. Er räusperte sich und sagte: »Ich habe wichtige Informationen, die den Kreuzigungsfall betreffen. Fräulein Dürr hat mir erzählt, dass sie während des Verhörs in zwei entscheidenden Punkten von der Wahrheit abgewichen ist.«

»Sie haben mit Fräulein Dürr gesprochen? Wann? Und wieso?«

»Sie hat mir eine Nachricht zukommen lassen und um ein Treffen gebeten.« Das stimmt sogar, dachte Otto und hoffte, er würde die beiden anderen Treffen mit Rieke nicht erwähnen müssen.

»Verständlich! Wahrscheinlich hätte ich mich an ihrer Stelle auch an Sie gewandt. Sie sind kein Polizist, und Sie haben eine so beruhigende Art.«

»Zuerst möchte ich klarstellen, dass Fräulein Dürr nicht die

Unwahrheit gesagt hat, weil sie die Ermittlung behindern wollte, sondern weil sie Angst hatte. Wenn ich meine Ausführungen beendet habe, werden Sie sie verstehen. Als Sie Fräulein Dürr fragten, ob Fräulein Krause ein Verhältnis gehabt habe, verneinte sie. Das traf auch viele Jahre zu. In der Schule, in der Nachbarschaft und später an ihrem Arbeitsplatz galt Elvira Krause als ausgesprochen züchtig. Einladungen von Männern lehnte sie kategorisch ab. Dann lernte sie jedoch in der Apostolischen Gemeinde jemanden kennen, der ihr Vertrauen gewinnen konnte. Er verstand es wohl, sich bei ihr einzuschmeicheln. Und als er ihr die Ehe versprach, erlaubte sie ihm gewisse … Intimitäten.«

»Sie können ganz ungeniert sprechen, mein Lieber. Was meinen Sie konkret?«

»Nun, sie erlaubte ihm, Nacktfotografien von ihr anzufertigen. Als sie ihn hinterher an sein Eheversprechen erinnerte, flüchtete er sich in Ausreden und warf ihr vor, einen verdorbenen Charakter zu haben. Später erpresste er sie mit den Fotografien, damit sie einem jungen Mann ihre Unschuld opferte. Auch den Akt hielt er in Lichtbildern fest. Verständlicherweise fühlte sich Fräulein Krause benutzt und betrogen. Irgendwann nahm sie ihren Mut zusammen und brach den Kontakt ab.«

»Hm, hm«, machte der Commissarius.

»Als Sie Fräulein Dürr fragten, ob den beiden jungen Frauen beim Spaziergang im Friedrichshain jemand begegnet sei, verneinte sie ebenfalls. Hier wich sie zum zweiten Mal von der Wahrheit ab.« Otto legte eine bedeutungsvolle Pause ein. »Denn in Wirklichkeit ist ihnen jemand begegnet. Und zwar derselbe Mann, der Elvira Krause noch einige Wochen zuvor erpresst hatte. Anscheinend hatte er ihr aufgelauert, um sie zu einer Aussprache zu bewegen. Fräulein Dürr erzählte mir, dass er sehr erregt gewesen sei. Ununterbrochen redete er von Gott, Sünde, Fegefeuer und Höllenqualen. Als er Elvira Krause festhalten wollte, schlug sie ihm ins Gesicht, so fest und so lange, bis er sie endlich losließ. Daraufhin brach er in Tränen aus und verlegte sich aufs Betteln. Er machte einen so jämmerlichen Eindruck, dass sich Elvira Krause schließlich erweichen ließ.«

»Ist sie mit ihm fortgegangen?«

»Nein. Angeblich entfernten sich die beiden nur ein paar Schritte, um ungestört reden zu können. Fräulein Dürr blieb in der Nähe, um Elvira Krause, wenn nötig, zur Hilfe zu eilen. Die Unterredung wurde in einem ruhigen Ton geführt und dauerte etwa zehn Minuten. Was genau gesagt wurde, konnte Fräulein Dürr jedoch nicht verstehen. Hinterher bat Elvira Krause sie, schon mal vorauszugehen, weil sie noch eine Weile allein sein wollte, um in Ruhe nachzudenken. Das war das letzte Mal, dass Fräulein Dürr ihre Freundin lebend sah.«

»Und jetzt erzählen Sie mir bestimmt, wer dieser ominöse Unbekannte ist.«

»Genau. Und wenn Sie wissen, wer es ist, verstehen Sie auch, warum Fräulein Dürr so große Angst hat. Elvira Krause hat ihr gesagt, wer der Mann ist, und so unglaublich es klingen mag: Es handelt sich um den Kriminaldirigenten von Grabow.«

Der Commissarius verzog keine Miene. Nur seine Hand zitterte leicht, als er eine Schreibtischschublade öffnete und eine Flasche Kirschlikör auf den Tisch stellte. Nachdem er zwei Gläser bis zum Rand gefüllt hatte, kippte er den Likör mit einem großen Schluck hinunter. »Das hab ich jetzt gebraucht. Das zweite Glas ist für Sie.«

»Ich hab's mir genau überlegt«, sagte Otto eifrig, ohne den Likör zu beachten. »Es passt alles zusammen. Ich bin dem Kriminaldirigenten zweimal begegnet. Einmal im Club von Berlin, das andere Mal stattete er mir einen Besuch ab, als ich im Gefängnis saß. Beide Male spielte er sich auf, als wäre er ein mittelalterlicher Inquisitor, und pochte auf Moral, Recht und Ordnung. Mich nannte er einen Querulanten, weil ich leidenschaftlich gern Fahrrad fahre, und das auch Unter den Linden. Außerdem warf er mir vor, mit dem Radfahren die Sittlichkeit zu untergraben. Nach außen spielt er den biederen Herrn, den frommen Christenmenschen und rechtschaffenen Staatsdiener, aber wenn ihn niemand beobachtet, gibt er sich der Verderbtheit hin. Dabei ist es ihm vollkommen gleichgültig, was er seinen Gespielinnen antut. Sie sind nur das Werkzeug seiner Lust. Von Grabow ist ein janusköpfiges Ungeheuer –«

»Schon gut, schon gut«, sagte der Commissarius, »ich kann von Grabow auch nicht leiden, aber das sind alles keine Beweise.«

Otto begriff, dass er stichhaltige Argumente vorbringen musste, wenn er Funke überzeugen wollte. Unter keinen Umständen durfte er sich von seiner Wut auf den Kriminaldirigenten hinreißen lassen. Angestrengt überlegte er, wie er den Verdacht erhärten konnte.

»Sie erlauben?«, fragte der Commissarius und trank auch das zweite Glas leer. Dann sagte er: »Ihre Anschuldigungen überraschen mich nicht.«

»Wie meinen Sie das?«, fragte Otto.

»Heute Morgen habe ich einem Mitglied der Apostolischen Gemeinde einen Besuch abgestattet. Die junge Frau erschien mir verständig genug, um den Ernst der Lage zu begreifen, und ich sollte recht behalten. Ich konnte sie davon überzeugen, dass weitere Frauen grausam ermordet werden würden, wenn sie nicht endlich auspackte. Man muss sich vorstellen, was in dem armen Ding vorgegangen sein muss, als sie mir den Namen meines Vorgesetzten nannte. Vermutlich befürchtete sie, dass ich ein enger Vertrauter des Kriminaldirigenten sei.«

»Auch sie beschuldigte von Grabow des Mordes?«

»Das nicht, aber hören Sie: Angeblich trat Kriminaldirigent von Grabow der Apostolischen Gemeinde vor gut einem Jahr bei und spendete gleich eine üppige Summe. Schon nach einigen Wochen kam es allerdings zu einer heftigen Auseinandersetzung. Der Kriminaldirigent warf dem Apostel vor, die Spenden zu unterschlagen. Daraufhin ließ der Apostel den Kriminaldirigenten rausschmeißen und erteilte ihm Hausverbot. Von Grabows Spende behielt er natürlich. Dass der Kriminaldirigent auf lange Sicht am längeren Hebel sitzt, bezweifelt jedoch niemand, sodass sich die Sekte seitdem vor seiner Rache fürchtet. So erklärt sich auch ihre eiserne Verschwiegenheit bei den Verhören.«

»Was wollen Sie jetzt tun?«

»Das Beste kommt noch. Die Frau wusste nämlich von ihrem Apostel einiges über die Vergangenheit des Kriminaldirigenten. Einige Angaben konnte ich bereits durch Nachforschungen verifizieren. Der Kriminaldirigent war seit seinem Studium der Juristerei Mitglied in allen möglichen Geheimbünden, obskuren Sekten und anderen Vereinigungen. Überall kam es zu einem Zerwürfnis, und immer spielten Frauen dabei eine Rolle.«

»Warum nehmen Sie ihn nicht fest? Es besteht kein Zweifel. Er ist unser Mann!«

»Sie haben vielleicht Vorstellungen«, sagte der Commissarius und griff nach der Likörflasche.

»Das reicht jetzt!«, sagte Otto energisch. »Sie müssen einen klaren Kopf bewahren. Wir haben einiges zu erledigen.«

Wortlos stand der Commissarius auf, ging zum Fenster und stützte sich auf der Fensterbank ab. Seine Silhouette hob sich dunkel vom strahlend blauen Himmel ab.

»Wissen Sie eigentlich, was das bedeutet?«, fragte Otto. »Wir haben einen dringend Verdächtigen. Eine Zeugin hat gesehen, wie sich der Kriminaldirigent und das erste Opfer trafen. Hat von Grabow denn ein Alibi für die beiden Nächte, in denen die Morde stattfanden?«

»Ich weiß es nicht.«

»Dann fragen Sie ihn.«

»Jetzt hören Sie mal gut zu, mein Lieber! Der Kriminaldirigent ist mein Vorgesetzter. Ich kann nicht einfach in sein Büro marschieren und ihn verhören. Und selbst wenn ich es könnte, würde ich es nicht tun. Bei einem Verdacht wie diesem besteht massive Verdunkelungsgefahr. Wenn ich ihn verhöre, lege ich die Karten offen auf den Tisch. Und ihm bleibt genügend Zeit, um belastendes Material verschwinden zu lassen.«

»Wie würden Sie vorgehen, wenn er nicht Ihr Vorgesetzter wäre?«

»Bei dieser Beweislage würde ich sein Haus durchsuchen lassen, und zwar schnell.«

»Ich glaube, ich weiß, wen wir um Hilfe bitten können«, sagte Otto.

Im Alten Museum

Otto trat durch die bronzenen Flügeltüren und ging durch die Rotunde, einen riesigen Rundbau mit Kuppelgewölbe. Seine Schritte hallten von den Wänden wider. Im Heroensaal spähte er nach links und rechts, aber Vitell war noch nicht eingetroffen.

Um sich von seiner Unruhe abzulenken, widmete sich Otto der Sammlung. Das wertvollste Stück war eine griechische Bronzestatue, ein betender Knabe. Er stammte vermutlich aus der Schule des Lysipp aus dem dritten oder zweiten Jahrhundert vor Christus. Otto hatte nie begriffen, warum Friedrich der Große tausend Taler dafür bezahlt hatte. Die Darstellungen der Staatsmänner sagten ihm mehr zu. Als er noch in der Königlichen Bibliothek für sein Buch recherchiert hatte, war er in der Mittagspause oft in das Alte Museum gegangen und hatte versunken die Statue von Kaiser Augustus und die Büsten von Julius Cäsar und Alexander dem Großen betrachtet. Alle drei waren Männer der Tat gewesen.

»Warum haben Sie mich herbestellt?«, fragte Kommerzienrat Vitell, der mit einem Mal neben der Cäsar-Büste auftauchte. Er trug ein graues Sakko und eine Hose mit dezenten Streifen.

»Ich freue mich sehr, dass Sie es so kurzfristig einrichten konnten«, erwiderte Otto und sah zum Ausgang des Saals. Dort nahm ein riesenhafter Mann Aufstellung, bei dem es sich offenbar um Vitells Leibdiener handelte. In seinen langen Schuhen hätte ein venezianischer Gondoliere mitsamt Fahrgästen Platz nehmen können, und seine Oberschenkel waren so dick wie antike Säulen. Nur die runden Babyaugen passten nicht so recht zu seiner martialischen Erscheinung.

»In einer Viertelstunde hab ich einen Termin mit einer schlesischen Bergwerksgesellschaft«, sagte Vitell. »Es geht um einen Generalabnehmervertrag.«

»Ich verstehe, und ich verspreche, dass ich Ihre Zeit nicht länger als nötig in Anspruch nehmen werde.« Otto fasste seinen Bericht so kurz wie möglich und erzählte von den neuen Erkenntnissen. Als er zum Ende gekommen war, sah Vitell ihn scharf an und fragte: »Und was wollen Sie von mir?«

»Sie sind ein persönlicher Freund des Polizeipräsidenten. Vielleicht könnten Sie einen Termin arrangieren, bei dem Commissarius Funke und ich ihn von der Notwendigkeit einer Hausdurchsuchung überzeugen könnten. Alles müsste natürlich sehr diskret vonstattengehen.«

»Ich soll Ihnen also Schützenhilfe geben. Sind Sie sich absolut sicher, dass Kriminaldirigent von Grabow in die Sache verwickelt ist? Ich frage Sie das nur einmal, und ich will eine ehrliche Antwort von Ihnen.«

»Ich habe nicht den geringsten Zweifel.«

»Gut«, sagte Vitell. »Dann halten Sie sich bereit. Ich werde noch heute ein Treffen arrangieren.«

Im Büro des Polizeipräsidenten

Was überlegt er so lange?, dachte Otto. Der Fall liegt doch klar auf der Hand. Ungeduldig betrachtete er die Porträts der früheren Polizeipräsidenten an der Wand. In goldenen Barockrahmen hingen da von Hinckeldey und von Zedlitz-Neukirch, von Winter und von Bernuth, von Wurmb und schließlich von Madai.

Bernhard Freiherr von Richthofen übte das Amt seit 1885 aus. Sowohl in der Politik als auch in der Verwaltung genoss er wegen seiner diplomatischen Fähigkeiten einen ausgezeichneten Ruf. Es war allgemein bekannt, dass er Entscheidungen erst nach reiflicher Überlegung traf. Und auch jetzt ließ er sich Zeit. Hinter seinem prunkvollen Mahagonischreibtisch sitzend, stützte er seine Ellenbogen auf den Armlehnen des Lederstuhls ab und legte die Fingerspitzen aneinander. Nachdenklich betrachtete er Otto und Commissarius Funke. Nur das nervöse Klopfen von Ottos Stiefel auf dem Parkettboden durchbrach die Stille.

Endlich beugte sich der Polizeipräsident nach vorn und sagte: »Sie, Commissarius Funke, haben den Fall schlüssig vorgetragen. Was mich jetzt noch interessieren würde, ist Ihre Einschätzung als Kriminologe und Arzt, Herr Dr. Sanftleben. Soweit ich weiß, waren Sie in der Charité unter anderem in der Irrenabteilung beschäftigt und haben Studien betrieben zu Verbrechen und Wahnsinn. Leidet der Kriminaldirigent Ihrer Meinung nach an einer krankhaften Störung und wenn ja, an welcher?«

Otto dachte kurz nach. Er musste sein Urteil über den Kriminaldirigenten ganz in die Sprache der Wissenschaft kleiden, um von seiner persönlichen Abneigung abzulenken. Nur so würde er die Autorität eines Experten ausstrahlen und die Zweifel des Polizeipräsidenten zerstreuen.

»Ich bin mir nicht sicher«, sagte er langsam, »aber vorausgesetzt, dass eine Störung vorliegt, könnten wir es hier mit einem Fall von religiösem Wahnsinn zu tun haben. Studien belegen, dass diese Form der Geisteskrankheit besonders häufig bei Fanatikern mit einer Veranlagung zur Hysterie auftritt. Dabei entspricht die Intensität der Abnormität dem Ausmaß der Reizbarkeit. Besonders oft tritt diese Form der Geisteskrankheit in Sekten auf, wenn sich der Wahn der Mitglieder gegenseitig verstärkt.«

»Wie stehen Sie zu der Auffassung von Kirchenkreisen«, fragte der Polizeipräsident, »dass der religiöse Wahnsinn durch Dämonen ausgelöst wird und dass die Irren Besessene sind, die unter dem Einfluss der Sünde stehen?«

Otto betrachtete das große silberne Kruzifix, das neben den Porträts an der Wand hing. »Bei allem Respekt, Herr Polizeipräsident, Dämonen sind nicht nachweisbar. Die Annahme ihrer Existenz führt bekanntlich zu höchst unwissenschaftlichen Behandlungsmethoden. Denken Sie nur an Exorzismen und Hexenprozesse.«

»Dann erklären Sie mir bitte, was einen mehrfachen Familienvater, einen Mann von außerordentlichen Fähigkeiten zu solchen Verbrechen getrieben haben könnte.«

»Ihre Frage ist berechtigt. Auch ist mir bewusst, dass religiöser Wahnsinn in einfachen Bevölkerungsschichten weitaus häufiger auftritt als in den gehobenen Kreisen, wo die Menschen zumeist über eine umfassende Bildung verfügen, sodass sie sich mit wundersamen Erscheinungen und Prophezeiungen kritisch auseinandersetzen können. Außerdem verfügen sie in der Regel über eine größere Moral, die sie vor strafbaren Handlungen bewahrt. Trotzdem gibt es Anhaltspunkte, die auf eine Erkrankung des Kriminaldirigenten hindeuten. Ich möchte jedoch zu bedenken geben, dass ich keine Diagnose stellen kann, ohne intensive Gespräche mit von Grabow geführt zu haben. Deshalb ist mein Urteil rein spekulativ.«

»Verstehe. Aber was sind das nun für Anhaltspunkte?«

»Der Kriminaldirigent scheint ein außerordentlich vielschichtiger und extremer Charakter zu sein. Auf der einen Seite gibt er sich seit jungen Jahren mit Scharlatanen und falschen Propheten ab, auf der anderen Seite schloss er dank seiner Intelligenz und seines Ehrgeizes sein Studium glänzend ab und hat eine bemerkenswerte Karriere hinter sich. Von Grabow ist streng protestantisch, zugleich bricht er die Zehn Gebote serienweise. Eine solche Disposition kann nur durch ein überragendes Selbstbewusstsein zusammengehalten werden. Im Laufe der Jahre muss er sich immer mehr Regeln auferlegt haben, die sich – aufgrund der religiösen Einflüsse – zu einem fanatischen Wahnsystem gesteigert haben. Hochintelligent wie er ist, erkannte von Grabow, dass er sich immer wieder aufs Neue als unwürdig erwies, und so stiegen die Schuld und der Selbsthass ins Unermessliche. Längst überforderten ihn seine Regeln. Um trotzdem weiterleben zu können, übertrug er seine eigenen Sünden auf andere. Die fanatische Verfolgung von Abweichlern und seine moralisierenden Reden sind möglicherweise ein Indiz dafür. Einfacher ausgedrückt: Er bekämpft offenbar andere, um sich selbst zu bekämpfen.«

»Wollen Sie damit sagen, dass er die beiden Frauen kreuzigte, um sich selbst zu bestrafen?«

»Nein, so konkret keineswegs. Ich wollte nur andeuten, dass die Grenzen zwischen exaltierter Frömmigkeit und Wahnsinn verschwimmen können. Was einen Irren dazu getrieben hat, dieses oder jenes zu tun, kann nur er selbst beantworten.«

Nachdenkliches Schweigen senkte sich über den Raum.

Otto rutschte auf seinem Stuhl hin und her. Die wissenschaftliche Untersuchung des menschlichen Geistes steckte noch in den Kinderschuhen. Viele Vertreter der Polizei standen ihr skeptisch gegenüber. Er konnte nicht einschätzen, wie der Polizeipräsident auf seine Ausführungen reagieren würde.

»Vielleicht ist alles auch viel einfacher«, gab jetzt der Commissarius zu bedenken. »Vielleicht haben wir es mit einem gewöhnlichen, leicht erregbaren Verbrecher zu tun, der Angst vor der Aufdeckung seiner Machenschaften hatte und deswegen mordete.«

Der Polizeipräsident stützte seine Ellenbogen wieder auf den Armlehnen ab, legte die Fingerspitzen aneinander und dachte nach.

Zwei Stunden später holperten zwei schwarze Polizeikutschen durch den dunklen Tiergarten Richtung Charlottenburg. Mittlerweile war es später Abend. Im vorderen Wagen saßen Commissarius Funke, Kommerzienrat Vitell, Otto und Stresow, ein Schutzmann mit einem Tomatengesicht.

Der Commissarius reichte Otto den Durchsuchungsbefehl und sagte: »Hier, wenn Sie bitte unterzeichnen würden.«

Otto nahm das amtliche Schriftstück entgegen und las, was von Richthofen angeordnet hatte.

Durchsuchungsbefehl

Berlin, den 6. August 1890

Auf Anordnung des Herrn Polizeipräsidenten Freiherr von Richthofen als Hilfsbeamten der Staatsanwaltschaft wurde, weil Gefahr im Verzuge war, heute um … in den Wohnräumen des Herrn Kriminaldirigenten Kurt von Grabow, geb. am 2.11.1825 in Greifswald, eine Hausdurchsuchung vorgenommen.

Der Durchsuchung wohnten bei (Unterschriften):

1. Kriminalkommissar Funke
2. Kriminalpolizeiwachtmeister Holle
3. Kriminalschutzmann Stresow
4. Kriminalschutzmann Beckmann
5. Kriminalschutzmann Müller
6. Kriminalschutzmann Zacher
7. Herr Dr. Sanftleben
8. Herr Kommerzienrat Vitell

Es wurden die umstehend bezeichneten Gegenstände, welche als Beweismittel für die Untersuchung von Bedeutung sein können und der Einziehung unterliegen, vorgefunden …

Otto setzte seine Unterschrift neben seinen Namen, reichte das Dokument weiter und sah durch das Fenster nach draußen. Seine Gedanken kreisten schnell wieder um den Kriminaldirigenten. Was würde dieser Ehrenmann wohl für ein Gesicht machen, wenn der »Querulant« in Begleitung der Staatsmacht kam, um sein Haus zu durchsuchen?

»Welches Haaröl benutzen Sie eigentlich, mein Lieber?«, fragte der Commissarius und riss Otto aus seinen Überlegungen. Doch die Frage war nicht an ihn, sondern an Kommerzienrat Vitell gerichtet, der sich tiefer in seine Ecke der Kutsche drückte. Offenbar behagte ihm die Frage nicht.

»Makassaröl«, antwortete er knapp.

»Das ist ja interessant«, sagte der Commissarius. »Ich hab schon so viel darüber gehört. Es besteht aus Ylang-Ylang-Blüten und Kokosnussöl, nicht wahr? Angeblich belebt es die Haarwurzeln und hat auch eine aphrodisierende Wirkung. Ich wollte es schon immer mal ausprobieren, aber mein Haar verträgt leider nur Produkte auf Kamillebasis.«

Stresow kicherte.

Otto verstand nicht, warum der Commissarius solche Themen in Männergesellschaft ansprechen musste. Andererseits hatte der begabte Ermittler es bestimmt nicht verdient, ausgelacht zu werden, nur weil er eine Perücke trug und manchmal recht affektiert wirkte.

»Hören Sie mit dem Gekicher auf«, blaffte Otto den Schutzmann an.

Der hielt für einen Moment die Luft an und riss die Augen auf. Offenbar gefiel es ihm nicht, dass ein Zivilist mit ihm, einem Repräsentanten der Staatsmacht, so umsprang. Er wollte schon zu einer Erwiderung ansetzen, als er Ottos entschlossene Miene sah und schnell den Kopf abwandte. Derweil erntete Otto vom Commissarius einen äußerst dankbaren und warmen Blick.

Kurz darauf erreichten sie die Lindenallee in der Villenkolonie Westend. Otto stieg aus der Kutsche und blickte sich um. Hinter einem kunstvollen gusseisernen Tor führte ein Kiesweg zu einem zweigeschossigen Gebäude. Mit seinen zahlreichen Erkern und Söllern erinnerte es an eine mittelalterliche Burg. Das Mondlicht erhellte einen Rundturm mit Schießscharten, auf dem eine Fahne im Wind flatterte.

Der Commissarius gab den Männern ein Zeichen, und alle versammelten sich um ihn. Otto wunderte sich, wie bestimmend Funke nun auftrat. Niemand stellte seine Autorität in Frage. Jetzt war er der Dragoner, der seine Männer auf die Schlacht einschwor.

»Das Tor öffnen wir mit unseren Werkzeugen«, sagte der Commissarius. »Das übernehmen Sie, Beckmann. Dann bewegen wir uns leise zum Eingang und warten einen Augenblick. Zacher und Müller, Sie gehen unterdessen zur Rückseite des Hauses. Einer von Ihnen stellt sich an die Westecke, der andere an die Ostecke. Positionieren Sie sich so, dass Sie die Seitenfenster im Auge behalten können. Wir wollen verhindern, dass er türmt oder etwas hinauswirft. Wenn Sie Ihre Position eingenommen haben, pfeifen Sie auf den Fingern. *Me comprenez-vous*?«

Zacher und Müller murmelten zustimmend.

»Wenn wir im Haus sind«, fuhr der Commissarius fort, »versammeln wir die Familienmitglieder in dem Raum, der der Eingangstür am nächsten ist, sodass niemand nach vorn raus kann. Die Bewachung übernimmt Kommerzienrat Vitell, schließlich ist er mit der Familie bekannt. Es ist ganz wichtig, dass niemand den Raum verlässt, bis wir die Durchsuchung abgeschlossen haben.«

»Natürlich«, sagte Vitell.

»Stresow, Sie durchsuchen den Keller, Holle und Beckmann das Erdgeschoss. Dr. Sanftleben und ich übernehmen das obere Stockwerk. Gehen Sie systematisch vor, Raum für Raum. Und lassen Sie sich Zeit. Wenn es sein muss, bleiben wir bis zum Morgengrauen. Achten Sie bei den Möbeln auf geheime Fächer. Sehen Sie besonders genau nach, wenn Schubladen und Fächer kleiner sind, als ein Möbelstück von außen wirkt. Vergessen Sie nicht die Öfen. Und klopfen Sie gegen jede Kachel. Manchmal befindet sich dahinter ein Hohlraum. Gibt es noch Fragen?«

Holle hob seine Hand. »Nach was suchen wir eigentlich?«

»Sie alle sind mit dem Fall vertraut. Halten Sie Ihre Augen offen und lassen Sie Ihre Phantasie spielen. Ich bin mir sicher, dass

Sie ein Beweisstück erkennen, wenn Sie es in der Hand halten. Dann legen Sie los, Beckmann.«

Der Schutzmann holte aus einer Polizeikutsche ein Stemmeisen, ging zum Tor und setzte es an, aber das Schloss war von guter Qualität und gab nicht nach. Erst als Holle ihm half und sie sich mit vereinten Kräften dagegen stemmten, brach der Riegel aus der Fassung.

»*Messieurs*«, zischte der Commissarius. »Geht das nicht leiser? Mit Ihrem Lärm wecken Sie ja Tote auf.«

Alle blickten besorgt zum Haus, aber hinter den langen weißen Vorhängen regte sich nichts. Vorsichtig bewegte sich die achtköpfige Gruppe über den knirschenden Kies. Es roch nach frisch geschnittenem Gras und nasser Erde. Die Blätter rauschten. Aus einer Birke erklang der Ruf eines Waldkauzes. Am Haus verschwanden Zacher und Müller in der Dunkelheit. Kurz darauf ertönten die vereinbarten Pfiffe. Der Commissarius erklomm die Stufen, ergriff den massiven Klopfer und ließ ihn mehrfach gegen die Tür fallen. Das Geräusch dröhnte so laut, dass es in jedem Winkel des Hauses zu hören sein musste.

Es dauerte nicht lange, bis sich Schritte näherten. Ein Schlüssel drehte sich im Schloss, und die Tür öffnete sich einen Spalt weit. Eine alte Hausangestellte hielt eine Petroleumlampe in die Höhe. Ihr verrunzeltes Gesicht leuchtete im gelblichen Schein. »Was wollen Sie?«

»Ich bin Commissarius Funke, und das sind meine Männer. Wir müssen in einer dienstlichen Angelegenheit mit dem Herrn Kriminaldirigenten sprechen.«

Die alte Frau schlurfte davon.

Kurz darauf erschien der Kriminaldirigent. In seinem langen weißen Nachthemd und dem gestreiften Morgenmantel, mit seiner schwarzen Nachtmütze und dem Vollbart sah er aus wie ein ägyptischer Teppichhändler. Er wirkte matt und zerschlagen. »Wissen Sie, wie spät es ist?«, fragte er müde.

Wortlos reichte der Commissarius seinem Vorgesetzten das amtliche Schreiben.

Der Kriminaldirigent wies das Papier zurück. »Ohne Lupe kann ich nichts lesen.«

Der Commissarius holte tief Luft. »Das ist ein Durchsuchungsbefehl. Außerdem bitte ich Sie, uns später ins Präsidium zu begleiten.«

»Soll das ein Witz sein?«

Kommerzienrat Vitell schob sich an den Polizisten vorbei nach vorn. »Lassen Sie die Männer ihre Arbeit tun, und in einer Stunde ist der Spuk vorbei.«

»Vitell? Sie sind auch dabei?« Der Kriminaldirigent blickte von einem zum anderen. »Ich verlange eine Erklärung.«

»Was ist das für ein Raum?« Mit dem ausgestreckten Zeigefinger deutete der Commissarius auf eine Tür, die sich links hinter seinem Vorgesetzten befand.

»Das geht Sie einen feuchten Kehricht an«, sagte von Grabow.

Funke erwiderte bemüht sachlich: »Würden Sie Ihrem Hausmädchen bitte auftragen, dass Sie Ihre Gattin, Ihre Töchter und die Dienerschaft wecken soll? Sie alle sollen sich in diesem Raum einfinden.«

»Halt«, sagte von Grabow. »Ich will endlich wissen, was hier los ist.«

Otto hatte den Kriminaldirigenten während des Gesprächs genau beobachtet. Jetzt hatte er keinen Zweifel mehr. Sein Gesicht war das Gesicht des Gewaltverbrechers par excellence. Die aufgetriebene Stirnhöhle, der gewölbte Augenbrauenbogen und die starke Ausbildung des Stirnrandes schienen aus einem Lehrbuch von Cesare Lombroso zu stammen. Die deutlich ausgeprägten Stirnwülste gingen bei von Grabow mit buschigen Augenbrauen einher, die seinem Gesicht den barbarischen Ausdruck verliehen, der nach der kriminalanthropologischen Lehre bei Verbrechern besonders häufig anzutreffen war. Sogar die Schädelmaße stimmten ungefähr.

Normalerweise stand Otto den Ergebnissen von Cesare Lombroso und seinen Anhängern kritisch gegenüber, weil sie von dem Geheimen Sanitätsrat Baer nicht bestätigt worden waren. Der Oberarzt am Strafgefängnis Plötzensee hatte in einer umfassenden Studie herausgefunden, dass bei den Gefangenen die Glabella durchaus nicht tief liegend sei und das Auge gar nicht oder nur wenig beschattet sei. Trotzdem ließ Otto die kriminalanthropologische Klassifizierung zuweilen als ersten Orientierungspunkt gelten. Die weitere phänomenologische Untersuchung musste ihn dann widerlegen oder bestätigen.

Bei Kriminaldirigent von Grabow deuteten auch noch andere Merkmale auf eine gewalttätige Veranlagung hin. Nur seine Stimme, dieses hohe, ätzende Organ, passte nicht in das Profil eines grausamen Mörders.

»Sie werden verdächtigt, Elvira Krause getötet zu haben«, sagte der Commissarius. »Jetzt machen Sie endlich den Weg frei.«

»Was? Elvira! Ich?«, sagte von Grabow. »Das kann nicht sein!«

»Wir wissen, dass Sie mit der jungen Frau bekannt waren. Außerdem hatten Sie kurz vor ihrem Tod einen heftigen Streit mit ihr.«

»Das ist ein unglücklicher Zufall, Funke. Ein Missverständnis. Ich hab das arme Mädchen nicht getötet. Sie kennen mich doch! Glauben Sie, dass ich zu einer solchen Tat imstande wäre?«

»Einen Glauben kann ich mir in diesem Beruf nicht leisten. Das müssten Sie eigentlich wissen. Ich muss mich an die Fakten halten.«

Der Commissarius gab den Polizisten ein Zeichen, dass sie ins Haus gehen sollten. Die Männer schoben sich behutsam am Kriminaldirigenten vorbei. Sie hielten die Köpfe gesenkt und mieden den Augenkontakt. Ihnen war nicht wohl in ihrer Haut. Auch wenn Polizeipräsident von Richthofen die Verantwortung für die Hausdurchsuchung trug, fürchteten sie offenbar Repressalien durch von Grabow.

Plötzlich streckte der Kriminaldirigent seinen Arm aus, hielt Otto fest und sagte: »Halt! Dieser Mann tritt nicht über meine Schwelle.«

»Nehmen Sie sofort die Hand weg«, sagte Otto.

Zwar zog von Grabow seinen Arm zurück, aber er ereiferte sich zugleich: »Funke, mir ist alles recht. Meinetwegen stellen Sie das Haus auf den Kopf, aber bitte … nicht dieser Mann …« Mit zusammengepressten Lippen stellte sich der Kriminaldirigent Otto in den Weg.

Der hatte genug von dem verrückten Alten und wollte ihn zur Seite schieben.

Der Commissarius legte ihm jedoch die Hand auf die Schulter. »Lassen Sie ihm seinen Willen, mein Lieber.«

»Aber der Mann ist ein Mörder!«

»Glauben Sie mir – es ist besser so. Gehen Sie zu Zacher und lösen Sie ihn ab.«

Was meinen diese Leute eigentlich, mit wem sie es zu tun haben?, dachte Otto. Mehrere Nachmittage hatte er für die Ermittlung geopfert und keinen Pfennig dafür berechnet. Und jetzt, wo es spannend wurde, schickte man ihn weg, nur weil ein wahrscheinlich geistesgestörter Verbrecher es verlangte. Das war unglaublich, das war …

Otto warf dem Commissarius einen zutiefst beleidigten Blick zu, drehte sich um, stapfte die Stufen hinunter und bog um das Haus. Er hatte keine Ahnung, welcher der beiden Polizisten Zacher war, und so sprach er den an, auf den er zuerst traf. »Sie sollen sich bei Funke melden«, sagte er.

»Wer? Ich?«

»Ist hier sonst noch jemand? Setzen Sie sich endlich in Bewegung, Mann.«

Otto baute sich an der Ecke auf und brütete dumpf vor sich hin. Nur allmählich beruhigte er sich wieder und nahm seine Umgebung in Augenschein. Er betrachtete die weiße Fassade des Hauses und den mondbeschienenen Garten. Auf dem Nachbargrundstück schlug ein Wachhund an. Das Tier kläffte und heulte und zerrte an seiner Kette, sodass die Glieder laut klirrten. Warum regt sich der Hund so auf?, fragte sich Otto und spähte hinüber. Der Blick wurde ihm durch Rhododendren, Tannen und Flieder versperrt, aber da, inmitten der Pflanzen, zeichneten sich die Umrisse eines Schuppens ab. Vermutlich bewahrte der Gärtner dort Dünger, Sensen, Harken und andere Gerätschaften auf. Vielleicht ist dort aber auch noch etwas anderes, dachte Otto. Wie hatte der Commissarius nur den Garten vergessen können?

An sich war es unsinnig, dass er hier ausharrte. Wie sollte der Kriminaldirigent fliehen oder etwas aus den Fenstern werfen, wenn Vitell bei ihm und seiner Familie war? Viel wichtiger, als hier herumzustehen, war doch die Frage, was sich in dem Geräteschuppen verbarg.

Otto verließ seinen Posten und schlich durch den nächtlichen Garten in Richtung Schuppen. Unter einer alten Linde zogen sich dicke Wurzeln durch den Rasen, sodass er aufpassen musste, um nicht zu stolpern. Erneut erklang das Rufen des Waldkauzes. Süßlicher Blütenduft stieg ihm in die Nase. Mit dem Arm wehrte er einige Mücken ab, die ihre Angriffe flogen.

Die Bretter des Schuppens waren voller Astlöcher und mit Moos bewachsen. An den Außenwänden stapelten sich Holzscheite, die unter dem überstehenden Blechdach vor Regen geschützt waren. An der linken hinteren Ecke stand eine Regentonne. Die Tür war nur durch einen Metallstift gesichert. Otto zog ihn heraus, klappte den Eisenbügel zur Seite, öffnete die Tür und trat ein. Drinnen roch es nach verfaultem Laub, moderndem Holz und Lauge. Das Mondlicht warf einen weißen Lichtbalken auf den Boden. Ansonsten herrschte völlige Finsternis. Doch dann sah Otto ganz hinten, auf einer umgekippten Apfelkiste, eine Petroleumlampe und Zündhölzer, außerdem eine Zeitung und einen Teller mit Brotkrümeln. Offenbar nahm hier jemand seine Mahlzeiten zu sich. Otto ging hinüber, riss ein Zündholz an und entzündete die Petroleumlampe.

Das ist doch schon viel besser, dachte er und sah sich um. Auf einer Seite des Schuppens erkannte Otto diverse Rechen, Hämmer, Schaufeln und einen Dreschflegel. Ein Umhang und eine Arbeitshose hingen an einem Haken. In einer Ecke stand ein Feldbett, auf einem Regal daneben reihten sich mehrere Bücher aneinander, die kirchliche, moralische, philosophische und religiöse Themen behandelten. Dass der Gärtner so viel las, schien Otto eher unwahrscheinlich. Vermutlich kam der Kriminaldirigent her, um in Ruhe zu studieren.

Systematisch untersuchte Otto den gesamten Boden, um zu prüfen, ob die Erde an einer Stelle locker war und sich vielleicht irgendwo eine versteckte Falltür befand. Dann sah er unters Bett und schüttelte die Decke aus. Er leuchtete in jeden Hohlraum, wischte Spinnweben beiseite, kletterte auf Apfelkisten, tastete die Dachbalken ab und hob jeden Gegenstand an, bis er plötzlich innehielt.

Otto hielt die Petroleumlampe näher.

Der Anblick erinnerte ihn an etwas.

Angestrengt dachte er nach. Dann fiel es ihm ein.

Das war der Beweis!

Schnell verließ er den Geräteschuppen und rannte über den Rasen. Jetzt wussten sie endgültig, dass sich der Kriminaldirigent am Tatort aufgehalten hatte. Jetzt nützte ihm auch sein Leugnen nichts mehr.

Otto sprang die Stufen empor, trat in den Flur und rief: »Herr Funke! Das sollten Sie sich ansehen.«

Der Commissarius erschien am Treppenabsatz und eilte die Stufen hinunter. Otto streckte ihm ein Paar grobe Arbeitsschuhe entgegen, und Funke drehte sie hin und her. Dann sah auch er es. Die Sohle hatte ein kreuzförmiges Muster. Plötzlich hellte sich seine Miene auf. Das war das Profil, das sie an beiden Tatorten gefunden hatten. »Wo haben Sie die her?«

»Unser Freund hat sich im Garten eine Klausurzelle eingerichtet.«

»Ist da noch mehr?«

Zusammen gingen sie zum Schuppen, doch fanden sie dort keine weiteren Beweisstücke. Währenddessen spürte Wachtmeister Holle jedoch im Schreibtisch des Kriminaldirigenten ein Geheimfach auf, das man über einen versteckten Drehmechanismus unter der Tischplatte öffnen konnte. In dem zwanzig mal zwanzig Zentimeter großen Hohlraum fanden sich Fotografien von jungen Frauen. Einige von ihnen lagen nackt auf einem Altar und befriedigten sich mit einem Kruzifix, andere gaben sich einem jungen blonden Mann im Priestergewand auf jede erdenkliche Weise hin. Auf zwölf Fotografien war auch Elvira Krause zu sehen.

Neben seiner völlig verstörten und verweinten Frau sitzend, behauptete der Kriminaldirigent, man habe ihm die Bilder untergeschoben, aber keiner der Polizisten zweifelte daran, dass er diese Behauptung auf dem Revier zurücknehmen würde. Auf die Schuhe angesprochen, gab er zu, dass sie ihm gehörten. Wenn er sich in seine Hütte zurückzog, so behauptete von Grabow, trage er sie zusammen mit einem Büßerhemd, um aller weltlichen Eitelkeit zu entsagen und innere Einkehr zu halten.

Der Morgen graute schon, und die Vögel begrüßten den anbrechenden Tag. Von Grabows Ehefrau, seine beiden Töchter und die Hausangestellten versammelten sich auf der Veranda. Als dem Kriminaldirigenten Handfesseln angelegt wurden, setzte er sich nicht zur Wehr. Auch als er abgeführt wurde, ging er gehorsam neben Holle her.

Otto beobachtete die Szene und spürte eine tiefe Befriedigung. Der hochtrabende Ankläger war als gemeiner Verbrecher entlarvt worden und ging der gerechten Bestrafung entgegen. Die jungen Berlinerinnen konnten jetzt wieder auf die Straße gehen, ohne Angst zu haben.

Im Garten von »Klein-Sanssouci«

Am Seeufer spielte eine sechsköpfige Kapelle. Im Garten promenierten Verwandte, Schulfreunde, Kommilitonen und frühere Kollegen aus der Charité mit Champagnergläsern in der Hand. Otto begrüßte einen Abgeordneten der Nationalliberalen Partei und ging weiter zum Springbrunnen, wo er den Commissarius entdeckt hatte. Mit seinem leicht changierenden Jackett, dem Gehstock mit Silberknauf und dem dunkelroten Rubinring wirkte Funke mehr denn je wie ein exzentrischer Künstler. In seiner Hand hielt er eine Pergamentrolle mit einer violetten Schleife.

Sie begrüßten sich und tauschten einige Höflichkeiten aus. Dann fragte Otto, was ihn am meisten interessierte: »Hat Kriminaldirigent von Grabow mittlerweile gestanden?«

»Er bekennt sich hinsichtlich der Fotografien und der Erpressung von Elvira Krause für schuldig«, erwiderte der Commissarius, »aber ansonsten streitet er alles ab.«

»Wie erklärt er die Fußabdrücke?«

»Ich sollte es Ihnen besser gleich sagen, mein Lieber. Auch Sie stehen unter Verdacht. Dieses Schicksal teilen Sie mit dem Großteil der Berliner Bevölkerung. Von Grabow ist nämlich davon überzeugt, dass eine Verschwörung angezettelt wurde, um ihn zu ruinieren.«

»Das passt zu ihm! Hat er für die beiden Mordnächte ein Alibi?«

»Diesbezüglich verweigert er jede Aussage.«

»Wenn er nicht einmal einen ernsthaften Versuch unternimmt, um sich zu verteidigen, muss er der Täter sein.«

»Bei dieser Beweislage ist davon auszugehen, aber wir sollten heute über Erfreulicheres reden. Ich hab Ihnen ein Geburtstagsgeschenk mitgebracht.«

»Ich habe erst morgen Geburtstag, aber dann werde ich es gern öffnen.«

»Mir würde es viel bedeuten, wenn Sie sich das Geschenk in meiner Anwesenheit anschauen würden. Ich möchte wirklich wissen, ob es Ihnen gefällt. Vielleicht sehen Sie es nicht als Geburtstagsgeschenk an, sondern als Ausdruck meiner allgemeinen Wertschätzung.«

»Also gut«, sagte Otto und nahm die Pergamentrolle entgegen. Er löste die nach Rosen duftende Schleife und entrollte das Blatt. Es war ungefähr vierzig mal sechzig Zentimeter groß. Erstaunt sah Otto eine sehr realistische Zeichnung. Schönwetterwolken gewannen durch wenige Striche eine große Plastizität. Schwalben segelten durch die Luft. Im Hintergrund befand sich eine Radrennbahn, auf der winzige Fahrer ihre Runden drehten. Offenbar handelte es sich um die Rennbahn an der Brückenallee. Das Erstaunlichste war aber die Person im Vordergrund, denn am rechten Bildrand, etwa ein Drittel der gesamten Fläche einnehmend, lehnte Otto an seiner Nürnberger Veloziped-Maschine. Sein Gesicht sah männlich-entschlossen aus, die Hände griffen kraftvoll um die Lenkstange, und verästelte Venenstränge zogen sich über seine Unterarme. Er trug ein gestreiftes Trikot und eine enge schwarze Hose, unter der die Oberschenkelmuskulatur und noch so manches andere sichtbar waren.

»Sie haben mich gezeichnet«, sagte Otto verwundert.

»Gefällt es Ihnen, mein Lieber?«, fragte der Commissarius. »Bitte seien Sie ehrlich!«

Otto fehlten die Worte. Von Gefallen oder Missfallen konnte nicht die Rede sein. Die Zeichnung war technisch sehr gelungen, aber sie unterschied sich von gängigen Porträts, weil Funke durch physische Details dem Bild etwas Anzügliches gegeben hatte. Was hatte den Commissarius nur bewogen, eine solche Präzision an den Tag zu legen? Warum stellte er ihn als Idealbild eines Mannes dar?

Otto wusste nicht, wie er auf das Geschenk reagieren sollte. Um den Commissarius nicht unnötig zu kränken, entschloss er sich, diplomatisch vorzugehen. »Danke für diese sehr kunstvolle Zeichnung. Fühlen Sie sich bitte wie zu Hause. Genießen Sie den schönen Abend. Es gibt reichlich zu trinken und zu essen«, sagte er und begab sich schleunigst zum nächsten Gast.

Die Stunden verstrichen, und rasch vergaß Otto die Zeichnung des Commissarius. Er unterhielt sich prächtig mit seinen Gästen und wärmte mit Weggefährten früherer Tage alte Anekdoten auf. Trotzdem musste er ständig an Rieke denken. Seit dem Bootsausflug und seinem überstürzten Aufbruch hatte er nichts mehr von ihr gehört. Würde sie tatsächlich seiner Einladung folgen?

Otto seufzte und sah sich um. Das Fest war ein voller Erfolg. Das vornehme Restaurant de l'Europe sorgte für die kulinarischen Genüsse. Zum Speiseangebot zählten russischer Kaviar, Suppe mit Spargelspitzen, Rheinlachs mit Grüner Soße, Putenbraten mit Rosinen, Lammrücken mit Gemüse, Hummer mit Tatarensoße, Schnepfen, Parfait von der Straßburger Gänseleber, gebratene Champignons, Punschspeise mit Branntweinkirschen, Käse und Rote Grütze mit Vanillesoße. An Weinen wurden der Sechsundachtziger Marcobrunner und ein Neunundsechziger Château Lafitte ausgeschenkt, an Champagnern der Clicquot dry und der Moët et Chandon Impérial Brut. Für die zünftigeren Gäste wurde das schwere Kulmbacher Bier gezapft. Zur Unterhaltung traten fünf Artisten auf, die Saltos sprangen und menschliche Pyramiden bauten. Ein Feuerschlucker spie zwei Meter lange Flammen, ein Jongleur ließ bis zu sechs Bälle in der Luft kreisen und balancierte dabei auf einem Bein oder hüpfte auf und ab. Alle Vorführungen wurden mit stürmischem Applaus belohnt.

Zufrieden lächelte Otto, dann schlenderte er in Richtung Tanzboden und sah dem ausgelassenen Treiben zu. Galopp, Walzer, Polka und Rheinländer zählten nicht zu den vornehmen Tänzen und wurden wegen ihrer Volkstümlichkeit häufig verschmäht. Doch trotzdem wurde ein ums andere Mal ein Gassenhauer verlangt, und selbst die nobelsten Gäste hüpften über die Bretter, bis ihnen der Schweiß von der Nase tropfte. Otto grinste und ging durch den von Fackeln und bengalischem Licht illuminierten Garten zum Bootsanleger, um nach dem Rechten zu sehen. Eifrig bereiteten Ferdinand und Moses hier den Höhepunkt des Festes vor, ein großes Feuerwerk.

Otto ging zurück und zog dabei bestimmt schon zum zehnten Mal seine Taschenuhr hervor. Die Zeiger strebten gegen Mitternacht. Jetzt müsste Rieke doch so langsam kommen. Die Aufführung im Belle-Alliance-Theater war längst vorüber. Otto stellte sich auf die Zehenspitzen und hielt nach seinem Dienstmädchen Lina Ausschau, die heute für den Empfang der Gäste und die Garderobe zuständig war. Er hatte ihr aufgetragen, ihm Riekes Eintreffen sofort zu melden.

Doch statt Lina entdeckte er zu seiner freudigen Überraschung Rieke selbst. Sie trat in diesem Moment auf die Terrasse und ging bis zum Treppenabsatz, wo sie verharrte und sich nach allen Seiten umschaute. Die anderen Gäste blickten ihr nach, steckten die Köpfe zusammen und tuschelten.

In den vergangenen Tagen hatte Otto sich diesen Moment häufig vorgestellt, aber mit einer solchen Erscheinung hatte er nicht gerechnet. Rieke war von einer märchenhaften, beinahe ätherischen Schönheit. Sie trug ein silberfarbenes Kleid. Das Oberteil und die engen, netzartigen Ärmel waren mit kunstvollen Ornamenten verziert. Entgegen der Mode trug sie das lange blonde Haar offen. Es legte sich mit einem zarten Goldschimmer über ihre Schultern.

Als Rieke ihn erblickte, raffte sie ihre Röcke und kam lächelnd auf ihn zu. »Ich hab mich so beeilt«, sagte sie. »Ich wollte unbedingt pünktlich sein.«

Otto wollte gerade zu einer Erwiderung ansetzen, als die Nacht explodierte. Raketen stiegen heulend in die Höhe und wurden zu sprühendem Feuerregen, prunkenden Sternen und zerberstenden Galaxien. Rote, blaue und gelbe Funken regneten herab, tauchten in den Wannsee und verglommen. Immer neue Raketen versprühten Kaskaden farbiger Feuerschlangen.

Rieke ergriff seine Hände, drückte sie mehrmals und sah ihm tief in die Augen. »Herzlichen Glückwunsch zum Geburtstag.«

Ihr liebevoller Blick ließ Ottos Herz schneller schlagen. Sie stand so nah bei ihm, dass er ihren Geruch einatmen konnte, der ihm seltsam vertraut vorkam. Zu gern hätte er sie in die Arme geschlossen und geküsst. Zu gern hätte er ihr über das duftende Haar gestrichen und die Welt ringsum vergessen, aber vor all den Gästen war das schlecht möglich.

Als das Feuerwerk vorüber war, widmete sich Otto den Gratulanten. Er schüttelte zahllose Hände, bedankte sich und nahm Geschenke entgegen. In Gedanken war er die ganze Zeit bei Rieke, die nur wenige Schritte entfernt stand und ihn lächelnd beobachtete.

Schließlich griff er nach Riekes Hand und zog sie zum Tanzboden. Gerade spielte die Kapelle einen Walzer. Versunken drehten sie sich auf den knarrenden Brettern. Einige Gäste sahen ihnen lächelnd zu.

Plötzlich stand der Commissarius neben ihnen und fragte streng: »Was sucht die Zeugin Dürr hier?«

»Wie bitte?«, fragte Otto zurück.

»Ich wiederhole: Was sucht die Zeugin Dürr hier?«

»Sie ist mein Gast. Genauso wie Sie, Herr Funke.«

»Falls Sie es nicht wissen: Es ist nicht üblich, mit Zeugen persönlichen Kontakt zu pflegen. Besonders, wenn der Fall noch nicht abgeschlossen ist. Es hat schon oft Überraschungen gegeben, die niemand für möglich gehalten hätte.« Funke schüttelte missbilligend den Kopf und rauschte von dannen.

In der Wohnung des Commissarius

Nachdem der Commissarius von Ottos Geburtstagsfest heimgekehrt war, fand er lange keinen Schlaf. Schließlich stand er auf, ging in die Küche und betrachtete das Bild seiner Großmutter. Dann trat er an die große Vitrine und verstaute das Porträt in einer Schublade. »Heute kannst du mir nicht helfen«, sagte er traurig und setzte sich an den Tisch.

Vor ihm ausgebreitet lag wie ein toter schwarzer Vogel seine Perücke. Seine Mundwinkel sackten noch weiter herab, als er daran dachte, dass keiner der Lebenden ein gutes Wort für ihn hatte und dass sich niemand etwas aus ihm machte. Von seinen Kollegen wurde er verspottet, bei Dr. Sanftleben löste er Befremdung aus. Er sollte der Wahrheit endlich ins Auge sehen. In den kommenden Jahren würde er nie wieder mit einem lebendigen Menschen diese Wohnung und sein Leben teilen. Er stand vollkommen allein da, und daran würde sich nichts ändern.

Behutsam strich er über die Echthaarperücke, die ihn ein Vermögen gekostet hatte. Die einzelnen Haare waren dick und von einem tiefen Blauschwarz wie das Haar eines jungen, sehr vitalen Italieners. Er hatte sich mit der Perücke immer so sicher gefühlt. Sie hatte ihm zu der Haarpracht verholfen, die ihm von Natur aus nie vergönnt gewesen war. Denn seine eigenen, ohnehin nur sehr dünnen Haare waren ihm schon in jungen Jahren ausgegangen, und seine Kahlheit hatte ihn seitdem immer wieder zum Objekt der allgemeinen Belustigung werden lassen.

Obwohl er sich stets die größte Mühe gegeben hatte, Freunde oder Kameraden zu gewinnen, war ihm das nie gelungen. Vielleicht sollte er mit dem Schmierentheater aufhören und stattdessen die Realität akzeptieren. Er war ein alternder, einsamer und glatzköpfiger Sonderling, dessen geschlechtliche Neigungen strafrechtlich verfolgt wurden. Das klang zwar nicht besonders gut, aber so verhielten sich die Dinge nun mal.

Als Funke nach der kleinen Schachtel griff, konnte er die Tränen nicht länger zurückhalten. Er riss ein Schwefelhölzchen an und entzündete eine Kerze. Dann nahm er die Perücke und hielt sie gegen die Flamme. Eine Strähne fing Feuer und verbrannte langsam. Der Commissarius drehte die Perücke und ließ weitere Strähnen in dunklem Rauch aufgehen.

Als es an der Tür klingelte, horchte der Commissarius überrascht auf. War das etwa der schwarze Leibdiener von Dr. Sanftleben? Möglicherweise brachte er von seinem Dienstherrn eine Nachricht. Möglicherweise ließ der Kriminalgelehrte ihm ausrichten, dass ihm die gefühllose Behandlung auf dem Fest leidtäte und dass er von der Zeichnung zutiefst bewegt sei. Sie hätte in ihm Empfindungen geweckt, von deren Existenz er bisher noch nicht einmal etwas geahnt hätte. Erfüllt von einer irrationalen Hoffnung eilte Funke in das Entree und fragte mit klopfendem Herzen durch die geschlossene Tür: »Wer ist denn da?«

»Hier ist Wachtmeister Holle«, antwortete eine tiefe Männerstimme. »Sie müssen mich unbedingt begleiten. Die Kollegen haben einen Fund gemacht, den Sie sich ansehen sollten.«

»Sie sind das«, sagte der Commissarius enttäuscht.

»Geht es Ihnen nicht gut?«, fragte Holle. »Sie klingen krank.«

»Ich kann nicht mitkommen.«

»Es ist wirklich außerordentlich wichtig. Ich würde Sie sonst nicht behelligen.«

»Dann gedulden Sie sich einen Moment, ich mache mich fertig«, sagte Funke und lehnte sich an die Wand neben der Eingangstür. Er war an einem Wendepunkt angelangt. Er musste sich entscheiden, wie es weitergehen sollte.

Dann gab er sich einen Ruck, eilte in die Küche und nahm die Perücke. Er ging ins Badezimmer und betrachtete sein Gesicht im Spiegel. Seine Augenlider und die Nase waren rot und verschwollen. Auf seinen Wangen waren kleine Äderchen geplatzt, und seine sonst so gepflegten Lippen wirkten konturenlos. Die Perücke sah aus wie ein zerrupftes Hühnchen. Aber wenigstens waren nur einige wenige Strähnen verkohlt. Der Commissarius setzte sie auf und sagte zu seinem Spiegelbild: »Du bist schön.«

Wenn die Lebenden ihn auch nicht verstanden, wenn sie ihn verspotteten und sich lustig machten, war er doch ein erfolgreicher Beamter der Berliner Kriminalpolizei. Er half dabei, die Straßen sicherer zu machen und Gewalt von den Bürgern abzuwenden. Er übte eine wichtige Tätigkeit aus und war ein wertvolles Mitglied der Gesellschaft. Und er wollte sich durch nichts und niemanden von seiner Arbeit abhalten lassen. Gleich morgen würde er zu seinem Perückenmacher gehen und sich einen neuen Haarschopf aussuchen, der noch prächtiger, glänzender und fülliger sein sollte. Bei der Ausübung seines Berufs wollte er gepflegt und kultiviert aussehen. Das war er den bemitleidenswerten Opfern und vor allem sich selbst schuldig. Mit entschlossenen Schritten verließ Funke das Bad und kleidete sich an.

Am Lehrter Güterbahnhof

Der Commissarius begleitete Wachtmeister Holle zum Lehrter Güterbahnhof, der am Spreeufer nahe der Moltkebrücke lag. Mehrere mit Kreide beschriftete Waggons standen vor einer riesigen Lagerhalle.

Auf seine ramponierte Perücke hatte der Commissarius einen Panamahut gesetzt. Er hatte zwar eine Entscheidung getroffen, aber er fühlte sich noch nicht vollständig wiederhergestellt. Deshalb wollte er den Polizisten keine Angriffsfläche bieten.

Die Sonne ging gerade auf. Die Baumspitzen im Tiergarten auf der anderen Seite der Spree waren in ein flirrend orangerotes Licht getaucht. Doch der Commissarius konnte diese wunderbare Morgenstimmung nicht genießen. Schon von Weitem sah er das Bündel auf dem Pflaster, das mit einer groben Plane zugedeckt war. In der Nähe eines Prellbocks entdeckte er drei Gendarmen, die sich aufgeregt unterhielten.

»Was genau ist passiert?«, fragte Funke sie.

Einer der Schutzmänner trat zu ihm und sagte eindringlich: »Gut, dass Sie da sind, Commissarius. Gut, dass –«

»Beruhigen Sie sich erst einmal, dann erzählen Sie in aller Ruhe eins nach dem anderen.«

Der Mann atmete mehrmals tief durch. »Also … also von der Moltkebrücke aus hab ich gesehen, wie jemand etwas ins Wasser werfen wollte. Da hab ich rübergeschrien, dass die Spree keine Müllkippe wäre und dass der Kerl verschwinden solle. Das hat er dann auch getan.«

»Wie sah der Mann aus?«

»Er war groß. Und kräftig. Ansonsten habe ich nicht viel erkennen können. Dazu war er zu weit entfernt, und es war noch zu dunkel.«

»Und dann?«

»Irgendetwas kam mir seltsam vor und ließ mir keine Ruhe. Ich war schon ein Stückchen weitergegangen, aber dann entschied ich mich, noch einmal umzukehren. Außerdem hatte der Kerl seinen Müll … ich meine natürlich nicht den Müll, sondern … also, ich bin zurückgekommen, um nach dem Rechten zu sehen und hab …« Der Gendarm stockte und schluckte mehrmals, als würde er eine aufkommende Übelkeit niederringen.

»Was haben Sie? Nun reden Sie schon!«

»Sehen Sie doch selbst«, sagte der Beamte und deutete auf das Bündel.

Der Commissarius gab Wachtmeister Holle ein Zeichen, und dieser schlug die Plane vorsichtig zurück. Darunter lag ein nackter, weiblicher Leichnam. Die Tote, eine zierliche Person, hatte langes rotblondes Haar, das wie ein Strahlenkranz ihr fahles Gesicht einrahmte. Sie mochte zwanzig Jahre alt sein, vielleicht etwas jünger. Oberkörper, Unterleib und Beine waren von Einstichen übersät. Die rotbraunen Blutkrusten hoben sich deutlich von der schneeweißen Haut ab. Obwohl er kein Gerichtsarzt war, stand für Funke eines fest: Die junge Frau wies die gleichen Wunden auf wie das zweite Kreuzigungsopfer.

Im Verlies

Der Rausch war längst verflogen. Mit hängenden Schultern saß er im Kerzenschein und starrte ins Leere. Mittlerweile war ihm klar geworden, dass er eine Riesendummheit begangen hatte. Eigentlich war alles nach Plan gelaufen: Sowohl die Polizei als auch die Arbeiter glaubten, dass Kriminaldirigent von Grabow der brutale Mörder war. Weil er ein hoher Repräsentant der Staatsmacht war, schürte das den Zorn der Proletarier noch zusätzlich. Alles war also perfekt gewesen, aber dann hatte er die Kontrolle über sich verloren. Was war nur in ihn gefahren? Warum hatte er sich nicht zurückhalten können?

Und dann diese Unachtsamkeit an der Spree. Während er hiergeblieben war, hatte sein Komplize den Leichnam allein weggebracht. Dabei war er von einem Gendarm gesehen worden. Glücklicherweise war der Beamte zu weit weg gewesen, um das Gesicht seines Gehilfen zu erkennen. Auch die Kutsche hatte niemand gesehen, sodass sie höchstwahrscheinlich ungeschoren davonkommen würden. Trotzdem ärgerte er sich, dass er so leichtsinnig gewesen war und nicht mitgekommen war. Er wäre sicher vorsichtiger gewesen und hätte dafür gesorgt, dass sein Komplize nicht gesehen worden wäre.

Für diese Anhäufung von Fehlern gab es nur eine vernünftige Erklärung. Er war nicht mehr er selbst gewesen. In den vergangenen Tagen hatte er an nichts anderes mehr denken können. Die flüchtigsten Reize hatten genügt, um ihn in einen Zustand höchster Erregung zu versetzen. Er hatte das Ziel aus den Augen verloren und sich vom Anblick der jungen Frau hinreißen lassen. Er hatte seine Freiheit, den Plan, einfach alles aufs Spiel gesetzt. So etwas durfte nie wieder geschehen.

Wenigstens würde die Polizei keinen Zusammenhang zwischen den Kreuzigungen und dem dritten Mord sehen. Denn diese Frau war ja nicht gekreuzigt und verbrannt worden. Und auch hinsichtlich des Fundortes gab es keine Übereinstimmungen. Er konnte sich also einigermaßen sicher fühlen, aber einige Fragen nagten an ihm und ließen ihm keine Ruhe: Verlor er wieder die Kontrolle? Fing alles von vorn an? Und wie würde es dieses Mal enden?

Er stützte die Ellenbogen auf den nackten Beinen ab und massierte seine Schläfen. Manchmal glaubte er, dass er den Plan nur erdacht hatte, um seine Phantasien wieder ausleben zu können. Möglicherweise war der Plan nichts weiter als ein Alibi, das er sich selbst gab. Denn er gaukelte ihm vor, ständig Herr der Lage zu sein, und bewahrte ihn davor, sich die blanke Mordlust einzugestehen. Dabei war es ein überwältigendes Erlebnis, die Angst in ihren Augen zu sehen und die eigene Macht zu spüren. Ja, vermutlich war längst nicht mehr das politische Ziel die Antriebsfeder, sondern etwas anderes, das tief in ihm geschlafen hatte, das durch das Kokain geweckt worden war und das nun seinen grenzenlosen Hunger stillen musste.

Plötzlich hörte er ein Wispern. Zuerst leise, dann schwoll es an. Schließlich verstand er einzelne Worte, eine sich ständig wiederholende Frage: »Bist du da unten? … Bist du da unten? … Bist du da unten?« Es war eine sanfte, laszive Stimme, die er nur allzu gut kannte. Er bekam am ganzen Körper eine Gänsehaut.

»Bitte lass mich zufrieden«, sagte er und stellte mit Entsetzen fest, dass er wie ein Knabe gesprochen hatte.

»Heute Abend sind wir ganz allein«, sagte die Stimme sanft. »Freust du dich denn nicht? Wir lassen uns viel Zeit. Das wird sehr schön.«

Er gab sich selbst Ohrfeigen, um wieder zur Besinnung zu kommen. Die Stimme konnte nicht real sein, sie existierte nur in seinem Kopf. Vermutlich hatte Dr. Saretzki recht, vermutlich verlor er langsam den Verstand. Mit zitternden Fingern griff er nach der Spritze und zog die Lösung mit dem Kolben auf. Er stieß sich die Nadel in den Oberschenkel und summte vor sich hin: »Brüderlein fein, Brüderlein fein, musst mir ja nicht böse sein …«

»Ich weiß doch«, sagte die Stimme, »wie viel Spaß es dir beim letzten Mal gemacht hat. Und wenn du wieder so brav bist, wird auch ganz bestimmt niemand etwas davon erfahren. Ich könnte dich ganz langsam …«

Er sang lauter: »… Scheint die Sonne noch so schön, einmal muss sie untergeh'n. Brüderlein fein, Brüderlein fein, musst nicht traurig sein …« Er tauchte die Spitze erneut in die Lösung, zog den Kolben hoch und stieß die Spritze in den anderen Oberschenkel.

»Du bist doch mein Sonnenschein … mein kleiner Strahlemann … warum bist du denn so …«

Nach und nach verteilte sich das Kokain in seinem Blut. Die Stimme wurde leiser, aber sie verstummte nicht ganz, sondern wisperte am Rand seines Bewusstseins weiter. Plötzlich wusste er, dass sie ihn niemals in Ruhe lassen würde. Diese Erkenntnis legte sich mit einer bleiernen Schwere über ihn, und er fürchtete, dass sie ihn erdrücken würde. Verzweifelt sprang er auf und sah sich um. Er musste sich spüren, er musste … Schon wollte er nach der Spritze greifen, um sich einen weiteren Schuss zu setzen, aber eine dritte Dosis würde er nicht verkraften. Deshalb massierte er die verkümmerte Vorstülpung, die einmal sein Penis gewesen war. Er musste Lust spüren, einen Höhepunkt erleben, der mächtiger war als die Erinnerung, der mächtiger war als alles andere, aber da unten regte sich nichts. Verzweifelt griff er nach dem Messer und stolperte zu der Stelle, wo die Frauen an der Mauer gehangen hatten. Mit den Füßen stand er in ihrem geronnenen Blut und konnte ihre Angst noch spüren, ihr Gewimmer noch hören. Er stieß zu und stellte sich vor, wie die Klinge in ihr Fleisch drang. Wieder und wieder. Mit dem Unterleib rieb er sich an der Mauer, aber da war keine Lust, da war nur die unendliche Schwere, die nun vollends von ihm Besitz ergriff und ihn schließlich zu Boden riss.

In »Klein-Sanssouci«

Die letzten Gäste hatten sich längst verabschiedet. Das Dienstpersonal hatte die Tische abgeräumt, die Terrasse gefegt und war zu Bett gegangen. Otto saß auf dem Bootsanleger, ließ die Beine über die Kante baumeln und nippte an einem Glas Champagner.

»Der Treibsatz ist die Seele der Rakete«, erklärte Ferdinand gerade. »Er besteht aus Salpeter, Schwefel und Kohle und befördert den Corpus in die vorgesehene Höhe, wo ein letzter noch brennender Rest eine Schnur entzündet, deren Glut sich durch eine Zwischenwand zur Versetzung, also zu den Schwärmern, Leuchtkugeln und Fröschen, vorarbeitet und so das Feuerwerk auslöst.«

»Entschuldigung«, sagte Rieke gähnend und lächelte bemüht. »Und wo bekommt ihr den Salpeter her?«

Ferdinand strahlte vor Stolz. »Den haben wir nach einem alten Pyrotechnikbuch selbst hergestellt.«

»Wir sind extra zu den Bauern gefahren«, ergänzte Moses, »und haben gefragt, ob wir Mist aus den Ställen haben können. Mensch, die haben vielleicht geguckt.«

»Salpeter aus Mist?«, fragte Rieke und unterdrückte erneut ein Gähnen. »Wie geht denn das?«

»Ganz einfach«, erwiderte Ferdinand. »Wenn du willst, kannst du mal zu mir ins Labor kommen, dann zeig ich es dir. Du brauchst nur Mist, Lauge, einen Kessel, Alaun, ein Feuer und Kellen.«

Als sein jüngerer Bruder begann, die Salpeterproduktion in allen Einzelheiten zu beschreiben, beschloss Otto, dass es nun Zeit wurde, ihn und Moses loszuwerden. Er lehnte sich vor und sagte: »Ich glaube, Lina wollte euch noch ein Frühstück richten. Ihr habt doch sicher Hunger?«

»Lina?«, fragte Moses. »Ich habe selbst gesehen, wie sie ins Bett gegangen ist.«

Otto versuchte es mit einem verschwörerischen Zwinkern, aber auch Ferdinand sah ihn nur erstaunt an und sagte:

»Lina hat mir selbst gesagt, dass ihre Beine vom vielen Stehen wieder ganz dick sind und dass sie froh ist, sie hochlegen zu können. In der Küche ist niemand mehr.«

»Jetzt hört mal«, sagte Otto ungeduldig. »Ich bin mir sicher, dass irgendjemand euch schon was zu essen geben wird.«

Rieke kicherte.

Ferdinand blinzelte mehrmals und fragte: »Warum bist du denn so ungemütlich?«

»Ich bin nicht ungemütlich«, sagte Otto und presste die Lippen zusammen. So clever beide in technischer, musikalischer oder literarischer Hinsicht auch waren, im Alltag waren sie manchmal etwas schwer von Begriff. »Wenn ihr erlaubt, würden Rieke und ich gern noch ein wenig allein sein.«

»Das ist doch kein Grund, um so aus der Haut zu fahren«, sagte Moses und gab Ferdinand ein Zeichen. Synchron stemmten sie sich hoch und klopften sich die Hände ab. Artig verabschiedeten sie sich von Rieke, versicherten ihr, wie schön es gewesen sei, sie kennengelernt zu haben, warfen Otto beleidigte Blicke zu und trotteten über den Rasen davon.

Nachdem sie aus Ottos Blickfeld verschwunden waren, lehnte Rieke den Kopf an seine Schulter und sagte: »Ich finde die beiden sehr nett. Ich kann mich nicht erinnern, wann ich zuletzt einen so schönen Abend hatte. Vielen Dank!«

Otto streichelte ihr zärtlich über das Haar und genoss ihre körperliche Nähe. »Wir werden noch viele solche Abende erleben.«

Rieke hob den Kopf und betrachtete ihn eine Weile. Ihre Augen wanderten über sein Gesicht, als wollte sie sich jedes Detail einprägen. Dann schmiegte sie sich wieder an ihn. Plötzlich bebte ihr Körper, und Otto spürte, wie ihre Tränen auf sein Hemd tropften. Er wollte ihr Kinn anheben und sie fragen, was los war, doch sie kam ihm zuvor.

»Ich beruhige mich gleich wieder. Es ist so friedlich und so schön hier. Lass uns den Moment genießen, ja?«

Otto schwieg und streichelte beruhigend über ihren Rücken. Nach und nach verebbte ihr Schluchzen. Da fiel Ottos Blick auf ihren Unterarm. Er lag quer über seinem Schoß. Unter dem transparenten Ärmel zeichneten sich rotbraune Narben ab, die eine Art rasterförmiges Muster bildeten. Er erinnerte sich, dass ihm die Narben schon beim Verhör im Polizeipräsidium aufgefallen waren. Nun sah er genauer hin. Die einzelnen Narben waren etwa fünf Zentimeter lang. Insgesamt mussten es bestimmt fünfzig sein. Otto berührte eine Narbe mit dem Zeigefinger und zeichnete sie nach. »Wer hat dir das angetan?«

»Ich.«

»Was? Wieso? Jemand muss dich dazu gezwungen haben.«

»Nein, niemand.«

»Aber das muss doch fürchterlich wehgetan haben.«

»Gerade deshalb hab ich es ja getan. Eines Tages erkläre ich es dir, aber nicht heute.«

Gedankenverloren zupfte Otto an ihrem Ärmel. Auch wenn er nicht begriff, wie ein Mensch sich selbst verletzen konnte, stellte er keine weiteren Fragen. In der Zeit, als Rieke sich selbst Schmerzen zugefügt hatte, hatte sie sich vermutlich nicht besonders gemocht. Vielleicht hatte sie etwas Schlimmes erlebt. Vielleicht hatte sie geglaubt, Schuld auf sich geladen zu haben, und hatte sich bestrafen wollen. Otto beschloss, in der Königlichen Bibliothek zu diesem Phänomen zu recherchieren. Vielleicht konnte er ihr helfen.

Plötzlich spürte er, wie sie seinen Hals küsste. Die zarte Berührung jagte einen Schauer über seinen Rücken. Da setzte sich Rieke auf, nahm sein Gesicht in die Hände und sah ihm fest in die Augen. »Du darfst mich niemals vergessen! Hörst du?«

»Das verspreche ich dir«, sagte Otto und küsste sie.

Wenig später betraten sie sein Schlafzimmer. Rieke ging durch den Raum, blieb vor der Balkontür stehen und drehte sich zu ihm um. Das Morgenlicht schimmerte in ihrem Haar. »Bleib da stehen«, sagte sie.

»Was hast du vor?«, fragte Otto. Er sehnte sich nach weiteren Küssen, nach weiteren Berührungen.

Rieke öffnete den Verschluss ihrer Kette, nahm den Schmuck ab und legte ihn zusammen mit ihren Ringen auf den Nachttisch. Dann löste sie die Haken und Ösen ihres Kleids. Ihre Augen schimmerten.

»Ich möchte, dass du mich ansiehst«, sagte sie.

Offenbar genoss sie seine Blicke, ja sie forderte sie geradezu heraus. Mit geröteten Wangen stieg sie aus dem Kleid und schob es mit dem Fuß zur Seite. Sie streifte die schmalen Träger ihres Hemdchens über ihre Schultern, und der Stoff fiel rauschend zu Boden. Nackt stand sie vor ihm. »Gefalle ich dir?«, fragte sie.

»Du bist wunderschön«, erwiderte Otto und entkleidete sich ebenfalls. Er spürte ihre Blicke auf seinem Körper und stellte zu seinem Erstaunen fest, dass sie ihn erregten. Nackt ging er zu ihr hinüber und nahm sie in seine Arme. Sein erigierter Penis zuckte an ihrem Bauch, während sie sich lange küssten. Dann erkundete er ihren duftenden Körper mit den Lippen. Er hatte das Gefühl, dass er ewig so weitermachen könnte. Sie ließen sich viel Zeit und lauschten auf den schneller werdenden Atem des anderen. Schließlich trug er sie zum Bett. Rieke streckte die Arme nach ihm aus, zog ihn über sich und öffnete ihre Schenkel. Otto drang behutsam in sie ein und spürte, wie er tiefer glitt. Das Gefühl war unbeschreiblich. Ihre Körper bewegten sich mit quälender Langsamkeit, um jeden Moment auszukosten. Trotzdem brandete ihre Lust in immer kürzeren Abständen auf und riss sie schließlich mit sich fort. Rieke biss ihm in den Hals, in die Schultern und krallte ihre Fingernägel in seinen Rücken. Ihre Bewegungen wurden ungestümer, die Küsse fordernder, bis sich ihre Leiber aufbäumten und ineinander verschmolzen.

Am nächsten Morgen roch Otto den Duft ihres Parfüms. Noch im Halbschlaf hob er den Arm und tastete über das Bett.

Nichts.

Er brummte. Seine Hand tappte nach unten, dann nach oben, tastete über Decke und Kopfkissen.

Immer noch nichts.

Rieke sollte doch neben ihm liegen.

Endlich schlug er die Augen auf und stützte seinen Oberkörper auf. An den Falten des Lakens konnte er noch erkennen, wo sie gelegen hatte, aber jetzt war das Bett neben ihm leer.

Otto sah sich im Zimmer um. Ihr Kleid, das vor der Balkontür gelegen hatte, war verschwunden. War sie schon aufgestanden? Aber warum hatte sie ihn nicht geweckt?

Aus dem Garten vernahm Otto ein Hämmern. Er sprang auf, öffnete die Flügeltüren und trat auf den Balkon. Die warme Luft strich über seine Haut, und ihm wurde bewusst, dass er nackt war. Als er zum Geländer tappte, spürte er die kalten Steinfliesen unter seinen Fußsohlen.

Unten im Garten hockten Moses und Ferdinand neben einem Gerät, das wie eine Windmühle auf Rädern aussah. Kabel führten zu einem Kasten, an dem sich Knöpfe und Schalter befanden. Während Ferdinand mit einem kleinen Hammer auf einen Nagel schlug, überlegte Moses laut, was als Nächstes zu tun war. Die beiden waren völlig in ihre Arbeit vertieft.

Otto ging zurück ins Schlafzimmer. Er wusste nicht, was er tun sollte. Jemanden nach Rieke zu fragen, kam nicht in Frage. Wenn er ihren Ruf nicht gefährden wollte, durfte niemand erfahren, dass sie die Nacht zusammen verbracht hatten. Schließlich entschloss sich Otto abzuwarten. Vielleicht gab es eine plausible Erklärung für ihr Verschwinden. Ja, wahrscheinlich hatte sie schnell nach Hause gewollt, damit ihr Vater nicht bemerkte, dass sie nachts nicht heimgekommen war.

Otto nickte beruhigt. So war es sicher gewesen. Dann spürte er, wie sein Magen knurrte. Er hatte einen Bärenhunger. Bei dem Gedanken an gebratenen Speck lief ihm das Wasser im Mund zusammen. Schnell zog er ein Nachthemd über und nahm seinen grünseidenen Morgenmantel vom Haken. Er streifte ihn über und trat vor den Spiegel. Da fiel sein Blick auf ein zusammengefaltetes Stück Papier, das auf dem schwarzen Marmorbord unter dem Spiegel so verloren wie ein kleines Ruderboot auf dem weiten Ozean wirkte.

Otto griff danach und entfaltete es. Es war eine Nachricht, und sie bestand nur aus wenigen Worten. An der Schrift erkannte er sofort, dass sie von Rieke stammte.

Die Botschaft war unmissverständlich.

Wenig später saß Otto am Frühstückstisch auf der Terrasse und stocherte in seinem Rührei und den Speckstreifen herum. Moses und Ferdinand waren inzwischen mit ihrer Konstruktion irgendwo im Garten verschwunden, sodass er wenigstens nicht Konversation treiben musste.

»Ist es nicht gut?«, fragte Lina.

»Doch, doch. Alles ist bestens, ich hab nur keinen Hunger mehr. Du kannst abtragen«, erwiderte Otto.

Danach saß er am leeren Tisch und starrte vor sich hin. Irgendwann griff er in die Tasche seines Morgenmantels und zog das Stück Papier heraus, um sich davon zu überzeugen, dass er sich das alles nicht eingebildet hatte. Für Otto klang es endgültig. Mit ihrer linkslastigen Schrift hatte Rieke geschrieben: »Für uns, Geliebter, kann es keine Zukunft geben.«

Wie war es möglich, dass so wenige Worte alle Wünsche seines Herzens zertrümmerten?

Otto erkannte zwar einen Widerspruch in ihrer Nachricht: Einerseits nannte sie ihn »Geliebter«, also hegte sie große Gefühle für ihn. Andererseits stellte sie klar, dass für sie die Fortführung ihrer Beziehung ausgeschlossen war. Das passte eigentlich nicht zusammen. Trotzdem konnte er aus dieser Erkenntnis keine Hoffnung schöpfen. Seine Enttäuschung war einfach zu groß.

Je länger er herumsaß, desto mehr sehnte er sich nach einem Gläschen Likör oder Cognac. Eigentlich trank er sonst kaum, und vor allem nicht tagsüber. Er stand wie die meisten seiner Kollegen dem Alkohol höchst skeptisch gegenüber, wusste er doch nur zu gut, dass er der Kriminalisierung und insbesondere Gewaltverbrechen Vorschub leistete. Die Statistiken legten ein beredtes Zeugnis ab. Unverhältnismäßig häufig kam es nach übermäßigem Alkoholkonsum zu Verbrechen wie Körperverletzungen oder gar

Totschlag. Aber heute konnten ein paar Schlucke nicht schaden. Otto war davon überzeugt, dass der Alkohol ihm helfen würde, seine seelischen Schmerzen zu lindern und alles etwas klarer zu sehen.

Aus seinem Arbeitszimmer holte er eine Flasche Calvados, setzte sich wieder auf die Terrasse, schenkte sich ein Glas ein und trank es leer. Der Apfelcognac brannte in seiner Kehle. Weil er fast nichts gefrühstückt hatte, spürte er die Wirkung rasch. Während er ein weiteres Glas leerte, grübelte er über sein Pech bei den Frauen. Sowohl Anna als auch Rieke hatte er geliebt. Mit beiden hatte er sich eine gemeinsame Zukunft gewünscht. Beiden wollte er die Welt zu Füßen legen, und beide hatten ihn verlassen.

Was machte er nur falsch?

»Herr Doktor«, sagte Lina besorgt. »Was ist mit Ihnen?«

Otto hatte die Calvadosflasche beinahe geleert. Er war mit offenem Mund eingeschlafen, und der Speichel sickerte aus seinem Mundwinkel. Jetzt stemmte er sich hoch, wischte sich mit dem Handrücken über das Kinn und sagte leicht lallend: »Es … es ist alles in Ordnung. Was gi-hibts?«

»Commissarius Funke ist eingetroffen. Er möchte mit Ihnen sprechen.«

»Nur zu«, sagte Otto. Bei dem Versuch, sich etwas aufrechter hinzusetzen, rutschte er mit dem Ellenbogen von der Armlehne.

Der Commissarius betrat die Terrasse. Sein Gesicht war von einer gespenstischen Blässe, so als hätte er die ganze Nacht nicht geschlafen. Er trug den Anzug vom Vortag, der allerdings längst nicht mehr so elegant wirkte. Die Hose wies zahllose Längs- und Querfalten auf, und das Jackett war zerknittert. Die sonst blitzenden Lackstiefel waren verstaubt.

Während Otto mit einigen Schwierigkeiten seinen Morgenmantel zuband, bemühte er sich, auf die Füße zu kommen. Der Versuch scheiterte. Schließlich blieb er sitzen und sagte um eine deutliche Aussprache bemüht: »Nehmen Sie bitte Platz! So nehmen Sie doch Platz.«

»Merci beaucoup«, sagte der Commissarius, kam der Aufforderung nach und legte eine Mappe auf den Tisch. Wenn er Ottos Ver-

halten und seinen Aufzug befremdlich fand, überspielte er es gekonnt.

»Monsieur le commissaire«, sagte Otto überschwänglich, »was führt Sie her?«

»Zunächst möchte ich mich für mein gestriges Betragen entschuldigen und Sie fragen, ob Sie sich trotzdem eine weitere Zusammenarbeit vorstellen können.«

Otto verstand nicht, wovon der Commissarius sprach. Meinte er die Zeichnung oder seinen Auftritt auf dem Tanzboden? »Schwamm drüber«, sagte er mit einer schwungvollen Armbewegung und fegte beinahe die Calvadosflasche vom Tisch. »Erzählen Sie mir lieber, was Sie da mitgebracht haben. Ist es wieder ein Porträt?« Ottos Hand kreiste wie ein Habicht über der Mappe.

»Nein, nein«, sagte der Commissarius. »Die vergangene Nacht und der heutige Morgen waren sehr ereignisreich. Ich komme gerade aus dem Untersuchungsgefängnis, wo etwas sehr Dramatisches passiert ist. Aber bitte, öffnen Sie die Mappe nur. Der Inhalt dürfte Sie interessieren.«

Otto schlug die Mappe auf und kniff die Augen zusammen. Vor ihm lag ein weißes, mit Bleistift beschriebenes Blatt Papier. Um die krakelige Handschrift zu entziffern, hielt er sich den Zettel ganz nah vor die Augen. »Was soll das denn heißen?«

»Es handelt sich um ein Zitat aus dem Evangelium des Johannes, Kapitel sieben, Vers vierundzwanzig«, sagte der Commissarius. »Es heißt: ›Richtet nicht nach dem, was vor Augen ist, sondern richtet gerecht!‹ Kriminaldirigent von Grabow hat es geschrieben, kurz bevor er sich in seiner Zelle erhängte.«

»Er hat sich erhängt?«

»Ja, in den frühen Morgenstunden.«

»Du meine Güte«, sagte Otto und schlug die Hand vor den Mund. Mit einem Mal fiel der letzte Rest cognacseliger Benommenheit von ihm ab.

Dann berichtete der Commissarius von dem Leichenfund auf dem Lehrter Güterbahnhof und schloss seine Erzählung mit den Worten: »Die junge Frau ist sicherlich nicht vor Freitag getötet worden. Da saß von Grabow aber schon längst in Haft. Und das heißt: Der Frauenmörder läuft immer noch frei herum.«

In Buffalo Bill's Wild West Show

Am nächsten Nachmittag nahmen Otto, Moses und Ferdinand ihre Logenplätze ein, von denen sie einen sehr guten Blick auf die Manege hatten. Die Tribünen boten zehntausend Menschen Platz und waren restlos ausverkauft. Kein Wunder, denn sogar der Kaiser zählte zu den Bewunderern von Buffalo Bill.

»Wenn es Kriminaldirigent von Grabow nicht war«, fragte Ferdinand, dem Otto haarklein von den neuesten Ereignissen berichtet hatte, »wer war es dann?«

Otto trug einen Hut mit breiter Krempe, um seine Augen vor dem Sonnenlicht zu schützen. Er hatte immer noch einen muffigen Geschmack im Mund, und ein rauer Pelz lag auf seiner Zunge. Er konnte sich nicht erinnern, wann er zuletzt einen so hartnäckigen Kater gehabt hatte. »Ich habe keine Ahnung«, sagte er und spürte, wie sich wieder sein schlechtes Gewissen bemerkbar machte. Möglicherweise hatte er sich bei der Verfolgung des Kriminaldirigenten zu sehr von seiner Abneigung gegen ihn leiten lassen. Irgendwie fühlte er sich schuldig an von Grabows Tod.

»Eines kann ich dir jedenfalls versichern«, sagte Ferdinand, als ob er seine Gedanken gelesen hätte. »Du hast ihn nicht in den Selbstmord getrieben. Dafür trägt er ganz allein die Verantwortung. Vergiss nicht, dass er junge Mädchen auf die übelste Art und Weise erpresst hat, um widerliche Fotografien von ihnen zu machen. Wenn das bekannt geworden wäre, hätte er sich nirgends mehr blicken lassen können, und seine Anstellung hätte er auch verloren. Er hat seinem Leben ein Ende gesetzt, um seiner Familie die Schande zu ersparen. Das war ein wohlüberlegter Schritt und hat nichts mit dir zu tun. Hör auf, dir Vorwürfe zu machen.«

»Danke«, sagte Otto. »Das tut mir gut.«

»Seht doch«, rief Moses. »Es geht los.«

Eine bunte Truppe betrat die Manege: eine Gruppe von Arraphoes-Indianern mit ihrem Häuptling Black-Heart; Buck Taylor, der König der Cowboys; einige mexikanische Vaqueros, angeführt von Antonio Esquival; eine Gruppe von Cheyenne-Indianern mit ihrem Häuptling Eagle Horn; Kunstschützinnen aus dem Westen der Vereinigten Staaten; Bennie Irving, der kleinste Cowboy der Welt, mit der deutschen Reichsfahne in der Hand; Boy Chiefs vom Stamm der Sioux mit der amerikanischen Bundesfahne und schließlich William F. Cody, besser bekannt als Buffalo Bill, der Anführer der Kundschafter und Scouts der Armee der Vereinigten Staaten. Die Zuschauer erhoben sich von den Plätzen und applaudierten voller Vorfreude.

Die Show begann mit einem rasanten Pferderennen zwischen einem Cowboy, einem Mexikaner und einem Indianer. Der Indianer erhielt einen Rippenstoß und rutschte seitlich vom Pferd. Seine Hände pflügten durch den Sand, doch im letzten Moment konnte er sich mit einem waghalsigen Manöver wieder auf den Rücken des Pferdes ziehen und erntete donnernden Applaus. Anschließend bewiesen Indianer und Cowboys im Kunstschießen ihr Können, und kurz vor der Pause stellten die Männer einen Überfall auf einen Siedlertreck nach.

Otto durchsuchte seine Westentasche nach Geld. Auch wenn er heute nicht gerade in Hochstimmung war, hatte dieser Nachmittag etwas Gutes. Als Moses von den Billetts erfahren hatte, hatte er sich vor Freude beinahe überschlagen. Der Junge war eben nicht nur ein rebellischer Leibdiener, sondern vor allem ein Heranwachsender, der keine Familie hatte und sich nach Zuwendung sehnte. Dazu kam, dass er wegen seiner Hautfarbe überall ein Außenseiter war und in Berlin keine Freunde gefunden hatte. Vielleicht bin ich manchmal zu hart zu ihm, dachte Otto.

»Hier«, sagte er und drückte Moses Geld in die Hand. »Kauf dir kandierte Früchte oder worauf du Appetit hast. Und bring mir ein Würstchen mit. Ein Würstchen und einen sauren Hering, wenn es den gibt. Was willst du haben, Ferdi?«

»Ich hab mich noch gar nicht dafür bedankt, dass du die Miete wieder beglichen hast und das hier alles zahlst. Mir ist es so peinlich, dass du –«

»Jetzt hör schon auf! Sag lieber, was Moses dir mitbringen soll.«

»Nein, wirklich nicht. Ich hab keinen Hunger. Vielen Dank.«

»Bring Ferdi eine große Essiggurke aus dem Spreewald mit. Die isst er am liebsten.«

»Gern«, sagte Moses, stand auf und drängte sich an zahllosen Knien vorbei aus der Sitzreihe.

Otto schob sich den Hut aus der Stirn und schaute sich um. Der Himmel war leicht bewölkt, aber es sah nicht nach Regen aus. Ein leichter Wind wehte durch die Arena. Überall herrschte ein emsiges Kommen und Gehen. Enthusiastisch schilderten sich die Besucher gegenseitig ihre Eindrücke von der Show.

Ottos Gedanken kehrten zu den Morden zurück. Es fiel ihm immer noch schwer, zu akzeptieren, dass der Kriminaldirigent damit nichts zu tun hatte. Alles hatte so gut gepasst. Seine Zugehörigkeit zur Apostolischen Gemeinde, der Streit mit Heribert Korittke, sein Verhältnis mit Elvira Krause und ihr letztes Treffen, sein religiöser Eifer und die Schuhe mit dem Kreuzmuster.

»Wenn der Täter tatsächlich aus purer Lust gemordet hat«, sagte Otto nachdenklich, »so wie es der Commissarius vermutet, warum hat er die beiden ersten Frauen dann, nachdem er sie gequält hat, gekreuzigt?«

»Vielleicht wollte er die Morde dem Kriminaldirigenten anhängen oder jemand anderem aus dieser komischen Sekte«, sagte Ferdinand.

»Das könnte sein.«

»Vielleicht gibt es aber auch ein persönliches Motiv. Rache oder Eifersucht.«

Otto musste an die Proteste der Arbeiter denken, die nach von Grabows Verhaftung aufgeflammt waren. Eine Idee nahm vage Konturen an, verflüchtigte sich aber wieder, als er sah, wie Moses zurückkehrte. Sein Leibdiener verteilte die Speisen und setzte sich. Bald schon ging die Show weiter. Nun gab es einen spektakulären Zweikampf zwischen Yellow Hand, dem Häuptling der Sioux, und Buffalo Bill. Angeblich hatte er sich so am 17. Juni 1875 tatsächlich zugetragen. Otto konnte sich jedoch nicht auf die Show konzentrieren. Zu viel ging in seinem Kopf durcheinander. Er merkte, dass er den Überblick völlig verloren hatte. Während er in seinen sauren Hering biss, ging er mit seinen Gedanken noch einmal an den Anfang zurück.

Wer hatte eigentlich den Verdacht auf von Grabow gelenkt? Eines der Sektenmitglieder hatte von dem Streit mit Korittke erzählt, aber den entscheidenden Anstoß hatte Rieke gegeben. Aufgrund ihrer Aussage hatten Funke und er beim Polizeipräsidenten vorgesprochen und den Hausdurchsuchungsbefehl erwirkt.

Aber warum hatte Rieke so lange geschwiegen? Auf dem Bootsausflug hatte sie ihm erklärt, dass sie sich nicht getraut hätte, von Grabow zu belasten, weil der Kriminaldirigent eine so machtvolle Position hatte. Sie hätte sich gefürchtet, von ihm zum Schweigen gebracht zu werden. Außerdem hätte ihr ohnehin niemand geglaubt. Immerhin sei sie nur eine kleine Revueschauspielerin und der Kriminaldirigent ein hoher Staatsbeamter.

Ihre Beweggründe hatten damals einleuchtend geklungen, aber war eine andere Erklärung für ihr Zögern nicht ebenso plausibel? Hatte sie vielleicht so lange gewartet, damit ihr Hinweis glaubhafter erschien? Hatte sie vielleicht den rechten Moment abgepasst? Hatte sie vielleicht sogar bewusst die zweite Kreuzigung abgewartet?

Otto kannte Rieke noch nicht lange, aber er war davon überzeugt, dass ein taktisches Vorgehen wie dieses nicht ihrem Wesen entsprach. So kühl würde Rieke nicht kalkulieren. Dazu war sie viel zu impulsiv und spontan. Was aber war, wenn Rieke von einer anderen Person gelenkt wurde? Wenn sie unter dem Einfluss eines anderen stand und diese Person ihr vorgab, wie sie sich verhalten sollte? Vielleicht war dieser Jemand auch dafür verantwortlich, dass sie ihn nicht mehr sehen wollte. Doch wer könnte eine so große Macht über Rieke haben? Es musste jemand sein, der ihr nahestand, jemand, von dem sie abhängig war.

Vor Ottos geistigem Auge tauchte Eberhard Dürr auf. Rieke hatte sich, als Otto sie zum zweiten Mal vernehmen wollte, so sehr vor ihrem Vater gefürchtet, dass sie sich hinter Otto versteckt hatte. Und als er sich dem Drechslermeister vorgestellt hatte, hatte dieser seine Feindseligkeit offen gezeigt. Er hatte ihm sogar gedroht. Der alte Dürr war zweifellos aggressiv und vielleicht auch gewalttätig. Nur, wo lag das Motiv? Was sollte er mit den Morden zu tun haben?

Da kam Otto ein Gedanke. Vielleicht hatte der Kriminaldirigent Rieke Avancen gemacht, vielleicht hatte er ihr nachgestellt. Vielleicht hatte er auch von ihr Fotografien anfertigen wollen. Ihr Anblick konnte Männer zweifellos zu erotischen Phantasien anregen. Also hatte Dürr die Frauen vielleicht getötet, um die Morde von Grabow anzulasten und sich so dafür zu rächen, dass er Rieke belästigte? Zumindest arbeitete Dürr mit Holz. Er besaß also die Möglichkeiten, um ein großes Kreuz herzustellen.

Otto lehnte sich zurück. Er hatte alle Fakten betrachtet, und ihm wurde erst jetzt bewusst, dass er Rieke damit verdächtigte, bewusst geschwiegen und von den Verbrechen gewusst zu haben. Konnte er sich so sehr in ihr getäuscht haben? Er wusste, dass dieser Verdacht ihm keine Ruhe lassen würde. Er musste der Sache nachgehen, und zwar sofort.

»Ich muss los«, flüsterte Otto und stand auf.

»Aber der zweite Teil der Show hat doch gerade erst begonnen«, sagte Moses.

»Kannst du nicht noch eine halbe Stunde warten?«, fragte Ferdinand. »So bald kommt Buffalo Bill nicht mehr nach Berlin.«

»Leider nicht«, erwiderte Otto.

»Schönes Geschenk«, sagte Moses. »Dieser Nachmittag sollte mir gehören – das hast du selbst gesagt.«

Otto erkannte, wie enttäuscht der Junge war und wie er in seine alte Abwehrhaltung zurückfiel. Wenn er ihr Verhältnis wirklich ändern wollte, musste er ihm erklären, was ihn zum Gehen zwang. »Moses, ich finde die Show auch schön, und ich hätte sie mir gern mit dir angesehen, aber mir ist gerade etwas eingefallen, das keinen Aufschub duldet. Es hängt mit Rieke zusammen und mit den Mordfällen. Bitte versteh das!«

Aufmunternd klopfte er Moses auf die Schulter, nickte Ferdinand zu und zwängte sich zum Ausgang. Nur eine Person konnte ihm helfen, Rieke zu verstehen und Licht in ihre Vergangenheit zu bringen.

Im Leichenschauhaus

Eiligen Schrittes begab sich Commissarius Funke in das Büro des Leichenkommissars, der für die Sicherstellung und Verwahrung von Verstorbenen, die keines natürlichen Todes gestorben waren, zuständig war. Der Leichenkommissar, ein rundlicher, kleiner Mann namens Linck, begrüßte ihn mit Handschlag und führte ihn in den Mittelbau, wo sie ein schlauchförmiges Zimmer betraten. Dort wurden sie von einem Mann erwartet, der eine rote Samtjoppe und mehrere dicke Ringe an den Fingern trug. Im Schritt war seine Hose zu eng, sodass sich seine Genitalien abzeichneten. Auf den ersten Blick wirkte er fast übertrieben modisch angezogen und äußerst jugendlich. Bei genauerem Hinsehen entdeckte der Commissarius jedoch ein feines, verästeltes Netz aus Falten in seinem Gesicht und schätzte ihn auf Ende vierzig, vielleicht sogar Anfang fünfzig. Auch fiel ihm die gräuliche Hautfarbe auf, die auf einen ungesunden Lebenswandel hindeutete.

»Guten Tag. Ich bin Commissarius Funke. Vielen Dank, dass Sie meine Ankunft abgewartet haben, Herr …«

»Radtke, Fridolin Radtke«, sagte der Mann und fuhr sich mit seiner beringten Hand durch die Haare.

»Herr Radtke, Sie glauben also, dass Sie das tote Mädchen kennen?«

»Was heißt schon glauben?«, erwiderte der Mann. »Nur um das klarzustellen: Ich glaube an gar nichts. Aber ja – ich vermisse seit Donnerstag jemanden, auf den die Beschreibung in der Zeitung zutrifft.«

»Gut«, sagte Linck, »dann bitte ich Sie, sich die Leiche anzusehen. Wenn die Herren mir folgen wollen.«

Die Männer stiegen die Kellertreppe hinab und erreichten den unterirdischen Raum, in dem die Leichen aufbewahrt wurden. Es war hier deutlich kälter als im Erdgeschoss, weil eine rumpelnde Kältemaschine in Betrieb war, die den Verwesungsprozess verlangsamen sollte. Trotzdem zog der Commissarius ein parfümiertes Taschentuch hervor und hielt es sich vor die Nase. Der Leichenkommissar trat unterdessen an eine Bahre und schlug ein weißes Tuch zurück, sodass der Kopf des Opfers sichtbar wurde. Das lange rotblonde Haar lag eng am Schädel an. Die Augenlider waren geschlossen, und die feine, dünne Nase stach aus dem schmalen Gesicht hervor.

»Ja«, sagte Radtke. »Das ist sie.«

»Wie heißt sie? Und woher kennen Sie sie?«, fragte der Commissarius.

»Kann ich mich hinsetzen?«, entgegnete der Mann. »Mir ist nicht gut.«

»Bitte«, erwiderte Linck, führte den Mann in einen Nebenraum und deutete auf einen Stuhl.

»Wie ist sie gestorben?«, fragte Radtke, während er sich auf den Stuhl fallen ließ.

»Jemand hat sie in seine Gewalt gebracht«, sagte der Commissarius und setzte sich ebenfalls, »und hat sie über einen längeren Zeitraum mit Messerstichen gequält. Als er genug von ihr hatte, hat er sie mit einem gezielten Stich ins Herz getötet. Ihre Leiche wollte er in die Spree werfen, dabei wurde er allerdings von einem Gendarm gestört.«

»So ein Schwein«, sagte Radtke. »Wer ist denn zu so etwas fähig?«

»Eben das will ich herausfinden. Und dabei bin ich auf Ihre Hilfe angewiesen. Was wissen Sie über das Opfer?«

»Lieselotte Burmeister ist ihr Name. Sie kommt aus einem kleinen Dorf bei Parchim und ist meine Nichte. Meine Schwester hat sie zu mir geschickt, damit sie ... damit sie was Anständiges lernt. Am nächsten Montag wollte ich sie bei einer Näherinnenschule anmelden.«

»Die kostet natürlich Geld«, sagte der Commissarius, der von Anfang an geahnt hatte, mit was für einer Art Mann er es hier zu tun hatte. »Und um die Schulgebühren und das Logis bei Ihnen bezahlen zu können, hat sie im Vorfeld eine, nennen wir es, kleine Erwerbstätigkeit angenommen. Ist es nicht so?«

»Was wollen Sie mir da unterstellen?«, brauste Radtke auf.

»Würden Sie uns bitte einen Moment allein lassen?«, fragte der Commissarius Linck. Als dieser den Raum verlassen hatte, wandte er sich wieder Radtke zu. »Hören Sie, mein Lieber – es interessiert mich nicht, ob Sie die Lage des Mädchens ausgenutzt haben. Es interessiert mich auch nicht, was Sie sonst so treiben. Meine Aufgabe ist es, Lieselotte Burmeisters Mörder zu fassen und weitere grausige Taten zu verhindern. Ich kann Ihnen versichern, dass alles, was Sie mir sagen, unter uns bleiben wird. Sie wollen doch auch, dass wir den Kerl schnappen. Deshalb bitte ich Sie eindringlich, alle meine Fragen wahrheitsgemäß zu beantworten.«

»Und meine Schwester erfährt nichts?«

»Nein. Also: Hat sich das Mädchen prostituiert?«

»Es war ihre eigene Entscheidung. Sie wollte unbedingt das Geld zusammenbringen, um sich die Ausbildung leisten zu können. Sie wollte Schneiderin werden. Ich habe ihr lediglich gezeigt, wie sie es anstellen muss. Und ich habe ihr den Großteil ihrer Einkünfte gelassen.«

»Also ja. Waren Sie am Donnerstag, bevor sie verschwand, bei ihr?«

»Nein. Ich habe noch mehr … ich meine natürlich, dass ich noch andere berufliche Verpflichtungen habe und diesen nachgehen musste.«

»Wo haben Sie Ihre Nichte das letzte Mal gesehen?«

»An ihrem Stammplatz im Lustgarten, ganz in der Nähe des Kanals.«

»Wie nannte man sie im Milieu? Unter welchem Namen kennen sie die anderen Huren?«

»Sie wurde überall ›das fleißige Lieschen‹ genannt, weil sie mit so viel Ehrgeiz und Engagement bei der Sache war.«

»Das ist alles, was ich wissen wollte. Vielen Dank. Sie können sich jetzt zum Leichenkommissar begeben, der mit Ihnen die amtlichen Angelegenheiten bespricht.«

Auf dem Weg nach draußen hatte der Commissarius das Gefühl, dass er soeben einen Durchbruch erzielt hatte. Oft waren es kleine, auf den ersten Blick unscheinbar wirkende Details, die letztendlich zum Mörder und den Hintergründen einer Tat führten. Auch die Invaliden-Lotte hatte ihre Freier vorwiegend im Lustgarten aufgelesen und war dort zuletzt gesehen worden. Möglicherweise hatten sie das Jagdrevier des Täters gefunden und konnten jetzt endlich konkrete Maßnahmen ergreifen, um ihn zu fassen.

In der Veteranenstraße

Bei seinem letzten Aufenthalt im Verlies hatte er das Bewusstsein verloren und war der Länge nach hingeschlagen. Er hatte sich eine Rippe angebrochen, wohl auch eine Folge der allgemeinen Knochenerweichung. Dr. Saretzki hatte ihm einen Verband angelegt und ihm nach viel Betteln und noch mehr Drohungen eine hoch konzentrierte Morphiumlösung gegen die Schmerzen gegeben, die er nun im Wechsel mit dem Kokain spritzte.

Mittlerweile war ihm klar geworden, dass der Kontrollverlust, der ihn die kleine Hure aus dem Lustgarten hatte fortlocken lassen, der Zusammenbruch und seine Verletzung sich zum rechten Zeitpunkt ereignet hatten. Das alles führte ihm vor Augen, wie gefährdet sein Ziel war und dass er jetzt seine ganze Konzentration brauchte, um am Ende zu triumphieren.

Vor dem großen Finale waren nur noch wenige Schritte notwendig, und die mussten schnell und präzise erfolgen. Daher war eine gründliche Vorbereitung notwendig gewesen. Die Uniformen hatte er schon vor Monaten besorgt, die Flucht war bis ins kleinste Detail geplant, und die Ersatzkleidung lag in einem Versteck bereit.

Sein Opfer hatte er sorgfältig ausgewählt. Nach der Nichtverlängerung des Sozialistengesetzes war innerhalb der Sozialdemokratie heftiger Widerstand gegen die parteiinterne Hierarchie laut geworden. Viele einfache Mitglieder kritisierten, dass in der ganzen Reichstagsfraktion kein einziger Proletarier saß. Tatsächlich gab es dort einen Advokaten, zwei Rentiers, zehn Schriftsteller und Redakteure, sieben Zigarrenfabrikanten, vier Gastwirte und einige finanziell abgesicherte Kleinbürger, aber keinen einzigen Lohnarbeiter.

Aggressive junge Männer verlangten mehr Mitsprache bei allen Parteibelangen. Einer ihrer Wortführer war der dreiundzwanzigjährige, charismatische Arbeiter Alfons Meyer, der wegen eines Streikaufrufs seine Stellung in einer Emaillefabrik verloren hatte und sich seitdem ganz der Politik widmete. Auf Versammlungen hatte er sich als begabter Rhetoriker hervorgetan, und in den Proletarierbezirken galt er als große Hoffnung. Fast jeden Abend begab er sich in Gaststätten und Lokale, um mit Gleichgesinnten die aktuelle politische Situation zu diskutieren.

Als Meyer an diesem Tag sein Mietshaus in der Veteranenstraße verließ, beobachtete er ihn ganz genau. Dann nickte er seinen beiden Komplizen zu, die sich als Gendarmen verkleidet hatten und im Schatten eines Eingangs warteten. Sie nahmen die Verfolgung auf. Fast stießen sie eine Frau mit einem großen Korb Wäsche um.

Dann schlossen die beiden falschen Gendarmen zu dem Arbeiterführer auf. Einer von ihnen zog einen Revolver aus der Tasche, zielte auf Meyers Hinterkopf und drückte ab. »Das ist für den Grafen von Kentzin, du verdammtes Sozialistenschwein!«, brüllte er.

Im Arbeiterviertel

Otto ging in der Ackerstraße den Trottoir hinunter, als direkt vor ihm einige Arbeiter aus einem Mietshaus stürmten und kämpferisch die Fäuste in die Luft reckten. Ihre Gesichter waren wutverzerrt, als sie laut riefen: »Jetzt ist es genug! Jetzt kriegen sie was auf die Fresse!« Die wilde Horde bog um die nächste Straßenecke und verschwand aus seinem Blickfeld.

Kopfschüttelnd sah Otto ihnen nach. Gut, dass sie es nicht auf ihn abgesehen hatten. Er konnte sich nicht erklären, was die Männer so in Rage gebracht hatte. Aber weil er zu sehr mit anderen Dingen beschäftigt war, dachte er nicht weiter darüber nach und setzte seinen Weg fort.

Zwei Häuserblocks weiter entdeckte er die Hausnummer, nach der er gesucht hatte. Er drückte den schweren Torflügel auf und ging durch einen Flur mit braunen Wandfliesen. Er durchquerte den ersten Hinterhof, ging eilig an der Müllsenke und dem Plumpsklo vorbei, erreichte den nächsten Flur, bei dem die Farbe von den Wänden blätterte, und betrat den zweiten Hinterhof. Hier hing ein furchtbarer Gestank in der Luft. Otto griff nach einem Taschentuch, das er sich vor Mund und Nase hielt. Wie Menschen unter solchen Verhältnissen leben konnten, war ihm unbegreiflich.

Er sah sich um und entdeckte die Quelle des Gestanks: eine Kleintierschlachterei. An der Hausmauer lehnten Säcke mit Federn, und in einer weißen Emailleschüssel schwammen Innereien, auf denen fette Fliegen saßen.

Otto schluckte die aufkommende Übelkeit hinunter, stieg rasch die Stufen zur Kellerwohnung hinab und klopfte an die offene Tür. Als sich niemand meldete, trat er ein und rief: »Ist jemand zu Hause?«

Suchend blickte er sich um. Er war offenbar in der Küche gelandet. Auf dem Herd stand ein großer Topf mit Kochwäsche. Die heiße, blubbernde Lauge griff seine Nasenschleimhäute an. Trotzdem war das allemal besser als der Gestank draußen. Otto steckte das Taschentuch zurück in die Hosentasche und trat näher an den Herd. Überall standen Bottiche mit gräulichem Wasser herum. Auf einem Waschbrett lagen nasse Unterröcke, Unterhemden und Wollstrümpfe, und zwischen den Wänden waren Schnüre gespannt, auf denen Bettlaken und Kopfkissenbezüge trockneten.

Da trat aus dem Nebenraum eine Frau in die Küche. Sie hatte die Ärmel ihrer Bluse hochgekrempelt und sagte munter: »Immer rein in die gute Stube. Bestimmt wollen Sie einen Wäschesack abgeben, nicht? Legen Sie ihn man ruhig hin. Ich pass drauf auf. Meine Großmutter kommt gleich wieder.«

»Ich will nicht zu Ihrer Großmutter«, erwiderte Otto. »Ich will zu Ihnen. Die Leute aus dem Haus, in dem Ihr Vater sein Geschäft hat, haben mir gesagt, wo ich Sie finden kann.«

»Kennen wir uns?«

»Sie sind neulich auf dem Ausflugsdampfer hinter Ihrem Sohn hergerannt. Oskar ist sein Name, wenn ich mich recht erinnere.«

»Ach, jetzt weiß ich, wer Sie sind. Sie sind der Begleiter von Rieke. Ich sagte ihr, dass sie in den Laden kommen soll und ...« Plötzlich unterbrach sie sich. »Ist was mit Rieke?«

»Das würde ich gern von Ihnen erfahren«, sagte Otto und berichtete in groben Umrissen, wie sie zueinander standen und dass Rieke ihn nun nicht mehr sehen wollte. Ihre Rolle als Zeugin und seinen Verdacht hinsichtlich der Mordfälle sparte er aus.

»Vielleicht setzen wir uns besser hin«, sagte die Frau und deutete auf einen Stuhl. Schnell räumte sie einige Holzschüsseln vom

Küchentisch. »Ich heiße übrigens Clara Bukowski. Sie müssen die Unordnung entschuldigen. Meine Großmutter geht schon auf die achtzig zu. Als Waschfrau verdient sie sich ein paar Groschen dazu, aber es reicht hinten und vorn nicht.« Clara Bukowski setzte sich ihm gegenüber, griff nach einer Pfeife und stopfte sie. »Schlechte Angewohnheit, ich weiß. Eine Frau sollte nicht Pfeife rauchen und so. Vielleicht mach ich es gerade deshalb. Also, Sie wollen was über Rieke wissen?«

»Ja, deshalb bin ich hier.«

Sie legte die Pfeife beiseite, ohne sie anzustecken. »Rieke und ich sind zusammen auf die Volksschule gekommen. Und seit unserem ersten Schultag waren wir eng miteinander befreundet. Als wir in der vierten Klasse waren, kam die Schwindsucht. Sie wütete damals vor allem unter den Näherinnen, Schneidern und Webern. Erinnern Sie sich noch? Die Leute fielen um wie die Kegel, nicht? Mehrere Bekannte, mein Großvater und Riekes Mutter starben damals. Ich mochte Frau Dürr wirklich sehr. Sie hatte so freundlich leuchtende Augen, und sie brachte die Leute zum Lachen. Uns Kindern hat sie immer Rätsel aufgegeben. Wenn wir sie lösten, bekamen wir etwas geschenkt, eine Haarschleife oder ein Bonbon. Bis heute will mir nicht in den Kopf, wie eine solche Frau den alten Dürr heiraten konnte. Sie hätte jeden Mann haben können.«

»Hat Rieke sich den Tod ihrer Mutter sehr zu Herzen genommen?«

»Ja, sie hat sie entsetzlich vermisst. Und als sie gerade anfing, es zu verkraften, gut zwei, drei Jahre später, wurde sie schwanger.«

»Das kann nicht sein. Da kann sie doch nicht älter als … zwölf oder dreizehn Jahre gewesen sein.«

»Ich weiß auch nicht, wie das passiert ist. Eigentlich hatten wir mit Jungs noch nichts am Hut. Doch eines Tages brach Rieke in der Schule zusammen und krümmte sich unter großen Schmerzen. Ihr Kleid färbte sich rot, und auf den Dielen bildete sich eine Blutlache. Der Arzt musste kommen und ließ sie mit einer Trage wegbringen. Später erfuhren wir, dass sie eine Fehlgeburt hatte.«

»Weiß man, von wem sie schwanger war?«

»Rieke hat nie darüber gesprochen. Weil sie so ein braves Mädchen war, nahmen alle an, dass sie vergewaltigt worden sei. Vielleicht war es ein Fremder auf dem Schulweg oder ein Bekannter aus der Nachbarschaft. Vielleicht hatte er ihr gedroht und sie schwieg deshalb so beharrlich. Ich weiß es wirklich nicht.«

»Wie hat sie das alles denn verkraftet?«

»Haben Sie mal ihre Arme gesehen?«

Otto dachte an die rötlich braunen Narben und nickte.

»Mit dem Rasiermesser ihres Vaters schnitt sie sich in die Haut. Wenn ich daran denke, läuft es mir eiskalt den Rücken runter. Einmal hab ich sie dabei erwischt. Ich wollte sie abholen und hab mich so erschrocken, dass ich ihr eine geklebt habe. Als ich sie fragte, ob sie noch bei Verstand sei, blickte Rieke mich nur an und sagte, dass sie sich Schmerzen zufügen müsse, weil sie sonst nichts fühlen würde. Haben Sie so was schon mal gehört?«

»Nein«, sagte Otto nachdenklich und fragte: »Richtete sich ihre Aggressivität nur gegen sich selbst oder auch gegen andere?«

»Auch gegen andere. Manche Mädchen hatten richtig Angst vor ihr, weil sie sie beleidigte oder an den Haaren riss. Eine musste besonders leiden. Als ›Lutschmarie‹ und ›Fickmamsell‹ hat Rieke das arme Mädchen beschimpft. Weiß der Himmel, woher sie solche Ausdrücke kannte! Jedenfalls heulte sich Elvira die Augen aus dem Kopf.«

»Doch nicht etwa Elvira Krause?«

»Kennen Sie sie?«

Otto kniff die Augen zusammen. Clara Bukowski lebte nicht in Berlin. Es war durchaus möglich, dass sie von der Kreuzigung nichts gehört hatte. Doch bevor er Clara Bukowski jetzt umständlich erklärte, dass Elvira Krause ermordet worden war, wollte er noch mehr über Riekes Jugend erfahren. »Rieke schikanierte also ihre Mitschülerinnen?«

»Ja, so kann man es nennen. Rieke war damals schwierig. Es dauerte eine Weile, bis es besser wurde, aber sie wurde nie wieder die Alte. Sie redete weniger und war lustlos. Nur wenn sie erzählte, wo sie eines Tages leben würde – auf Madeira, in den Kolonien oder in Alaska –, glänzten ihre Augen. Sie wollte unbedingt fort. Und ich sollte mitkommen. Natürlich waren wir noch zu jung, und die Moneten fehlten uns auch.«

»Verletzte sie sich zu dieser Zeit noch?«

»Ich weiß es nicht. Aber ich glaube, das hörte auf, als sie fünfzehn war und Jonas kennenlernte. Er war Steinmetzlehrling, müssen Sie wissen. Grabsteine braucht man in allen Zeiten, hat er immer gesagt. Über ein Jahr lang holte er Rieke jeden Abend von der Arbeit ab. Sie war damals in Stellung bei einer Kaufmannsfamilie. Der Jonas hatte nicht nur sein Vergnügen im Kopf wie die anderen Jungs, sondern interessierte sich für Vulkane und sammelte Gesteine. Nur der liebe Gott weiß, wo er diese hässlichen Brocken herhatte. Ich fand ihn jedenfalls erste Sahne. Und die beiden passten so gut zusammen. Das soll nicht heißen, dass ich mich beklagen will. Ich hab auch Glück gehabt, aber solche Männer wie der Jonas sind selten. In der ganzen Zeit erlaubte Rieke ihm nicht einen Kuss. Und als sie ihm gestand, dass sie keine Kinder bekommen könnte, hat er ihr doch tatsächlich gesagt, dass ihn das nicht stören würde, weil er ja an ihr interessiert sei. Ich erzähle das nur, um Ihnen zu zeigen, wie anständig er war, verstehen Sie?«

»Rieke kann keine Kinder bekommen?«

»Hat sie Ihnen das nicht erzählt? Bei der Fehlgeburt … nun, da ist bei ihr da unten was kaputtgegangen. Sie war doch noch so jung.« Clara Bukowski warf ihm einen besorgten Blick zu. Offenbar hatte sie Angst, er würde nun schlecht von ihrer alten Schulfreundin denken. »Rieke ist ein sehr, sehr feiner Mensch. Sie war in unserem Viertel immer etwas Besonderes, sie war ganz anders als die anderen Weibsbilder hier, sie war viel … ach, manchmal bin ich einfach ein Gipskopf, manchmal fehlen mir die richtigen Worte.«

»Ich verstehe schon.«

»Jedenfalls sprach der Jonas bei ihrem Vater vor, damit alles seine Ordnung hatte. Aber der Alte tobte wie ein Wahnsinniger. Was ihm einfallen würde?, schrie er. Seine Tochter wäre viel zu gut für ihn. Er wolle doch nur das Eine und würde sie hinterher sitzen lassen. Schließlich verbot er dem Jungen, Rieke noch ein einziges Mal zu treffen, packte ihn am Schlafittchen und warf ihn vor die Tür.«

»Ein unangenehmer Zeitgenosse, der Herr Dürr.«

»Ja, das kann man wohl sagen. Aber die beiden brachte das nur noch enger zusammen. Sie trafen sich heimlich und machten sogar Pläne, nach Hamburg abzuhauen. Leider durchsuchte der alte Dürr eines Tages Riekes Sachen und fand einen Brief von Jonas. Daraufhin hetzte er seine Gesellen und die anderen Drechsler gegen den Jungen auf. Eines Nachts zogen sie zu zehnt los, um ihm die Ohren lang zu ziehen. Sie drangen in die Wohnung seiner Mutter ein, zerrten ihn aus dem Bett und verschwanden mit ihm in der Nacht. Der Junge tauchte nie wieder auf. Nicht bei seiner Mutter, nicht auf der Arbeit, nicht bei Rieke.«

»Sie werden ihn doch nicht erschlagen haben?«

»Ich hab keine Ahnung, was ihm zugestoßen ist. Nach drei Tagen erstatteten Rieke und seine Mutter eine Vermisstenanzeige. Doch beide nahmen sie wieder zurück. Ich weiß nicht, was der Alte Jonas' Mutter angedroht hat, aber Rieke konnte ein paar Wochen lang nur humpeln.«

»Er hat seine eigene Tochter verprügelt?«

»Verprügelt ist noch milde ausgedrückt, wenn Sie mich fragen. Das Schwein hat sie beinahe totgeschlagen. Und für Rieke wurde alles nur noch schlimmer. Als ich ihr sagte, dass ich mit meinem Ewald weggehen würde, war sie völlig aufgelöst und wusste nicht mehr ein noch aus. Aus Leipzig schickte ich ihr anfangs jede Woche einen Brief. Und Sie können mir glauben, dass das nicht die leichteste Übung war. Schreiben war noch nie meine Stärke. Normalerweise bin ich froh, wenn ich meinen Namen hinkriege. Aber Rieke reagierte nicht. Einige Jahre später erfuhr ich, dass sie, kurz nachdem ich weggezogen war, versucht hatte, sich umzubringen.«

Nachdem Otto die Kellerwohnung verlassen hatte, ging er die Ackerstraße hinunter, überquerte die Elsässer Straße und erreichte den Koppenplatz. Zwei Mietdroschken standen unter einer Gaslaterne und warteten auf Fahrgäste.

Was Clara Bukowski ihm erzählt hatte, ließ ihm keine Ruhe. Er wusste, dass ihm zu Hause die Decke auf den Kopf fallen würde, und ging deshalb in die nächstbeste Destille. Es war gerammelt voll und roch nach Schweiß und Kohlsuppe. Arbeiter und Huren drängten sich in kleinen Gruppen zusammen. Rauchwolken schwebten über ihren Köpfen.

Im Nebenraum stand ein stark schwitzender Mann auf einem Tisch und rief in die Menge: »Wir wissen doch noch gar nicht, wer ihn erschossen hat. Jeder könnte sich eine solche Polizeiuniform anziehen. Und außerdem: Vielleicht wollen sie uns bewusst provozieren. Erinnert euch nur an Ihring-Mahlow und all die anderen Spitzel, die sie bei uns eingeschleust haben, um uns aufzustacheln und zu Straftaten zu verleiten.«

»Was hat das damit zu tun?«, rief ein junger Mann wütend. »Der oberste Chef der Kriminalpolizei kreuzigt unsere Frauen. Zwei Gendarmen knallen Alfons ab, und wir sollen zuschauen wie die braven Lämmer.«

»Das habe ich nicht gesagt«, meinte der Mann auf dem Tisch. »Ich sage nur, dass wir jetzt erst einmal Ruhe bewahren müssen. Wir sind ganz nah am Ziel. Das Sozialistengesetz ist bald Geschichte und –«

»Das ist doch leeres Geschwätz«, rief der junge Heißsporn. »Wir sollten endlich zurückschlagen. Wir müssen ihnen zeigen, dass wir nicht alles mit uns machen lassen.« Die Männer ringsum brachen in zustimmende Rufe aus und reckten kämpferisch die Fäuste in die Luft.

»Genau das ist es, was sie wollen«, sagte der Mann auf dem Tisch. »Wenn wir das Gesetz brechen, beweisen wir doch nur, dass wir kein verantwortungsbewusster Bestandteil dieses Staates sein können. Deshalb müssen wir unbedingt Ruhe bewahren und dürfen auf keinen Fall Gewalt anwenden.«

Otto begriff nicht recht, worum es ging. Er fragte den Mann, der neben ihm stand, was passiert war, und erfuhr, dass der Mord an einem Arbeiterführer zu dieser Zusammenkunft geführt hatte. Erschrocken erkannte Otto, dass sich die politische Lage dramatisch zugespitzt hatte, ganz so wie es Graf zu Eulenburg und Hertefeld befürchtet hatte.

Mit ernster Miene sah Otto zu den aufgebrachten Männern hinüber. Sie konnten nicht wissen, dass Kriminaldirigent von Grabow mit den Kreuzigungen nichts zu tun hatte. Diese Information war von Commissarius Funke bewusst zurückgehalten worden, um den wahren Täter in Sicherheit zu wiegen. Mittlerweile war Commissarius Funke bestimmt über das Attentat auf den Arbeiterführer in Kenntnis gesetzt worden. Wahrscheinlich wägte er bereits ab, ob er die Informationssperre aufrechterhalten oder ob er angesichts der neuesten Entwicklungen die Presse unterrichten sollte, um eine weitere Eskalation zu vermeiden.

Otto war froh, dass er nicht in der Haut des Commissarius steckte und eine so bedeutsame Entscheidung treffen musste. Mühsam drängelte er sich nun zum Schanktisch vor und rief dem Wirt zu: »Einen Krug mit Limonade!« Er wollte einen klaren Kopf bewahren, außerdem hatte er von Alkohol erst einmal genug.

Eine Hure pirschte sich von der Seite heran und griff ihm um die Taille. »He, Meister, ich hab so 'n Durst. Spendierst du mir 'ne Anisette?« Sie trug ganz offensichtlich eine Perücke, denn ihre Haare leuchteten unnatürlich rot. Die breiten, faltigen Lippen waren grell übermalt, und als sie lächelte, entblößte sie zwei lückenhafte Reihen brauner Stummel. Um ihren Hals lag eine Federboa, in der sich die Reste ihrer letzten Mahlzeit – graue, glänzende Bulettenbrocken – verfangen hatten. Ihre Bluse war weit aufgeknöpft und gab den Blick frei auf welke Haut.

»Bestimmt nicht.«

»Nu' werd mal nicht kiebig, Kleiner. Wollt ja nur mal fragen.«

Otto wandte sich ab und dachte wieder an seinen Besuch bei Clara Bukowski. Er hatte nicht nur mehr über Rieke erfahren wollen, sondern auch über ihren Vater und das Verhältnis zwischen den beiden. Clara Bukowski hatte ihm nützliche Informationen geliefert.

Er trank ein Glas Limonade und dachte nach. Als Riekes junger Verehrer bei Eberhard Dürr vorgesprochen hatte, war der Drechslermeister außer sich gewesen. Reagierte er immer so eifersüchtig, wenn ein Mann sich seiner Tochter näherte? Schmiedete er auch heute noch Pläne, um Verehrer aus dem Weg zu räumen?

Und Rieke hatte schon damals große Angst vor ihm gehabt. Sie hatte sogar die Vermisstenanzeige zurückgezogen, obwohl sie, wahrscheinlich mit Recht, befürchtet hatte, dass etwas Furchtbares mit Jonas geschehen war. Ihr Vater hatte sie schwer misshandelt. Wer konnte schon wissen, womit er ihr sonst noch gedroht hatte?

Plötzlich wandte sich Otto einem Bauarbeiter zu, der neben ihm stand und der gerade etwas gesagt hatte, das ihn aufhorchen ließ. »Wie bitte? Was haben Sie gerade gesagt?«, fragte Otto.

Der Mann war hager, hatte ein kantiges, verkniffenes Gesicht und trug ein blaues Zunfthemd. Unwirsch brummte er: »Was soll ich schon Großes gesagt haben? Nur, dass die Ilse rangeht wie Lots Töchter! Nicht mehr und nicht weniger.«

Rangehen wie Lots Töchter. Stirnrunzelnd betrachtete Otto Ilse, eine üppige Hure um die zwanzig mit kleinen, eng stehenden Augen, die gerade die Nasen zweier Bauarbeiter in ihr Dekolleté drückte. Otto hatte diesen Spruch schon Jahre nicht mehr gehört. An irgendetwas erinnerte er ihn. Aber an was?

Otto stützte den Ellenbogen auf den Schanktisch und hatte plötzlich das Bild vor Augen, das im Dürr'schen Hausflur hing. Lot mit seinen Töchtern. Otto rief sich die Geschichte aus dem ersten Buch Mose ins Gedächtnis. Bei der Zerstörung von Sodom überlebte Lot als einziger Mann. Seine Töchter beschlossen daher, sich von ihrem Vater schwängern zu lassen, damit ihr Geschlecht nicht ausstarb.

Auf dem Bild bei Dürrs war, so erinnerte sich Otto, Lot als älterer Mann mit grauem Haar und grauem Bart dargestellt. Nur spärlich bekleidet saß er auf einer Bettstatt und ließ sich die liebevolle Behandlung durch seine beiden halb nackten Töchter gefallen. Die eine schenkte ihm Wein nach, die andere war nah an ihn herangerückt und legte ihren Kopf an seine Schulter. Das Bild und die Bibelgeschichte hatten eine klare Botschaft: Unter gewissen Umständen konnte der Geschlechtsverkehr zwischen Vater und Töchtern gerechtfertigt sein.

Ottos Verstand arbeitete fieberhaft. Hatte er gerade eine entscheidende Entdeckung gemacht? Gab es einen Zusammenhang zwischen dem Bild und dem Verhältnis von Rieke und Eberhard Dürr? Otto wusste, dass die Geschichte von Lot seit Jahrhunderten angeführt wurde, um Inzest zu rechtfertigen. Auch von Eberhard Dürr?

Solche Vorwände wurden meist von Männern vorgebracht, die sich lange vor einer Tat mit der Schuldfrage auseinandergesetzt hatten. Bevor es zum Missbrauch kam, hatten sie manchmal einen langen inneren Konflikt ausgefochten, in dem letztlich das Geschlechtliche obsiegte. Galt das auch für Dürr? War der Trieb in ihm so stark, stärker als moralische Bedenken und die Angst vor strafrechtlicher Verfolgung?

Natürlich wusste Otto, dass eine bestimmte charakterliche Disposition sich nicht immer im Äußeren eines Menschen zeigte. Allerdings offenbarte sich eine hoch entwickelte Libido fast immer durch die Betonung des Unterleibs: auffällige oder zu enge Beinkleider, unbedachte Berührungen der Genitalien oder das aufreizende Wiegen des Hinterteils. Die Ursache für dieses Verhalten lag in einer direkten Nervenverbindung zwischen der Hirnrinde, dem psychosexualen Zentrum, und dem Geschlechtsapparat, wie Otto erst kürzlich in einem Aufsatz gelesen hatte. Und der alte Dürr schob beim Gehen den Unterkörper vor, fast so, als würde ihm sein Gehänge die Richtung vorgeben. Das war zumindest ein Indiz für ein stark triebhaft gesteuertes Verhalten.

Auch alles andere passte. Rieke hatte den Namen des Vergewaltigers verschwiegen. Natürlich, wie hätte sie ihren leiblichen Vater auch anklagen sollen? Sie hatte davon geträumt, auszuwandern. Verständlich, denn was erwartete sie zu Hause? Und sie hatte sich selbst Verletzungen zugefügt. Vielleicht hatte sich ihre Seele während des Aktes verschlossen, um die Schmerzen und die Demütigung besser zu ertragen. Hinterher hatte sie sich mit dem Messer in den Arm geschnitten, um wieder etwas zu spüren und so Körper und Geist durch den Schmerz wieder zu verbinden.

Und plötzlich ergab auch alles andere einen Sinn: Dürr war nicht nur der Schänder seiner Tochter, sondern er hatte aus Eifersucht auch die Kreuzigungen arrangiert. Er wollte den Verdacht auf den Nebenbuhler, den Kriminaldirigenten von Grabow, lenken. Und vielleicht war er dabei auf den Geschmack gekommen und konnte mit dem Töten nicht aufhören. So hatte auch die dritte Frau sterben müssen.

Otto beschloss, dem alten Dürr einen Besuch abzustatten.

In einem abgedunkelten Raum

Rieke lag auf dem Bett und ließ die Ereignisse der vergangenen Tage Revue passieren. Nach dem Bootsausflug hatte er ihr deutlich zu verstehen gegeben, dass sie Otto nicht wiedersehen dürfe. Trotzdem hatte sie sich über sein Verbot hinweggesetzt und war zu der Geburtstagsfeier gegangen. Vielleicht hätte sie ihm hinterher nichts davon erzählen sollen. Vor allem, so dachte Rieke jetzt, hätte sie ihm nichts von den Gefühlen berichten sollen, die sich zwischen ihr und Otto entwickelt hatten. Und mit Sicherheit hätte sie nicht so naiv sein dürfen, so etwas wie Freude oder Anteilnahme von ihm zu erwarten. Er war nicht eifersüchtig gewesen, aber sie hatte in seinen Augen eine große Angst gesehen. Sie wusste, dass sie der einzige Mensch war, dem er vertraute. Der Gedanke, sie an einen anderen zu verlieren, hatte ihn sichtlich schockiert.

Natürlich hatte sie ihm sogleich versichert, dass ihre Zuneigung für Otto nichts mit ihm zu tun hatte. Schließlich verband sie beide etwas, was ein Außenstehender nicht nachvollziehen konnte. Aber er hatte nichts davon hören wollen. Er hatte gezittert und seine Spritze ausgepackt. Nachdem er sein Kokain genommen hatte, war er wütend geworden. Er hatte sie als »läufige Hündin« bezeichnet und als »hinterhältige Verräterin«.

Rieke schmiegte ihre Wange an das Kissen, das von ihren Tränen schon ganz feucht war. Verzweifelt erkannte sie, dass sie noch genauso machtlos war wie als zwölfjähriges Mädchen. Sogar er, der ganz genau wissen musste, was jetzt in ihr vorging, nahm keine Rücksicht auf ihre Gefühle, sondern wollte seinen Willen durchsetzen. Er hörte ihr nicht mehr zu und machte mit ihr, was ihm gefiel. Und sie war zu schwach, zu verwirrt und zu ängstlich, um sich zur Wehr zu setzen. Sie konnte es nicht länger verleugnen: Alles ging von vorn los. Zwar wurde ihr diesmal keine körperliche Gewalt angetan, aber dass sie nun unter psychischen Druck gesetzt wurde, wog nicht minder schwer.

Sie schluchzte laut und drückte ihr Gesicht noch tiefer in das Kissen. Sie wünschte sich weit fort von hier und dachte an all die Beschreibungen von exotischen Ländern, von denen sie in den Berichten der Entdeckungsreisenden gelesen hatte. Sie rief sich Ottos

Erzählungen ins Gedächtnis und stellte sich wunderbare Strände vor und phantastische Sonnenuntergänge. Sie dachte an Berggipfel, die auch im Sommer schneebedeckt waren. Sie gab sich die allergrößte Mühe, um sich von ihren Erinnerungen nicht fortreißen zu lassen, aber sie holten sie mit einer Wucht ein, wie schon seit Jahren nicht mehr. Rieke versank in einem dunklen Strudel.

Riekes Kammer in ihrem Elternhaus, im November 1879

Rieke saß an dem wackligen Tisch und knabberte an ihrer Unterlippe. Normalerweise war sie eine gute Schülerin. Im Lesen und Schreiben brachte sie nur Einsen nach Hause, aber diese Aufgabe war wirklich schwer. Rieke rechnete fünfmal, und fünfmal kam ein anderes Ergebnis heraus. Obwohl sie ahnte, dass sie falschlag, tauchte sie den Federkiel ins Tintenfass und kritzelte die Zahl, auf die sie beim letzten Mal gekommen war, auf das billige gelbe Papier in ihrem Schreibbuch.

Die Tür öffnete sich, und ihr Vater trat ein. In seinen Händen trug er eine dampfende Waschschüssel. »Ich hab Wasser heiß gemacht«, sagte er.

»Oh«, machte Rieke. Aber sie wollte den Vater nicht verärgern und setzte deswegen schnell hinzu: »Das ist … lieb.«

Eberhard Dürr stellte die Schüssel auf einen Hocker. Seife, Waschlappen und Handtuch legte er daneben. Dann stützte er sich auf dem Tisch ab und beugte sich so über seine Tochter, dass seine Brust ihre Schulter berührte.

»Hausaufgaben?«, fragte er.

Rieke zwang sich, nicht von ihm abzurücken. Die Berührung war ihr unangenehm, aber sie traute sich nicht, es ihrem Vater zu sagen. Außerdem gab sie sich die Schuld, dass es überhaupt so weit gekommen war.

Nach dem Tod ihrer Mutter hatte Rieke ein starkes Bedürfnis nach körperlicher Nähe gehabt. Mit Clara Bukowski, ihrer besten Freundin, war sie stets Hand in Hand zur Schule gegangen. Manchmal hatten sie sich gegenseitig in den Arm genommen oder sich aneinander gekuschelt. Oft hatte Rieke auch einen Hund oder eines der Nachbarskinder geherzt. Wenn sie ein anderes Lebewesen berührte, seine lebendige Wärme spürte, hatte sie sich nicht mehr so verlassen gefühlt.

Anfangs hatte sie sich auch auf den Schoß ihres Vaters gesetzt und ihren Kopf an seine Brust gelehnt. Aber er hatte sich dann immer komisch gewunden und einen roten Kopf bekommen. Rieke hatte deswegen damit aufgehört. Bald aber suchte der Vater den Körperkontakt zu ihr. Wahrscheinlich wollte auch er auf diese Weise Trost finden.

»Ich weiß nicht, ob ich die Aufgabe richtig gelöst habe«, sagte Rieke nun.

»Lass mal sehen«, erwiderte ihr Vater. »Wie teuer sind drei Pfund Äpfel, wenn fünf Pfund fünfundachtzig Pfennige kosten? Fünfundvierzig Pfennige sind falsch. Du musst fünfundachtzig Pfennige durch fünf teilen. Dann weißt du, wie viel ein Pfund kostet. Das Ergebnis nimmst du mal drei. Die richtige Lösung lautet einundfünfzig.« Er richtete sich auf. »Schreib das hin. Und dann wasch dich. Es wird Zeit, dass du ins Bett kommst.« Mit hastigen Schritten verließ er ihre Kammer.

Ach ja, die Waschschüssel, dachte Rieke, korrigierte die Lösung und schloss den alten Buchdeckel aus Pappe, den sie mit Rosen und einer Katze bemalt hatte. Ihre Freundin Clara hatte ein grinsendes Pony beigesteuert. Und Rieke hatte auf Claras Schreibbuch einen Strauß bunter Frühlingsblumen gezeichnet. So hatte jede etwas von der anderen, auch wenn sie getrennt waren.

Als Rieke sich erhob, fiel ihr Blick auf die Schüssel. Natürlich verstand sie den Vater. Vor drei Monaten hatte sie zum ersten Mal ihre Blutung bekommen. Als sie das Blut in ihrer Unterwäsche gesehen hatte, war sie zu Tode erschrocken zu ihrem Vater gelaufen. Er hatte ihr erklärt, dass ihr Körper nun unrein und sündig sei und dass sie sich deswegen jeden Tag waschen musste.

Die Veränderungen an ihrem Körper gefielen ihr überhaupt nicht. Selbstverständlich wusste sie, dass Mädchen zu Frauen reiften, so war das eben, aber die Männer starrten sie jetzt immer so seltsam an. Wenn sie ihren Blick erwiderte, schauten sie schnell weg, so als fühlten sie sich ertappt. Manchmal fragte sich Rieke, ob etwas mit ihrem Körper nicht stimmte, ob er hässlich oder entstellt war. Und an manchen Tagen hätte sie sich am liebsten unter einem weiten Umhang versteckt, um den Blicken zu entgehen.

Verunsichert sah sie zu dem Loch in der Wand. Kurz nach ihrer ersten Monatsblutung war es plötzlich da gewesen, und am gleichen Abend war ihr Vater zum ersten Mal mit der Waschschüssel erschienen. Ohne groß darüber nachzudenken, hatte Rieke ein Stück Wolle in das Loch gestopft, aber am Tag darauf war das Knäuel verschwunden, und ihr Vater hatte erneut heißes Wasser gebracht. Obwohl Rieke das Loch wieder und wieder verstopft hatte, war die Wolle stets entfernt worden.

Ihr Vater hatte sich in dieser Zeit stark verändert. Er war abweisend geworden und teilweise richtig gemein. Wenn Rieke ihn um etwas gebeten hatte, hatte er sie manchmal einfach stehen lassen. Und er hatte, wenn er ihr Aufträge erteilt hatte, grundsätzlich einen gereizten Tonfall angeschlagen. Außerdem hatte er sie immer wieder geschimpft oder ihr Maulschellen gegeben, weil sie angeblich ihre häuslichen Pflichten vernachlässigt hatte.

Rieke hatte fürchterliche Angst bekommen. Vielleicht hat er genug von mir, hatte sie immer öfter gedacht, und wirft mich bei der nächsten Gelegenheit raus. Vielleicht lässt er mich allein wie Mama. Instinktiv hatte sie verstanden, dass das Loch und sein abweisendes Verhalten miteinander zusammenhingen. Eines Tages war ihre Angst so groß gewesen, dass sie ihre Scham überwunden und das Loch nicht zugestopft hatte.

Sofort hatte sich sein Verhalten verändert. Lachend aß er nun ihre Pellkartoffeln, auch wenn sie verkocht waren, überschwänglich lobte er die geputzten Fenster, obwohl sie oft verschmiert und längst nicht so sauber wie bei ihrer Mutter waren. Von der Gewerbeausstellung neulich hatte er ihr sogar eine Holzschatulle mitgebracht, in der sie den Ring aufbewahrte, den sie von ihrer Mutter geerbt hatte.

Rieke war sich nicht sicher, ob ihr der radikale Wandel gefiel. So viel Aufmerksamkeit wollte sie nicht, aber ihr Vater war nun so glücklich, und sie musste keine Angst mehr haben, dass er sie loswerden wollte.

Wahrscheinlich hatte der Vater das Loch nur gebohrt, um zu kontrollieren, ob sie sich wirklich wusch. Es ist ja so wichtig für die Gesundheit, dachte sie. Nur gut, dass ich einen so fürsorglichen Papa habe.

Rieke zog den Kittel aus, das Leibchen, das Kleid und die langen wollenen Strümpfe, bis sie vollkommen nackt war. Es war kalt, und im Nu bildete sich auf ihren Armen eine Gänsehaut. Sie tauchte den Zeigefinger prüfend ins Wasser. Es war angenehm warm. Als sie nach dem Waschlappen griff, sah sie ein Schimmern im Loch.

Schnell tauchte sie den Waschlappen ins Wasser und rieb die Seife über den rauen Stoff, bis sich Schaum bildete. Während sie sich wusch, stellte sie sich das Puppentheater vor, das sie mit Clara gründen wollte. Sie wollten die Puppen selbst schnitzen und Märchen für die kleinen Kinder in der Nachbarschaft aufführen. Am schönsten fanden sie beide »Die kleine Meerjungfrau« von Hans Christian Andersen. Immer wenn sie sich die Geschichte gegenseitig vorlasen, mussten sie weinen, weil die Meerjungfrau für die Liebe alles aufgab und am Ende zu Schaum auf den Wellen wurde. Das war ungerecht und traurig und gleichzeitig so wunderschön.

Durch das Loch drangen nun beunruhigende Geräusche. Schnell dachte sie an das Picknick am kommenden Sonntag. Clara und sie hatten schon eine ganze Menge dafür beiseitegelegt: zwei Äpfel, eine Handvoll Haselnüsse, zwei Scheiben Brot, einen Harzer Käse und Sahnebonbons, die ein Geselle ihres Vaters Rieke zugesteckt hatte. Natürlich wussten die Mädchen, dass es schon zu kalt für ein Picknick war, aber vor dem schrecklich grauen und ungemütlichen Winter wollten sie jeden Sonnenstrahl auskosten.

Als drüben Schritte erklangen und das Fenster aufgemacht wurde, wusste sie, dass sie endlich erlöst war. Rieke legte den Waschlappen beiseite, trocknete sich ab und streifte schnell das Nachthemd über. Sie kniete sich vor das Fenster und faltete die Hände. Wenn sie beim Gebet in den Nachthimmel schaute, fühlte sie sich ihrer Mutter näher. Vielleicht saß sie auf einem Stern und blickte auf sie herab.

»Lieber Gott«, flüsterte Rieke. »Heute hat mich der Lehrer gelobt, weil ich den ›Erlkönig‹ so schön aufgesagt habe. Nach der Schule hab ich große Wäsche gemacht und Äpfel eingekocht. Nicht ein einziges Mal hab ich geflucht oder böse Gedanken gehabt. Bitte behüte mich und hilf mir, damit ich weiter so brav bin.«

Rieke wandte erstaunt den Kopf zur Seite. Normalerweise erklang aus der Kammer des Vaters ein tiefes, sonores Schnarchen, kurz nachdem sie mit dem Waschen fertig war. Aber heute hörte sie Schritte, schwere, schnelle Schritte. Ruhelos trampelte ihr Vater durch den Raum, so als wäre er auf der Flucht. Was macht er denn da?, fragte sich Rieke. Doch ihr fiel keine Antwort ein, und so betete sie weiter.

Sie blickte wieder in den Sternenhimmel und flüsterte: »Lieber Gott, bitte halte deine schützenden Hände über Clara und ihren kleinen Bruder, der schon seit einer Woche Fieber hat, und über meinen Papa, der manchmal flucht und grobe Worte benutzt. Er meint es aber nicht so. Er tut nur so böse, damit die Gesellen Angst vor ihm haben und machen, was er will. Bewahre alle meine Lieben vor Krankheiten und dem Tod, damit ich nicht allein zurückbleibe. Und bitte grüße die Mama. Könntest du ihr ausrichten, dass sie nicht traurig sein soll, weil ich letzten Sonntag nicht zum Grab kommen konnte? Ich musste nämlich den Hof fegen, weil der Lehrling jetzt Geselle ist und Wichtigeres zu tun hat. Aber nächsten Sonntag komme ich und bringe was zum Vorlesen mit. Sag ihr das bitte.« Rieke zog die Stirn kraus und überlegte, ob sie noch etwas vergessen hatte. Als ihr nichts mehr einfiel, sagte sie leise: »Amen.«

Der Tag war lang gewesen, und sie war furchtbar müde. Rieke freute sich auf ihr warmes, kuscheliges Bett. Als sie die Decke zurückschlug, öffnete sich die Tür.

Ihr Vater stand mit flackernden Augen da und streckte die Hand nach ihr aus. Sein Gesicht glänzte feucht und war gerötet, so als hätte er Fieber.

»Du kommst jetzt mit nach drüben«, sagte er.

Im Haus von Eberhard Dürr

Auf der Droschkenfahrt stellte Otto sich vor, wie sich der alte Dürr an seiner Tochter verging, und vor Wut und Ekel war seine Kehle wie zugeschnürt. Ganz abgesehen von seinen Gefühlen für Rieke hatte er es schon immer gehasst, wenn Stärkere sich an Schwächeren vergriffen, und er hasste es noch mehr, wenn jemand dabei seine Vertrauensstellung missbrauchte. Zwar spürte er, dass er im Begriff war, die Kontrolle zu verlieren, und er ahnte, dass es keine gute Idee war, in dieser Stimmung zu Dürr zu fahren, aber er konnte jetzt nicht mehr zurück.

Nachdem die Droschke angehalten hatte, sprang er aus der Kabine und gab dem Kutscher eilig sein Geld. Er stürmte die Treppe hoch und ließ den Messingklopfer mehrmals laut gegen die Tür fallen.

»Sofort aufmachen!«, rief er. In der Nachbarschaft erwachte ein Hund und fing an zu kläffen. Als sich im Haus nichts regte, trommelte Otto mit den Fäusten gegen die Tür. »Machen Sie sofort die Tür auf, Dürr!«

Endlich regte sich im Inneren etwas. Otto presste sein Ohr gegen das Holz und hielt die Luft an. Er hörte Holz knarren. Das waren Schritte. Ja, jemand kam wahrscheinlich gerade die Stiege hinunter.

Otto trat einen Schritt zurück und presste die Arme an die Rippen. Nach Kräften bemühte er sich, tief durchzuatmen und sich zu beruhigen. Sein Brustkorb hob und senkte sich. Kalte Luft strömte in seine Lungen. Doch es half nichts: Mit jeder Faser seines Körpers spürte er, dass er sich nicht würde beherrschen können.

Da wurde die Tür aufgerissen, und Eberhard Dürr stand im Rahmen. Er trug ein weißes Nachthemd und eine Schlafmütze. In seiner Hand hielt er eine Rauchglaslaterne. Er sah empört aus, wie ein braver Mann, der um seinen wohlverdienten Schlaf gebracht wurde. »Was ist hier los? Was wollen –«

Otto fiel ihn an wie ein Raubtier. Obwohl Dürr groß und kräftig war, konnte er den Angriff nicht abwehren. Mit den Daumen und den Mittelfingern umgriff Otto seinen Hals, drängte ihn in den Flur und schlug seinen Hinterkopf gegen eine Wand. »Eine falsche Bewegung und ich erwürge Sie. Ist das klar?«

Dürrs Augen rollten erschrocken hin und her. In der Dunkelheit sah Otto nur das Weiß seiner Augäpfel. »Wer … was –«

»Sie reden nur, wenn Sie gefragt werden!«

Der Drechslermeister wand seinen Hals in der Umklammerung und krächzte: »Du beschissener Isidor. Wenn du glaubst, dass ich kusche, dann –«

»Was hab ich gesagt?«, fragte Otto und drückte noch fester zu. »Ich will wissen, wo Rieke steckt. Ist sie hier? Was haben Sie mit ihr angestellt? Und warum darf sie mich nicht mehr sehen?«

»Ich …« Dürrs Gesicht wurde fahl.

Otto schlug seinen Hinterkopf erneut gegen die Wand und lockerte den Griff dann etwas. »Wo steckt Rieke?«

»Wenn … wenn ich sie erwische, kann sie was erleben.«

»Zum letzten Mal! Wo steckt Rieke?«

»Ich … ich suche sie ja selbst. Ich dachte, das Mädchen wäre bei Ihnen.«

»Womit haben Sie Rieke unter Druck gesetzt? Wie haben Sie Ihre Tochter dazu gebracht mitzuspielen?«

»Was?«

»Ich weiß Bescheid! Hat von Grabow auch um sie gebuhlt? Haben Sie die Kreuzigungen inszeniert, damit er unter Mordverdacht gerät und Sie ihn so loswerden?«

»Was soll das –«

Otto rammte ihm das Knie in den Unterleib. »Verkaufen Sie mich nicht für blöd!« Dürr schnappte nach Luft und sackte weg, aber Otto hielt ihn fest und drückte ihn an die Wand. »Sie wissen genau, was ich meine. Die armen Mädchen haben Sie wahrscheinlich angefleht aufzuhören. Sie haben vermutlich bis zuletzt um ihr Leben gebettelt. Und Sie haben sich an ihren Schmerzen geweidet und sind auf den Geschmack gekommen. Ist es nicht so? Sie sind Abschaum, nichts als Dreck!«

»Nein«, rief Dürr, um einem erneuten Stoß in den Unterleib zuvorzukommen. »Ich … ich weiß nichts über die Kreuzigungen, aber wenn Rieke nicht … wenn sie nicht bei Ihnen ist, wird sie bei ihrem Gönner sein.«

Otto sah ihn drohend an. »Weiter! Reden Sie weiter«, sagte er.

»Sie war schon oft bei ihm«, sagte Dürr. »Manchmal auch bis zum Morgen. Der scharwenzelt schon seit Jahren um sie herum.«

»Reden Sie keinen Blödsinn! Das hätten Sie niemals zugelassen, dazu sind Sie viel zu eifersüchtig.«

»Er hat mir gedroht, dass er mich ruinieren würde, wenn ich sie nicht gehen lasse. Keinen einzigen Auftrag würde ich mehr erhalten, hat er gesagt.«

»Haben Sie Rieke deshalb auch erlaubt, in einem Revuetheater aufzutreten?«

»Mir blieb ja nichts anderes übrig.«

»Und wer soll dieser Gönner sein?«

»Bevor Rieke zum Theater ging, arbeitete sie als Serviermädchen. In so einem Verein für feine Pinkel. Millionenclub heißt er hier, weil so viele reiche Kerle hingehen. Und da hat sie ihn wohl kennengelernt.«

»Millionenclub?«, sagte Otto überrascht und versuchte, die neue Information einzuordnen. Erst neulich hatte er dort einen Vortrag gehalten.

Dürr spürte, dass Otto unaufmerksam wurde. Er spannte die Muskeln seiner Arme an, seine Hände ballten sich zu Fäusten. Er wollte schon zum Befreiungsschlag ausholen, doch da hatte sich Otto wieder im Griff. Er reagierte augenblicklich und drückte mit aller Kraft zu. Dürr traten die Augen fast aus den Höhlen, er geriet in Panik. Reflexartig klammerten sich seine Hände um Ottos Arm.

»Finger weg«, sagte Otto. »Sofort! Dann lockere ich den Griff.«

Dürr wurde leichenblass, offenbar war er einer Ohnmacht nahe, aber er ließ die Hände sinken.

Otto rammte ihm das Knie in den Unterleib. »Ich will seinen Namen. Wie heißt dieser Gönner?«

Dürr stöhnte vor Schmerzen. Dann brachte er unter großen Anstrengungen heraus: »Es ist Kommerzienrat Vitell.«

Otto hörte nicht mehr hin. Vitell?, dachte er. Der seriöse Kommerzienrat war der Gönner von Rieke? »Wenn Sie mich anlügen, dann –«

»Ich will doch auch, dass Rieke zurückkommt.«

Otto holte aus und rammte dem alten Dürr die Faust in den Magen. »Ja, das denke ich mir, damit Sie sie wieder ganz für sich haben. Aber das sage ich Ihnen: Wenn Sie Rieke noch einmal anfassen, wenn Sie ihr nur ein Härchen krümmen, dann komme ich wieder. Das schwöre ich Ihnen.«

Auf der Straße

Als Otto das Haus verließ, zitterten ihm die Knie. Das letzte Mal war er jemanden so hart angegangen, als ein Mitschüler Ferdinand gequält hatte. Aber das war über zwanzig Jahre her, und er hatte noch kurze Hosen getragen.

Hatte Eberhard Dürr wirklich die Wahrheit gesagt? Und wenn ja, was hieß das?

Während Otto Richtung Alexanderplatz ging, kamen ihm einige Arbeiter entgegen und brüllten politische Parolen. Sie hielten Knüppel in den Fäusten und wirkten äußerst aggressiv.

Hoffentlich kommt es nicht zu Ausschreitungen, dachte Otto. Denn dann würde der Kaiser mit aller Härte zurückschlagen, und ein Bürgerkrieg stand zu befürchten. Das wäre das Schlimmste, was passieren konnte. Es würde Generationen dauern, bis die Wunden verheilt wären.

Otto war sich darüber im Klaren, dass er zur Beruhigung der Lage beitragen konnte, indem er half, den Mörder zu überführen. Also zwang er sich zur Konzentration.

War Vitell der geheimnisvolle Hintermann? Hatte er Rieke dazu gebracht, von Grabow erst so spät zu belasten? Steckten Vitell und Rieke unter einer Decke? Zumindest traute Otto ihm ein solch raffiniertes Komplott gegen den Kriminaldirigenten eher zu als dem alten Dürr.

Wenn Vitell und Rieke sich seit mehreren Jahren kannten, wie Dürr behauptete, dann war alles vielleicht bis ins kleinste Detail geplant gewesen. Doch welche Rolle spielte er, Otto, dabei? Plötzlich fielen ihm zahlreiche kleine Ungereimtheiten auf: Vitells Wunsch, dass er sich an den Ermittlungen beteiligen sollte. Sein Engagement, um Otto aus dem Gefängnis zu holen. Die allzu offensiven Annäherungsversuche von Rieke, die Einladung ins Theater, das Picknick. Und dann ihre zögerliche Aussage, die den Verdacht auf den Kriminaldirigenten gelenkt hatte. Mit einem Mal verstand Otto: Das alles war von langer Hand vorbereitet gewesen. Und Otto war nicht mehr als eine Schachfigur gewesen. Sie hatten ihn hin- und hergeschoben, wie es ihnen gerade gepasst hatte. Es musste so einfach gewesen sein, ihn zum Narren zu halten.

Und Rieke hatte dafür sogar mit ihm geschlafen. Wahrscheinlich hatte sie den Akt als besondere Herausforderung gesehen, um ihr schauspielerisches Talent unter Beweis zu stellen. Sie war wirklich begabt, das musste man ihr lassen.

Über ihm, im dritten Stockwerk eines Mietshauses, öffnete jemand ein Fenster und leerte seinen Nachttopf. Der Urin klatschte auf die Straße und spritzte Otto auf die Hosenbeine. Er bemerkte es kaum.

Sein ganzes Vertrauen hatte er Rieke geschenkt, und sie hatte es schamlos ausgenutzt. Konnte einem Menschen Schlimmeres widerfahren? Er erinnerte sich an die Worte von Phaedrus, einem lateinischen Fabeldichter: »Hinter der Schmeichelei eines schlechten Menschen versteckt sich Verrat.«

Die Enttäuschung war groß, doch gleichzeitig spürte er Trotz in sich aufsteigen. Sollte er Rieke und Vitell wirklich davonkommen lassen? Nein, das konnte er nicht. Sie hatten ihn belogen, betrogen und gedemütigt, und jetzt sollten sie sein Kämpferherz kennenlernen. Wenn er sie zur Strecke gebracht hatte, konnte er sich zurückziehen und seine Wunden lecken. Sollten sie sich ruhig in Sicherheit wiegen. Er wusste nun Bescheid.

Ottos Verstand arbeitete mit verzweifelter Entschlossenheit. Bei Vitell durfte er nicht so impulsiv wie beim Kriminaldirigenten oder beim alten Dürr vorgehen. Dazu kannte der Kommerzienrat zu viele einflussreiche Persönlichkeiten, die ihn schützen würden.

Nein, er musste jeden Schritt sorgfältig planen. Zuerst musste er den Commissarius aufsuchen – am besten noch heute Nacht, am besten jetzt gleich – und ihm von seinen Erkenntnissen berichten.

Funke würde mit Sicherheit Rat wissen.

In der Küche des Commissarius

»Mon Dieu«, rief der Commissarius und schlug die Hände über dem Kopf zusammen. Er saß auf einem Hocker in seiner Küche.

Inzwischen hatte sich Otto eigentlich an Funkes auffällige Kleidung gewöhnt, doch übertraf sein jetziger Aufzug alles Bisherige: Sein türkischer Fez leuchtete in der grellroten Farbe von Vogelbeeren, er trug einen seidenen Kimono mit japanischen Schriftzeichen, und seine Füße steckten in arabischen Pantoffeln.

»Und Sie sind absolut sicher, dass Eberhard Dürr Ihnen keinen Bären aufgebunden hat?«, fragte der Commissarius.

»Ja, ganz sicher. Und außerdem passt alles zusammen«, sagte Otto.

»Ich kann allerdings kein stichhaltiges Motiv erkennen«, sagte der Commissarius und erhob sich, um einen Kessel mit kochendem Wasser vom Herd zu nehmen und Tee aufzugießen. »Warum soll Vitell einen so sorgfältigen Plan ausgearbeitet haben? Warum hätte er dem Kriminaldirigenten schaden wollen?«

»Was weiß ich! Vielleicht hat sich von Grabow an Rieke herangemacht, oder er war Mitwisser bei einem krummen Geschäft. Vielleicht –«

»Gut, lassen Sie uns annehmen, dass er einen Grund hatte. Spätestens nach der Verhaftung des Kriminaldirigenten hatte er sein Ziel aber doch erreicht. Wozu dann also der dritte Mord? Aus reiner Lust am Töten? So leid es mir tut, aber ich kann mir Vitell nicht als Verrückten vorstellen, der einfach so Frauen quält und ermordet. Er ist ein vorbildlicher Bürger und ein wahrer Gentleman. Auch uns beiden hat er stets geholfen, wenn wir in –«

»Wer sagt denn, dass er uns geholfen hat? Ich glaube vielmehr, dass er jeden unserer Schritte vorausgesehen und sogar eingeplant hat. Und er hat uns an sich gebunden. Er war stets bestens über die Ermittlungen informiert. Und ganz abgesehen davon: Was heißt schon Gentleman? Wir sehen nur das, was er uns sehen lässt. Wer kann schon wissen, was sich hinter seiner Maske des Anstands verbirgt?«

»Aber selbst wenn Sie recht haben, haben wir keinen einzigen Beweis. Wir haben rein gar nichts.«

»Auf dem Weg zu Ihnen habe ich mir einige Gedanken gemacht. Sie dürfen meine Ausführungen nicht überbewerten, aber ich wollte prüfen, ob es irgendeinen physiognomischen Anhaltspunkt gibt, der auf eine kriminelle Energie schließen lässt.«

»Jetzt bin ich aber gespannt.«

»Wie Ihnen vielleicht aufgefallen ist, hat Vitell tiefe Aknenarben. Gemäß mehrerer kriminalanthropologischer Studien haben signifikant viele Mörder als Jugendliche unter dieser Hautkrankheit gelitten. Bei schwerer Akne werden schlechte Säfte aufgestaut und dann abgestoßen. Ein sehr renommierter Wissenschaftler zieht von diesem körperlichen Vorgang Rückschlüsse auf die Seele. Dabei kann nach seinen Erkenntnissen die Entladung destruktiver Energien so groß sein, dass jemand sogar tötet.«

»Na ja, das ist sehr dünn, mein Lieber. Wir werden dem Richter mehr präsentieren müssen als ein paar vernarbte Pickel.«

»Das ist mir klar.«

»Und was soll ich Ihrer Meinung nach jetzt unternehmen?«

»Stellen Sie Nachforschungen an. Möglicherweise erklärt sich alles aus Vitells Vergangenheit. Ist er schon mal straffällig geworden? Im großen preußischen Verwaltungsapparat müssen sich doch Unterlagen über ihn finden lassen oder Informationen, was ihn und von Grabow verbindet.«

»So einfach ist das nicht.«

»Dann lassen Sie sich etwas einfallen.«

»Sie haben schon einmal danebengelegen.«

»Ich weiß«, räumte Otto zerknirscht ein. »Ich habe mich von meiner persönlichen Abneigung gegen von Grabow leiten lassen, aber die Indizien waren so eindeutig, dass auch Sie von seiner Schuld überzeugt waren.«

»Ich muss mir das alles in Ruhe durch den Kopf gehen lassen«, sagte der Commissarius. »Kommen Sie morgen ins Polizeipräsidium, dann sehen wir weiter.«

»Ich habe übrigens beobachtet, wie sich mehrere Arbeiter zusammengerottet haben. Sie glauben immer noch, dass Kriminaldirigent von Grabow der Täter ist und –«

Der Commissarius hob abwehrend die Hand. »Die Proteste haben wir im Blick. Wenn sich die Lage zuspitzen sollte, sind wir vorbereitet und werden entsprechend handeln. Darüber müssen Sie sich keine Gedanken machen. Wir sehen uns morgen.«

Im Büro von Commissarius Funke

Immer wieder kamen Böen auf. Vorsorglich schloss der Commissarius die Fenster und sagte: *»Nous aurons un orage.«*

Selbst wenn die Sintflut über sie hereingebrochen wäre, hätte Otto kaum davon Notiz genommen. Seine übermüdeten Augen glühten vor Erregung. »Haben Sie etwas herausgefunden?«

Der Commissarius schob sich hinter den Schreibtisch. »Zunächst muss ich noch einmal betonen, dass ich offiziell nichts veranlassen kann, solange wir keine stichhaltigen Beweise haben. Wenn uns noch ein Irrtum unterläuft, kann ich die Geranien auf meinem Balkon gießen, und zwar lebenslänglich. Das hat der neue Kriminaldirigent mir unmissverständlich mit auf den Weg gegeben.«

»Es tut mir leid, wenn Sie durch mein unbedachtes Vorgehen Schwierigkeiten haben.«

»Schon gut. Aber selbst wenn sich der Verdacht bestätigen sollte – Vitell hat in dieser Behörde viele Freunde, die nur darauf warten, sich ihm gefällig zu zeigen. Über alles, was ich gegen ihn unternehmen würde, wäre er binnen weniger Stunden informiert.« Der Commissarius lehnte sich zurück und schlug die Beine übereinander. Geziert zupfte er an seiner Perücke, die Otto heute noch fülliger als sonst vorkam. »Sind Sie sich eigentlich darüber im Klaren, was für ein Ansehen Vitell genießt?«

»Ich weiß nur, dass er Eisenwaren herstellt und mit Kohle handelt, und das sehr erfolgreich.«

»Das ist aber bei Weitem nicht alles. Vitell hat mehrere Stiftungen zur Unterstützung von Kriegswitwen und -waisen ins Leben gerufen. Er ist Gründer der ›Berliner Gesellschaft zur Versorgung Armer mit Brennmaterial‹, die schon zigtausend Menschen vor dem Erfrierungstod gerettet hat. Erst vor wenigen Tagen wurde das von ihm finanzierte Johannesheim in Hennigsdorf eingeweiht. Alle Berliner Zeitungen haben darüber berichtet.«

»Ach wirklich?«

»Ihnen sind offenbar auch sonst wesentliche Details entgangen. Also, hören Sie: Im Johannesheim finden Waisen ein neues Zuhause, und zwar unabhängig von ihrer Konfession. Aber diese Institution ist kein gewöhnliches Kinderheim. Vielmehr hat Vitell neben dem Haupttrakt Werkstätten erbauen lassen, und er hat mehrere Lehrer und Handwerksmeister anstellen lassen, die den Jungen und Mädchen eine solide Berufsausbildung vermitteln. Das alles hat ihn Unsummen gekostet. Und auch die laufenden Kosten schlagen ganz schön zu Buche. Von den ärmeren Bevölkerungsschichten wird er als Wohltäter von der Spree gefeiert, die Reporter loben ihn als Vorzeigeunternehmer. Und dieser Mann, ein Mensch, der so gut ist und der sich so für die Armen einsetzt, soll ein Mörder sein?«

»Moment mal«, sagte Otto. »Die Gründung eines solchen Kinderheims sagt nichts darüber aus, wie gut jemand ist. Vermutlich hat Vitell aus vollkommen eigennützigen Motiven gehandelt und lässt so Nachwuchs für seine eigenen Firmen ausbilden. Wahrscheinlich hat er sich lediglich den Unternehmerstandpunkt zu eigen gemacht, den schon Alfred Krupp propagiert hat. Die Angestellten sollen für die guten Arbeitsbedingungen und Bildungsmöglichkeiten dankbar sein und ihre Dankbarkeit mit Fleiß zurückzahlen. Alfred Krupp hätte aber gleichzeitig lieber seine Produktionsstätten dem Erdboden gleichgemacht, als auch nur ein einziges Mal den Forderungen der Arbeiter bei einem Streik nachzugeben. Und was die Verteilung von Brennmaterial an Bedürftige angeht – nun ja, vielleicht will Vitell sich einfach als großzügiger Christ hervortun, um in einer einflussreichen Kirchengemeinde Fuß zu fassen.

Das wäre wahrlich nichts Neues. Über seine wirklichen Motive wissen wir also rein gar nichts.«

»Sie sind aber auch kritisch.«

»Heißt das, dass Sie etwas herausgefunden haben?«

Der Commissarius griff nach seiner Kaffeetasse, die wieder verdächtig nach Cognac roch, und nahm einen großen Schluck. »Mit Ihren Schnellschüssen bringen Sie uns noch alle in Teufels Küche.«

»Aber ich habe recht? Sie wissen etwas über Vitell?«

Funke tupfte sich mit einem Taschentuch den Mund ab. »Was ich Ihnen jetzt sage, Herr Doktor, muss unter uns bleiben. Sie dürfen es keiner Menschenseele anvertrauen, bis wir Genaueres wissen. Und schon gar nicht irgendeinem Frauenzimmer! Habe ich mich klar ausgedrückt?«

»Glasklar.«

»In der ›Berliner Börsen-Zeitung‹ wurden vor einiger Zeit Wirtschaftskapitäne porträtiert, unter anderem auch unser Freund. Also stattete ich heute Morgen dem verantwortlichen Redakteur einen Besuch ab. Leider hatte er keine Informationen, die nicht in dem Artikel standen. Allerdings machte mich eine Bemerkung stutzig.« Funke legte eine Kunstpause ein. »Der Redakteur erzählte mir, dass sich Vitell strikt geweigert habe, Auskünfte über seinen familiären Hintergrund zu geben. Als ich den Journalisten fragte, ob Vitell etwas zu verbergen hätte, zuckte er nur mit den Achseln und erwiderte, dass ihm dieser Gedanke damals auch gekommen sei.«

»Und was heißt das?«

Der Commissarius blickte zur Tür, als fürchtete er, belauscht zu werden. »Ich weiß es nicht«, flüsterte er. »Ich habe allerdings herausgefunden, dass Karl Vitell verheiratet ist.«

»Ich dachte, er wäre ein eingefleischter Junggeselle.«

»Alle Welt denkt das. Aber dem ist nicht so. Seine Gattin ist eine Adelige, eine Baronin von Rheinsberg, die in einem Palais am Großen Stechlinsee lebt. Ihr eilt ein äußerst pikanter Ruf voraus, wenn Sie verstehen, was ich meine. Die Eheleute haben sich vor vielen Jahren getrennt. Nur wenige Personen wissen davon.« Der Commissarius sah Otto fest in die Augen. »Das ist wenig, ich weiß, aber zumindest ist es ein Ansatzpunkt.«

»Wie sollen wir vorgehen?«

»Es ist besser, wenn ich mich vorerst im Hintergrund halte ... Also besuchen Sie die Baronin zunächst allein, ganz informell natürlich, und versuchen etwas über Vitell in Erfahrung zu bringen. Hinterher erstatten Sie mir Bericht. Ich werde unterdessen sehr diskret weitere Nachforschungen anstellen. Außerdem werde ich einige erfahrene Polizisten Vitell beschatten lassen, damit der Kommerzienrat kein weiteres Unheil anrichten kann.«

»Ich breche gleich morgen früh auf.«

»Ich habe nichts anderes erwartet, mein Lieber, aber eines sollte Ihnen klar sein: Das ist kein Räuber- und Gendarmspiel, das ist tödlicher Ernst.«

In »Klein-Sanssouci«

Otto schritt einen langen Gang hinunter. Links und rechts saßen in langen Reihen Kriminelle. Ihre dumpfen oder freundlichen, ihre bösen oder nervösen, ihre brutalen oder neutralen, ihre schlauen oder verschlagenen Gesichter waren ihm zugewandt. Am Kopfende des Gangs saß eine Person rittlings auf einem Stuhl. Statur, Körperhaltung und die langen blonden Haare kamen ihm bekannt vor. Es war eine Frau. Dann drehte sie den Kopf über die Schulter und sah ihn aus strahlenden saphirblauen Augen an.

»Nein«, rief Otto und fuhr auf. Er saß senkrecht im Bett. Sein Brustkorb hob und senkte sich. Das Nachthemd klebte an seiner Haut. Es dauerte einen Augenblick, bis er begriff, dass er nur geträumt hatte.

Mit einem Seufzen sank er zurück ins Laken. Während er in die nächtliche Stille horchte, stellte sich die nervöse Unruhe wieder ein, die ihn schon den ganzen Tag über verfolgt hatte. Tausend Fragen marterten sein Hirn, und er wusste, dass nun an Schlaf nicht mehr zu denken war.

Mit einem Stöhnen erhob er sich aus seinem Bett und tappte durch das Haus. Er öffnete die Terrassentür und trat nach draußen.

Als er barfuß zum Bootsanleger ging, spürte er das feuchte Gras unter seinen Füßen. Er setzte sich auf den Rand des Stegs und ließ seine Beine über dem Wasser baumeln.

Eine Eule flog über ihn hinweg und landete in einem Baum. Wenige Meter von Otto entfernt tauchte ein Fisch aus dem Wasser, und silberne Wellen dehnten sich konzentrisch aus.

War er wirklich nur ein Instrument gewesen? Warum war das alles so kompliziert? Viel einfacher wäre es, wenn sich Rieke als gefühllose Intrigantin entpuppt hätte, die ihn eiskalt ausgenutzt hatte und nun seinen ganzen Hass herausforderte. Doch das Bild von ihr war vielschichtiger.

Vor allem eine Frage ging ihm seit gestern Abend nicht mehr aus dem Kopf: Wenn Rieke nie etwas für ihn empfunden hatte, was hatte sie dann auf seiner Geburtstagsfeier gewollt? Der Plan war zu diesem Zeitpunkt doch längst aufgegangen. Kriminaldirigent von Grabow saß hinter Gittern, und alle Welt glaubte, dass er Elvira Krause und die Hure aus dem Lustgarten ermordet hatte. Warum war sie also erschienen und hatte auch noch mit ihm geschlafen? Und warum hatte sie in der Nacht, hier, auf diesem Steg, so geweint und sich an ihn geklammert, als würde sie ertrinken?

Es konnte nur eine Antwort geben: Rieke hatte sich über Vitells Anweisungen hinweggesetzt. Sie hatte eigenmächtig gehandelt, um ihn ein letztes Mal zu sehen. Sie war zu seinem Fest gekommen, weil sie ihn mochte. Dazu würde auch ihr kurzer Abschiedsbrief passen.

Ja, dachte Otto, ihre Zuneigung war nicht vorgetäuscht gewesen, sondern echt. Hoffnung glomm in ihm auf, um gleich wieder zu erlöschen. Denn offenbar waren ihre Gefühle nicht stark genug gewesen, um sich ihm anzuvertrauen.

Otto griff nach einem kleinen Stein und schleuderte ihn in die Dunkelheit. In einiger Entfernung erklang ein leises Platschen. Wie lange hatte Anna ihm etwas vorgespielt, ohne dass er es bemerkt hatte, und wie lange Rieke? Anna wohl ein halbes Jahr lang, Rieke knapp zwei Wochen. Da kann ich mich ja glücklich schätzen, dass ich diesmal so glimpflich davongekommen bin, dachte er bitter.

Was hatten Jean-Paul und Karl Vitell nur, was ihm abging? Beide waren kühle Machtmenschen, beide nahmen sich, was sie wollten. Führte diese Rücksichtslosigkeit zum Erfolg? Das mochte so sein, aber eines wusste Otto mit hundertprozentiger Sicherheit: Rücksichtslosigkeit war ganz bestimmt nicht sein Weg zum Glück.

Bei der Baronin von Rheinsberg

Am nächsten Tag mietete Otto am Bahnhof in Fürstenberg einen offenen Landauer für sich, Ferdinand und Moses, die sich nicht davon hatten abhalten lassen, ihn zu begleiten. Wenig später fuhren sie vorbei am Röblinsee, dann über Feld- und Wiesenwege bis nach Neuglobsow, wo der Kutscher die Pferde auf die nördliche Ausfallstraße lenkte, die geradewegs in den Wald führte. Bald schlossen sich die Äste über ihren Köpfen zu einem Tunnel und hielten das Sonnenlicht fern. Am Wegesrand tummelte sich ein Eichhörnchen.

Otto faltete die »Berliner Zeitung« zusammen und blickte sorgenvoll vor sich hin. Das Blatt hatte einen ausführlichen Artikel über »das fleißige Lieschen« gebracht, und nun dachte er an das, was Funke ihm über das Mädchen erzählt hatte. Ihr Leib war mit Stichwunden übersät gewesen. Warum wurden die Frauen nur so bestialisch gequält? Tötete Vitell aus sadistischen Motiven?

Unter Sadismus verstand man, wie Otto noch am Vormittag bei Prof. Krafft-Ebing nachgelesen hatte, ein Sexualverhalten, das auf Demütigung, Unterdrückung und Schmerz ausgerichtet war und bei dem es darum ging, den Willen des Opfers zu brechen. Der Mörder hatte Macht über die Frauen, das verschaffte ihm sexuelle Befriedigung. Das verstand Otto. Aber warum stach er mit seiner Waffe so oft zu? Warum war nicht ein anderes Folterinstrument benutzt worden? Dafür musste es einen Grund geben.

Plötzlich drehte sich Ferdinand um. Während er sich auf der Rückenlehne abstützte, kniff er die Augen zusammen und spähte nach hinten.

»Was ist los?«, fragte Otto und blickte ebenfalls zurück. Auf dem erdigen Waldweg konnte er jedoch nichts Besonderes erkennen.

»Es klang wie ein Wiehern«, meinte Ferdinand. »Ganz in der Nähe.«

»Wir sind gerade durch Neuglobsow gefahren«, sagte Otto und drehte sich wieder um. »Da ist es völlig normal, wenn du Reiter hörst.«

»In Fürstenberg hab ich zwei Matrosen gesehen«, sagte nun Moses. »Einer von ihnen hatte einen Seesack geschultert. Sie waren mir schon am Gesundbrunnen aufgefallen. Ich glaube, sie sind uns gefolgt.«

»Papperlapapp«, sagte Otto. »Außer dem Commissarius weiß niemand, dass wir hier sind. Eure Nerven spielen euch Streiche. Ich hab euch gleich gesagt, dass ein Kriminalfall nichts für zartbesaitete Gemüter ist.«

Otto atmete tief durch und rieb sich die Schläfen. Du hast gut reden, dachte er. Unter seinen Augen schimmerten bläuliche Schatten. Er fühlte sich müde und zerschlagen. Gleich nach ihrer Rückkehr wollte er eine Apotheke aufsuchen, um sich ein starkes Schlafmittel geben zu lassen.

Unterdessen rollte der Landauer durch ein offenes gusseisernes Tor. Eine etwa dreihundert Meter lange, mit Linden gesäumte Allee führte direkt auf das Palais zu, das unverkennbar Schinkels Handschrift trug. Der Schotter knirschte unter den Wagenrädern. Otto entdeckte in der weitläufigen Anlage mehrere Gebäude: eine Scheune, das Tagelöhnerhaus, zwei Hundezwinger und einen Pferdestall nebst Koppel. Hinter den Bäumen sah er außerdem die Orangerie und einen Wasserturm, beide standen dem imposanten Palais in nichts nach. Der Landauer umkurvte einen Springbrunnen und hielt vor der doppelläufigen Freitreppe.

Otto öffnete den Verschlag und trug dem Kutscher auf zu warten. Gefolgt von Moses und Ferdinand stieg er die Stufen hinauf. Auf dem Treppenabsatz erwartete sie ein Diener in einer roten Livree. Seine Waden waren nackt. Er verbeugte sich und fragte nach ihrem Begehr. Otto überreichte ihm seine Karte und äußerte den Wunsch, zur Baronin vorgelassen zu werden. Daraufhin führte der

Diener sie durch das Eingangsfoyer in einen Salon und bat um etwas Geduld.

Erstaunt blickte Otto ihm nach. »Sagt mal, habt ihr das auch bemerkt?«

»Meinst du die nackten Waden?«, fragte Moses.

»Nein«, erwiderte Otto. »Vielleicht habe ich mich auch getäuscht, aber ich glaube, dass er eine Perlenkette getragen hat.«

Die drei nahmen Platz und sahen sich um. Der Boden des Salons bestand aus fein geäderten rosa Marmorplatten. In einer Ecke stand ein Delfter Kachelofen, der ein Vermögen gekostet haben musste. Die Wände waren mit Rosenholz verkleidet, und vorspringende Säulen endeten in kunstvoll geschnitzten Voluten. Von der Decke hing ein prachtvoller Lüster. Nur die Bilder passten nicht so recht zu diesem erlesenen Inventar.

Otto trat näher und betrachtete die Motive. Ein Gemälde zeigte Johannes von Nepomuk, wie er, aus zahlreichen Wunden blutend, in die Moldau geworfen wurde. Auf einem Bilderzyklus neben einer Flügeltür war das Martyrium der heiligen Cäcilia dargestellt. Zuerst wurde sie in kochend heißes Wasser getaucht, dann unternahm der Scharfrichter mehrere vergebliche Versuche, sie zu enthaupten. Bevor Cäcilia an ihren Verletzungen starb, verschenkte sie ihren ganzen Besitz an die Ärmsten. Ein besonders grausiges Gemälde zeigte, wie Hyppolit im Kolosseum in Rom von einem Löwen und einem Tiger zerfleischt wurde. Seine Bauchdecke war aufgerissen, und die Gedärme quollen heraus.

»Die Baronin scheint eine Vorliebe für christliche Märtyrer zu haben«, bemerkte Ferdinand.

Moses vergewisserte sich mit einem Seitenblick, dass Otto nicht zuhörte, und flüsterte: »Oder sie liebt den Schmerz. Manche Menschen weiden sich an dem Leid anderer oder sie stellen sich vor, selbst gequält zu werden. Dabei rieseln ihnen wohlige Schauer des Entzückens über den Rücken, und sie stöhnen vor Ekstase. Das schreibt zumindest der Marquis de Sade.«

Ferdinand errötete und sagte schnell: »Aber wer sind die Künstler, die diese Bilder gemalt haben? Sagen euch die Namen etwas? Also ich hab von Eric van der Furt oder Arie van der Leegte noch nie was gehört.«

»Ich auch nicht«, sagte Otto. »Und überhaupt: Wer malt freiwillig so entsetzliche Szenen?«

In diesem Moment trat der Diener ein und verbeugte sich. »Wenn die Herrschaften mir bitte folgen wollen.«

Sie durchquerten das Eingangsfoyer und betraten einen riesigen Ballsaal. An den Wänden hingen große Spiegel in goldenen Barockrahmen. In einigen Nischen thronten Statuen auf brusthohen Podesten. Zu seinem Erstaunen erkannte Otto, dass alle Figuren nackt waren. Während die Frauen riesige Brüste und ausladende Hüften hatten, waren einige der Männer mit erigiertem Penis dargestellt. Wahrscheinlich sollten die Statuen Fruchtbarkeit symbolisieren. Aber Fruchtbarkeit im Ballsaal?, dachte er. Was ist das nur für ein seltsames Palais?

Der Diener führte sie durch riesige Flügeltüren ins Freie. Der Anblick, der sich ihnen hier bot, war großartig. Über zahlreiche kunstvoll angelegte Blumenbeete, Spazierwege, eine Voliere mit Pfauen, eine künstliche Grotte und diverse Pavillons blickte man auf den Großen Stechlinsee und das gegenüberliegende Ufer.

Sie folgten dem Diener von der Terrasse in Richtung See über den sanft abfallenden Rasen. Dort, am Ufer, lag die Baronin auf einer Ottomane, deren hölzerne Endstücke mit goldenen Löwenköpfen verziert waren. Das satte Rot ihres Kleides brachte ihren dunklen Teint zur Geltung. Ihre Füße steckten in zierlichen goldenen Schuhen mit weißen Kreuzbändern. Aus einer Kristallglasschüssel naschte sie Trauben. Auch Pralinen und Perlwein standen bereit.

Obwohl die Baronin ihr Haar zu neckischen Glockenlöckchen drapiert hatte, konnte die Frisur über ihr Alter nicht hinwegtäuschen. Ihre Wangen waren erschlafft, unter den Augen hatte sie dicke Tränensäcke, und der Puder auf ihren Händen verdeckte die Altersflecken kaum.

Als die Baronin die drei bemerkte, blitzten ihre Augen auf. Für einen Moment erstrahlte ihre einstige Schönheit, und man ahnte, was für eine große erotische Anziehungskraft einst von ihr ausgegangen sein musste.

»Wenn Sie wollen, können Sie gern ablegen«, sagte sie, während sie Moses eingehend betrachtete. »Das Wasser ist sehr erfrischend.«

Otto hatte eigentlich geplant, sich in aller Form vorzustellen. Stattdessen starrte er nun zum Wasser und sah dort junge Männer und Frauen, die dort planschten und sich gegenseitig nass spritzten. Zwar waren sie nicht nackt, aber ihre weiße Kleidung klebte ihnen auf der Haut, und bei den Frauen zeichneten sich die Brustwarzen deutlich ab.

»Meine Nixen wären über neue Spielgefährten entzückt«, sagte die Baronin. »Oder neigen Sie eher zu Wassermännern? Bei der Begleitung wäre das verständlich.« Wieder heftete sich ihr Blick auf Moses.

Otto schluckte. Die badenden Frauen mochten zwischen sechzehn und zwanzig Jahre alt sein. Obwohl sie alle ganz unterschiedlich aussahen – eine hatte große Brüste und dralle Schenkel, eine andere eine sportliche, fast schon knabenhafte Figur –, waren sie von auffallender Schönheit. Und sie alle schienen sich überhaupt nicht zu genieren.

Solche Szenen hatten sich im alten Rom oder im vorrevolutionären Frankreich zugetragen, aber dass es so etwas auch im biederen deutschen Kaiserreich gab, hätte sich Otto nicht träumen lassen. Er musste an Odysseus denken, der seinen Gefährten befohlen hatte, ihn an den Mast seines Schiffs zu binden und sich die Ohren mit Wachs zu verstopfen, um nicht dem Gesang der Sirenen zu verfallen. Unter Aufbietung seiner ganzen Willenskraft riss er sich von dem verlockenden Anblick los und fragte förmlich: »Darf ich mich setzen?«

Die Baronin deutete auf eine zweite Ottomane neben ihr. Den Mädchen machte sie ein Zeichen, aus dem Wasser zu kommen und sich ein wenig um die Herren zu kümmern.

»Also …«, fing Otto an und zuckte zusammen, als sich zwei zarte Hände auf seinen Nacken legten und die verspannten Muskeln sanft massierten. Das gefiel ihm zwar außerordentlich gut, aber so konnte er unmöglich klar denken. »Bitte, Baronin! Ich komme in einer ernsten Angelegenheit.«

»Meine Nixen haben sich lange nach einem starken Mann gesehnt. Sie meinen es doch nur gut. Entspannen Sie sich einfach ein bisschen.«

In diesem Moment hörte Otto ein Kichern. Hektisch drehte er

sich um und sah seinen Bruder, der hin- und herhüpfte, um sich den Händen eines Mädchens zu entziehen. Ferdinand war fürchterlich kitzelig. Die kleinste Berührung reichte aus, um ihn völlig aus der Fassung zu bringen.

Die Situation entgleitet mir, dachte Otto und sagte mit ernster Stimme: »Ich bin gekommen, um mit Ihnen über Karl Vitell zu sprechen.«

»Oh!« Die Hand der Baronin schnellte vor ihren Mund. Ihre braunen Augen weiteten sich. Einen Moment sah sie verletzt aus, dann gebot sie den Nixen, zurück ans Wasser zu gehen. »Ich habe viele Jahre nichts von ihm gehört. Bringen Sie eine Botschaft von ihm?«

»Nein, das tue ich nicht.«

»Was wollen Sie dann?«

»Karl Vitell wird verdächtigt, mehrere Frauen ermordet zu haben. Ich bin hier, um Licht in seine Vergangenheit zu bringen. Natürlich weiß ich, dass er Ihr Ehemann war. Vielleicht fühlen Sie sich ihm noch verbunden, aber ich kann Ihnen versichern, dass Sie das Leben unschuldiger Frauen retten, wenn Sie uns helfen. Wir vermuten nämlich, dass er weiter töten wird.«

»Töten, sagen Sie. Das kann nicht sein … Sind Sie sicher, dass Karl der Täter ist?«

Otto schilderte in knappen Zügen, was der Commissarius und er herausgefunden hatten.

Die Baronin hörte aufmerksam zu und sagte schließlich: »Wenn er mich nicht verlassen hätte, wäre das niemals geschehen. Bis heute weiß ich nicht, warum er gegangen ist. Ich hab ihm doch alles gegeben, was er brauchte.«

»Wie meinen Sie das?«, fragte Otto. Und da begann die Baronin zu erzählen. Sie schilderte ihre Beziehung zu Karl Vitell mit einer schonungslosen Offenheit. Otto hätte niemals für möglich gehalten, dass eine Dame so daherreden könnte. Mehrere Male konnte er ihrem Blick nicht standhalten und bekam heiße Wangen. Auch Ferdinand und Moses sperrten staunend den Mund auf. Doch aus der Baronin sprudelte es nur so hervor.

Sie erfuhren, dass Karl Vitell am 2. April 1849 als Sohn eines Armenarztes und einer Pastorentochter in Dessau geboren worden war. Schon als Kind waren bei ihm Verhaltensauffälligkeiten beobachtet worden, die sich niemand hatte erklären können oder wollen. Im Alter von dreizehn Jahren war ein krankhaft gesteigerter Geschlechtstrieb diagnostiziert und mit kalten Sitzbädern, Kampfertee und Bromsalzen behandelt worden. Nachdem er die Königliche Franzschule, eine Handelsschule, abgeschlossen hatte, war er nach Berlin gegangen, um bei dem Kohlegroßhändler Klaus Birkefeld eine Kaufmannslehre anzufangen.

Karl Vitell hatte seinen Lehrherrn durch eine rasche Auffassungsgabe, betriebswirtschaftliches Denken, Fremdsprachenkenntnisse und eine schier unerschöpfliche Energie beeindruckt. Gleichzeitig jedoch hatte er sich in der Anonymität der Großstadt ganz seinem Trieb hingegeben. Im Tiergarten hatte er sich vor Reitschülerinnen entblößt. Am Landwehrkanal war er dabei erwischt worden, wie er auf eine schlafende Fahrkartenverkäuferin ejakuliert hatte. Und eine Prostituierte hatte er beim Koitus so lange gewürgt, bis sie bewusstlos geworden war. Zwar war all dies zur Anzeige gebracht worden, doch weil die Richter die Glaubwürdigkeit der Opfer angezweifelt und mehrere Leumundszeugen zu Vitells Gunsten ausgesagt hatten, war er nur in einem Fall zu einer Geldstrafe verurteilt worden.

Birkefeld hatte den jungen Vitell vor sich selbst schützen und vor allem sich das Talent seines Lehrlings erhalten wollen. So hatte er beschlossen, ihn der Baronin von Rheinsberg vorzustellen, der Gastgeberin von berühmt-berüchtigten »exotischen« Bällen. Es hatte sich schnell herausgestellt, dass zwischen dem sechzehnjährigen Lehrling und der einunddreißigjährigen Adeligen eine Seelenverwandtschaft bestanden hatte. Das ungleiche Paar war eine Beziehung eingegangen, die ganz den Phantasien des Marquis de Sade und des Ritters von Sacher-Masoch entsprochen hatte.

Irgendwann hatte der kontrollierte Exzess Karl Vitell jedoch nicht mehr ausgereicht. Wieder war er durch die Berliner Straßen gelaufen und hatte Frauen gesucht, um sie zu quälen. Eines Tages hatte er eine Blumenverkäuferin auf den Spreewiesen vergewaltigt und dabei beinahe erdrosselt. Die Intervention seines Chefs hatte nicht verhindern können, dass erneut ein Verfahren gegen ihn eingeleitet worden war. Weil es mehrere Augenzeugen gegeben hatte, hatte sich schnell abgezeichnet, dass Vitell dieses Mal nicht ungeschoren davonkommen würde. Um der Verurteilung zu entgehen, hatte er sich freiwillig zum preußischen Heer gemeldet, das nur wenig später gegen Frankreich gezogen war. Am Tag bevor sein Regiment Berlin verlassen hatte, hatte er die Baronin von Rheinsberg in Anwesenheit weniger Freunde geheiratet.

Im Januar 1871 war er überraschend aus Frankreich heimgekehrt. Die Baronin war überglücklich gewesen, ihren jungen Ehemann unversehrt in die Arme schließen zu können. Doch hatte es nicht lange gedauert, bis sie erkannt hatte, wie sehr sich Karl Vitell im Krieg verändert hatte. Er hatte unter Alpträumen, Hitzewallungen und starken Schweißausbrüchen gelitten. Manchmal hatte er mitten in der Nacht die Decke von sich geschoben und war barfuß und nur mit einem Hemd bekleidet im Garten durch die eisige Winternacht spaziert. Auch sein Körper hatte sich verändert. Er hatte fast keinen Bartwuchs mehr, und seine Gesichtshaut war teigig geworden. Auch hatte er häufig über Knochenschmerzen geklagt und war bald nach seiner Rückkehr an einer Nierenentzündung erkrankt. Trotzdem hatte er keinem Arzt gestattet, ihn eingehend zu untersuchen. Wie ernst es um ihren Mann stand, hatte die Baronin spätestens an dem Tag begriffen, an dem sie ihn in der Scheune gefunden hatte, wo er auf einem Melkschemel gesessen und sein Kinn auf den Lauf einer Jagdflinte gedrückt hatte.

Entsetzt hatte die Baronin erkannt, dass ihm in Frankreich Schreckliches widerfahren sein musste. Doch jede Frage nach seinen Erlebnissen hatte er ignoriert. Auf tröstende Worte hatte er meist mit Beschimpfungen reagiert. Jede Berührung hatte er brüsk zurückgewiesen, auch hatte er sie kein einziges Mal mehr angefasst. Überhaupt hatte er einen Hass gegen alles Weibliche entwickelt, der sich rasch ins Unermessliche gesteigert hatte. Einmal war er durch das Palais gerannt und hatte in Aktgemälde von Frauen gestochen und die Leinwände zerschnitten. Als die Baronin ihn daraufhin angebrüllt hatte, hatte er sich in eine Ecke gekauert und geweint wie ein kleiner Junge.

Nur wenige Monate nach seiner Rückkehr hatte Vitell seine

Sachen gepackt und ihr eröffnet, dass er nach Berlin zurückkehren wolle, um in der Kohlegroßhandlung von Klaus Birkefeld den Vertrieb zu übernehmen.

»Das liegt jetzt neunzehn Jahre zurück«, schloss die Baronin ihre Erzählung. »Seitdem habe ich nichts mehr von ihm gehört.«

Nachdem sie sich verabschiedet hatten, bestiegen Otto, Ferdinand und Moses den Landauer und machten sich auf den Rückweg nach Fürstenberg. Der Wald verschluckte ihr kleines Gefährt wie ein riesiger Schlund. Die Sonne blitzte noch einmal auf und verschwand dann hinter den mächtigen Baumkronen.

Moses und Ferdinand steckten die Köpfe zusammen und tuschelten aufgeregt. Otto starrte vor sich hin, ohne seine Umgebung wahrzunehmen. Obwohl das Gespräch mit der Baronin ihm weitergeholfen hatte und er nun ganz sicher war, dass Vitell der Mörder war, ging ihm eines nicht aus dem Kopf: Erst kürzlich hatte Prof. Krafft-Ebing aus Wien, eine Koryphäe auf dem Gebiet der Kriminalpsychologie, dargelegt, dass ein krankhaft gesteigerter Geschlechtstrieb die Willensfreiheit des betroffenen Menschen einschränken könne. Die Nichtbefriedigung des Drangs könne eine starke psychische Störung herbeiführen, und am Ende könne gar der komplette Verlust der Zurechnungsfähigkeit stehen.

Daraus ergaben sich zwei wesentliche Fragen: Wie hatte es Vitell geschafft, sich neunzehn Jahre lang zurückzuhalten? Und wie konnte ihm mit dieser Veranlagung eine Karriere als Geschäftsmann gelingen, bei der doch stets ein klarer Kopf gefragt war?

Otto erinnerte sich zudem an eine Statistik, nach der die meisten Straftaten von Männern im Alter zwischen dem achtzehnten und fünfundzwanzigsten Lebensjahr begangen wurden. Danach ließ ihre kriminelle Energie spürbar nach, und wer gar über vierzig war, wurde kaum noch straffällig. Doch bei Karl Vitell verhielt es sich umgekehrt. Er hatte sich in jungen Jahren zurückgehalten und wurde nun, im fortgeschrittenen Alter, wieder gewalttätig. Warum? Was hatte seinen Trieb wieder aktiviert?

In diesem Moment hielt der Landauer an.

Otto richtete sich auf und sah, dass ein umgestürzter Baum den

Weg versperrte. Auf der Hinfahrt hatte er noch nicht dagelegen. Der Kutscher stieß einen Fluch aus und stieg vom Bock, um zu sehen, ob er das Hindernis würde beiseiteschieben können.

»Irgendetwas stimmt hier nicht«, sagte Ferdinand plötzlich und sah zu einem kleinen Birkenhain hinter ihnen.

»Was meinst du?«, fragte Moses.

Ferdinand streckte die Hand aus. »Dahinten, neben dem bemoosten Baumstumpf, da liegt –«

Da zerriss ein Schuss die Stille. Vögel flatterten mit großem Gezeter auf. Ein Hase schlug einen Haken und verschwand hinter einem Felsen. Otto hörte ein leises Sirren wie von einem Insekt und spürte einen Lufthauch an seinem Hals. Dann schlug etwa zehn Zentimeter neben ihm eine Kugel in die schwarze Lackierung des Landauers ein.

»Los, in Deckung, alle runter«, schrie Moses und warf sich auf den Boden der Kutsche. Ferdinand tat es ihm gleich, nur Otto reagierte nicht. Er begriff zwar, dass auf sie ein Anschlag verübt wurde, doch wie gefährlich die Situation war, verstand er nicht. Stattdessen wurde er furchtbar zornig. Vitell musste hinter dem Attentat stecken. Der Kommerzienrat wollte ihn aus dem Weg räumen, damit er keine weiteren Ermittlungen anstellen konnte. Zuerst benutzt er mich für seine Pläne, dachte Otto grimmig, dann nimmt er mir die Frau, die ich liebe, und jetzt trachtet er mir auch noch nach dem Leben.

Nur – wie hatte Vitell von seinem Besuch bei der Baronin erfahren können? Commissarius Funke hatte ihm ganz sicher nichts verraten. Otto fiel nur eine einzige Möglichkeit ein. Riekes Vater musste Vitell von seinem nächtlichen Besuch erzählt haben. Daraufhin hatte Vitell vermutlich jemanden beauftragt, um ihm zu folgen und ihn an einem einsamen Ort zu beseitigen. So einfach ist das, wenn man skrupellos ist, dachte Otto.

»Bist du verrückt geworden?«, schrie Moses in diesem Augenblick. Entsetzt stellte er fest, dass Otto immer noch kerzengerade dasaß und sich keinen Millimeter bewegt hatte. »Komm gefälligst runter!« Mit aller Kraft zog er an Ottos Rockschößen, und als diese rissen, packte er ihn am Kragen und zerrte ihn nach unten. Damit rettete er ihm vermutlich das Leben, denn ein weiterer Schuss strich den Bruchteil einer Sekunde später über Ottos Kopf hinweg und schlug nur wenige Zentimeter neben dem ersten Treffer in das Holz des Landauers.

Otto konnte es noch immer nicht richtig fassen. Aus dem Hinterhalt wollte Vitell ihn wie einen dahergelaufenen Hund abknallen lassen! Das war ungeheuerlich! Das war eine bodenlose –

Da bekam er eine saftige Ohrfeige.

»Komm endlich zur Besinnung«, rief Moses. »Du wirst sterben, wenn wir hierbleiben. Verstehst du?«

Otto rieb sich die Wange.

»Jetzt komm endlich«, sagte nun auch Ferdinand. »Wir müssen hier weg!«

Ferdinand und Moses zerrten Otto aus der Kabine. Während ein Schuss die Speichen des Landauers traf und ein zweiter dumpf in einen Ameisenhügel einschlug, robbten sie eng an den Boden gepresst in den Schutz der Bäume. Dort standen sie auf und hasteten im Zickzack tiefer in den Wald. Hinter einer Bodenwelle gingen sie in Deckung und rangen um Atem.

»Habt ihr's gehört?«, fragte Moses. Vorsichtig hob er den Kopf. »Sie sind uns auf den Fersen.«

Ferdinand sah gehetzt auf. »Mein Gott, warum bin ich heute nicht im Labor geblieben? So etwas ist nichts für mich.« Dann setzte er besorgt hinzu: »Wo ist eigentlich der Kutscher? Hoffentlich haben sie den armen Kerl nicht erwischt.«

»Auf den haben sie es ja nicht abgesehen. Er wird schon längst das Weite gesucht haben. Und auch wir müssen sehen, dass wir hier wegkommen«, sagte Moses. »Aber wenn wir aufstehen und weglaufen, knallen sie uns ab wie die Karnickel. Am besten lassen wir sie links und rechts an uns vorbeilaufen und fallen sie dann von hinten an.« Moses schlug sein Jackett zurück und zog ein Bowiemesser hervor, das er zum Schnitzen benutzte. »Los, seht nach, ob ihr auch was habt, was sich als Waffe eignet. Wir wollen unsere Haut teuer verkaufen!«

Fahrig tastete Ferdinand seine Taschen ab, bis er einen harten, etwa zehn mal fünfzehn Zentimeter großen Gegenstand spürte. Hastig zog er ihn heraus. Zum Vorschein kam sein Nageletui, das ihm seine Taufpatin zur Konfirmation geschenkt hatte. Er trug es ständig bei sich, weil er oft mit schmierigen Substanzen arbeitete, die sich unter den Fingernägeln festsetzten. Er klappte das Etui auf und nahm eine kleine Feile mit einem Elfenbeingriff heraus.

»Damit willst du gegen dieses Gesindel kämpfen?«

»Nein«, erwiderte Ferdinand aus tiefstem Herzen. »Von wollen kann keine Rede sein.«

Moses presste seine Zähne aufeinander, seine Augen verengten sich zu schmalen Schlitzen, und seine Finger umschlossen den Griff des Bowiemessers so fest, dass sich die Haut um die Knöchel weiß färbte. »Kommt nur her, ihr Feiglinge!«, stieß er hervor.

Sogar Ferdinand ließ sich von seiner Entschlossenheit mitreißen. Zwar bildete sich auf seiner Stirn Angstschweiß, doch er hatte die Feile zwischen Zeige- und Mittelfinger geschoben und die Hand fest zur Faust geschlossen.

»Otto«, flüsterte Moses. »Du springst nach rechts und ich nach links. Ferdinand kommt dann demjenigen von uns zu Hilfe, der ihn nötiger braucht. Otto?«

Otto reagierte nicht. Er lag da und starrte vor sich hin. Die wollen mich abknallen, dachte er.

Da hörten sie ein Knistern. Es klang, als wäre ein Mann auf trockene Blätter getreten.

»Otto«, zischte Moses und rammte ihm den Ellenbogen in die Seite. »Es geht los!«

Ein Mann hechtete über den Erdwall. Es war der Kutscher. Er rutschte auf dem Hosenboden in die Kuhle. In seiner Hand hatte er eine Flinte. Er war vollkommen außer Atem und sog so gierig Luft in seine Lungen, dass er einen Moment brauchte, um sprechen zu können. »Das ist ja hier gefährlicher als bei den Franzosen. Was ist eigentlich los? Wer sind die Kerle?«

Moses schüttelte den Kopf. »Keine Ahnung.«

»Jedenfalls wollen sie euch an den Kragen. Kommt mit! Ich kenne einen Schleichpfad nach Neuglobsow. Da seid ihr in Sicherheit.«

»Otto, nun warte doch!«, rief Moses. »Auf der ganzen Zugfahrt redest du kein Wort und starrst nur aus dem Fenster. Und jetzt rennst du über den Trottoir, als würde es um Leben und Tod gehen. Was hast du vor?«

Der Abend war mild, und die zahllosen Biergärten entlang der Friedrichstraße luden zu einer Erfrischung ein. Auf der Straße sausten zwei junge Männer in ihrem schnittigen, zweirädrigen Dog-Cart vorbei und sonnten sich in den bewundernden Blicken der jungen Frauen. Eine Gruppe von Buchhaltern spazierte in den wohlverdienten Feierabend. Sie trugen Kneifer und Ärmelschoner und hatten sich ihre Jacketts lässig über den Arm gelegt. Pikiert traten sie zur Seite, als sich Otto an ihnen vorbeidrängte.

»Es wäre wirklich besser …«, sagte Ferdinand keuchend, wich Passanten aus und verfiel in einen seltsamen Stolperhüpfschritt, um Ottos Tempo zu halten. »Es wäre wirklich besser, wenn du uns einweihst. So könnten wir uns gemeinsam eine Taktik überlegen.«

»Ich weiß genau, was ich tue«, sagte Otto und bog in die Französische Straße ein. Wenig später stürmte er in das Gebäude der Stettiner Germania. Vorbei am Empfang und über dicke rote Läufer eilte er zum Treppenhaus und sprang die knarrenden Stufen empor. Zwischen den Geschossen leuchteten bunte Mosaikglasfenster, die Berliner Sehenswürdigkeiten darstellten: die St. Hedwigs-Kathedrale, das Rote Rathaus und den Hamburger Bahnhof. Vor einer schweren Holztür mit Blumenschnitzereien blieb Otto stehen und betätigte schwungvoll einen Messingklopfer.

Fast augenblicklich öffnete ein Dienstmädchen in einem schwarzen Kleid und mit einer weißen Schürze. Unter der weißen Haube lugten braune Strähnen hervor. Sie knickste und wollte gerade etwas sagen, als sich Otto an ihr vorbeidrängelte. »Ist Kommerzienrat Vitell da?«

»Mein Herr, Sie können nicht einfach … Ach, Sie sind das, Herr Dr. Sanftleben. Sie haben doch neulich hier bei uns einen Vortrag gehalten. Der Herr Vorsitzende wird sich freuen, Sie begrüßen zu dürfen. Wollen Sie nicht ablegen?«

»Nein, danke. Ich will nur wissen, wo er steckt.«

Da bemerkte das Dienstmädchen Ferdinand und Moses und fragte: »Vielleicht sollte ich Sie zuerst anmelden?«

Doch Otto beachtete sie nicht weiter, sondern stürmte los, an der Garderobe vorbei, wo ungefähr zwanzig Zylinder ordentlich aneinandergereiht hingen. Dann hastete er weiter über die weichen, großgeblümten Teppiche.

»Er ist im Billardzimmer«, rief das Dienstmädchen ihm nach. »Die zweite Tür auf der rechten Seite.«

»Das ist doch der Club von Berlin«, flüsterte Ferdinand, der im Laufschritt zu seinem Bruder aufgeschlossen hatte. »Lass dich zu nichts hinreißen. Der Kommerzienrat ist ein mächtiger Mann. Wir sollten in Ruhe überlegen, was wir als Nächstes unternehmen.«

»Ferdi hat recht«, sagte Moses. »In diesem Zustand schaffst du dir nur –«

Doch da riss Otto schon die Tür zum Billardzimmer auf und betrat es mit energischen Schritten. An den Wänden standen mehrere mit Leder bespannte Bänke, bei deren bloßen Anblick man schon Rückenschmerzen bekam. Darüber steckten Queues in Halterungen, sie waren unterschiedlich lang und aus den verschiedensten Hölzern. Vor den Fenstern hingen Samtgardinen, die mit Goldkordeln zusammengebunden waren. Drei massive, mit grünem Filz bespannte Billardtische aus Eichenholz standen in der Mitte des Raumes.

Am vordersten Tisch visierte Karl Vitell gerade über die Spitze seines Queues die rote Drei an. Neben ihm standen ein Aschenbecher mit einer qualmenden Zigarre und ein Glas mit einer goldbraunen Flüssigkeit. Erschrocken zuckte Vitell zusammen, als Otto plötzlich den Raum betrat, und sein Stoß ging fehl. Verärgert richtete sich der Kommerzienrat auf und bedachte den Eindringling mit einem wütenden Blick.

»Sie Feigling«, platzte Otto heraus. »Hinterrücks wollten Sie mich erschießen lassen, aber Ihre Mordbuben haben mich verfehlt. Damit haben Sie nicht gerechnet, was?«

»Herr Doktor«, sagte Vitell. »Was … was für eine Ehre. Ich bin mir sicher, dass unsere Mitglieder sich freuen, Sie zu sehen. Manch einer hat vielleicht noch Fragen zu Ihrem Vortrag.«

»Lassen Sie das Theater!«

Vitell wandte sich seinem Mitspieler, einem dicklichen Herrn mit weißem Haar, zu. »Herr Generaldirektor, würden Sie uns bitte entschuldigen? Heute fühle ich mich ohnehin nicht wohl, und es scheint, als hätte Herr Dr. Sanftleben etwas Dringendes mit mir zu besprechen.«

»Selbstverständlich«, sagte der Generaldirektor, steckte seinen Queue in die Halterung und verließ mit durchgedrücktem Rücken und mit strammem Schritt den Raum.

»Was fällt Ihnen ein, hier so hereinzuplatzen?«, fragte Vitell und glättete sein Haar mit einem Kamm, den er hektisch aus seiner Jackentasche gezogen hatte.

»Ich wollte Sie nur wissen lassen«, entgegnete Otto, »dass ein Kampf erst so richtig interessant wird, wenn sich die Gegner einmal in die Augen geschaut haben.«

»Wollen Sie mir etwa drohen?« Vitells Stimme hatte scharf klingen sollen, sie hatte sich aber überschlagen und wirkte nun fast weibisch. Wieder kämmte der Kommerzienrat sein Haar, doch fuhr er diesmal so kräftig über seinen Schädel, dass die Kopfhaut an einer Stelle aufplatzte und ihm ein feiner Blutfaden über die Schläfe rann.

Plötzlich war Otto ganz ruhig und analysierte sein Gegenüber wie jeden anderen Geisteskranken. Vitell stand kurz davor, sein wahres Ich zu zeigen. Noch kämpfte er darum, die Fassade aufrechtzuerhalten, aber eine feine Schweißschicht hatte sich schon über seine Wangen gelegt und verlieh ihm das Aussehen eines Schwindsüchtigen. Seine Bewegungen wirkten angestrengt und überhastet. Wie würde er erst aussehen, wenn der Wahnsinn die Herrschaft übernommen hatte, wenn weder Gesetz noch Moral oder Gottesfurcht ihn bremsen konnten und er den dunklen Kräften in sich ausgeliefert war? Ja, es konnte kein Zweifel daran bestehen, dass er nicht nur psychisch, sondern auch physisch krank war.

Nachdenklich betrachtete Otto, wie das Blut über Vitells Gesicht rann. Warum nur hatte er die Frauen mit dem Messer so oft verletzt?

Otto erinnerte sich an Prof. Krafft-Ebings Studie, in der er dargelegt hatte, dass in der *Ars amandi*, dem Liebesspiel, der züchtigen Zurückhaltung der Frau eine große Bedeutung zukäme. Um den Widerstand des Weibes zu überwinden, so wusste Otto, war der Mann von Natur aus aggressiver. Der männliche Eroberungstrieb fand durch das Eindringen des Gliedes in die Vagina Erfüllung. Bei einer krankhaften Disposition konnte dieser Drang so übermächtig werden, dass die sexuellen Aktivitäten übertrieben wurden und keine stimulierenden Reize mehr auf den psychosexualen Apparat ausübten. In solchen Fällen beobachtete man häufig ein Schwinden oder sogar ein vollständiges Erlöschen der Erektionsfähigkeit. Dem Kranken blieb also gar nichts anderes übrig, als zu einem Substitut zu greifen, das ihm die gewaltsame Inbesitznahme der Frau ermöglichte. Und plötzlich verstand Otto: Das Messer war ein Penisersatz für Vitell.

»Sie sind impotent«, sagte er und wunderte sich selbst über die bezwingende Logik seiner Schlussfolgerung.

Vitell riss die Augen auf. Er war jetzt panisch vor Angst. Dann zog er mehrmals an dem perlenbestickten Band, das von der vertäfelten Decke hing. Otto hörte, wie draußen eine Glocke Sturm läutete.

Nach wenigen Sekunden öffnete sich die Tür. Das Dienstmädchen trat ein und knickste. Dann bemerkte sie, dass Vitell blutete. »Geht es Ihnen nicht gut? Soll ich einen Arzt rufen?«

Fahrig tastete Vitell sein Gesicht ab und starrte auf seine blutigen Fingerspitzen. »Es … es ist alles in Ordnung. Begleite die Herren bitte zur Tür.«

»Wie Sie wünschen, Herr Kommerzienrat. Wenn Sie mir bitte folgen wollen?«

Otto bewegte sich keinen Millimeter. »Bevor ich gehe, will ich Sie noch eines wissen lassen. Wenn Rieke etwas zustößt, ziehe ich Sie persönlich zur Verantwortung.«

Auf der italienischen Nacht in Schmitts Colosseum

Zu seiner Bestürzung stellte Vitell fest, dass nicht nur im Lustgarten, sondern auch im Kastanienwäldchen zahlreiche Gendarmen patrouillierten. Während er sich schnell mit einem Taschentuch den

Schweiß aus dem Nacken wischte, überlegte er angestrengt, wo er ansonsten eine Frau fand, die ihn ohne großes Geschrei zu seiner Kutsche begleiten würde. Ihm fiel nur Schmitts Colosseum ein. Hastig lief er weiter zu dem berühmt-berüchtigten Vergnügungslokal. Kaum hatte er seinen Fuß über die Schwelle gesetzt, da nahm auch schon eine junge Frau Tuchfühlung auf und flüsterte: »Für fünfzig Pfennige lass ich mich knutschen.«

Vitell tastete sie mit fiebrigen Augen ab. Sie hatte schwarzes glattes Haar, eine sehr helle Haut und eine Himmelfahrtsnase. Ihr Lippenstift war verwischt, sie trug eine Polkajacke, war mit allerlei billigem Schmuck behängt und entsprach in keiner Weise seinen Vorstellungen.

»Verschwinde«, sagte er.

Zur Vollendung seines Plans war nur noch ein einziger Schritt notwendig, sodass er sich nach langem Ringen erlaubt hatte, noch ein letztes Mal schwach zu werden, um für das große Finale Kraft zu tanken. Nur ein einziges Mal wollte er noch fühlen, was für ihn die Quelle des Seins war. Die Höhepunkte, die er nun endlich wieder erlebte, waren nicht vergleichbar mit früheren Orgasmen. Die Wärme dehnte sich nicht nur im Unterleib aus, sondern ergriff auch seinen Kopf, ja den gesamten Körper. Auch klang die Ekstase nicht so schnell ab wie früher. Selbst mehrere Stunden danach war er noch von einer Glückseligkeit erfüllt, wie er sie in jungen Jahren nie erlebt hatte. Natürlich war ihm klar, dass Dr. Sanftleben ihn nun für den Mörder hielt, aber er hatte Vorkehrungen getroffen, um dem Wissenschaftler seinen frechen Auftritt im Club von Berlin heimzuzahlen. Schon bald würde er sein blaues Wunder erleben.

In Schmitts Colosseum war heute italienische Nacht, und als Vitell den Ballsaal betrat, sah er überall südländische Blumengedecke, Olivenbäume und Luftschlangen in den Farben der italienischen Trikolore. Eine kleine Kapelle war in Landestracht gekleidet und spielte Opernmelodien von Giuseppe Verdi. Kavaliere führten ihre Bekanntschaften zur Tanzfläche, und zahllose Füße trampelten, stampften oder schwebten über den Boden. Aus einem kleinen Springbrunnen sprudelte Lambrusco, und gegen ein geringes Entgelt konnte man dort sein Glas füllen.

Vitell entdeckte zahlreiche Huren. Ein Hotelpage feilschte mit einem rotwangigen Mädchen, damit es mit seinem Gast, einem syphilitischen Greis, mitging, der an einem der kleinen Tische saß, sich auf seinen Gehstock stützte und mehrmals verbeugte. Ein anderes Mädchen ließ sich von einer Kupplerin Haus- und Wohnungsschlüssel aushändigen, und eine dritte kehrte gerade mit erhitzten Wangen in den Saal zurück. Offenbar hatte sie einen Abstecher ins Unterholz gemacht, denn an ihrem Kleid klebte noch Erde. Immer mehr Lebemänner strömten herein und reckten auf der Suche nach einem kleinen Abenteuer ihre Hälse. Ein Paar verdrückte sich in eine dunkle Nische hinter Vitell, und der Mann, ein eleganter Herr in edlem Zwirn, steckte dem Mädchen Geld zu, woraufhin sie ihre Hand in seine Hose zwängte und mit einer sanften Massage begann. Unter den Tischtüchern von Schmitts Colosseum waren schon ganz andere Dinge geschehen.

Vitells Blick glitt über die Menge und blieb an einer Frau hängen. Dort am Tresen lehnte ein bekanntes Kuppelweib, das ihr Frischfleisch vor allem in den Näherinnenschulen akquirierte. Neben ihr stand ein Mädchen von stolzer Schönheit. Sie hatte lange blonde Haare, einen rosigen Teint und einen schlanken Hals. Sie wirkte nicht so abgebrüht wie die anderen, sondern zart und unschuldig. Sie war genau das, was er jetzt brauchte.

Vitell wusste, dass er dabei war, den nächsten kapitalen Fehler zu begehen. Möglicherweise würde sich die Kupplerin oder ein anderer Gast an sein Gesicht erinnern, aber er konnte nicht mehr länger warten und wusste einfach nicht, wo er sonst suchen sollte. Ach, und wenn tatsächlich jemand so dumm sein sollte, ihn bei einer Gegenüberstellung zu identifizieren, dann würde er es sehr bald bereuen und seine Aussage zurückziehen oder gar nicht bei der Verhandlung erscheinen können. Bisher hatte sich noch niemand ungestraft mit ihm angelegt.

Vitell zog seinen Hut tief ins Gesicht, drückte das Kinn auf die Brust und drängte sich durch die Tanzenden, bis er vor der Kupplerin stand. Sie war Mitte fünfzig, hatte graue Haare und eine Warze im Augenwinkel. Mit ihren Puffärmeln, dem züchtigen Schultertuch und einer Elfenbeinbrosche mit dem Abbild der Kaiserin Victoria gaukelte sie Biederkeit vor.

Vitell sah seitlich unter seinem Hut hoch, sodass sie sein Gesicht nicht richtig erkennen konnte, und sagte mit verstellter Stimme: »Gnädige Frau, Sie haben eine reizende Nichte.«

Die Alte lachte. Ihre Augen flatterten, und das weiche Doppelkinn vibrierte. Die Kupplerin witterte ein gutes Geschäft.

Um seine Zahlungsfähigkeit zu demonstrieren, holte Vitell die Geldbörse heraus und sagte: »Wie viel?«

»Die Kleene ist noch ganz unbedarft«, sagte die Kupplerin, »das kann ich Ihnen versichern. Das kostet natürlich ein bisschen mehr.«

Vitell kramte zwei Mark aus der Börse und drückte sie dem Kuppelweib in die Hand. »Reicht das?«

»Also, ich weiß nicht, ob Sie –«

»Hier.« Weitere drei Mark ließen das Kuppelweib verstummen. Er griff das Mädchen am Arm und zerrte sie nach draußen. Auf dem Trottoir wollte er Richtung Kutsche gehen, die einige Straßen entfernt auf ihn wartete. Da sah er einen Gendarm, der ein Paar anhielt und einige Worte mit der Frau wechselte. Vitell wollte schon in die entgegengesetzte Richtung ausweichen, als er einen zweiten Gendarm entdeckte, der an einer Laterne lehnte.

Offenbar fingen sie gezielt Prostituierte ab, die einen Freier gefunden hatten. Vermutlich klärten sie die Frauen darüber auf, dass es der Mörder vor allem auf Huren abgesehen hatte, und nahmen ihre Kunden in Augenschein. Möglicherweise hatte die Anwesenheit der beiden Polizisten aber auch einen anderen Grund. Vielleicht beschatteten sie ihn. Vielleicht waren sie ihm vom Lustgarten hierher gefolgt und warteten nun darauf, ihn mit einer Prostituierten zu erwischen.

»Was ist nun?«, fragte das Mädchen an seinem Arm und musterte ihn geringschätzig mit hochgezogenen Augenbrauen.

Ihre Verachtung reizte Vitell fürchterlich. Am liebsten hätte er sie an Ort und Stelle mit dem Messer bearbeitet, aber ein letzter Rest von Selbstbeherrschung war ihm geblieben. So nahm er seinen Flachmann aus der Jacketttasche und hielt ihn dem Mädchen hin. »Ich habe es mir anders überlegt. Trink einen Schluck und dann gehst du wieder rein. Das Geld könnt ihr behalten.«

»Schlappschwanz«, sagte das Mädchen abfällig, wies den Flachmann grob zurück und verschwand wieder in Schmitts Colosseum.

Vitell sah ihr kurz nach und schwor sich, sie zu einem späteren Zeitpunkt zu beehren. Vorerst musste er sich jedoch zusammenreißen. Nach außen hin völlig ruhig, nahm er selbst einen Schluck aus seinem Flachmann, verstaute ihn wieder in seinem Jackett und spazierte den Trottoir hinunter. Als er den Gendarm erreichte, tippte er mit dem Zeigefinger an seinen Hut und sagte lässig: *»Bonsoir, Monsieur.«*

Der Polizist nickte ihm freundlich zu und ließ ihn unbehelligt weitergehen.

In »Klein-Sanssouci«

Otto, Ferdinand und Moses waren viel zu aufgeregt gewesen, um Schlaf zu finden. Sie hatten die ganze Nacht diskutiert, ob der Commissarius, den sie noch gestern Abend aufgesucht hatten, die richtige Taktik gewählt hatte. Mittlerweile saßen sie auf der Terrasse, um den Sonnenaufgang und ein herzhaftes Frühstück zu genießen.

»Ich verstehe einfach nicht, warum Funke keinen Durchsuchungsbefehl erwirkt«, sagte Moses. »Vielleicht findet er bei Vitell Hinweise auf die Morde.«

»Wo sollte er denn mit der Durchsuchung anfangen?«, erwiderte Otto. »Vitell besitzt in Berlin und Umgebung fünf Villen, mehrere Mietshäuser, eine Fabrik und zahlreiche Kohlelager. Um das alles gleichzeitig zu durchsuchen, müsste er ein Polizeikommando mobilisieren, das mindestens Kompaniestärke hat.«

»Daran sollte es nicht scheitern«, sagte Ferdinand.

»Du hast natürlich recht, aber für eine solche Maßnahme ist es wahrscheinlich noch zu früh«, meinte Otto. »Die Vorbereitungen würden viel zu viel Aufmerksamkeit erregen und dem Polizeipräsidenten nicht verborgen bleiben. Er ist mit Vitell eng befreundet, und wenn er von einer Durchsuchung erfahren würde, würde er dem Commissarius sicherlich sofort befehlen, alle Maßnahmen gegen den Kommerzienrat einzustellen. Nein, ich glaube, dass es bei Vitells Zustand nur noch eine Frage der Zeit ist, bis er einen gravierenden Fehler begeht. Und der Commissarius tut gut daran, solange zu warten.«

Sie schwiegen einen Moment. Dann fragte Ferdinand unvermittelt: »Wie würdest du dich eigentlich verhalten, wenn Rieke plötzlich auftauchen würde?«

Obwohl Otto geahnt hatte, dass sein Bruder oder Moses ihn das früher oder später fragen würden, hatte er keine Antwort darauf. Glücklicherweise erschien in diesem Moment das Dienstmädchen, und er gewann etwas Zeit. Lina stellte ein großes Tablett ab und verteilte diverse Platten mit knusprigem Speck, kaltem Braten, eingelegten Heringen und Bratwürstchen sowie einen Brotkorb und ein Glas mit Spreewaldgurken auf dem Tisch. Dann klemmte sie sich das Tablett unter den Arm und ging wieder.

Erst jetzt bemerkte Otto, wie hungrig er war. Eilig schaufelte er sich Bratenstücke auf den Teller und wurde dabei von Ferdinand und Moses mit Argusaugen beobachtet. Endlich gab er den Löffel an Ferdinand weiter und schob sich mit einer Gabel Bratwürstchen und Speck auf den Teller.

»Lass uns auch noch was übrig«, sagte Moses.

Otto griff nach einem Messer und wollte gerade ein Stückchen Bratwurst mit englischem *mustard* bestreichen, als sie die Türglocke schellen hörten. Otto sah irritiert auf und legte das Messer zurück auf den Teller.

»Erwartest du Besuch?«, fragte Ferdinand.

»Nicht um diese Uhrzeit«, erwiderte Otto.

»Vielleicht ein Lieferant?«, mutmaßte Moses.

»Von den Lieferanten kommt keiner vor zehn Uhr morgens.«

Sie schwiegen und widmeten sich wieder dem Frühstück. Dabei lauschten sie angestrengt auf die Vorgänge im Inneren des Hauses. Nach wenigen Minuten betrat Lina die Terrasse und sagte: »Eben war ein Junge an der Tür und hat eine Botschaft abgegeben.«

»Wer hat ihn geschickt?«, fragte Otto.

»Das wollte er nicht sagen. Und als ich ihm ein Glas Milch angeboten habe, ist er schnell weggerannt. Aber er hat das hier dagelassen.« Lina reichte Otto ein elfenbeinfarbenes Briefkuvert.

Er drehte den Umschlag hin und her und sah ihn stirnrunzelnd an. Nirgends wurde ein Absender genannt. Rasch erbrach Otto das rote Siegel, mit dem das Kuvert verschlossen war, und zog vier Bögen heraus. Sie waren beidseitig beschrieben. Die Buchstaben waren groß, rund und kippten nach links. Otto erkannte sofort, dass der Brief von Rieke stammte. Während er zu lesen begann, hämmerte sein Herz vor Aufregung. Bestand doch noch Hoffnung? Entschied sie sich nun endlich für ihn? Als er zum Ende kam, war er aufgewühlt. Er konnte kaum glauben, was Rieke ihm geschrieben hatte.

Berlin, im August 1890

Liebster Otto,
hier sitze ich nun, in diesem stinkenden, verlausten Versteck und sterbe vor Angst. Ich bin mir sicher, dass er nicht eher ruhen wird, bis er mich gefunden hat. Was dann geschieht, wage ich mir nicht auszumalen.
In meinem Leben gab es viele Katastrophen. Einige habe ich selbst verschuldet, für andere konnte ich nichts. Wenn ich zurückblicke, empfinde ich Scham und Zorn. Scham wegen meiner Charakterschwäche und Zorn auf jene, die sie ausgenutzt haben.
Versteh mich nicht falsch! Ich will kein Mitleid von Dir und bin mir bewusst, dass ich mich früher oder später für meine Taten verantworten muss, aber wenn ich in die Vergangenheit reisen könnte, um meinem Leben eine Wendung zu geben, würde ich weder andere Eltern wählen noch der Begegnung mit ihm ausweichen, nein, ich würde in die frühen Morgenstunden des letzten Sonntags reisen und bei Dir bleiben.
Denkst Du noch manchmal daran, wie wir am Bootsanleger saßen und den Anbruch des Tages erwarteten? Alles war so friedlich und so rein. Ich hatte das Gefühl, als könnte ich allen Schmutz abstreifen. Für mich waren das die schönsten Momente meines Lebens. Du hast mir das Gefühl gegeben, etwas wert zu sein. Ich kann gar nicht ausdrücken, wie sehr ich die Zeit mit Dir genos-

sen habe und wie sehr du mir fehlst! Bei Dir habe ich mich so sicher gefühlt. Vor nichts und niemandem hatte ich Angst.
Jetzt fragst Du Dich bestimmt: Warum schickt sie mir diesen Brief? Warum kommt sie nicht her und erzählt mir alles selbst? Du hast keine Vorstellung davon, wie gern ich heute bei Dir wäre – auch wenn ich Gefahr liefe, von Dir abgewiesen zu werden –, aber es geht nicht.
Er lässt Dein Haus überwachen. Sie folgen Dir auf Schritt und Tritt. Sie sind auch da, wenn Du sie nicht siehst. Wenn ich zu Dir käme, brächte ich uns beide in Gefahr. Deshalb habe ich den Jungen geschickt. Ich bete zu Gott, dass sie ihn nicht abfangen, bevor er den Brief abgibt.
Du bist meine letzte Hoffnung. Ich weiß nicht, an wen ich mich sonst wenden soll. Überall hocken seine Lakaien: am kaiserlichen Hof, im Polizeipräsidium und in der Wirtschaft. Ich weiß nicht, welche Druckmittel er benutzt, aber sie sind alle so begierig darauf, sich ihm gefällig zu zeigen. Das Netz ist so dicht geknüpft, dass ich es nicht wage, auf die Straße zu gehen. Hinter jeder Hausecke vermute ich einen von seinen Leuten.
Otto, noch ist Zeit, mich zu vergessen. Mir ist klar, wie sehr ich Dich verletzt habe. Ich bin Deiner nicht würdig, und wenn Du diesen Brief wegwirfst, wirst du nie mehr von mir hören. Möchtest Du jedoch weiterlesen, so komme ich nun zum eigentlichen Anliegen meines Briefes. Also, halte kurz inne und triff deine Entscheidung.
Du liest weiter.
Dann höre an, was ich mir überlegt habe.
Ich will vor Gericht aussagen. Allerdings werde ich die Verhandlung nur erleben, wenn wir mit größter Vorsicht vorgehen. Den Behörden traue ich nicht, weil er überall Polizisten kennt. Zu leicht wäre es, einen Unfall zu inszenieren, bei dem ich ums Leben komme. Nein, ich habe mich entschieden, endlich erwachsen zu werden und selbst für meine Sicherheit zu sorgen. Ich bin in dieser Stadt aufgewachsen und kenne zahlreiche Schlupflöcher. Alles, was ich brauche, ist ein wenig Geld – und darum bitte ich Dich.
Als Übergabeort schlage ich die Insel Sandwerder vor, weil niemand damit rechnet, dass Du Dein Grundstück mit einem Boot*

verlässt. Ich erwarte Dich heute um Mitternacht bei der kleinen Aussichtsplattform auf der Südwestseite. Mit fünfhundert Mark sollte ich einige Monate durchhalten.
Übrigens habe ich vor meiner Flucht sein Tagebuch entwendet, das schreckliche Zeichnungen und bizarre Notizen enthält, die ihn mit den Morden in Verbindung bringen. Dieses Beweisstück möchte ich Dir übergeben, damit Du etwas gegen ihn in der Hand hast. Während ich mich verstecke, kannst Du dafür sorgen, dass er endlich hinter Gitter kommt.
Bitte weihe niemanden in unser Treffen ein und komme allein.
Mein Leben liegt in Deiner Hand.
Bitte verzeih mir,
Rieke

P.S.: Ich wünsche mir so sehr, dass wir uns unter anderen Umständen kennengelernt hätten. Und ich träume davon, dass wir noch einmal einen so wunderbaren Tag erleben wie auf unserem gemeinsamen Bootsausflug auf der »MS Karoline«.

»Was ist mit dir?«, fragte Ferdinand. »Von wem stammt der Brief?«

Als Moses den Arm nach den Blättern ausstreckte, zögerte Otto kurz, schließlich hatte Rieke ihn gebeten, niemanden einzuweihen. Dann besann er sich: Moses und Ferdinand verdienten sein absolutes und uneingeschränktes Vertrauen. Also gab er ihnen den Brief.

Die beiden steckten die Köpfe zusammen und lasen. Otto lehnte sich zurück. Er beobachtete einige Vögel, die über das glitzernde Wasser segelten.

Als Ferdinand fertig war, hob er den Kopf und sagte: »Ich frage mich, warum sie Vitell nie beim Namen nennt.«

»Das liegt doch auf der Hand«, sagte Moses. »So kann der Brief später nicht als Beweismittel gegen ihn verwendet werden. Solange sie nicht ›Vitell‹ schreibt, kann mit ›er‹ jedermann gemeint sein. Und das deutet darauf hin, dass da irgendetwas nicht stimmt.«

»Außerdem würde mich interessieren«, sagte Ferdinand, »wie sie an so teures Briefpapier kommt. Sie schreibt doch ganz am Anfang, dass ihr Versteck stinkt und verlaust ist.«

»Das stimmt«, sagte Moses. »Und wenn sie wirklich so knapp bei Kasse ist, hätte sie eher auf altes Zeitungspapier oder auf ein Stück Karton geschrieben.«

»Otto«, sagte Ferdinand, »bitte versteh mich nicht falsch. Du weißt genau, wie sehr Rieke mir gefallen hat, aber mir scheint, dass sie von Vitell benutzt wird. Er hat sie vermutlich gezwungen, diesen Brief zu schreiben. Er will dir damit eine Falle stellen.«

Otto nickte nur gedankenversunken und schaute weiterhin auf den See hinaus. Vor Jahren hatte er sich angewöhnt, Menschen, die er mochte, nicht mit den Augen des Wissenschaftlers zu betrachten und sie in keine phänomenologischen, physiognomischen oder psychologischen Kategorien einzuordnen. Trotzdem drängten sich ihm nun einige Überlegungen auf.

Otto war fest davon überzeugt, dass Verhalten erlernt wurde. Ein Mensch beispielsweise, der seine größten Erfolge seinem aggressiven Vorgehen verdankte, würde nicht von einem Tag auf den anderen höflich und diplomatisch agieren, sondern im bewährten Fahrwasser bleiben, eben weil er gelernt hatte, dass er so zum Ziel kam.

Rieke war zeitlebens von älteren Männern dominiert worden, von ihrem Vater und von Vitell, die ihr alle wesentlichen Entscheidungen abgenommen hatten. Sie war abhängig von anderen und unselbstständig. Selbst wenn sie sich nun wirklich dazu entschlossen hätte, alles hinter sich zu lassen, würde sie diesen großen Schritt nicht allein in Angriff nehmen. Sie würde sich an einen Mann ihres Vertrauens wenden, um sich von ihm helfen zu lassen.

War er dieser Mann? Hatte er ihr Vertrauen gewonnen? Wandte sie sich mit diesem Brief an ihn, um ein neues Leben anzufangen?

»Was guckst du so, Otto?«, fragte Moses. »Ich glaube auch, dass es eine Falle ist.«

»Ich glaube es nicht nur«, sagte Otto, »sondern ich weiß es.«

»Warum?«, fragte Ferdinand. »Woher nimmst du diese Sicherheit?«

»Rieke hat etwas getan, was für sie ein sehr großer und bedeutender Schritt gewesen sein muss«, erwiderte Otto. »Sie hat sich gegen Vitell entschieden, indem sie mir heimlich zu verstehen gibt, dass der Brief eine Falle ist.«

»Was meinst du damit?«, fragte Moses.

»Vor einigen Tagen haben wir einen Bootsausflug unternommen. Doch nicht mit der ›MS Karoline‹, wie sie schreibt, sondern mit der ›MS Augusta‹. Ich bin mir sicher, dass sie sich an den richtigen Namen erinnert, weil sie das Boot selbst ausgesucht und mir den Ausflug vorgeschlagen hat. Also hat sie ganz bewusst einen Fehler eingebaut, um mich zu warnen.«

Ferdinand überlegte eine Weile und fragte schließlich: »Was wirst du jetzt unternehmen?«

Auf dem Wannsee

Den ganzen Tag über hatte Otto Vorbereitungen getroffen. Als er kurz vor Mitternacht hinunter zum Wannsee ging, tauchte der Mond den Garten in ein gespenstisches Licht. Auf dem Bootsanleger blieb er stehen und schaute noch einmal zurück. Die Fassade von »Klein-Sanssouci« schimmerte silbergrau. Die Villa hatte ihm vom ersten Tag an Sicherheit geboten, sie war sein Refugium, wo er Ruhe fand. Hoffentlich kehrte er wohlbehalten hierher zurück.

Otto kniete sich hin und löste die Leine, mit der sein Ruderboot festgemacht war. Als er in das Boot sprang, platschte das Wasser laut gegen die Pfähle. Er stieß sich mit den Händen ab und trieb hinaus auf den See. Schwankend setzte er sich auf die Mittelbank, ergriff die Ruder und spuckte in die Hände. Dann begann er zu rudern. Das Boot wurde schneller, und das Wasser schäumte am Kiel auf.

Über ihm öffnete sich das Universum. In der unendlichen Schwärze funkelten nur vereinzelt Sterne. Wie immer, wenn er sich diese unfassbaren Dimensionen bewusst machte, musste Otto daran denken, dass die Kirche den Menschen Unsterblichkeit versprach. Er glaubte jedoch nicht an das Paradies, für ihn gab es nur das ureigenste Prinzip der Natur, nach dem der Körper in den Kreislauf zurückkehrte, aus dem er geboren wurde.

Otto drehte den Kopf nach hinten, um seinen Kurs zu kontrollieren. Bis nach Sandwerder waren es noch etwa tausend Meter. Über den Bäumen ragte der imposante Wasserturm wie ein Wachsoldat auf verlorenem Posten auf. Otto korrigierte die Richtung etwas nach steuerbord und dachte an ein Zitat des griechischen Philosophen Epikur, über den er an der Universität eine Vorlesung gehört hatte und dessen kluge Worte ihn schon oft getröstet hatten: »Der Tod geht mich eigentlich nichts an, denn wenn er ist, bin ich nicht mehr, und solange ich bin, ist er nicht.«

Mit kraftvollen Bewegungen ruderte Otto weiter. Dann zerteilte der Bug des Ruderbootes endlich den Röhrichtgürtel um Sandwerder und lief knirschend auf Grund. Otto holte die Riemen ein, sprang ins seichte Wasser und watete zum Bug. So leise wie möglich zog er das Boot unter die herabhängenden Äste. Die letzten Meter musste er zu Fuß gehen.

In der Bellevuestraße 18

Ich muss hier raus, dachte Rieke. Ich habe schon viel zu lange gezögert.

Sie stand im obersten Stockwerk von Vitells Stadtvilla an einem Fenster und spähte in die Nacht. Vor Tagen schon hatte Karl sie hier eingesperrt. Da hatte sie endgültig begriffen, dass er wahnsinnig war. Er war schon seit Wochen kaum noch wiederzuerkennen, was zweifellos mit den Drogen zusammenhing, die er immer öfter nahm. Nun hatte sie den Eindruck, dass er kaum noch wusste, wer sie eigentlich war. Und wenn er tatsächlich vergessen haben sollte, was sie einmal verbunden hatte, wäre er zu allem fähig.

Der Kemperplatz unter ihr lag verlassen da, dahinter begann der Tiergarten. Wenn sie es dorthin schaffte, wenn sie das Dickicht erreichte, wenn es ihr gelingen sollte, mit den Schatten zu verschmelzen, dann wäre sie in Sicherheit. Nur, wie sollte sie so weit kommen? Die Tür war abgeschlossen, und auf dem Gang wachte Jewgeni, Karls Leibdiener. Unter ihr ging es neun Meter in die Tiefe. Vor dem Fenster gab es kein Regenabflussrohr, keine Mauervorsprünge oder Gerüste, nichts, was ihr geholfen hätte, hinunterzuklettern. Und einen Sprung würde sie mit Knochenbrüchen, ja wahrscheinlich sogar mit dem Leben bezahlen. Die Lage war aussichtslos, alle Fluchtwege waren versperrt.

Verzweifelt berührte sie den kleinen Finger ihrer linken Hand und zuckte vor Schmerz zusammen. Das oberste Glied stand in einem unnatürlichen Winkel ab und hatte sich schwarzviolett verfärbt. Nur einmal hatte sie probiert, die Fingerkuppe gerade zu biegen. Doch der Schmerz war zu heftig gewesen, und es hatte wohl eine halbe Stunde gedauert, bis das Pulsieren in ihrem Finger wieder nachgelassen hatte.

Wie leicht es war, meinen Widerstand zu brechen, dachte Rieke beschämt. Nur ein paar wüste Drohungen, eine rasche Bewegung und der jäh aufflammende Schmerz hatten genügt, um sie in Todesangst zu versetzen. Ohne weitere Gegenwehr hatte sie sich an den Schreibtisch gesetzt und den Brief geschrieben. Der Anfang war ihr nicht schwergefallen, weil er ihre wahren Empfindungen widerspiegelte, aber die letzten Absätze hatte ihr Karl diktiert. Warum hatte er ihr nicht einen Finger der rechten Hand oder am besten gleich die ganze Hand gebrochen? Dann hätte sie den Füller nicht halten können. Dann hätte sie ihre Selbstachtung bewahren können.

Wenigstens hatte sie genügend Geistesgegenwart besessen, um Otto zu warnen. Sie konnte nur hoffen, dass er sich an den Bootsnamen erinnerte und ihre Worte richtig deutete. Ansonsten …

Sie spürte, wie sich ihre Augen mit Tränen füllten. Es war alles so aussichtslos, und wenn sie an Karl dachte, wurde sie noch trauriger. Wie hatte er sich nur so verändern können? Was war nur aus ihm geworden?

Vor fünf Jahren hatte er sie, als sie sich hatte umbringen wollen, aus der Spree gezogen und ihr so das Leben gerettet. Noch in dieser Nacht hatte sie gewusst, dass er sich fortan ihrer annehmen würde. Für ihn war sie eine Schwester im Leid, eine Gefährtin in der Dunkelheit, ein menschlicher Fixpunkt, der keine Bedrohung darstellte. Sie hatten nie darüber gesprochen, aber Rieke war davon überzeugt, dass er als Kind ebenfalls furchtbare Dinge erlebt haben musste. Sie waren beide Gebrandmarkte, und das Wissen darum hatte sie zu Verbündeten werden lassen.

Fünf Jahre lang hatte sie sich auf seine Unterstützung verlassen können. Er hatte ihr nicht nur die Stellung als Dienstmädchen im Club von Berlin und später das Engagement am Belle-Alliance-Theater verschafft, nein, er hatte vor allem ihren Vater so eingeschüchtert, dass er sie nicht mehr missbrauchte. Niemand hatte sich jemals so für sie eingesetzt. Sie verdankte ihm so viel, doch jetzt verlor er den Verstand und sperrte sie ein und tat ihr weh.

Dabei hatte Rieke gemerkt, wie weit er sich schon von ihr entfernt hatte. Früher hatte sie ihn immer verstanden. Mittlerweile ahnte sie nicht einmal mehr, welche Dämonen ihn antrieben und was ihm als Nächstes in den Sinn kommen würde. Das Kokain beherrschte ihn völlig und veränderte seine Persönlichkeit. Im Rausch war er unberechenbar. In der vergangenen Nacht hatte er ihr den kleinen Finger gebrochen, vielleicht kam er morgen auf die Idee, ihr die Kehle durchzuschneiden.

Rieke unterdrückte ein Schluchzen und biss sich auf die Unterlippe. Sie hatte keine Ahnung, wohin Karl gegangen war und wann er zurückkehren würde, aber sie fühlte, dass ihr nicht mehr viel Zeit blieb. Ich muss endlich hier raus, dachte sie. Mir muss etwas einfallen.

Sie könnte über das Dach klettern. Vielleicht befand sich auf der Rückseite des Hauses eine Leiter, über die sie hinabsteigen konnte. Oder sie konnte durch eines der anderen Fenster schlüpfen, die Treppe hinunterschleichen und durch die Haustür verschwinden. Doch schon von der Vorstellung, auf dem Dachfirst zu balancieren, wurde ihr schwindelig, sodass sie den Plan aufgab.

Es muss anders gehen, dachte Rieke. Sie setzte sich hin und zermarterte sich das Hirn. Draußen hörte sie Jewgeni schnarchen. Ob sie ihn um Hilfe bitten sollte? Nein, er war seinem Herrn hündisch ergeben und führte alle seine Befehle mit Eifer aus. Doch dann kam Rieke eine andere Idee: Jewgeni verfügte zwar über die Kraft eines Muskelmanns auf dem Jahrmarkt, aber sein Horizont reichte kaum weiter als bei einer Eintagsfliege. Es musste doch einen Weg geben, ihn zu übertölpeln.

Hektisch suchte Rieke mit den Augen den Raum ab. Ein Bett, ein Schrank, ein Tisch, ein Stuhl, ein kleiner Kachelofen, Kienspäne und ein leerer Kohlekorb. Nichts, was ihr helfen könnte, ihren Bewacher auszutricksen.

Moment!

Sie starrte die Petroleumlampe an, die auf dem kleinen Nachttischchen stand. Wenn Jewgeni die Tür nicht freiwillig öffnet, muss ich ihn zwingen, dachte sie. Zuerst vage, doch dann immer klarer nahm ein Plan Gestalt an. Er war tollkühn und würde vielleicht ihr Ende bedeuten, aber sie musste das Risiko eingehen.

Entschlossen lief Rieke zum Bett und formte Decken und Kissen so, als würde jemand darin liegen. Das Wummern in dem gebrochenen Finger bemerkte sie kaum. Dann schraubte sie den Blechuntersatz der Lampe ab und schüttete das Petroleum über die Decke. Sie riss ein Schwefelholz an und warf es auf das Bett. Die Flammen züngelten in die Höhe und krochen über die Decke. Dann hob sie mit der rechten Hand den Stuhl an und ließ ihn mehrmals auf den Boden krachen, bis er entzweibrach.

Jewgeni erwachte durch den Lärm und hämmerte gegen die Tür. »He, Ruhe da!«

Unbeeindruckt nahm Rieke ein Stuhlbein und schob die übrigen Stuhlreste unter den Schrank. Dann stürzte sie zur anderen Seite des Raumes und kauerte sich in eine Ecke. Sie spürte die Hitze des Feuers. Schwarzer Rauch wirbelte hoch, sammelte sich unter der Decke und floss die Wände herab.

Erneut hämmerte Jewgeni an die Tür. Rieke drückte sich den Unterrock vor Mund und Nase. Sie ignorierte das Brennen in den Augen und blinzelte mehrmals, um die Tür trotz des Rauchs im Blick zu behalten. Fest umklammerte sie ihre Waffe.

Da drehte sich der Schlüssel geräuschvoll im Schloss. Die Tür öffnete sich, zuerst einen Spaltbreit, dann flog sie auf und knallte heftig gegen die Wand.

»Was ist hier los?«, schrie Jewgeni und stürzte zum Bett. »Dummes Mädchen, du dummes Mädchen!«

Rieke sprang auf und holte mit dem Knüppel aus.

Otto hielt einen Moment inne und spähte in die Dunkelheit. Erlen und Weiden wuchsen am Ufersaum. Links von ihm, in nördlicher Richtung, ragte die Sommerresidenz des Fondsmaklers Max Bossart in den Nachthimmel. Die Villa war erst vor wenigen Jahren erbaut worden und war neben Wessels Wirtschaftshof das einzige Wohngebäude auf der Insel. Wegen ihres frühmittelalterlichen Stils wurde sie Schwanenburg genannt. Alle Fenster waren dunkel, nirgends regte sich Leben.

Otto atmete tief durch und wandte sich dem Wald am Fuße des Hangs zu. Dort waren Eichen, Linden, Ahorn und Robinien frisch angepflanzt worden, außerdem einige Säulenpappeln. Die jungen Stämme wirkten wie Totempfähle, und das wogende Blätterdach schien Otto eine Warnung zuzuraunen. Es kostete ihn einige Überwindung, die unheimlichen Eindrücke abzuschütteln und weiterzugehen.

Um sich den Hang hinaufzuziehen, griff er nach einem Zweig. Er brach, und ein lautes Knacken ertönte. Otto ruderte mit den Armen und rutschte über die lockere Humusschicht. Ein Vogel schnellte von einem Ast hoch und stieß ein Krächzen aus, das, so kam es Otto jedenfalls vor, meilenweit zu hören war. Im letzten Moment fing er sich ab und fiel auf die Knie. Er ärgerte sich über seine Ungeschicklichkeit, rappelte sich aber rasch auf und kletterte weiter.

Bald stieß er auf den Weg, der den Wirtschaftshof mit der Hundingshütte und der Aussichtsplattform verband. Der schmale Pfad schlängelte sich zwischen Kiefern hindurch. Otto ging links entlang und spähte immer wieder in alle Richtungen. Im Unterholz raschelten Blätter, und neben einem Felsen hockte ein Tier mit funkelnden Augen und starrte ihn an.

Mit der Hand wischte er sich über die schweißnasse Stirn und verteilte dabei Erde und Kiefernnadeln auf der Haut. Das Jucken irritierte ihn.

Reiß dich zusammen, ermahnte er sich. Der Weg machte nun eine Kurve, dann erreichte Otto eine Waldlichtung, die im Mondlicht unwirklich, beinahe jenseitig wirkte.

Otto stellte sich hinter eine Fichte und spähte zur Aussichtsplattform hinüber. Sie war etwa fünfzehn mal fünfzehn Meter groß. Links dahinter erkannte er zwei halbierte Stämme, die Ausflüglern als Bänke dienten und die im rechten Winkel zueinander standen. Davor befand sich eine offene Feuerstelle. Verkohlte Scheite ragten über einige kreisförmig angeordnete Bruchsteine.

Otto trat aus dem Schatten. Sein Herz schlug laut wie eine Kirchenglocke, und in seinen Ohren rauschte das Blut. Langsam ging er zur Aussichtsplattform. Dort drehte er sich um und fragte leise: »Ist da jemand?«

In diesem Moment ertönte ein Knacken. Otto sah, wie in dem Gebüsch neben ihm jemand Zweige auseinanderdrückte. Eine Gestalt zwängte sich aus dem Dickicht.

Es war ein Matrose. Er trug weiße weite Hosen, ein kurzärmeliges Kattunhemd und eine verfilzte Mütze. In seinem Ohr glänzte ein Goldring. Auf seinen muskulösen Unterarmen prangten Tätowierungen mit Südseemotiven. Dann trat ein zweiter Mann neben ihn. Er war genauso gekleidet wie der erste, nur war er deutlich kleiner. Auf seinem Schädel sprossen nur wenige Haare, die so dick und kratzig wie Schweineborsten aussahen. Beide rochen nach saurem Schweiß.

Otto sah von einem zum anderen. »Die Matrosen aus Fürstenberg«, sagte er.

»Halt's Maul«, sagte der Tätowierte und zielte mit einer doppelläufigen Pistole auf ihn.

Im Tiergarten

Mondlicht fiel auf den Teich. Vitell kniete am Ufer und sah sein Spiegelbild an. Zögerlich drehte er den Kopf nach links und nach rechts. Die Ohren, die Augen und Wangen gehörten zweifellos ihm. Tausendmal hatte er sie schon betrachtet. Trotzdem nagte das Gefühl an ihm, dass Körper und Geist keine Einheit bildeten. Ich bin nicht *ich*, dachte er. Vitell hatte zwar keine Ahnung, wer er sonst war, er wusste nur: *Ich* bin nicht ich. Diese Erkenntnis überrollte ihn mit der Wucht eines Güterzugs.

Verzweifelt schlug er mit der Hand auf das Wasser und kam auf die Beine. Der steinerne Himmel schwankte. In seinen Ohren stellte sich jenes hohe Summen ein, das seine Nerven aufs Äußerste strapazierte. Die Distanz zur übrigen Welt wurde immer größer. Am liebsten würde er sich das Messer ins Bein rammen, nur um etwas zu spüren.

Was mache ich eigentlich hier?, dachte er plötzlich erschrocken. Wie bin ich hergekommen? Die Momente, in denen er keine Orientierung mehr hatte, häuften sich. Oft fehlten ihm nur wenige Minuten, manchmal, so stellte er später entsetzt fest, sogar mehrere Stunden. Immer häufiger konnte er nicht unterscheiden, ob er träumte oder wachte.

So unvorbereitet wie jedes Mal spürte er plötzlich Erschütterungen. Etwas näherte sich ihm, aus allen Richtungen, so als hätte ihn ein Rudel urzeitlicher Dinosaurier umzingelt. Gehetzt sah er sich um, suchte nach einem Fluchtweg, aber er wusste längst, dass er ihrer Stimme nicht entkommen konnte. Eine eisige Kälte bildete sich in seinem Nacken und rann ihm zwischen den Schulterblättern hinab.

»Bitte nicht«, sagte Vitell.

Die Stimme redete auf ihn ein, zuerst leise, sanft und zärtlich, dann wurde sie immer fordernder, lauter und zorniger, bis die Befehle, der Spott und die Beschimpfungen in einem unerbittlichen Stakkato auf ihn einhackten. Vitell schloss die Augen. Er presste seine Hände auf die Ohren. »Hör endlich auf!«, schrie er. »Sie ist keine Hure. Sie ist nicht so wie du. Sie ist meine letzte Verbindung.«

Jetzt steigerte sich die Stimme zu einem schrillen Crescendo.

»Nein!«, rief Vitell und schüttelte wild den Kopf. »Nein! … Das kann ich nicht! … Wieso? … Du verdammte … Ich werde dir …« Speichel schäumte auf seinen Lippen, auf seiner Stirn traten dicke Adern hervor, er schnappte nach Luft und ruderte hilflos mit den Armen. Schließlich schlug er der Länge nach hin. Sein Körper zuckte mehrmals, dann blieb er reglos liegen.

Wenig später kam er zu sich und spürte sofort, dass sich etwas verändert hatte. Sein Atem kroch mit eisiger Kälte seine Luftröhre hinunter, und die feuchte, grobkörnige Erde schmiegte sich an seine Hände, als läge er in einem Grab. Er drückte sich vom Boden ab und kam auf die Füße. Ohne zu zögern, schlug er den Weg zur Villa ein. Jetzt war es ihm unbegreiflich, warum er sich so lange gewehrt, warum er so lange gezögert hatte. Dabei war doch alles ganz klar.

Rieke liebte Dr. Sanftleben. Sie hatte ihn verraten.

Deshalb konnte er ihr nicht länger vertrauen.

Sie musste sterben.

Auf Sandwerder

Eine Wolke zog über die Insel und verdeckte den Mond. Alles lag plötzlich in tiefster Finsternis. Dann kehrte das silberne Flirren des Mondlichts zurück.

»Unser Auftraggeber hat gesagt«, meinte der Matrose mit der Pistole, »dass du einen Teil der Bezahlung gleich mitbringen würdest.«

»Los, rück den Zaster raus«, sagte der Kleinere. Otto sah, dass ihm beide Schneidezähne fehlten.

Damit konnten nur die fünfhundert Mark gemeint sein, die Rieke in dem Brief erbeten hatte. Kalt blickte Otto von einem zum anderen.

»Wenn es dir lieber ist, kann ich dir deine Kartoffel auch gleich wegpusten und mich selbst bedienen«, sagte der Tätowierte.

»Hört mal«, sagte Otto und schob die Hand in den Rücken. »Wer –«

»He, was hast du vor? Lass die Patschehändchen schön vorn! Keine Fisimatenten, ist das klar?«

»Schon gut! Hinten, in meinem Hosenbund, steckt ein Kuvert. Und in dem Kuvert befinden sich fünfhundert Mark.«

Langsam zog Otto den Umschlag hervor und sah, wie ihre Augen gierig funkelten. Plötzlich wurde er wütend. Auf Vitell, auf diese beiden widerlichen Kerle, die für Geld offenbar alles taten. Der Jähzorn packte ihn so, dass er dem Kleinen den Umschlag ins Gesicht schleuderte.

Der zückte ein Messer und wollte sich gleich auf ihn stürzen. »Du Scheiß –«

»Halt«, sagte der andere und hielt ihn an der Schulter zurück. »Das will er doch nur. Sieh erst nach, was in dem Umschlag ist.«

»Wenn du tot bist, piss ich dir ins Maul«, sagte der Kleine und las das Kuvert vom Boden auf. Mit fliegenden Fingern zählte er das Geld. »Fünfhundert Mark. Dann blas ihm endlich die Lampen aus! Seine Fresse macht mich krank.«

»Sprich ein Gebet, Kumpel«, sagte der tätowierte Matrose und zielte auf Ottos Kopf.

»Habt ihr wirklich geglaubt, dass ich mich von euch abknallen lasse?«, fragte Otto und stieß einen Pfiff aus. »Seht euch doch mal um!«

In der Bellevuestraße 18

Mit aller Kraft wollte Rieke Jewgeni mit dem Stuhlbein auf den Schädel schlagen, doch plötzlich hielt sie inne. Er würde das Bewusstsein verlieren und hier drinnen verbrennen. Wäre sie dann eine Mörderin?

Als hätte er gespürt, dass sie hinter ihm stand, wirbelte Jewgeni herum und starrte sie aus seinen blassblauen Babyaugen an. Ein, zwei Sekunden dehnten sich zu einer Ewigkeit, dann veränderte sich sein Gesichtsausdruck. Schon hob er seine Pranke an, um sie im Nacken zu packen.

Rieke reagierte blitzschnell. Sie sprang zurück, holte Schwung und hieb ihm den Knüppel mit aller Wucht zwischen die Beine. Der plötzliche Schmerz trieb dem starken Mann das Wasser in die Augen, seine Backen blähten sich auf, und die Luft entwich mit einem Pfeifen. Mit abgehackten Schritten stolperte er näher, seine ausgestreckten Arme paddelten hilflos durch die Luft. Gleich würde er sie fassen, doch dann knickten ihm die Beine weg, und er sank wimmernd zu Boden.

Vor Aufregung zitterten Rieke die Knie und sie stützte sich am Tisch ab. Sie konnte kaum fassen, was sie getan hatte. Sollte ihr aberwitziger Plan tatsächlich aufgehen? Sollte ihr wirklich die Flucht gelingen? Ängstlich wandte sie sich zur Tür. In diesem Moment krallte sich Jewgenis Hand um ihren Fußknöchel.

»Lass mich los!«, schrie Rieke. Panisch versuchte sie, sich aus seinem Griff zu befreien, und ahnte, dass sie zu schwach sein würde. Da sah sie seine andere Hand. Dick wie Mettwürstchen lagen seine Finger auf dem Boden. Rieke hob den Fuß an und trat mit dem Absatz auf sie.

Jewgeni jaulte auf und ließ sie los.

Sie war frei.

Rieke rannte zur Tür hinaus, schlug sie zu und stürmte den langen Korridor entlang. Die Zimmertüren links und rechts von ihr flogen an ihr vorbei. Zwischen ihr und der Treppe lagen nur noch wenige Meter. Sie hatte es gleich geschafft. Sie musste nur noch hinunterlaufen, sie musste nur die Haustür erreichen. Wenn sie erst im Freien war, konnte sie um Hilfe rufen.

Da ertönte in ihrem Rücken ein Poltern. Entsetzt drehte sie sich um und sah Jewgeni in den Flur schwanken. Er war leichenblass. Er hustete, er taumelte hin und her und riss einen Öldruck von der Wand. Seine linke Hand hielt er vor sein Gemächt, als wollte er sich vor einem weiteren Angriff schützen.

Rieke stürzte die Stufen hinunter. Sie nahm zwei auf einmal. Nackte Panik trieb sie an. Raus hier, dachte sie. Nur raus! Auch Jewgeni hatte die Treppe erreicht. Sie hörte ihn hinter sich schnaufen. Doch Rieke drehte sich nicht um. Jede Sekunde zählte. Sie nahm die letzten vier Stufen im Sprung, rutschte über das Parkett und rannte durch die Halle.

Da öffnete sich die Tür.

Ihre schlimmsten Befürchtungen bewahrheiteten sich.

Karl kam nach Hause.

Wie ein Monument aus Stein stand er im Türrahmen und starrte sie an.

Rieke sah sich hektisch um. Sollte sie versuchen, durch den

Seitenflügel zu entkommen? Nein, die Männer würden sie einholen. Rieke machte sich keine Illusionen. Ihre Flucht war gescheitert.

»Wo willst du hin?«, fragte Karl mit tonloser Stimme. Er sah aus wie ein Bote aus einer anderen Welt.

»Karl«, sagte sie. »Bitte!«

Jewgeni hatte die Eingangshalle erreicht. Er packte sie am Oberarm und drückte schmerzhaft zu. »Sie hat Feuer gelegt, Herr. Eine der Mädchenkammern steht in Flammen.«

»Geh und lösch das Feuer«, sagte Vitell und schloss langsam die Tür hinter sich. Sein Gesicht wirkte jetzt wächsern. Die Augen waren teilnahmslos und stumpf, wie die eines Toten.

»Karl«, sagte Rieke, »was ist mit dir?«

Er antwortete nicht, seine Pupillen blieben unbewegt, aber in seiner Hand hielt er ein langes Messer. Er hob es langsam an.

Schluchzend drehte Rieke sich weg und schlug die Hände vors Gesicht. »Ach, Karl! Lieber Karl! Was ist nur aus dir geworden?«

Sie erwartete jeden Moment einen schrecklichen Schmerz, aber er blieb aus. Sie nahm die Hände herunter und sah, wie seine Mundwinkel zuckten, wie das Messer ihm aus der Hand fiel. Die Spitze bohrte sich in das Parkett. Seine Finger spreizten sich wie bei einem spastischen Anfall. Speichelbläschen perlten über seine Unterlippe.

»Karl«, sagte sie. »Mein Gott, was ist mit dir?«

»Verschwinde«, sagte er und zuckte unkontrolliert mit dem Kopf. »Ich will dich nicht mehr sehen.«

Rieke verstand gar nichts mehr. Sie wusste nur eines: Sie musste hier weg. Bevor er es sich anders überlegen konnte, rannte sie los. Sie riss die Tür auf, verließ das Haus, überquerte den Kemperplatz und sah in der Tiergartenstraße etwa dreihundert Meter von ihr entfernt zwei Gendarmen stehen. Einer der Polizisten hob seine Hand und machte ein Zeichen, so als wolle er sie zum Stehenbleiben bewegen. Doch als sie im Schatten der Bäume weiterlief, machten die beiden keine Anstalten, ihr zu folgen.

Sie rannte weiter. Sie musste nach Hause. Dort, im Hinterhof, hatte sie eine kleine Blechkiste vergraben, in der sie das ganze Geld aufbewahrte, was Karl ihr im Laufe der Jahre zugesteckt hatte. Jetzt brauchte sie es, um für ein paar Tage unterzutauchen. Sie musste überlegen, wie es weitergehen sollte.

Auf Sandwerder

Ferdinand hatte Ottos Pfiff gehört. Er tauchte aus einem Erdloch auf, riss das bereitliegende Schwefelhölzchen an und hielt es unter die Schnüre, die er auf eine Länge von wenigen Millimetern gekürzt hatte, damit die Treibladungen sofort zündeten. Mit einem Jaulen schossen die Raketen in die Nacht und zerbarsten am schwarzen Himmel. Rote, gelbe und blaue Funken sprühten in alle Richtungen.

Gleichzeitig kletterte Moses aus einem zweiten Erdloch und brach durch das Gebüsch. In der linken Hand schwenkte er das Bowiemesser, in der rechten Hand einen Revolver. In seinem schwarzen Gesicht leuchtete das Weiß seiner weit aufgerissenen Augen. Brüllend stürmte er heran, um seinem Dienstherrn und Freund beizustehen.

Auch der Commissarius hievte sich aus einem Erdloch und trat aus dem Schatten der Bäume. Ihm war nicht ganz wohl in seiner Haut, weil er drei Zivilisten gestattet hatte, an diesem gefährlichen Polizeieinsatz teilzunehmen, aber bei diesen Ermittlungen war sowieso nicht alles nach Vorschrift verlaufen, und er hatte sich außerdem den Überraschungseffekt des Feuerwerks sichern wollen. Hoffentlich lief alles nach Plan.

Während der Commissarius langsam mit gezückter Pistole auf die Matrosen zuging, visierte er den größeren der beiden an und sagte: »Lassen Sie die Waffe fallen – sofort!«

Vollkommen verwirrt sah der Mann vom Himmelsspektakel zum Commissarius. Über sein Gesicht huschten die Farben des Feuerwerks. Als er plötzlich die doppelläufige Pistole in Moses' Richtung schwenkte, zögerte der Commissarius keine Sekunde. Zu oft hatte er erleben müssen, dass wenige Augenblicke über Leben und Tod entschieden hatten. Sein Zeigefinger krümmte sich, er überwand den Druckpunkt. Der Rückschlag riss ihm die Hand in die Höhe. Der Knall hallte laut durch den Wald, und Vögel flatterten auf, um sich vor dem Lärm in Sicherheit zu bringen.

Die Kugel traf den Matrosen in die Schulter. Er fiel mit einer seltsam anmutigen Körperdrehung zu Boden, so als würde er eine schwierige Tanzfigur ausführen. Die Pistole entglitt ihm und schlug dumpf auf der Erde auf.

Otto sah den kleinen Matrosen an. Sie dachten das Gleiche, aber Otto stand näher an der Waffe und reagierte blitzschnell. Mit einem Satz warf er sich in Richtung Pistole und riss sie an sich.

Der kleine Matrose hielt in der Bewegung inne und stieß wüste Beschimpfungen aus: »Kommt bloß nicht näher, ihr Hurensöhne! Ich mach euch fertig.« Mit dem Entermesser durchschnitt er die Luft, um sich die Angreifer vom Leib zu halten, doch sie kreisten ihn mit entschlossenen Mienen ein und rückten immer näher. Gehetzt warf er einen kurzen Blick zu seinem Kameraden. »Steh auf!«

Der tätowierte Matrose stöhnte. Von dem Geschehen bekam er nichts mehr mit. Sein Gesicht war wächsern, der Tod hatte seine kalte Hand schon nach ihm ausgestreckt. Die Blutlache rings um seinen Oberkörper wurde immer größer. Wahrscheinlich, dachte Otto, ist eine Schlagader durch die Kugel verletzt worden.

»Geben Sie auf«, sagte der Commissarius. »Sie haben keine Chance.«

»Halt die Fresse! Ihr alle! Sonst –«

Da riss Moses der Geduldsfaden. Er richtete den Revolver auf den Boden und drückte ab. Erde spritzte auf. »Das nächste Mal schieße ich dir ein Loch in den Fuß, du Schwein.«

Der Matrose sah sich um. Offenbar überlegte er, welche Fluchtmöglichkeiten er hatte. Dann sagte er: »Schon gut! Ich gebe auf. Hier!« Er ließ das Messer fallen.

»Auf die Knie«, befahl der Commissarius und warf Moses eine Handfessel zu. »Leg sie ihm an. Ich kümmere mich um den anderen.«

Der Commissarius beugte sich zu dem verwundeten Matrosen hinab und tastete nach dem Puls. »Er ist … tot«, sagte er. Es klang verwundert. Funke richtete sich auf und betrachtete den Leichnam noch einen Moment. Dann wandte er sich an den anderen Matrosen. »Wer ist Ihr Auftraggeber? Kommerzienrat Vitell? Hat er Sie hierhergeschickt, um Dr. Sanftleben zu beseitigen? Handeln Sie in seinem Auftrag?«

»Du verdammter Mörder«, sagte der Matrose und spuckte dem Commissarius aufs Jackett.

Funke blieb erstaunlich gelassen. Mit ruhiger Stimme versuchte er noch einmal, den Mann zu einer Aussage zu bewegen, allerdings erfolglos.

Otto hatte das Geschehen ungeduldig verfolgt. Er musste wissen, wo Rieke war. Nachdem sich der Brief tatsächlich als Falle herausgestellt hatte, war er sich sicher, dass sie sich in Vitells Gewahrsam befand. Rieke war also einem Mann ausgeliefert, der dabei war, den Verstand zu verlieren. Er musste sie beschützen, sie mussten Vitell so schnell wie möglich festnehmen. Aber so kamen sie nicht weiter.

Otto nahm den Commissarius zur Seite und sagte: »Machen Sie einen kleinen Spaziergang. Und nehmen Sie Moses und Ferdinand mit.«

»Was haben Sie vor?«, fragte Funke.

»Fragen Sie nicht«, erwiderte Otto. »Gehen Sie einfach und lassen Sie mich einen Moment mit dem Mann allein.«

»Machen Sie keine Dummheiten«, sagte Funke.

»Keine Sorge.«

»Was soll das werden?«, rief der Matrose und sah dem Commissarius, Moses und Ferdinand nach, die den Weg entlanggingen und schließlich im Wald verschwanden.

»Wenn ich mich recht entsinne«, sagte Otto, »wolltest du mir ins Maul pissen, wenn ich tot bin. Das waren deine Worte, nicht wahr? Du dürftest mir zustimmen, wenn ich feststelle, dass sich die Ausgangslage etwas geändert hat.«

»Was soll dieses geschwollene Gequatsche?«, fragte der Matrose. »Was willst du von mir?«

»Ich will mit dir über deine Situation sprechen. So wie ich das sehe, bleiben dir zwei Möglichkeiten. Entweder du erzählst mir, was ich wissen will, oder du schweigst weiterhin. Ich würde dir allerdings zur ersten Variante raten, denn die bringt dir nur Vorteile.«

»Versteh ich nicht.«

»Wenn du uns erzählst, dass du einen Auftraggeber hattest, der alles geplant hat, dann ist er der Haupttäter. Du hingegen bist nur ein kleiner Ganove, sein Werkzeug, und wirst vor Gericht glimpflich davonkommen. Außerdem muss ich wissen, ob Vitell eine junge Frau namens Friederike Dürr festhält. Wenn du uns hilfst, sie zu finden, wird der Richter deine Kooperationsbereitschaft bei der Strafzumessung berücksichtigen.«

»Und was ist, wenn ich das Maul halte?«

»In diesem Fall hättest du für mich keinen Nutzen mehr. Dann werde ich später sagen, dass ich über diese Wurzel da gestolpert bin. Ich werde sagen, dass es ein Unfall war, dass sich beim Sturz ein Schuss gelöst hat, der dich in den Kopf getroffen hat. Möglicherweise wird man Zweifel an meiner Aussage haben, aber niemand wird mir einen Vorsatz nachweisen können. Und letztendlich wird man mir glauben, weil ich ein angesehener Bürger bin, der sich noch nie etwas hat zuschulden kommen lassen, während du nur ein mieser Verbrecher bist, dem man keine Träne nachweinen wird. Ja, man wird vielleicht sogar froh sein, dass es einen Kriminellen weniger gibt, und deine Akte schließen.«

»Das würdest du niemals tun, dazu bist du zu –«

»Du solltest nicht vergessen, dass du mich zweimal töten wolltest. Auch wenn ich jetzt ruhig wirke, kannst du mir glauben, dass meine Gefühle für dich alles andere als wohlwollend sind. Ich möchte sogar sagen, dass ich noch nie einen Menschen so sehr verabscheut habe wie dich.«

Der Mann sah ihn hasserfüllt an.

»Du kannst dich jetzt entscheiden«, sagte Otto und zielte mit der doppelläufigen Pistole auf den Kopf des Matrosen. »Entweder du packst aus oder du schweigst weiterhin. Wie du es auch drehst und wendest – die erste Variante ist auf jeden Fall die bessere Wahl.«

Fünf Minuten später traf Otto in Begleitung des Matrosen bei Wessels Wirtschaftshof ein, wo einige Gärtner, Polizisten und Hausbedienstete in kleinen Gruppen zusammenstanden. Aus den Zwingern drang aufgeregtes Hundegebell.

Otto übergab den Matrosen in die Obhut eines Kriminalpolizisten, händigte dem Commissarius die Pistole aus und sagte: »Der Mann hat sich zur Mitarbeit entschlossen. Sie können jetzt alle Maßnahmen zur Verhaftung Vitells einleiten. Der Matrose hat ausgesagt, dass er im Auftrag des Kommerzienrates hier war.«

»Wie haben Sie das hingekriegt?«, fragte Commissarius Funke.

»Ich habe ihm die Alternativen aufgezeigt«, erwiderte Otto zwinkernd und ging zu seinem Fahrrad, das an einem Baumstamm lehnte. Ferdinand hatte es am Nachmittag komplett überholt und dann hergebracht. An den Lenker hatte er eine Laterne montiert, mit deren Hilfe Otto Schlaglöcher und andere Hindernisse rechtzeitig entdecken würde.

»Was haben Sie vor?«, fragte der Commissarius.

»Der Matrose hat mir erzählt, dass er am Tag nach meinem Geburtstag in Vitells Stadtvilla in der Bellevuestraße 18 eine Frau gesehen hat, auf die Riekes Beschreibung zutrifft. Vielleicht ist sie noch dort und befindet sich in Gefahr. Ich muss schnell dorthin.«

»Bellevuestraße 18. Ich werde so bald wie möglich nachkommen. Und passen Sie in der Zwischenzeit auf sich auf«, sagte der Commissarius und reichte Otto seinen geladenen Revolver. »Nehmen Sie den lieber mit.«

»Danke. Wir sehen uns dann später«, sagte Otto, verstaute den Revolver in seinem Hosenbund und nickte Moses und Ferdinand zu. Er stieg auf sein Rad und trat kräftig in die Pedale. Die Fahrt in die Stadt würde etwa zwei Stunden dauern, aber auf jeden Fall kam er so schneller in der Bellevuestraße an, als wenn er sich dem Polizeitross anschloss. Er konnte nur hoffen, dass er rechtzeitig dort eintraf.

Hinter dem Haus von Eberhard Dürr

Zwischen Riekes Elternhaus und dem Nachbarhaus verlief ein schmaler Gang. In der Dunkelheit erkannte sie Apfelkisten, einen Haufen mit vor sich hin gammelnden Gemüseresten und einen alten Kinderwagen. Nichts, was ihr helfen würde, über die Mauer in den Hinterhof zu klettern.

Rieke ließ die Schultern hängen. Die Zuversicht, die angesichts der geglückten Flucht kurz in ihr aufgeflackert war, hatte auf dem langen Fußmarsch hierher einer tiefen Resignation Platz gemacht. Während sie durch die nächtlichen Straßen gelaufen war, war ihr genügend Zeit geblieben, um ihre Situation zu überdenken. Mit einem erschreckenden Ergebnis: Karl, ihr ehemaliger Beschützer, wollte sie nicht mehr sehen. Und Otto hatte sie durch ihr Verhalten so bitter enttäuscht, dass er ihr in Zukunft nur noch mit Misstrauen begegnen würde, wenn er sie überhaupt noch einmal treffen wollte.

Rieke hatte das Ende des Ganges erreicht und trat auf eine kleine Wiese vor dem Abwassergraben. Der faulige Geruch nach menschlichen Ausscheidungen schlug ihr entgegen. Wenn sie doch nur mehr Vertrauen gehabt hätte! Wenn sie doch Otto alles gestanden hätte! Vielleicht hätte er einen Ausweg gewusst. Noch immer begriff sie nicht, was sie an jenem Morgen aus seinem Haus getrieben hatte, was sie dazu bewogen hatte, Karl von ihren Gefühlen zu erzählen und Rat bei ihm zu suchen. War es ein letzter Rest Loyalität gewesen? Die Angst vor dem Ende ihrer langjährigen Schicksalsgemeinschaft? Oder hatte sie sich angesichts von Ottos Ehrlichkeit und Großherzigkeit seiner unwürdig gefühlt?

Rieke zitterte am ganzen Leib. Am liebsten würde sie sich in seine Arme flüchten, ihren Kopf an seine starke Brust lehnen und seinen Herzschlag spüren. Er war der aufrichtigste Mann, dem sie jemals begegnet war. Er hatte sie nie zu etwas gezwungen, er hatte sie nie bewertet oder Forderungen an sie gestellt. Er hatte sie einfach gewähren lassen, und er hatte sie so genommen, wie sie war.

Sicherlich, zuerst hatte sie ihm nur etwas vorgespielt, aber mit jeder Begegnung war ihre Zuneigung gewachsen. Bald hatte ihr ganzes Denken um ihn gekreist. Ihr Herz hatte vor Freude, Nervosität und Aufregung geflattert, wenn sie sich getroffen hatten. So verliebt war sie nur in Jonas gewesen, aber da war sie noch ein halbes Kind gewesen. Und jetzt hatte sie ihn so bitter enttäuscht. Alles war vorbei, noch ehe es richtig begonnen hatte.

Rieke ließ ihren Tränen freien Lauf und dachte an ihr verfahrenes Leben, an ihre liebe Mama und die verlorene Chance.

Der einzige Mann, der sich jetzt noch für ihr Schicksal interessierte, war ihr Vater. Doch er dachte nur an sich. Die Fähigkeit, sich in jemand anderen hineinzuversetzen und ihm helfend unter die Arme zu greifen, ging ihm völlig ab. Auf zärtliche Gesten hatte er stets mit Grobheiten reagiert. Zu ihm zurückkehren, ihm den Haushalt führen und den Nachbarn eine heile Welt vorspielen, das konnte sie nicht. Denn sobald ihr Vater erfuhr, dass Karl sie nicht mehr beschützte, würde er auf sein »Recht« pochen. Doch nach all den Jahren würde sie seinen keuchenden Zwiebelatem und seine krankhafte Eifersucht nicht mehr ertragen. Lieber würde sie sterben.

Mit dem Handrücken wischte sie die Tränen aus ihrem Gesicht und blickte zum Haus. Selbst wenn Otto ihr eines Tages verzeihen würde, war sie vorerst auf sich allein gestellt. Was sollte sie nur tun? In ihrem ganzen Leben hatte sie bestenfalls Wünsche geäußert. Entscheidungen hatten immer andere für sie getroffen. Gab es für sie überhaupt eine Zukunft?

Wieder erfassten sie Mutlosigkeit und Traurigkeit. Sie wusste schon jetzt, dass es nirgends auf der Welt einen Ort gab, an dem sie es lange mit sich aushalten würde. Für all ihre Schwächen, Fehler und Sünden verachtete sie sich selbst am meisten. Früher oder später musste auch jedem anderen Menschen auffallen, was für ein verdorbenes und charakterloses Geschöpf sie war.

Plötzlich hatte sie eine erlösende Idee. Was, wenn sie einmal in ihrem Leben etwas Sinnvolles tat? Wenn sie das Geld nicht für sich verwendete, sondern es Bedürftigen zukommen ließ? Sie hatte von einem Heim gehört, das junge Mädchen und Frauen aufnahm, die von zu Hause geflohen waren. Ihnen wollte sie einen Neubeginn ermöglichen, ihnen wollte sie helfen, noch einmal von vorn anzufangen.

Und dann?

Was dann kam, war nicht wichtig, weil sie nicht wichtig war.

Auf einmal war sie ganz ruhig. Sie suchte die Wiese ab, bis sie auf eine Kiste stieß, die sie in den Gang trug und unter die Mauer stellte. Rock und Unterrock knotete sie um die Hüften und kletterte hinauf. Jetzt konnte sie die Scherben auf der Mauer gut erkennen. Vorsichtig tasteten ihre Hände nach einem Zwischenraum. Mit ganzer Kraft stemmte sie sich hoch, ignorierte den Schmerz in ihrem gebrochenen Finger, suchte Halt an einem vorspringenden Backstein und schaffte es irgendwie, ein Knie auf die Mauer zu setzen. Sie zog das andere Bein nach und richtete sich langsam auf. Ängstlich spähte sie in die Tiefe.

Mit ausgestreckten Armen balancierte sie Richtung Haus. Sie trat sehr behutsam auf, um keinen Lärm zu machen, doch trotzdem zerbrachen einige Scherben knirschend unter ihr. Der Abstieg gestaltete sich einfacher als gedacht: Sie kletterte von der Mauer auf den Kaninchenstall und von dort auf einen Bretterstapel. Sie sprang einen knappen Meter hinab und lief dann zu der Stelle, wo sie das Geld vergraben hatte. Hastig tastete sie den Boden ab, schaufelte lockere Erde beiseite und barg endlich die Blechbüchse. Sie hob den Deckel an und stellte erleichtert fest, dass nichts fehlte. Sie blickte zum Himmel und dachte: Dieses Mal enttäusche ich dich nicht, Mama. Dieses Mal kannst du dich auf mich verlassen.

Rieke stemmte sich auf die Füße. Bisher war es im Haus ruhig geblieben. Jetzt musste sie nur noch verschwinden. Schon legte sie die Blechbüchse auf das Dach des Kaninchenstalls, als in ihrem Rücken geräuschvoll die Tür zum Hof aufflog.

»Halt!«, rief ihr Vater. »Wer ist da?«

Rieke fuhr herum.

Ihr Vater kam mit großen Schritten heran und blieb vor ihr stehen. Er trug Nachtzeug, und seine Füße steckten in Holzpantinen. In den Händen hielt er seine alte Flinte, der rechte Zeigefinger lag auf dem Abzug. Unterschiedliche Gefühlsregungen spiegelten sich in seinem Gesicht: erst der Zorn über einen nächtlichen Eindringling, dann plötzliches Erkennen und eine beinahe kindliche Freude, dass Rieke vor ihm stand, und schließlich die Gier eines Mannes, dessen brennendes Verlangen jahrelang keine Befriedigung gefunden hatte.

»Warum kletterst du über die Mauer?«, fragte Dürr. »Warum benutzt du nicht die Haustür?«

Rieke brachte keinen Ton heraus. Sie fühlte sich wie ein kleines Mädchen, das bei etwas Schlimmen ertappt worden war.

»Wo warst du die ganze Zeit? Warum hast du dich nicht gemeldet? Die Leute vom Theater waren hier. Angeblich hast du mehrere Vorstellungen versäumt. Ich hab mich gesorgt!«

Noch immer sagte Rieke nichts. Sie hatte keine Kraft, ihm zu antworten.

»Hast du dich wieder mit den Saujuden rumgetrieben? Wie oft hast du die Beine breitgemacht? Fünfmal, zehnmal? Nun rede schon!« Ihr Vater steigerte sich in eine rasende Wut hinein. Rieke kannte das. Jahrelang hatte er ihr haltlose Vorwürfe gemacht, um sie zu züchtigen und dann zu missbrauchen.

Rieke überwand ihre Angst. Seine Tiraden durften sie nicht einschüchtern. Noch fürchtete er Kommerzienrat Karl Vitell so sehr, dass er es nicht wagen würde, sich an ihr zu vergehen. Also gut, dachte sie. Ich schnappe mir die Blechbüchse und verschwinde.

Ihr Vater stieß sie mit der flachen Hand an der Schulter. »He, ich rede mit dir. Was hast du da überhaupt?«

»Das geht dich nichts an«, sagte Rieke und umklammerte die Blechbüchse mit beiden Händen.

»Und ob mich das was angeht. Ich will sofort wissen, was das ist.«

»Nein«, rief Rieke und wehrte sich nach Leibeskräften, aber ihr Vater riss ihr die Blechbüchse aus den Händen. Fassungslos beobachtete sie, wie er den Deckel hob und das Geld zählte.

»Das ist also dein Hurenlohn«, sagte er.

»Gib mir die Dose zurück!«

»Nein, nein, mein Fräulein. Das wird dein Beitrag zur Haushaltskasse sein.«

Auf einmal war Rieke so wütend, dass sie kaum noch Luft bekam. Vor ihrem geistigen Auge zogen all die schlimmen Bilder vorbei. Sie sah, wie ihr Vater sie zum ersten Mal brutal vergewaltigt hatte; sie sah, wie er sie später mit Vorwürfen überschüttet hatte, wie er ihr alle Schuld gegeben hatte, als sie, selbst fast noch ein Kind, schwanger geworden war. Sie sah, wie er ihr zur Schule, zum Wochenmarkt und zur Bibelstunde gefolgt war, wie er Mitschüler, den Pastor, Lehrer und Nachbarn verdächtigt hatte, ein Verhältnis mit ihr zu haben, wie er ihre Unterwäsche nach Samenrückständen untersucht hatte, wie er stets eine Gegenleistung von ihr gefordert hatte, wenn sie einen bescheidenen Wunsch geäußert hatte. Sie hörte seine Stimme, wenn er scheinheilig verlangt hatte: »Wenn ich dir Geld für den Zirkus geben soll, musst du auch lieb zu mir sein …«, oder wenn er sie beleidigt hatte. »Wo willst du denn mit deinen krummen Beinen hin?«, hatte sie dann zu hören bekommen, oder: »Mit deinem Plattarsch nimmt dich doch eh keiner.«

Die Erinnerungen zogen wie ein Gewitter an ihr vorüber. Und plötzlich begriff Rieke: Nicht sie trug die Schuld an dem, was geschehen war, nein, ihr Vater hatte sich versündigt und sie in seinen Sumpf hineingezogen. Wenn er ein ganz normaler Vater gewesen wäre, wenn er sie nicht jahrelang missbraucht hätte, wäre vielleicht eine ganz normale Frau aus ihr geworden, die ein ganz normales Leben führte. Warum hatte sie nur all die Jahre die Schuld bei sich gesucht? Wie hatte sie ihn verteidigen und sich selbst so verachten können? Warum hatte sie all seinen Vorwürfen geglaubt? Und warum hatte sie sich nicht schon früher von all dem hier befreit?

Er hatte ihr Leben zerstört, noch ehe es richtig begonnen hatte. Und jetzt wollte er ihr die letzte Chance nehmen, wenigstens einmal etwas Gutes zu tun.

Noch nie hatte Rieke es gewagt, sich offen gegen ihren Vater zu stellen, aber in diesem Moment brach die jahrelang angestaute Wut so heftig über sie herein, dass sie sich auf ihn stürzte und mit den Fäusten auf seine Brust, auf seine Schultern, auf jedes Körperteil trommelte, das irgendwie in ihre Reichweite geriet.

»He«, rief Dürr und gab ihr einen Stoß. »Bist du verrückt geworden?«

Rieke taumelte mit rudernden Armen zurück, sie stolperte über einen Stein und verlor den Boden unter den Füßen. Mit dem Hinterkopf schlug sie hart gegen den Kaninchenstall und blieb bewegungslos liegen.

»Hör mit den Spielchen auf«, sagte Dürr und sah wütend auf seine Tochter herab. Im Hinterhof herrschte eine gespenstische Stille. Nur der Wind strich leise über das Dach. Verunsichert beugte er sich über sie. »Rieke, steh auf!«

Seine Tochter regte sich nicht.

Dürr schluckte hart. Eine schreckliche Angst packte ihn. Warum lag sie so leblos da wie eine Puppe? War sie bewusstlos oder spielte sie ihm nur etwas vor? Oder war sie tot? Konnte ein so harmloser Stoß so fatale Folgen haben? Hatte er seine Tochter umgebracht? Ängstlich rüttelte er sie an der Schulter. »Rieke! Rieke!«

Vor der Bellevuestraße 18

Nach einer rasanten Fahrt ließ Otto das Rad ausrollen und sah keuchend zu Vitells Villa hinüber. Was war hier bloß geschehen?

Der Dachstuhl stand in Flammen, und aus den Fenstern des Obergeschosses quoll schwarzer Rauch. Auf dem Grundstück rannten Feuerwehrleute umher und versuchten verzweifelt, den Brand zu löschen. Vor der Toreinfahrt hatten sich Schaulustige eingefunden. Auch einige Polizisten standen vor dem Haus. Unter ihnen entdeckte Otto Wachtmeister Holle, der an der Hausdurchsuchung bei Kriminaldirigent von Grabow beteiligt gewesen war.

Otto schob das Rad zu ihm hinüber und sagte hastig: »Möglicherweise befindet sich noch eine Frau im Haus.«

»Das ist ausgeschlossen, Herr Doktor«, erwiderte Holle. »Im Haus war niemand mehr. Nachdem wir das Feuer bemerkt hatten, sind wir sofort rein und haben überall nachgesehen. Wen suchen Sie denn?«

»Es handelt sich um Friederike Dürr, eine Zeugin aus dem ersten Kreuzigungsfall. Sie ist schlank, mittelgroß und hat hellblonde Haare.«

»Ja, dann war sie das wohl. Mein Kollege und ich haben eine Frau aus dem Haus laufen sehen, kurz bevor wir den Brand bemerkten. Sie ist da runter gelaufen, in östliche Richtung.«

Die Auskunft beruhigte Otto vorerst. Rieke war also nicht in dem brennenden Haus eingeschlossen. »Wir haben übrigens einen Zeugen gefunden, der Vitell belastet. Sie können ihn jetzt festnehmen.«

»Das ist leider nicht möglich. Wir haben zwar gesehen, wie er ins Haus gegangen ist, aber drinnen konnten wir ihn nirgends finden. Er ist verschwunden.«

Otto sah zu der Villa hinüber. Hatte Vitell einen Hintereingang benutzt? Oder gab es andere geheime Zugänge zu dem Haus? Einen Tunnel vielleicht? Otto fragte Holle, ob er und seine Kollegen die nähere Umgebung abgesucht hatten.

»Ja«, sagte Holle, »aber wir haben nichts gefunden. Wahrscheinlich hat er einfach einen günstigen Moment abgepasst, um zu verschwinden. Ich muss zugeben, dass wir durch den Brand abgelenkt waren und das Grundstück nicht die ganze Zeit im Auge behalten konnten.«

»Machen Sie sich keine Vorwürfe«, sagte Otto. »Es ist nur noch eine Frage der Zeit, bis wir ihn erwischen. Herr Funke wird im Übrigen bald hier eintreffen. Bitte richten Sie dem Commissarius aus, dass ich weiter auf der Suche nach Friederike Dürr bin. Ich werde als Nächstes zu ihrem Elternhaus fahren.«

Im Tunnel

Trotz der Verwirrung, die Rieke gestiftet hatte, hatte sich Vitell entschlossen, den Plan zu vollenden. Morgen würde sich der Liebenberger Kreis, der engste Freundeskreis des Kaisers, auf dem brandenburgischen Landsitz des Grafen zu Eulenburg und Hertefeld treffen. Die Erschießung von Wilhelm II., scheinbar durch einen Sozialisten, würde die konservativen Kräfte und die Arbeiterschaft endgültig gegeneinander aufbringen. Es würde zu blutigen Ausschreitungen kommen, und am Ende würde sich bestätigen, was sowieso alle Welt wusste: Gewalttätig und kopflos, wie sie waren, würden die Proletarier niemals in der Lage sein, eine verantwortliche Rolle in diesem Staat zu übernehmen. Gewerkschaften, Arbeitervereine und auch die Partei würden für alle Zeiten als Keimzellen von Chaos und Unruhe gelten. Die Wiedereinführung eines verschärften Sozialistengesetzes war dann nur noch eine reine Formsache. Und die einfachen Arbeiter würden endlich wieder auf ihre wahren Herren, auf die Unternehmer, hören. Die Welt wäre wieder in Ordnung.

In dem schmalen Tunnel, der von seinem Haus in den Tiergarten führte, tropfte Wasser von der Decke, und es roch nach feuchter Erde. Jewgeni kroch auf allen vieren voran und leuchtete ihnen mit einer Laterne den Weg. Auf seinem Rücken trug er einen Rucksack, der mit Goldmünzen, Diamanten und Wertpapieren gefüllt war. Außerdem hatte er ein englisches Präzisionsgewehr dabei. Es war bei Großwildjägern sehr beliebt und verfügte nicht nur über eine große Reichweite, sondern auch über eine enorme Durchschlagskraft. Einen Schuss aus dieser Waffe würde der Kaiser nicht überleben.

In weiser Voraussicht hatte Vitell alle Vorbereitungen für seine Flucht schon vor Wochen getroffen. Eigentlich war er sehr zuversichtlich, sein Ziel zu erreichen, allerdings musste sein Körper mitspielen. Sein physischer und sein psychischer Zustand hatten sich drastisch verschlechtert. Zu seinen üblichen Gelenk- und Gliederschmerzen kam die angebrochene Rippe, die ihm das Atmen erschwerte. Seit Stunden hatte er nichts mehr gegessen, und er fühlte sich nach dem letzten Anfall im Tiergarten entkräftet. Er hörte ein leises Singen in seinen Ohren, und er bildete sich ein, dass große Kakerlaken aus den Tunnelwänden kriechen und ihm in Mund, Nase oder die Gehörgänge krabbeln würden. Zwar wusste er, dass die Insekten nur in seinem Kopf existierten, die Vorstellung raubte ihm dennoch den letzten Nerv.

Er brauchte dringend Morphium.

»Jewgeni, warte«, sagte er und nahm seinen eigenen Rucksack ab. Er öffnete ihn und zog ein Buch von Karl Marx sowie mehrere ältere Ausgaben von »Der Sozialdemokrat« heraus, die er wieder in der Nähe des Tatortes deponieren wollte. Dann stieß er auf die Morphiumlösung, das Kokain und mehrere Spritzen. »Ich brauche mehr Licht«, sagte er, zog sein Jackett aus und legte seinen Unterarm frei. »Leuchte mir mit der Laterne!«

»Herr«, sagte Jewgeni, »Sie sollten lieber etwas essen. Ich habe einen Apfel und ein Butterbrot dabei. Wenn Sie –«

»Ich brauche kein Butterbrot«, sagte Vitell barsch und band

seinen Oberarm ab. Normalerweise spritzte er das Morphium zwar in die Bauchdecke, weil es so länger wirkte, aber auf diesem Weg konnten bis zu zwanzig Minuten vergehen, bis sich die Droge im Körper verteilte. Deshalb wollte er das Morphium nun direkt in die Vene spritzen. Dann würde sich sein Zustand hoffentlich bald bessern. Für einen Moment überlegte er, ob es zu früh war, ob zu wenig Zeit nach seiner letzten Kokaininjektion vergangen war, aber er fühlte sich so elend und er hatte sich vorher sowieso nur eine geringe Dosis gespritzt. Also tauchte er die Kanüle in die wässrige Lösung und zog den Kolben hoch. Dann stach er in die Vene und spritzte sich das Morphium. Er lehnte sich an die Wand und wartete. Jetzt würden seine Schmerzen gestillt werden, und die Euphorie würde seinen Körper durchströmen. Doch zu seinem Erstaunen wurde ihm übel. Sein Herz flatterte plötzlich und geriet stolpernd aus dem Takt. Sein Atem verlangsamte sich, seine Kehle verengte sich, und er hatte Probleme, Luft zu bekommen. Obwohl er an der Wand lehnte, hatte er das Gefühl, nach hinten zu kippen und ins Bodenlose zu stürzen. Er ruderte mit den Armen und suchte nach einem Halt, aber alles um ihn herum entfernte sich rasend schnell und wurde immer kleiner.

Dann sah er nichts mehr.

Auf dem Weg zur Spree

Als Rieke zu sich kam, blickte sie verwirrt an sich herab und bemerkte, dass ihr Rock und der Unterrock immer noch um die Hüften geknotet waren. Ihre Beine waren bis über die Knie entblößt. Dann sah sie ihren Vater vor sich knien. Er hatte die Hände vor das Gesicht geschlagen und wiegte den Oberkörper vor und zurück. Weinte er etwa? Wohl kaum, wahrscheinlich wartete er nur, bis sie wach war, um sie zu missbrauchen.

»Was ist los?«, fragte sie. »Worauf wartest du?«

»Du lebst ja«, sagte er. »Ich dachte schon –«

»Dass ich tot bin? Ja, das wäre wirklich schade, dann könntest du dich nie wieder an mir vergreifen.«

»Wie redest du denn?«

»Du denkst doch seit Jahren an nichts anderes mehr. Du kannst es doch kaum noch erwarten.«

»Du blutest am Kopf«, sagte ihr Vater.

»Jetzt tu doch nicht so besorgt! Sonst hast du dich doch auch nicht um mich gekümmert. Ein Wunder, dass du mich nicht vergewaltigt hast, als ich ohnmächtig war.«

Ihr Vater starrte auf ihre nackten Beine, dann riss er sich von dem Anblick los und stemmte sich auf die Füße. Voller Verachtung sah er auf sie herab. »Du hast dich kein bisschen verändert, du bist immer noch genauso verdorben wie früher. Nach dem Tod deiner Mutter hätte ich dich gleich in ein Heim geben sollen. Ich habe mich so bemüht, dass etwas Anständiges aus dir wird, aber du hast immer nur mit deinem kleinen Arsch gewackelt und mich ganz verrückt gemacht. Du bist schuld daran, dass es in den letzten Jahren nur noch bergab ging. Wenn du dich damals nicht so an mich herangemacht hättest, wäre alles noch in Ordnung. Verschwinde endlich aus meinem Leben, du dreckige kleine Hure!« Er spuckte ihr ins Gesicht, nahm die Blechbüchse an sich und stapfte zum Haus. Krachend schmiss er die Tür hinter sich zu.

Rieke blieb liegen und wischte sich mit dem Handrücken die Speicheltropfen ab. Sie blickte in den Himmel, der allmählich heller wurde. In ihr war keine Kraft mehr, um sich gegen die Vorwürfe ihres Vaters zu schützen. Wieder und wieder hörte sie seine Worte, sie hagelten so lange auf sie ein, bis sie glaubte, dass er die Wahrheit gesagt hatte. Ja, sie war verdorben, und ja, alles war ihre Schuld.

Irgendwie kam sie auf die Füße, doch als sie stand, wurde sie von einem heftigen Schwindel erfasst. Übelkeit stieg in ihr hoch, und sie erbrach sich neben den Kaninchenstall. Nachdem sie sich den Mund abgewischt hatte, blickte sie zum Haus hinüber, und für einen Moment hatte sie das starke Bedürfnis, zu ihrem Vater zu gehen und ihn für alles um Verzeihung zu bitten, was sie ihm je angetan hatte.

Dann erinnerte sie sich, wie oft er ihr schon gesagt hatte, dass er sie nicht mehr ertragen könne und dass er sie nicht mehr wiedersehen wolle. Damit hatte er ihr immer Angst einjagen und sie gefügig machen wollen. Jetzt durchschaute sie seine Spielchen, und trotzdem riefen sie nicht nur Widerwillen, sondern auch Schuldgefühle in ihr hervor.

Sie machte einen Schritt auf das Haus zu und blieb stehen. Sie streckte die Hand aus, aber zog sie sogleich wieder zurück. Plötzlich brach sie in Tränen aus und ließ sich auf die Knie fallen. Doch dann hatte sie sich wieder im Griff. Sie stand auf. Sie musste hier weg, sonst würden ihre widerstreitenden Gefühle sie verrückt machen.

Hastig stieg sie auf den Kaninchenstall und kletterte über die Mauer. Dabei schnitt sie sich an den Scherben, doch sie bemerkte es nicht einmal. Sie lief einfach los und achtete nicht darauf, welche Richtung sie einschlug. Im Grunde war es ihr egal. Nirgends gab es einen Ort, an dem sie Unterstützung finden würde. Sie war jetzt auf sich allein gestellt.

Die Stadt erwachte zum Leben. Fensterläden wurden geöffnet, junge Burschen begaben sich mit Brotdosen auf den Weg zur Arbeit. Rieke nahm das Geschehen wie durch einen Schleier wahr. Einmal wurde sie von einem älteren Mann angehalten, der besorgt auf ihre blutenden Hände sah und sie fragte, ob sie Hilfe brauchte, aber sie antwortete nicht und ging einfach weiter.

Irgendwann stand sie auf einer Brücke. Die Sonne ging auf und tauchte das Schloss in einen rosa Schein. Sie hatte das prächtige Bauwerk immer gemocht und sich häufig ausgemalt, wie schön die Räume eingerichtet sein mussten. Als sie sich über das Brückengeländer lehnte, sah sie das dunkle Wasser der Spree unter sich fließen.

Obwohl sie viele Jahre davon geträumt hatte, in ferne Länder zu reisen und ein neues Leben anzufangen, hatte sie Berlin nie verlassen. Aber sie wusste, dass die Spree in Spandau in die Havel floss, dass die Havel ein Nebenfluss der Elbe war und dass die Elbe bei Cuxhaven in die Nordsee mündete. Der Fluss erschien ihr plötzlich wie die letzte Möglichkeit, von hier fortzukommen; er war wie ein stummer Freund, der nicht fragen würde, woher sie kam oder wohin sie wollte. Er würde sie einfach mitnehmen.

Sie kletterte auf das Brückengeländer und dachte an Otto. Bitte verzeih mir, dass ich dir wehgetan habe.

Dann ließ sie sich in die Tiefe fallen.

Auf der Kaiser-Wilhelm-Brücke

Otto schob sein Rad an der Universität und dem Zeughaus vorüber. Obwohl er zu dieser frühen Morgenstunde nicht mit Unter den Linden patrouillierenden Gendarmen rechnete, wollte er kein Risiko eingehen. Von einer Zelle im Untersuchungsgefängnis aus werde ich Rieke nicht helfen können, dachte er und überquerte die Schlossbrücke.

Als er den Lustgarten passierte, hörte er eine Semmelfrau laut rufen und sah sie aufgeregt in eine Richtung deuten. Otto blickte zur Kaiser-Wilhelm-Brücke und sah eine Frau auf dem Geländer stehen. Sie hatte hellblonde Haare und sah aus wie Rieke. Nein, dachte er dann, das ist Rieke.

Instinktiv wusste Otto, was sie vorhatte, und reagierte sofort. Er stieß das Fahrrad von sich und rannte los. »Rieke!«, schrie er. »Tu das nicht.« Sie schien ihn jedoch nicht zu hören. Sie schien überhaupt nichts mehr von dem wahrzunehmen, was um sie herum geschah.

Dann ließ sie sich fallen.

Bis zur Brücke waren es noch zwanzig Meter. Otto hatte plötzlich furchtbare Angst, dass er zu spät kommen könnte. Er rannte weiter. Seine Beine griffen immer weiter aus, dann endlich hatte er das Geländer erreicht. Er sprang hinauf und hechtete kopfüber ins Wasser. Er tauchte unter, versuchte, sich zu orientieren, und dachte: Verdammt, ich kann nichts sehen! Wo ist sie?

Drei Monate später

In »Klein-Sanssouci«

Otto stand im Ankleidezimmer vor dem großen Spiegel und rückte den Langbinder zurecht. Als er einen Schritt zur Seite trat, spürte er einen schmerzhaften Stich in der Wade. Dieser Muskelkater!

Wie so oft in den vergangenen Monaten hatte er auch gestern viele Stunden auf der Radrennbahn und dem Rover-Trainier-Apparat zugebracht. Das intensive Training hatte ihm geholfen, Ordnung in seine Gefühle zu bringen und eine Entscheidung zu fällen.

Als es zaghaft an der Tür klopfte, rief er »Herein«, und Lina trat ein.

»Die Seekoffer sind verladen«, sagte sie. »Ihr Bruder lässt fragen, ob Sie ihn in die Stadt begleiten wollen. Er wartet unten auf Ihre Antwort.«

»Richte ihm bitte aus, dass wir uns erst am Abend treffen. Ich habe noch etwas zu erledigen.«

Das Dienstmädchen nickte, senkte verlegen den Kopf und sagte: »Sie werden uns fehlen, Herr Doktor. Und passen Sie bloß auf, dass Ihnen nichts zustößt.«

Otto bedankte sich herzlich für ihre lieben Worte, zog sein Jackett über und trat ans Fenster. Auf dem See waren nun schon lange keine weißen Segel mehr zu sehen. Die Bäume waren kahl, und vereinzelt wirbelten braune Blätter durch die Luft. Der Himmel schöpfte aus seinem unendlichen Reservoir an Regen. Doch trotz des trüben Novemberwetters und obwohl der Innenstadtbereich noch immer nicht für den Zweiradverkehr freigegeben worden war, hatte sich nach den turbulenten Augusttagen vieles zum Guten gewendet.

Moses' jugendliche Aufsässigkeit klang allmählich ab. In den letzten Wochen hatte er Otto in vielen schwierigen Momenten zur Seite gestanden. Außerdem hatte er sich entschlossen, sein Abitur zu machen. Danach wollte er in die Fußstapfen seines Dienstherrn treten und an der Berliner Universität ein Medizinstudium beginnen.

Ferdinand hatte endlich ein lukratives Patent angemeldet. Es handelte sich um einen speziellen Schreibstift, der sich zur Markierung von Leder und Stoffen eignete und der von einem hiesigen Industriebetrieb in immer größeren Stückzahlen produziert wurde. Bei den Schneidereien gab es eine große Nachfrage nach dem Stift, und mittlerweile wurde er ins gesamte Reichsgebiet verkauft.

Nachdem Otto und der Commissarius den Preußischen Königlichen Kronenorden für ihre Verdienste erhalten hatten, hatte sich eine intensive Freundschaft zwischen ihnen entwickelt. Oft leerten sie die eine oder andere Flasche Wein in »Klein-Sanssouci« und diskutierten dabei einen Mordfall, ein Täterprofil oder die Auswertung von Indizien bis in die Nacht hinein – natürlich im Einvernehmen mit dem Polizeipräsidenten von Richthofen, der die Hinzuziehung von Otto als unabhängigem Experten ausdrücklich begrüßte.

Otto lächelte zufrieden, als er an seinen neuen Freund, seinen Bruder und Moses dachte. Weniger gut als den dreien ging es vermutlich Anna.

Otto hatte gehört, dass Jean-Paul sie und die Kinder verlassen hatte. Er lebte nun mit der ehemaligen Gouvernante der Familie zusammen, die, so erzählte man sich, nach der Wölbung ihres Bauches zu urteilen, bereits im siebten oder achten Monat schwanger war.

Auch für Karl Vitell hatte sich das Blatt gewendet. Noch in der Nacht, als sein Haus abgebrannt war, war gegen ihn ein Haftbefehl erlassen worden. In einer groß angelegten Fahndung waren an alle Polizeidienststellen nördlich der Mainlinie Telegramme mit seiner Beschreibung geschickt worden.

Trotzdem war er mehrere Wochen lang verschollen gewesen, bis er in einer Pension am Hamburger Hafen verhaftet worden war. Im Gefängnis hatte er aufgrund des Drogenentzugs einen schweren körperlichen Zusammenbruch erlitten und war lange bettlägerig gewesen. Erst nach Wochen war er überhaupt vernehmungsfähig gewesen.

Unterdessen hatte der Matrose die Morde an Graf von Kentzin und dem jungen Arbeiterführer gestanden und den Kommerzienrat als Auftraggeber entlarvt. Bei der Kreuzigung der Frauen hatte Vitell vermutlich Hilfe von seinem Leibdiener Jewgeni erhalten, der auch die Schuhe mit dem auffälligen Kreuzprofil aus von Grabows Gartenhütte gestohlen haben könnte, um belastende Spuren zu hinterlassen.

Besonders erfreulich fand Otto, dass es in Berlin zu keinen größeren Ausschreitungen mehr gekommen war. Die Situation unter den Arbeitern hatte sich nach dem Tod von Alfons Meyer zwar bedrohlich zugespitzt, aber den besonnenen Sozialdemokraten um August Bebel war es gelungen, beruhigend auf die gewaltbereiten Heißsporne einzuwirken. Darüber hinaus hatte es nach dem endgültigen Ende des Sozialistengesetzes und der Heimkehr der ausgewiesenen Sozialdemokraten überall im Kaiserreich friedliche Feiern gegeben.

In einigen Tagen würde der Prozess gegen Vitell beginnen. Der Matrose würde gegen ihn aussagen, um selbst der Todesstrafe zu entgehen.

Die Beweislast war erdrückend, und mit großer Wahrscheinlichkeit würde der Kommerzienrat schuldig gesprochen und hingerichtet werden.

Otto hatte sich intensiv um ein Gespräch mit Vitell bemüht, um einige Fragen zu klären, die ihm keine Ruhe ließen. Doch erst für den heutigen Tag hatte ihm die Justizbehörde einen Besuch gestattet.

Otto setzte seinen Zylinder auf, warf einen letzten prüfenden Blick in den Spiegel und machte sich auf den Weg zum Untersuchungsgefängnis.

Im Untersuchungsgefängnis

Das Besuchszimmer war von einer beklemmenden Enge. Die grauen, grob verputzten Wände schienen einen zu erdrücken. Das vergitterte Fenster war so hoch angebracht, dass man nicht einmal einen Blick in den Hof werfen konnte. Die hölzerne Tischfläche glänzte speckig, und die Stühle ächzten bei jeder Bewegung, als litten sie unter Schmerzen.

Es war eine deprimierende Atmosphäre, und Otto war froh, dass er hier nicht mehr Zeit als unbedingt nötig zubringen musste.

Als er auf dem Gang Schritte hörte, legte er seine Unterarme auf die Tischfläche und verschränkte die Finger ineinander. Ein breitschultriger Wachmann schob Karl Vitell in das Besuchszimmer und drückte ihn auf den Stuhl.

»Danke«, sagte Otto. »Sie können jetzt gehen.«

»Wenn er frech wird oder sonst irgendwelche Zicken macht, rufen Sie einfach nach mir«, sagte der Wachmann. »Ich steh draußen vor der Tür.«

Vitells gefesselte Hände lagen in seinem Schoß. Die Venen schimmerten bläulich. Unter den langen, rissigen Fingernägeln sammelte sich schwarzer Dreck. Sein einst so sorgfältig gepflegtes Haar wirkte farb- und glanzlos. Zwar hatte Vitell ohne die Drogen und wegen der regelmäßigen Gefängniskost zugenommen, aber sein Gesicht sah ungesund und teigig aus. Seine Augen huschten wachsam hin und her.

»Wenn Sie glauben«, sagte der Kommerzienrat, »dass ich aus dem Nähkästchen plaudere, haben Sie sich getäuscht. Was ich zu sagen hatte, habe ich bereits gesagt.«

Otto hatte über den Commissarius von Vitells mangelnder Kooperationsbereitschaft gehört.

Allerdings wusste er auch, dass ein Mensch, der es gewohnt war, alles zu kontrollieren, schier wahnsinnig werden musste, wenn sein gesamter Tagesablauf fremdbestimmt war, ja wenn er nicht einmal die Utensilien hatte, die er brauchte, um sich, wie einst in Freiheit, ordentlich frisieren zu können. »Sie würden natürlich auch etwas dafür bekommen.«

»Das haben schon andere probiert. Sie können sich die Mühe sparen.«

Otto zog zwei Gegenstände hervor.

Vitell ließ sich zu einem gelangweilten Blick herab, doch plötzlich war sein Interesse geweckt. Er lächelte dünn und streckte die gefesselten Hände aus. »Sie sind wirklich ein guter Beobachter. Geben Sie her.«

Otto schob den Perlmuttkamm und das Fläschchen mit Makassaröl aus seiner Reichweite. »Zuerst möchte ich Antworten auf meine Fragen, dann bekommen Sie die Frisierutensilien.«

Vitell sah ihn misstrauisch an.

»Ich bin weder Ihr Richter noch Ihr Anwalt«, sagte Otto. »Alles, was Sie mir gegenüber äußern, werde ich nicht gegen Sie verwenden. Ich bin nicht in einer offiziellen Funktion hier, sondern aus rein privater Neugierde. Ich möchte die Dinge nur etwas klarer sehen.«

»Was wollen Sie denn wissen?«

»Zuallererst: Warum haben Sie die politischen Attentate verübt?«

»Das liegt doch auf der Hand. Als Unternehmersohn sollten Sie meine Beweggründe nicht nur verstehen, sondern sogar gutheißen. Die Proletarier sind einfach zu primitiv und zu einfältig, um Verantwortung zu übernehmen. Sie sind Knechte und keine Herren. Wenn man ihnen ein politisches Mitspracherecht einräumt, ist das vom wirtschaftlichen Standpunkt aus gesehen eine Katastrophe.«

»Geht es auch etwas konkreter?«

»Nun, durch die Nichtverlängerung des Sozialistengesetzes werden sich die Arbeiter schon bald wieder organisieren und den Unternehmern durch Gewerkschaften, Streiks und ihre Schmierblätter das Leben schwer machen. Die Morde sollten die Sicherheitsorgane und die Proletarier gegeneinander aufhetzen. Bei einem Bürgerkrieg wäre dem Parlament gar nichts anderes übrig geblieben, als ein noch schärferes Sozialistengesetz zu verabschieden und so alle revolutionären Umtriebe endgültig zu unterdrücken. Und wir, die Unternehmer, hätten uns endlich wieder auf das Wesentliche konzentrieren können.«

»Verstehe. Und warum hatten Sie es auf Kriminaldirigent von Grabow abgesehen?«

»Er war ein hoher Repräsentant der Staatsmacht«, erwiderte Vitell. »Und seine Überführung als brutaler Mörder, der Frauen aus der Unterschicht auf dem Gewissen hatte, war ideal dazu geeignet, um den Mob gegen die Obrigkeit aufzuhetzen.«

»Wer hat die Holzkreuze angefertigt?«, fragte Otto.

Vitell schüttelte den Kopf.

Im Keller seiner Villa waren neben einem seltsamen Verlies mehrere Balken und Werkzeug gefunden worden, doch konnte sich Otto nur schwer vorstellen, dass der Kommerzienrat die Kreuze allein hergestellt hatte. »Wollen Sie Ihren Diener Jewgeni schützen?«

»Nächste Frage.«

»Also gut – warum haben Sie dafür gesorgt, dass ich zu den Ermittlungen hinzugezogen wurde?«

»Es war kein Geheimnis, dass Sie und das Kommissariat für Fuhrwesen eine Fehde um die Radfahrerlaubnis für die Innenstadt austrugen. Kriminaldirigent von Grabow betrachtete Ihr Verhalten als persönlichen Affront, das hat er mir mehrmals erzählt. Ihr Gespräch nach dem Vortrag spitzte den Konflikt in wünschenswerter Weise zu. Seine anmaßende Art sollte Ihnen eine zusätzliche Motivation geben, ihn zu überführen und schließlich dem hungrigen Mob zum Fraß vorzuwerfen.«

»Sie haben unseren Streit geplant?«

»Ich will es mal so ausdrücken: Natürlich wusste ich um das hitzige Temperament des Kriminaldirigenten. Alles andere nahm seinen Lauf.«

»War das der einzige Grund?«

»Keineswegs. Ihre geplatzte Verlobung war in den besseren gesellschaftlichen Kreisen seinerzeit lange Gesprächsstoff. Meine Nachforschungen hatten zudem ergeben, dass Sie nach Ihrer Rückkehr aus Deutsch-Südwestafrika keine Beziehung zu einer Frau hatten, sodass ich davon ausging, dass in Ihnen ein gewisses Bedürfnis nach einer Romanze schlummerte. Rieke sollte Sie umgarnen, damit Sie ihr glaubten und so der Aussage der kleinen Revueschauspielerin mehr Nachdruck und Glaubwürdigkeit verliehen. Immerhin sollte ein hohes Mitglied des Polizeipräsidiums des Mordes überführt werden.«

»Ich verstehe es noch immer nicht. Sie hätten dafür doch jeden beliebigen Mitarbeiter des Commissarius auswählen können. Warum haben Sie sich extra die Mühe gemacht, mich in die Ermittlungen einbinden zu lassen?«

»Ich habe Ihr Buch gelesen und war von Ihren Schlussfolgerungen beeindruckt. Als Sportler sollten Sie wissen, dass der Sieg gegen zweitrangige Gegner fad schmeckt. Erinnern Sie sich noch, wie Rieke im Verhör den kleinen Finger abspreizte? Auch das war geplant. Sie sollten misstrauisch werden und annehmen, dass Rieke log.«

Otto schluckte hart.

Aus Eitelkeit hatte Vitell ihn also in die Sache hineingezogen. Wegen seiner Selbstverliebtheit, wegen seiner uferlosen Egozentrik waren Moses, Ferdinand und er beinahe ums Leben gekommen.

Am liebsten hätte Otto ihn gefragt, wie er sich nun fühlte, da er seinen Meister gefunden hatte, aber er verbiss sich den Spott und erhob sich von seinem Stuhl.

»Warten Sie«, sagte Vitell. »Bitte richten Sie Rieke aus, dass sie keine Angst zu haben braucht. Sie soll im Prozess die Wahrheit sagen. Sie hat von meinem Treiben nichts gewusst, und ich werde ihr keine Steine in den Weg legen, wenn sie noch einmal von vorn anfangen will. Sie ist der einzige Mensch, der –«

»Hier.« Otto schob den Perlmuttkamm und das Makassaröl über den Tisch und ging zur Tür, ohne sich noch einmal umzublicken.

Er hatte genug gehört. Energisch klopfte er gegen die Tür. »Lassen Sie mich raus.«

Ein paar Zellen weiter

Das Besuchszimmer im Frauentrakt unterschied sich in nichts von dem im Männertrakt.

Otto setzte sich auf einen Stuhl und strich nachdenklich über die Tischfläche. Manchmal war es so verdammt schwer, den richtigen Weg zu finden.

Als er Rieke vor dem Ertrinken gerettet hatte, war sie in einem jämmerlichen Zustand gewesen.

Am Ufer hatte sie einen Weinkrampf bekommen. Sie hatte ihn nicht erkannt und ihn hysterisch angefleht, sie ins Wasser springen und sterben zu lassen. Dann hatte sie geschrien, dass sie mit ihrem Vater in Sünde gelebt, dass ihr einziger Freund den Verstand verloren und dass sie selbst ihren Geliebten verraten hätte. Er hatte beruhigend auf sie eingeredet, aber er war nicht zu ihr durchgedrungen. Schließlich hatte die Polizei sie abgeholt und ins Untersuchungsgefängnis gebracht.

Otto hatte sie noch am gleichen Tag besucht und Bücher und frische Wäsche gebracht. Obwohl Rieke kaum ein Wort herausgebracht hatte, hatte Otto den Eindruck gewonnen, dass sein Besuch ihr geholfen hatte. So hatte er sich dazu entschlossen, Rieke ärztlich zu betreuen und ihr bei ihrer psychischen und physischen Genesung zu helfen. In den letzten drei Monaten hatte er keinen einzigen Besuchstag ausgelassen.

Nach und nach hatte Rieke ihm alles erzählt, wie ihr Vater sie in ein inzestuöses Verhältnis gezwungen hatte, wie sie den Kommerzienrat kennengelernt hatte und welche Rolle sie bei seinem monströsen Plan gespielt hatte.

Auf Vitells Wunsch hin hatte sie mit Elvira Krause wieder Kontakt aufgenommen, hatte sich mit ihr angefreundet und war an jenem Sommertag im Friedrichshain mit ihr spazieren gegangen, wo sie Kriminaldirigent von Grabow getroffen hatten. Dass Vitell diese Begegnung arrangiert hatte, hatte sie nicht gewusst. Sie hatte auch nicht gewusst, dass er Elvira Krause entführt und gekreuzigt hatte.

Erst als Rieke vom Tod ihrer früheren Mitschülerin erfahren hatte, hatte sie ihm Fragen gestellt, aber Vitell war ihr ausgewichen und hatte damit gedroht, ihre Freundschaft zu beenden und ihr seinen Schutz zu entziehen. Deswegen hatte sie nicht den Mut aufgebracht, weiter zu bohren, und hatte sich stattdessen an seine Anweisungen gehalten.

Für das Verhör im Polizeipräsidium hatte sie sich wie Anna auf dem Verlobungsfoto mit Otto zurechtgemacht, das Vitell in einem bekannten Berliner Fotoatelier aufgestöbert hatte. Sie hatte Otto zu einem Bootsausflug eingeladen und ihm dort den entscheidenden Tipp gegeben, der von Grabow belastete.

Auch hatte Rieke in der Nacht, als die Frau aus dem Lustgarten ans Kreuz geschlagen worden war, auf Vitells Weisung Kriminaldirigent von Grabow getroffen. Zuerst hatte sie so getan, als wolle sie ihn als Elvira Krauses Freundin nach ihrem Tod trösten, dann hatte sie ihn verführt und sich schließlich im entscheidenden Moment geziert, sodass der Kriminaldirigent sie mit Gewalt genommen hatte. Weil von Grabow geglaubt hatte, er habe Rieke vergewaltigt, hatte er kein Alibi für die Nacht nennen können, in der der zweite Mord passiert war. Die gleiche Methode hatten Vitell und Rieke im Übrigen auch bei einem Arzt, einem gewissen Dr. Saretzki, angewandt, um Vitell eine nie versiegende Kokainquelle zu sichern.

Nach den Gesprächen hatte Otto lange Spaziergänge unternommen und viel trainiert, um die Informationen zu verarbeiten. Rieke hatte zweifellos Schuld auf sich geladen, aber wie viel? Wurde Schuld nicht abgeschwächt, ja endete sie nicht gar, wenn ein Mensch sein Handeln zutiefst bereute?

Es gab viele Antworten auf diese Fragen, und letztendlich konnte Otto nur eines mit Bestimmtheit sagen: Rieke hatte nie eine reelle Chance gehabt, um ein moralisch korrektes Handeln zu lernen. Seit ihrer Jugend war sie von Männern abhängig gewesen, die ihre Zuneigung ausgenutzt und sie manipuliert hatten.

Bei all diesen Überlegungen und bei den Gesprächen mit Rieke hatte Otto stets einen objektiven Standpunkt eingenommen und seine persönlichen Gefühle ausgeklammert. So hatte er für Riekes Verhalten und ihre Entwicklung das größtmögliche Verständnis aufbringen und ihr als Arzt helfen können. Trotzdem hatte er irgendwann gespürt, dass auch er nur ein Mensch war. Sein Vertrauen war erneut schwer missbraucht worden. Und ob er nach dieser Erfahrung jemals wieder eine Frau an sich herankommen lassen würde, konnte er noch nicht sagen.

Jedenfalls brauchte er jetzt, nachdem er Rieke wieder auf die Beine geholfen hatte, dringend etwas Zeit für sich, um die Geschehnisse zu verarbeiten und sich zu überlegen, wie es weitergehen sollte.

»Ist der für mich?«, fragte Rieke. Sie war in das Besuchszimmer getreten und zeigte auf einen großen Weidenkorb, der vor Otto auf dem Tisch stand.

»Da sind Süßigkeiten, Früchte und zwei Romane von Fontane drin«, sagte Otto.

»Du bist so aufmerksam. Danke!«

»Das mache ich gern.«

»Mir ist klar, dass manches, was ich dir erzählt habe, nicht einfach zu verdauen war, aber du sollst wissen, dass ich ohne dich zugrunde gegangen wäre. Du hast mir das Leben gerettet. Und zwar gleich zweimal. Zum ersten Mal, als du mich aus der Spree gezogen hast, und dann noch einmal in den letzten Wochen.«

»Du hast den ersten Schritt selbst getan. Du hast dich gegen Vitell entschieden, als du mich in dem Brief vor dem Hinterhalt gewarnt hast. Und das wird man dir anrechnen.«

»Meinst du?«

»Natürlich, und das sagt auch dein Anwalt. Ich habe gestern noch einmal mit ihm gesprochen. Außerdem wird dir hinsichtlich der Morde weder ein Tatvorsatz noch eine Mittäterschaft nachzuweisen sein, sodass du mit einer geringen Strafe davonkommst. Vielleicht gibt es sogar einen Freispruch.«

»Das wäre zu schön. Die Anwaltskosten erstatte ich dir natürlich, wenn ich genug Geld habe.«

»Das ist nicht nötig. Betrachte sie als mein Abschiedsgeschenk.«

»Werden wir uns nach deiner Rückkehr wiedersehen?«

»Ganz bestimmt. Sieh du nur zu, dass du in der Zwischenzeit gut für dich sorgst. Wirst du das Angebot von Clara annehmen?« Otto hatte den Kontakt zu Riekes Jugendfreundin Clara Bukowski hergestellt. Sie hatte Rieke angeboten, nach ihrer Entlassung nach Leipzig zu ziehen, um ein neues Leben anzufangen.

»Ja, es ist alles ausgemacht. Sobald ich hier rauskomme, gehe ich zu ihr. Sie hat mir sogar schon einen Arbeitsplatz besorgt.«

»Das freut mich sehr. Ach, mir fällt da noch was ein. Ich habe vor einigen Wochen mit dem Commissarius über deinen Jugendfreund Jonas gesprochen. Funke hat daraufhin Ermittlungen angestellt.«

»Jonas ist tot, nicht wahr?«

Otto nickte. »Man hat gestern ein Skelett mit zertrümmertem Schädel im Friedrichshain gefunden. Anhand der Kleidungsreste haben Funkes Leute den Toten eindeutig als Jonas identifiziert.«

»Ich habe es die ganze Zeit gewusst. Wird mein Vater ins Gefängnis kommen?«

»Ja. Er wird endlich bekommen, was er verdient.«

Rieke senkte den Blick und schaute eine Weile auf den Tisch. Dann sah sie plötzlich auf und sagte: »Eines sollst du noch wissen und niemals vergessen. So viele Fehler ich auch gemacht habe – meine Gefühle für dich waren echt. Du bist ein Mann, wie ihn sich jede Frau nur wünschen kann. Du bist nicht zu anständig oder zu gutmütig. Du bist genau richtig, so wie du bist.«

»Danke«, sagte Otto, nahm ihre Hand und drückte sie.

Auf dem Atlantischen Ozean

Einige Tage später stand Otto an der Reling der »MS Wilhelmine«. Das große Passagierschiff stampfte kraftvoll durch die graue See und hinterließ eine Spur weißen Schaums. Die Küste Irlands mit ihren hohen Felsen und grünen Wiesen verschwand hinter Nebelbänken. Über ihm ertönte das Kreischen von Möwen.

Wie weit mein Geburtstagsfest schon zurückliegt, dachte er und schloss den obersten Knopf seines Pelzmantels. Die Zeit war doch eine sonderbare Erscheinung. Man erlebte sie als das Vergehen von Gegenwart. Sie kannte nur eine Richtung. Unerbittlich schritt sie fort und nahm einen mit – ob man wollte oder nicht.

»Otto!« Moses war in Wollpullover und Leinenhosen auf das Achterdeck getreten. Er rieb sich die Hände, und seine Zähne klapperten. »Es wird Zeit für die Englischlektion. Ferdinand lässt fragen, ob wir heute technische Begriffe durchgehen können.«

»Natürlich«, erwiderte Otto. »Geh schon mal vor. Ich komme gleich nach.«

Noch einmal wandte er sich dem Atlantik zu. Ein starker Wind raute die Wasseroberfläche auf. Über den Himmel jagten graue, zerklüftete Wolken. Mit jeder Seemeile entfernten sie sich von der Heimat, und mit jeder Seemeile näherten sie sich ihrem Ziel, dem Hafen von New York.

Tief atmete Otto die feuchte, salzige Luft ein. Und plötzlich hatte er einen sonderbaren Gedanken.

War das vielleicht schon das ganze Geheimnis?

Das Zurücklegen von Wegen.

Übersetzung der französischen Passagen und inhaltliche Erläuterungen

Seite 43: *Vous permettez?* – Sie erlauben?

Seite 43: Das Sozialistengesetz wurde am 19. Oktober 1878 vom Reichstag verabschiedet. Es sollte Bismarck dazu dienen, die als gemeingefährlich eingestufte Sozialdemokratie zu zerschlagen. Obwohl die Sozialistische Arbeiterpartei Deutschlands (SAP), sozialistische Vereine, Versammlungen und Druckschriften verboten wurden, erhielten die Sozialdemokraten bei den folgenden Reichstagswahlen immer mehr Stimmen. Am 25. Januar 1890 scheiterte Bismarck mit seinem Versuch, das Sozialistengesetz ein fünftes Mal zu verlängern. Die Abgeordneten der bürgerlichen Parteien hatten erkannt, dass das Verbot nicht nur weitgehend wirkungslos geblieben war, sondern zu einem stärkeren Zusammengehörigkeitsgefühl der Arbeiter geführt hatte. Am 30. September 1890 lief die Wirksamkeit des Sozialistengesetzes aus. In konservativen Kreisen hielt sich die Revolutionsfurcht aber noch viele Jahre.

Seite 44: *Merci beaucoup pour vos efforts.* – Vielen Dank für Ihre Bemühungen.

Seite 65: *Naturellement!* – Selbstverständlich!

Seite 95: *Comment allez-vous?* – Wie geht es Ihnen?

Seite 96: *Le commissaire des fleurs! Quelle surprise.* – Der Kommissar der Blumen! Was für eine Überraschung.

Seite 116: *Entre nous* – Unter uns

Seite 127: *Désirez-vous un café – ou une liqueur de cerises?* – Möchten Sie einen Kaffee – oder einen Kirschlikör?

Seite 139: *Me comprenez-vous?* – Haben Sie mich verstanden?

Seite 195: *Mon Dieu!* – Mein Gott!

Seite 197: *Nous aurons un orage.* – Wir bekommen ein Gewitter.

Seite 221: *Bonsoir, Monsieur.* – Guten Abend, mein Herr.

Seite 224: Insel Sandwerder – Die Insel wurde erst 1901 in »Schwanenwerder« umbenannt.